Henning Mankell

Erinnerung an einen schmutzigen Engel

ROMAN

Aus dem Schwedischen von
Verena Reichel

Weltbild

Die schwedische Originalausgabe erschien 2011 unter dem Titel
Minnet av en smutsig ängel
bei Leopard Förlag, Stockholm.

Besuchen Sie uns im Internet:
www.weltbild.de

Genehmigte Lizenzausgabe für Verlagsgruppe Weltbild GmbH,
Steinerne Furt, 86167 Augsburg

Übersetzung: Verena Reichel
Umschlaggestaltung: Johannes Frick, Neusäß
Umschlagmotiv: Trevillion Images, Brighton (© Daniel Murtagh) /
www.shutterstock.com
Gesamtherstellung: GGP Media GmbH, Pößneck
Printed in the EU
ISBN 978-3-86365-558-7

2016 2015 2014 2013
Die letzte Jahreszahl gibt die aktuelle Lizenzausgabe an.

»Es gibt drei Arten von Menschen:
jene, die tot sind, jene, die leben, und jene,
die über die Meere segeln …«

PLATON

PROLOG

Africa Hotel, Beira

2002

An einem Tag im kalten Juli 2002 hackte ein Mann namens José Paulo ein Loch in einen verrotteten Fußboden. Er suchte keinen Fluchtweg und auch kein Versteck. Er wollte einfach das morsche Parkett als Brennholz verwenden, da die afrikanische Kälte schlimmer war als seit vielen Jahren.

José Paulo war alleinstehend, hatte aber die Verantwortung für seine Schwester und ihre fünf Kinder übernommen, nachdem sein Schwager Emilio eines Morgens verschwunden war und nur ein Paar abgetretene Schuhe und unbezahlte Rechnungen hinterlassen hatte. Den größten Teil der Schulden hatte Emilio bei Donna Samima gemacht. Diese Dame betrieb in der Nähe des Fischereihafens eine illegale Kneipe, in der sie tontonto und selbstgebrautes Bier mit erstaunlich hohem Alkoholgehalt servierte.

Emilio hatte sich dem Trinken und dem Schwadronieren über ferne Zeiten gewidmet, als er in den südafrikanischen Goldminen Goldgräber war. Aber viele Leute behaupteten, er habe seinen Fuß noch nie nach Südafrika gesetzt, und einer geregelten Arbeit sei er erst recht nie im Leben nachgegangen.

Sein Verschwinden hatte man zwar nicht erwartet, aber es kam auch nicht völlig überraschend. Er war einfach in den stillen Stunden kurz vor Beginn der Morgendämmerung davongeschlichen, als alle schliefen.

Niemand wusste, wo er geblieben war. Es vermisste ihn wohl auch niemand besonders, nicht einmal seine eigene Familie. Ob Donna Samima ihn vermisste, konnte man nicht sagen, aber sie bestand darauf, dass die Rechnungen bezahlt würden.

Emilio, der Schwätzer und Trinker, hinterließ kaum eine Spur. Dass er jetzt weg war, machte eigentlich keinen Unterschied.

José Paulo wohnte mit der Familie seiner Schwester im Africa Hotel in Beira. Früher einmal, in einer Zeit, die jetzt fern und unbegreiflich erschien, galt es als eins der ersten Hotels im kolonialen Afrika. Man verglich es mit dem Hotel Victoria Falls an der Grenze zwischen Südrhodesien und Nordrhodesien, ehe diese Länder sich befreiten und die Namen Zimbabwe und Zambia annahmen.

Ins Africa Hotel kamen Weiße von weither, um zu heiraten, Jubiläen zu feiern oder um einfach nur zu zeigen, dass sie einer Aristokratie angehörten, die nicht an den Untergang ihres kolonialen Paradieses glaubte. Im Hotel wurden an den Sonntagnachmittagen Tanztees veranstaltet, Swing- und Tangowettbewerbe, und viele Gäste ließen sich vor dem großen Entree fotografieren.

Doch der koloniale Traum vom Paradies war ausgeträumt. Eines Tages flohen die Portugiesen aus ihren letzten Festungen. Das Africa Hotel begann zu verfallen, sobald die früheren Besitzer gegangen waren. Die verlassenen Zimmer und Suiten wurden von armen Afrikanern bevölkert, die ihre Habseligkeiten in ausgehöhlten Flügeln und Klavieren, in schwärzlichen Boudoirs und Badewannen unterbrachten. Die schönen Parkettböden wurden zu Brennholz für die kältesten Wintertage.

Schließlich wohnten mehrere tausend Menschen in dem, was einmal das Africa Hotel gewesen war.

An einem Tag im Juli hackte also José Paulo ein Loch und brach das Parkett auf. Im Zimmer war es eiskalt. Die einzige Wärmequelle bestand aus einer Eisenschale, in der die Bewohner über offenem Feuer ihr Essen zubereiteten. Ein Kaminrohr, das durch ein zerschlagenes und notdürftig abgedichtetes Fenster hinausragte, leitete den Rauch ab.

Das halb vermoderte Parkett hatte schon begonnen, von seiner düsteren Vergänglichkeit zu stinken. José glaubte, darunter würde eine tote Ratte liegen und ihren Verwesungsgeruch verbreiten. Aber das Einzige, was er fand, war ein Notizbuch, ein kleines, in Kalbsleder gebundenes Heft.

Er buchstabierte sich mühsam durch einen eigentümlichen Namen auf dem schwarzen Einband.

Hanna Lundmark.

Unter dem Namen stand eine Jahreszahl: *1905.*

Aber was in dem Buch geschrieben stand, konnte er nicht deuten. Er kannte die Sprache nicht, und er wandte sich an den alten Afanastasio von Zimmer 212, der als weiser Mann galt: In seiner Jugend hatte er auf einer verlassenen Straße außerhalb von Chimoio eine Begegnung mit zwei hungrigen Löwen überlebt.

Aber nicht einmal Afanastasio konnte die Schrift deuten. Er fragte die alte Lucinda um Rat, die in der ehemaligen Rezeption hauste, aber auch sie wusste nicht, welche Sprache es war.

Afanastasio riet José Paulo, das Buch wegzuwerfen. »Es hat so lange unter dem Fußboden gelegen«, sagte er. »Jemand hat es in einer Zeit dort versteckt, als solche wie wir uns in diesem Gebäude nur als Kellner, Putzleute oder Kofferträger aufhalten konnten. Bestimmt enthält es eine unangenehme Geschichte. Verbrenn es, nimm es an einem richtig kalten Abend zum Heizen.«

José Paulo ging mit dem Buch wieder auf sein Zimmer. Aber er verbrannte es nicht, ohne eigentlich zu wissen, warum. Stattdessen fand er ein neues Versteck. Unter dem Fensterbrett gab es einen Hohlraum, in dem er sein mühsam verdientes Geld aufbewahrte. Jetzt ließ er die wenigen schmutzigen Geldscheine mit dem schwarzen Notizbuch den Platz teilen.

Er holte es nicht wieder hervor. Aber er vergaß es auch nicht.

TEIL I

Die Missionare verlassen das Schiff

I

Wir schreiben das Jahr 1904. Eine erstickend heiße tropische Morgendämmerung.

In diesem fernen Jetzt dümpelt ein Dampfer unter schwedischer Flagge in der sanften Dünung. An Bord befinden sich einunddreißig Besatzungsleute, darunter eine Frau. Sie heißt Hanna Lundmark, geborene Renström, und arbeitet als Köchin an Bord.

Aber insgesamt hatten zweiunddreißig Personen die Reise nach Australien mit schwedischem Kernholz und Brettern für Saloonböden und die Wohnzimmer reicher Schafsfarmer angetreten.

Einer der Besatzungsmänner ist kürzlich verstorben. Er war Steuermann und mit Hanna verheiratet.

Er war jung und lebenslustig. Obwohl Kapitän Svartman ihn gewarnt hatte, ging er an Land, als sie in einem Wüstenhafen südlich von Suez Kohle bunkerten. Er fing sich ein tödliches Fieber ein, wie es an Afrikas Küsten grassiert.

Als er erkannte, dass er sterben würde, begann er vor Angst zu brüllen.

Zu keinem der Seeleute, die an seinem Sterbebett saßen, Kapitän Svartman und der Zimmermann Halvorsen, sagte er ein letztes Wort. Auch nicht zu Hanna, die nach einmonatiger Ehe Witwe werden sollte. Er starb schreiend und schließlich wimmernd vor Angst.

Er hieß Lars Johan Jakob Antonius Lundmark. Hanna betrauert ihn, fast besinnungslos von dem, was geschehen ist.

In der Morgendämmerung, am Tag nach seinem Tod, bewegt sich das Schiff kaum. Es hat beigedreht, da bald eine Seebestattung stattfinden wird. Kapitän Svartman will nicht warten. Sie haben kein Eis an Bord, um den Leichnam zu kühlen.

Hanna steht am Heck, einen Abfalleimer in der Hand. Sie ist

klein und hochbusig, hat freundliche Augen. Ihre braunen Haare sind im Nacken zu einem strengen Knoten geschlungen.

Sie ist nicht schön. Aber auf merkwürdige Weise strahlt sie aus, dass sie ein durch und durch wahrhaftiger Mensch ist.

Hier und jetzt. Hier befindet sie sich. Auf dem Meer, an Bord eines Dampfers mit zwei Schornsteinen. Beladen mit Holz, unterwegs nach Australien. Heimathafen: Sundsvall.

Das Schiff heißt *Lovisa*. Es wurde in der Finnboda Werft in Stockholm gebaut. Aber der Heimathafen hat immer an der norrländischen Küste gelegen.

Zunächst gehörte es einer Reederei in Gävle, die nach fehlgeschlagenen Spekulationen in Konkurs ging. Dann wurde es nach Sundsvall verkauft. In Gävle hieß es *Matilda*, nach der Frau des Reeders, die mit ungeschickten Fingern Klavier spielte. Jetzt heißt es *Lovisa*, nach der jüngsten Tochter des neuen Reeders.

Einer der Teilhaber heißt Forsman. Er hat dafür gesorgt, dass Hanna Lundmark Arbeit an Bord bekam. Zu Hause bei Forsmans gibt es ein Klavier, aber niemand spielt darauf. Hingegen hört er zu, wenn der Klavierstimmer zu seinen regelmäßigen Besuchen kommt.

Jetzt ist Steuermann Lars Johan Jakob Antonius Lundmark an einem rasenden Fieber gestorben.

Es ist, als wäre die Dünung erstarrt. Das Schiff liegt da wie mit angehaltenem Atem.

So stelle ich mir den Tod vor, denkt Hanna Lundmark. Eine plötzliche Stille, unerwartet, die von nirgendwo herkommt. Der Tod ist wie der Wind. Ein rascher Wechsel nach Lee.

Ins Lee des Todes. Dann nichts mehr.

2

In diesem Moment überfällt Hanna eine Erinnerung.

An ihren Vater, an seine Stimme, die gegen Ende seines Lebens nur noch ein Flüstern war. Als verlangte er von ihr, alles, was er sagte, wie ein kostbares Geheimnis zu bewahren.

Ein schmutziger Engel. Das ist es, was du bist.

Das sagte er zu ihr, kurz bevor er starb. Es war, als wollte er ihr ein Geschenk machen, obwohl – oder gerade weil – er kaum etwas besaß.

Hanna Renström, meine Tochter, du bist ein Engel, ein schmutziger, aber dennoch ein Engel.

Woran erinnert sie sich eigentlich? Was genau waren seine Worte? Nannte er sie *arm* oder *schmutzig*? Überließ er es ihr, zu wählen? Jetzt, da sie den Moment heraufbeschwört, glaubt sie, er habe sie *einen schmutzigen Engel* genannt.

Die Erinnerung ist fern, verblasst. Hanna ist so weit weg von ihrem Vater und seinem Tod. Damals, ein einsames Haus am braunen kalten Wasser des Ljungans in einem stillen norrländischen Binnenland. Er starb zusammengekrümmt vor Schmerzen im ausziehbaren Bett in einer Küche, die die Wärme nicht halten konnte.

Er starb umgeben von Kälte, denkt sie. Die Kälte war streng im Januar 1899, als er aufhörte zu atmen.

Es sind mehr als fünf Jahre vergangen, jetzt haben wir Juni 1904.

Die Erinnerung an den Vater und seine Worte über den Engel verschwinden so rasch, wie sie gekommen sind. Nach wenigen Sekunden ist sie aus der Vergangenheit zurückgekehrt.

Sie weiß, dass man die bemerkenswertesten Reisen in der Innenwelt macht, wo weder Zeit noch Raum existieren.

Vielleicht wollte das Erinnerungsbild ihr helfen? Ihr ein Seil zuwerfen, damit sie über die Mauer der betäubenden Trauer klettern könnte?

Aber sie kann nicht fliehen. Das Schiff hat sich in eine unüberwindbare Festung verwandelt. Sie kommt nicht hinaus. Ihr Mann ist wirklich tot.

Der Tod: wie eine Kralle. Die sich weigert, ihren Griff zu lockern.

3

Der Druck in den Dampfkesseln ist gesenkt worden. Die Kolben in den Zylindern bewegen sich nicht mehr, die Maschine ruht. Hanna steht an der Reling mit ihrem Abfalleimer in der Hand, um ihn zu entleeren. Der Messjunge wollte ihn ihr abnehmen, aber sie hielt ihn fest, verteidigte ihn. Auch wenn sie an diesem Tag zusehen wird, wie ihr Mann in der Meerestiefe versinkt, eingenäht in Segeltuch, will sie ihre Pflichten nicht vernachlässigen.

Als sie von dem Eimer aufschaut, der mit Eierschalen gefüllt ist, schlägt ihr die Hitze ins Gesicht. Irgendwo im Dunst an Steuerbord liegt Afrika. Obwohl sie nicht die leiseste Andeutung von Land sehen kann, meint sie, den Geruch wahrzunehmen.

Er, der jetzt tot ist, hat ihr davon erzählt. Von dem dampfenden, fast ätzenden Geruch von Fäulnis, der sich überall in den Tropen findet.

Mehrere Reisen hat er schon gemacht, zu verschiedenen Zielen. Vieles hat er gelernt. Nur nicht das Wichtigste, das Überleben.

Diese Reise sollte er nicht vollenden. Er starb im Alter von vierundzwanzig Jahren.

Es ist, als hätte er sie warnen wollen, denkt Hanna. Aber sie weiß nicht, wovor.

Der Tote ist ohne Antwort.

Jemand stellt sich still an ihre Seite. Der engste Freund ihres Mannes an Bord, der norwegische Zimmermann Halvorsen. Ob er einen Vornamen hat, weiß sie nicht. Obwohl sie seit mehr als zwei Monaten zusammen auf dem Schiff sind. Er ist einfach nur

Halvorsen, ein ernster Mann, von dem es heißt, er würde jedes Mal, wenn er nach ein paar Jahren auf See heim nach Brönnöysund kommt, auf die Knie fallen und bekehrt werden, um dann doch wieder anzuheuern, wenn sein Glaube ihn nicht länger trägt.

Er hat große Hände, aber sein Gesicht ist weich, fast weiblich. Der Stoppelbart scheint von jemandem, der ihm übel mitspielen wollte, aufgemalt worden zu sein.

»Ich habe verstanden, dass da etwas ist, wonach du fragen willst«, sagt er. Seine Stimme singt. Es klingt wie ein Summen, wenn er spricht.

»Die Tiefe«, sagt Hanna. »Wo wird Lundmarks Grab sein?«

Halvorsen schüttelt nachdenklich den Kopf. Plötzlich erinnert er sie an einen unruhigen Vogel, der auffliegen will.

Schweigend verlässt er sie. Aber sie weiß, dass er die Antwort für sie finden wird.

In welcher Tiefe wird das Grab liegen? Gibt es einen Meeresgrund, auf dem ihr Mann in dem zugenähten Segeltuch ruhen wird? Oder ist da nichts, eine Tiefe, die sich in alle Unendlichkeit fortsetzt?

Sie leert den Eimer, sieht die weißen Vögel im Sturzflug auf das Wasser hinabtauchen, um die Beute zu fangen, und wischt sich mit dem Handtuch, das sie an ihre Schürze geknotet hat, den Schweiß von der Stirn. Dann tut sie das Unvermeidliche. Sie schreit.

Einige Vögel, die sich in Erwartung der Leerung eines weiteren Abfalleimers vom Aufwind tragen lassen, legen die Flügel an und ziehen sich von dem Trauergeheul zurück, das sie wie Hagel trifft.

Der Messjunge Lars schaut erschrocken aus der Kombüse, in der Hand ein aufgeschlagenes Ei. Er sieht sie heimlich an, der Tod macht ihn verlegen.

Sie ahnt, was er denkt. Jetzt springt sie, jetzt verlässt sie uns, da die Trauer zu schwer zu ertragen ist.

Der Schrei ist von mehreren Leuten an Bord gehört worden. Zwei verschwitzte Jungmänner mit nacktem Oberkörper stellen sich neben die Kombüse und glotzen, genau dort, wo eine lange Trosse wie eine zusammengerollte Schlange liegt.

Hanna schüttelt den Kopf, beißt die Zähne zusammen und geht mit dem leeren Eimer in die Kombüse. Nein, sie wird nicht über die Reling klettern. Ihr Leben lang hat sie ausgeharrt, und das will sie auch weiterhin tun.

In der Kombüse schlägt ihr noch größere Hitze entgegen. Es ist so heiß wie bei den Heizern tief unten im Maschinenraum, das weiß sie, obwohl sie nie da unten war. Frauen in der Nähe von Dampfkesseln und Feuer bedeuten Unglück.

Für ältere Seeleute ist es überhaupt ein Unding, Frauen an Bord zu haben. Das bringt nicht nur Unheil, sondern auch Streit und Eifersucht unter den Männern. Als Forsman Hanna an Bord bringen wollte, war Kapitän Svartman trotzdem einverstanden. Der Kapitän hielt nicht viel von Aberglauben.

Hanna nimmt ein Ei und schlägt es an der Pfanne auf, die Schale wirft sie in den Eimer. Dreißig lebende Seeleute sollen ihr Frühstück bekommen. Sie versucht, nur an die Eier zu denken, nicht an die bevorstehende Bestattung. Sie ist als Köchin an Bord, daran hat sich durch den Tod ihres Mannes nichts geändert.

Es ist, wie es ist: Sie lebt. Aber Lundmark ist tot.

4

Halvorsen kommt und bittet sie, ihm zu folgen. Kapitän Svartman wartet.

»Wir werden die Tiefe ausloten«, sagt Halvorsen. »Reichen unsere Seile nicht, wählt der Kapitän einen anderen Platz.«

Sie brät vier Eier in der Pfanne fertig und folgt ihm. Ein plötzlicher Schwindel bringt sie ins Wanken. Aber sie stürzt nicht, sie hält sich noch aufrecht.

Kapitän Svartman stammt aus einer Familie mit einer langen ununterbrochenen Kette von Seeleuten, das weiß sie. Er ist sechzig, ein alter Mann. Ihm fehlt das letzte Glied am kleinen Finger einer Hand. Niemand weiß, ob es angeboren ist oder Folge eines Unfalls.

Zweimal ist er mit einem Segelschiff untergegangen. Einmal wurde er mit der Besatzung gerettet, das andere Mal überlebte außer ihm nur der Schiffshund, aber nach der Bergung legte das Tier sich hin und starb.

Hannas toter Mann war der Meinung, dass Kapitän Svartman eigentlich auch starb, zusammen mit dem Schiffshund. Nach der Katastrophe blieb der Kapitän viele Jahre an Land. Was genau er da tat, weiß niemand. Es heißt, er sei eine Zeitlang Schienenleger gewesen. Er habe dem Vortrupp angehört, den die staatliche Eisenbahn ausgeschickt hatte, um die Inlandsbahn abzustecken, über die sich der Schwedische Reichstag immer noch stritt.

Dann kehrte er plötzlich zur See zurück, jetzt als Kapitän eines Dampfschiffs. Er gehörte zu den wenigen Menschen, die der Seefahrt mit dem Verschwinden der Segelschiffe nicht den Laufpass gaben, sondern mit der neuen Zeit gingen.

Aber er sprach nie von den Jahren an Land, was er gearbeitet, was er gedacht hatte, nicht einmal davon, wo er gewohnt hatte.

Er spricht selten ein überflüssiges Wort und glaubt nicht an die Fähigkeit des Menschen zuzuhören. Auch glaubt er nicht an die Zuverlässigkeit des Meeres. Lavendelblaue Blumen stehen in Töpfen in seiner Kajüte. Nur er selbst darf sie gießen.

Jetzt wird der schweigsame Kapitän also die Tiefe bestimmen, in der einer seiner Steuermänner bestattet werden soll.

Kapitän Svartman verbeugt sich vor Hanna, als sie zu ihm kommt. Trotz der Wärme trägt er seine Uniform. Die Knöpfe sind geschlossen, das Hemd ist gebügelt.

Neben ihm steht Bootsmann Peltonen, ein Finne. Er hält ein Bleilot in der Hand, an einer langen, dünnen Leine befestigt.

Kapitän Svartman nickt. Peltonen wirft das Lot über Bord und lässt es sinken. Die Leine gleitet zwischen seinen Fingern hindurch. Ein schwarzes Band ist an einem bestimmten Punkt an der Leine befestigt.

»Hundert Meter«, sagt Peltonen.

Er spricht schrill. Seine Stimme hallt, springt über die Dünung davon.

Nach sieben schwarzen Bändern, 700 Metern, ist die Leine zu Ende. Das Bleilot hat den Grund noch nicht erreicht. Peltonen macht einen Knoten, der die Leine mit einer neuen Rolle verbindet. Auch hier sind alle hundert Meter schwarze Bänder befestigt.

Bei 1935 Metern erschlafft die Leine. Das Lot hat den Boden erreicht. Hanna hat ein Grabmaß für ihren Mann bekommen.

Peltonen holt die Leine ein, indem er sie um eine riesige Holzspule wickelt. Kapitän Svartman nimmt die Kapitänsmütze ab und wischt sich den Schweiß aus der Stirn. Dann schaut er auf die Uhr. Viertel vor sieben.

»Um neun«, sagt er zu Hanna. »Bevor die Hitze zu drückend wird.«

Sie geht in die Kajüte, die sie mit ihrem Mann geteilt hat. Die obere Koje war seine. Meist haben sie zusammen in der unteren gelegen. Jemand hat seine Bettwäsche entfernt.

Sie setzt sich auf den Rand ihrer eigenen Koje und schaut auf das Schott auf der anderen Seite der engen Kajüte. Sie muss sich jetzt zum Nachdenken zwingen.

Wie ist sie nur hier gelandet? Auf einem Schiff, das sich auf einem fremden Meer wiegt? Sie, die an einem Ort geboren ist, der unendlich weit vom Meer entfernt ist? Im Wasser des Ljungans gab es einen Kahn, das war alles. Sie durfte ihren Vater begleiten, wenn er zum Angeln hinausfuhr. Aber als sie sagte, sie wolle schwimmen lernen, da war sie sieben oder acht Jahre alt, erlaubte er es nicht. Das sei Zeitverschwendung. Baden könne sie am Ufer des Flusses. Wollte sie hinüber zur anderen Seite, gebe es ein Boot und eine Brücke.

Sie legt sich in die Koje und schließt die Augen. In der Erinnerung springt sie möglichst weit zurück, hinein in die Kindheit, wo die Schatten immer länger werden.

Dort kann sie vielleicht Schutz finden, bis der Augenblick gekommen ist, in dem ihr toter Mann im Meer verschwindet.

5

Die Kindheit: weit, weit da unten. Wie in der Tiefe einer Erdspalte.

Das war Hanna Lundmarks erste Erinnerung: Die Kälte, die an den Holzwänden zerrte, dicht neben ihrem Gesicht, wenn sie schlief. Sie wachte oft auf und fühlte, wie dünn die Schicht zwischen den angeklebten Zeitungen, die in dem Haus der Armut die Tapeten ersetzten, und der Kälte war, die sich durch das Holz zu nagen versuchte.

Im Frühling überholte ihr Vater das Haus, als wäre es ein Schiff auf der Werft, um es vor dem nächsten Wintereinbruch stark zu machen.

Die Kälte war ein Meer, das Haus ein Schiff, der Winter ein endloses Warten. Bis tief in den Herbst hinein dichtete er die morschen Spanten ab, bis der Frost kam. Da musste es gehen, wie es war. Das Haus wurde vom Stapel gelassen, und was noch durchlässig für die Kälte war, musste eben so bleiben.

Ihr Vater hieß Arthur Olaus Angus Renström. Er war Waldarbeiter, fällte Bäume für Iggesund und teilte das Zugpferd mit den Brüdern Salomonsson, die weiter unten am Fluss wohnten. Er schuftete für einen kargen Lohn, ohne zu wissen, ob der Lohn reichte oder nicht.

Hanna hatte ihren Vater als stark in Erinnerung, mit einem freundlichen Lächeln. Aber mitunter schwermütig und in Gedanken versunken, die sie nicht kannte. Vielleicht hatte er Trolle im Kopf, wenn er abwesend am Küchentisch saß, die Hände schwer im Schoß. Er war da in seinem Haus, bei seiner Familie, aber trotzdem nicht anwesend. Da lebte er in einer anderen Welt, wo die Steine zu Trollen wurden, die Rentierflechten zu Haaren, der Wind in den Kiefern zum Gemurmel von allen, die schon tot waren.

Er sprach oft von ihnen. Allen, die vorangegangen waren. Es erschreckte ihn, dass so wenige jetzt noch lebten und so unheimlich viele schon tot waren.

Es gab eine Krankheit, eine Epidemie, deren Namen alle Frauen kannten, die Schlägerkrankheit. Sie brach aus, wenn die Männer Alkohol im Leib hatten und alle schlugen, die in Reichweite waren, vor allem die Kinder und die Frauen, die sie schützen wollten. Freilich trank der Vater manchmal, wenn auch nicht oft. Aber er wurde nie gewalttätig. Deshalb sorgte sich seine Frau, Hannas Mutter, mehr um seine Schwermut als um den Branntwein. Wenn er trank, wurde er weinerlich und fing an, Choräle zu singen. Er, der sonst am liebsten alle Kirchen niedergebrannt und die Pastoren in den Wald gejagt hätte.

»*Ohne Schuhe*«, schrie er, wie Hanna sich erinnern konnte. »*Pastoren ohne Schuhe bei der schlimmsten Kälte in den Wald. Dorthin sollte man sie jagen, in den Wald, barfuß.*«

Die Großmutter, die in einem zugigen Häuschen unten am Rand des Funäsdalen wohnte, erschreckte Hanna zu Tode, wenn sie von ihrem verdammten Schwiegersohn sprach: Seine ganze Nachkommenschaft würde er mit seinem gottlosen Gerede in die Hölle schicken. Dort warteten Verbrühungen und Schwefel und entsetzliche glühende Kohlen unter den Fußsohlen. Ihre Großmutter war eine strafende und drohende Predigerin mit bösen Augen, die nicht zögerte, ihre Enkel so furchtbar zu erschrecken, dass sie zu weinen anfingen und nachts nicht schlafen konnten. Hanna betrachtete es als die größte aller Plagen, wenn sie ihre Mutter auf ihren regelmäßigen Besuchen bei der Großmutter begleiten musste.

Sie erinnerte sich auch an die ständige Wut der alten Frau, die ihrer Tochter nicht verzeihen konnte, diesen untauglichen Renström geheiratet zu haben, ihrer Warnung zum Trotz. Wie konnte es sein, dass sie sich Hals über Kopf in diesen Mann verliebte, der nicht einmal äußerlich etwas hermachte? Er war klein, hatte O-Beine und schon mit fünfundzwanzig eine Glatze. Außerdem hatte er finnisches Blut, letzten Endes stammte er aus den Finnenwäldern, tief drinnen in Värmland, wo Tag und Nacht nie richtig voneinander zu unterscheiden sind.

Warum hatte sie keinen Mann gewählt, der aus Hede oder Bruksvallarna oder von irgendwoher stammte, wo redliche Leute lebten?

Hannas Mutter hieß Elin. Sie duckte sich vor ihrer alten Mutter weg, widersprach ihr nie, ließ es in der Stille versickern. Hanna verstand, dass man jemanden lieben konnte, der einen schlecht behandelte, wie seltsam das auch war. So musste es sich mit der Großmutter und Elin verhalten.

Elin.

Das war doch ein Name, der nicht richtig zu ihrer Mutter passte. Jemand, der Elin hieß, sollte schlank sein, mit feiner Haut und Händen wie Milch, mit hellen Haaren, die über den Rücken hinabfielen. Aber Elin Wallén, die Renström heiratete, war kräftig gebaut, hatte mausbraune, strähnige Haare, eine große Nase und nicht besonders regelmäßige Zähne. Wenn sie lächelte, fragte man sich verwirrt, wohin ihre Zähne eigentlich strebten. Es war, als wollten sie aus dem Mund heraus und sich davonmachen. Elin Renström war wirklich keine schöne Frau. Und das wusste sie. Vielleicht war sie auch traurig darüber, dachte Hanna, als sie groß genug war, um sich ihrem eigenen Gesicht im gesprungenen Rasierspiegel des Vaters zu widmen.

Aber ihre Mutter war nicht verzagt. Sie hatte Kraft, die sie nicht verschwendete. Sie kompensierte ihr Aussehen damit, über die Reinlichkeit in der Familie zu wachen. In ihrem Haus, so morsch und kalt es auch war, sollten Fußboden und Decke und Wände sauber sein, genau wie die Kinder und der eigene Körper. Elin jagte Läuse, als stürmte sie gegen ein feindliches Bataillon an. Sie füllte und entleerte die Blechwanne, in der alle badeten, trug Wasser vom Fluss herauf, brachte es zum Kochen, schrubbte und spülte all die Wäsche, die sich in Haufen stapelte.

Die vier Kinder konnten auch verwundert sehen, wie sie ihren Mann behandelte, wenn er schmutzig und erschöpft aus dem Wald zurückkehrte. Sie wusch ihn mit Bewegungen, als sänge sie das Hohelied der Liebe. Und er schien ihre Hände zu genießen, die schrubbten und abtrockneten, die die gebogenen und dicken Nägel schnitten und die so fein rasierten, dass die Wangen glatt wurden wie bei einem Säugling.

Die Kälte war also Hanna Lundmarks erste Erinnerung an das Leben. Die Kälte und der Schnee, der schon Ende September fiel und seinen Griff erst Anfang Juni lockerte, wenn die letzten weißen Flecken endlich wegschmolzen.

Da war natürlich auch die Armut. Sie war keine Erinnerung, sondern der Raum, in dem sie sich während des Heranwachsens aufhielt. Und sie war es auch, die sie schließlich aus dem Haus am Fluss vertrieb.

Damals war Hanna siebzehn, ihr Vater war schon tot. Sie verbrachte ihr Leben damit, ihrer Mutter mit den Geschwistern zu helfen, da sie die Älteste war. Es war ärmlich, aber es gelang ihnen, die schlimmste Not fernzuhalten.

Bis zum Jahr 1903. Auf den Sommer folgte eine schwere und lang anhaltende Dürre, und dann kam ein früher Frost, der das vernichtete, was die Trockenheit noch nicht versengt hatte.

Damals änderte sich ihr Leben.

Der Horizont: früher weit fort. Jetzt kam er näher. Wie eine Drohung.

6

Auch wenn sie sich nicht erinnern wollte: Es war ein Tag, den sie nie vergessen konnte.

Mitte August, niedrige Wolken, ein früher Morgen. Hanna war mit ihrer Mutter unterwegs und betrachtete die Verwüstung. Die Dürre, das Versengte. Die Erde war eigentümlich still. Das Mehl, das sie noch hatten, würde kaum bis zum Advent reichen. Sie würden auch nicht genug Heu haben, um die einzige Kuh den Winter über zu füttern.

Als sie da über die toten Felder gingen, die an einem Hang hinunter zum Fluss lagen, sah Hanna ihre Mutter Elin zum ersten Mal weinen. In der langen Zeit, als ihr Vater auf dem Krankenbett gelegen hatte, bis er schließlich starb, hatte Elin nur die Augen geschlossen, blind gegenüber dem unausweichlichen Ende und der hoffnungslosen Einsamkeit. Aber sie hatte nicht geweint, nicht geschrien. Hanna hatte oft daran gedacht, wie Elin ihren Schmerz nach innen kehrte, wo es eine heimliche Kraft gab, die alle Qual besiegte.

Damals erkannten sie, wie nahe die Not jetzt gekommen war, und Elin sprach mit Hanna darüber, dass sie fortgehen müsse. Am Fluss gebe es keine Zukunft für sie. Sie müsse versuchen, an der Küste ihr Auskommen zu finden. Damals, als Elin und ihr Mann zum Flussufer gekommen waren und den ärmlichen Hof von einem Onkel übernommen hatten, da hätten sie keine Wahl gehabt. Es war 1883, nur sechzehn Jahre nach dem letzten großen Dürrejahr im Land. Wenn die Not jetzt wieder auf dem Weg sei, müsse Hanna fortgehen, solange noch Zeit war.

Sie standen am Waldrand, wo der stille Acker endete.

»Jagst du mich weg?«, fragte Hanna.

Elin strich sich über die Nase, wie sie es immer tat, wenn sie verlegen war.

»Ich bringe drei Kinder durch«, sagte sie, »aber nicht vier. Du bist erwachsen, du kannst fortgehen und es dir selbst und mir leichter machen. Ich will nur, dass du die Möglichkeit bekommst zu leben. Hier kannst du bestenfalls überleben, nicht mehr.«

»Was kann ich tun, wovon jemand unten an der Küste Nutzen hat?«

»Dasselbe, was du hier tust. Auf Kinder aufpassen, mit deinen Händen arbeiten. Mägde werden in den Städten immer gebraucht.«

»Wer sagt das?«

Sie hatte nicht widersprechen wollen. Aber Elin fasste es als Naseweisheit auf und packte sie fest am Arm.

»Ich sage das, und du kannst mir glauben, dass ich jedes Wort meine, das aus meinem Mund kommt. Ich tue es nicht, weil es mir Freude macht, sondern weil es sein muss.«

Sie ließ sie rasch los, als bereute sie alles.

Hanna verstand plötzlich, dass das, was ihre Mutter bestimmte, ihr sehr schwer fiel.

Diesen Augenblick vergaß sie nicht: Genau dort, am Rand der grimmigen Landschaft der Not, an der Seite ihrer Mutter, die zum ersten Mal weinte, wurde ihr bewusst, dass sie sie selbst war und niemand sonst.

Sie war Hanna und nicht austauschbar. Weder ihr Körper noch ihre Gedanken konnten von einem anderen Menschen ersetzt werden. Sie dachte auch, dass ihr verstorbener Vater genau wie sie gewesen war, ein nicht austauschbarer Mensch.

Ist es das, was es heißt, erwachsen zu werden? Sie wandte ihr Gesicht ab, damit ihre Mutter ihre Gedanken nicht lesen könnte. Die Unsicherheit der Kindheit gegen etwas anderes Unbekanntes einzutauschen? Zu wissen, dass es keine anderen Antworten gibt als die, die du selbst suchen und finden musst?

Sie kehrten zum Haus zurück, das sich in einem Wäldchen von spärlichen Birken und einem einzigen Ebereschenbaum duckte. Die Geschwister waren im Haus, obwohl es nicht herbstlich kalt war. Aber sie spielten weniger, wenn sie hungrig waren. Ihr Leben war ein einziges Warten auf Essen, nicht viel mehr.

Direkt vor der Tür blieben sie stehen, als hätte Elin beschlossen, ihre Tochter nie wieder einzulassen.

»In Sundsvall lebt mein Onkel Axel«, sagte sie. »Axel Andreas Wallén. Er arbeitet im Hafen. Er ist ein guter Mann, er und seine Frau Dora haben keine Kinder. Sie hatten zwei Jungen, aber beide starben, und dann bekamen sie keine mehr. Axel und Dora werden dir helfen. Sie werden dich nicht abweisen.«

»Ich will nicht wie eine Bettlerin dastehen«, sagte Hanna.

Die Ohrfeige kam ohne Vorwarnung. Später dachte Hanna, der Schlag hätte sie getroffen wie ein Raubvogel im Sturzflug, der auf ihre Wange gezielt hatte.

Vielleicht war es früher gelegentlich vorgekommen, aber dann aus Angst, dass Elin sie geschlagen hatte. Wenn Hanna allein an dem reißenden Frühlingsfluss gewesen war und es riskiert hatte, hineinzufallen und hinabgezogen zu werden. Aber jetzt hatte Elin sie aus Empörung geschlagen. Es war das erste Mal.

Die Ohrfeige wurde einer Erwachsenen von einer anderen Erwachsenen gegeben. Die verstehen würde, warum.

»Ich schicke meine Tochter nicht weg, damit sie eine Bettlerin wird«, sagte Elin erregt. »Ich will dein Bestes. Hier gibt es keine Zukunft für dich.«

Hannas Augen hatten sich mit Tränen gefüllt. Nicht vor Schmerz, sie hatte schon Schlimmeres erlitten.

Die Ohrfeige war eine Bestätigung dessen, was sie gerade gedacht hatte: Jetzt war sie allein auf der Welt. Sie würde sich nach Osten begeben, zur Küste, und sie durfte sich nicht umdrehen. Was hinter ihr lag, würde versinken.

Es war früh im Herbst 1903. Hanna Renström war siebzehn Jahre alt und würde am 12. Dezember achtzehn werden.

Ein paar Monate später würde sie ihr Zuhause für immer verlassen.

7

Hanna dachte: Die Zeit der Märchen ist vorbei. Jetzt gelten die Erzählungen des Lebens.

Das verstand sie, als Elin ihr sagte, was sie erwartete: Es kam vor, dass Kaufleute von der Küste, die durch die Wintertäler zum Markt von Röros fuhren und dann wieder zurückkehrten, nicht den kürzesten Weg nahmen, entlang des Ljusnan und hinunter nach Kårböle. Einige fuhren nach Norden, nachdem sie wieder über die norwegische Grenze zurückgekommen waren, bogen über die Flatruet ab, wenn das Wetter es erlaubte, um Geschäfte in den Dörfern entlang des Ljungans zu machen.

Jonathan Forsman pflegte regelmäßig den Heimweg über die Dörfer nördlich der Flatruet zu nehmen.

»Er hat einen großen Schlitten«, sagte Elin. »Auf dem Rückweg ist er nie so stark beladen wie auf dem Hinweg nach Röros. Er gibt dir bestimmt einen Platz. Und er lässt dich in Ruhe. Er rührt dich nicht an.«

Hanna sah sie fragend an. Wie konnte Elin da so sicher sein? Hanna wusste, was sie im Leben erwartete, schließlich hatte auch sie Freundinnen zum Schwatzen gehabt. Nicht zuletzt die Sennerinnen, die ihr kichernd viele sonderbare Dinge erzählt hatten, manchmal auch mit kaum verhohlener Unruhe.

Hanna wusste, was es hieß, zu erröten, wusste, was plötzlich im Körper geschehen konnte, besonders abends, kurz vor dem Einschlafen.

Aber mehr war es nicht. Wie konnte Elin wissen, was während einer langen Schlittenfahrt zur fernen Küste geschah oder nicht geschah?

Sie fragte geradeheraus.

»Er ist bekehrt«, sagte Elin schlicht. »Vorher war er ein entsetzlicher Mann, wie die meisten von diesen Wolfsmännern mit ihren Schlitten. Aber seit er bekehrt ist, verhält er sich wie ein barmherziger Samariter. Er lässt dich mitfahren und wird dafür nicht einmal Bezahlung nehmen. Er wird dir einen seiner Pelze borgen, du wirst nicht frieren.«

Allerdings konnte Elin nicht sicher sein, ob er kam oder wann. Der übliche Zeitpunkt war irgendwann vor Weihnachten. Aber manchmal war er erst zu Neujahr gekommen. Oder war ganz ausgeblieben.

»Tot kann er natürlich auch sein«, sagte Elin.

Wenn ein Schlitten im Schneetreiben verschwand, wusste man nicht, ob es das Letzte war, was man von einem Menschen sah, sei er jung oder alt.

Hanna würde vom 12. Dezember an reisefertig sein. Jonathan Forsman hatte es immer eilig. Im Gegensatz zu Leuten, die alle Zeit der Welt hatten, war er bedeutend und lebte in großer Eile.

»Er kommt meist am Nachmittag«, sagte Elin. »Durch den Wald nach Süden, auf dem Schlittenweg, der dem Rand des Moors folgt und hinunter zur Flussfurche und den Tälern führt.«

Jeden Tag ging Hanna am Nachmittag, wenn die Dunkelheit hereinbrach, zum Schlittenweg und schaute zum Wald hin. Mitunter meinte sie eine ferne Pferdeschelle zu hören. Aber niemand kam. Die Tür des Waldes blieb geschlossen.

In der Zeit dieses unruhigen Wartens schlief sie schlecht, wachte oft auf, hatte wirre Träume, die sie erschreckten, ohne dass sie eigentlich wusste, warum. Oft waren ihre Träume nur weiß wie der Schnee, leer, lautlos.

Einen Traum hatte sie jedoch, der wiederkehrte und sie verfolgte: Sie lag mit zwei Geschwistern im Ausziehbett, mit dem jüngsten Sohn, Olaus, und der Schwester, die ihr im Alter am nächsten war, Vera, der Zwölfjährigen. Sie spürte die warmen Körper der Kinder, aber sie wusste, dass es unbekannte Kinder wären, wenn sie die Augen aufschlüge. Und in dem Augenblick, in dem sie sie sah, würden sie sterben.

Dann erwachte sie und begriff mit grenzenloser Erleichterung, dass es nur ein Traum war. Oft blieb sie dann wach liegen und schaute auf das blaue Mondlicht, das durch die niedrigen mit Eiskristallen überzogenen Fenster fiel. Mit der Hand betastete sie die Holzwand und das Zeitungspapier. Dicht neben ihr war die Kälte, die an dem alten Holz zog und zerrte.

Die Kälte ist wie ein Tier, dachte sie. Ein Tier, eingesperrt in seinen Verschlag. Ein Tier, das ins Freie will.

Der Traum bedeutete etwas, es musste etwas mit ihrer Reise zu tun haben. Was erwartete sie? Was würde von ihr verlangt werden? Sie fühlte sich linkisch, wenn sie sich Stadtmenschen vorstellte. Wäre ihr Vater noch am Leben, hätte er ihr davon erzählen und sie vorbereiten können. Er war einmal in Stockholm gewesen und auch in einer anderen großen und bemerkenswerten Stadt, die Arboga hieß. Er hätte ihr sagen können, dass sie keine Angst zu haben brauchte.

Elin stammte aus dem Funäsdalen und war noch nie woanders gewesen, hatte nur diese Reise nach Norden gemacht, zusammen mit dem Mann, den sie heiraten würde. Nun war sie es, die antworten musste, wenn Hanna mit ihren Fragen kam.

Aber Elins Antworten: stumm, karg. Es war so wenig, was sie wusste.

8

An einem Tag Anfang November, als Hanna und ihre Mutter mit Axt und Säge am Waldrand Brennholz sammelten, hatte sie nach dem Meer gefragt. Wie sah es aus? Strömte es wie der Fluss in einer Furche? Hat es die gleiche Farbe? War es überall so tief, dass man keinen Boden unter den Füßen hatte?

Elin hatte sich ans schmerzende Kreuz gefasst und sie lange angesehen, ehe sie antwortete.

»Ich weiß nicht«, sagte sie. »Das Meer ist wie ein großer See, glaube ich. Wellen gibt es wohl. Aber ob das Meer strömt, kann ich nicht beantworten.«

»Aber Renström muss doch davon erzählt haben. Er ist doch zur See gefahren, hat er gesagt.«

»Das ist vielleicht nicht ganz wahr. Was er sagte, hat oft nur in seinem Kopf stattgefunden. Aber über das Meer hat er nur gesagt, dass es groß ist.«

Elin bückte sich, um die Äste und Zweige einzusammeln, die sie gesägt und gehackt hatten. Aber Hanna wollte noch nicht aufgeben. Ein Kind hört auf zu fragen, wenn es spürt, dass es genug ist. Aber sie war jetzt erwachsen, sie durfte weiterfragen.

»Ich weiß überhaupt nicht, was mich erwartet«, sagte sie. »Werde ich in einem Haus zusammen mit anderen wohnen? Werde ich mit jemandem das Bett teilen?«

Elin warf mit einer verbitterten Bewegung Äste in den Korb aus Birkenrinde.

»Du fragst zu viel«, sagte sie. »Ich kann nicht wissen, was dich erwartet. Aber hier erwartet dich nichts. Dort gibt es jedenfalls Menschen, die dir helfen können.«

»Ich will es ja nur wissen«, sagte Hanna.

»Frag jetzt nicht mehr«, sagte Elin. »Mir wird der Kopf schwer von all deinen Fragen. Ich habe keine Antworten.«

Sie kehrten schweigend zum Haus zurück, wo der dünne Rauch senkrecht in den blauen Himmel stieg. Olaus und Vera bewachten das Feuer. Aber Elin und Hanna entfernten sich immer nur so weit, dass sie auf einen großen Stein klettern und einen Blick auf den Schornstein werfen konnten, um zu sehen, ob das Feuer nicht erloschen war. Oder schlimmer: Ob es aus dem offenen Herd gelangt war und begonnen hatte, mit seinen Flammen um sich zu schlagen.

In den Nächten schneite es, jeder Morgen empfing sie mit Frost. Aber der wirklich schwere Schneefall, der nie weniger als drei Tage anhielt, war noch nicht über das westliche Fjäll geschlichen gekommen. Und Hanna wusste, ohne befahrbaren Schnee würde sich kein Schlitten durch den Wald von den Straßen weiter im Süden nähern.

Ein paar Tage später kam jedoch der Schnee. Wie fast immer kam er lautlos in der Nacht. Als Hanna aufstand, um im Herd

Feuer zu machen, stand Elin an der Tür, die sie einen Spalt weit geöffnet hatte.

Sie stand regungslos, spähend. Draußen war der Boden weiß. Schneewehen hatten sich an den Wänden des Hauses gesammelt. Hanna sah Krähenspuren im Schnee, vielleicht auch Spuren von einer Maus und einem Hasen.

Es schneite ununterbrochen.

»Dieser Schnee wird liegen bleiben«, sagte Elin. »Jetzt ist es Winter. Kein nackter Boden vor dem Frühling, Ende Mai, Anfang Juni.«

Die ganze folgende Woche schneite es weiter. Die Kälte war zunächst nicht schlimm, nur ein paar Grad minus. Aber nach den Schneefällen klarte der Himmel auf, und die strenge Kälte schlug zu.

Sie hatten ein Thermometer, das Renström vor langer Zeit auf einem Markt gekauft hatte. Oder hatte er es beim Armdrücken oder Fingerhakeln gewonnen? Das Thermometer hatte eine Kerbe, damit man es an der Außenwand befestigen konnte. Es wurde sorgsam gehütet, denn es bestand die Gefahr, dass jemand unachtsam war und das kleine Rohr zerschlug, in dem das gefährliche Quecksilber eingesperrt war. Vorsichtig steckte Elin es in den Schnee hinter dem Haus, wo immer Schatten war. Drei Tage hintereinander waren es jetzt mehr als dreißig Grad unter null.

Während der kältesten Tage heizten sie ununterbrochen und sorgten dafür, dass die Kuh und die beiden Ziegen etwas zum Kauen bekamen. Sie selbst aßen von dem wenigen, was es gab. Sie setzten all ihre Kräfte dafür ein, die Kälte fernzuhalten. Jeder neue Minusgrad war, als würde eine weitere feindliche Truppe ihre Belagerung verstärken.

Hanna sah, dass Elin Angst hatte. Was würde geschehen, wenn etwas zerbrach? Ein Fenster? Eine Wand? Sie hatten nichts, wohin sie fliehen könnten, außer dem kleinen Viehstall, in dem die Tiere standen. Aber auch die froren, und man konnte dort kein Feuer machen.

Während dieser eiskalten Tage spürte Hanna, dass die Veränderung auch etwas anderes bedeuten könnte. Eine Öffnung in einem dunklen Hochwald, wo das Sonnenlicht plötzlich auf eine Lichtung fiel. Ein Leben, das besser werden könnte als dieses von feindlichen Armeen belagerte Dasein. Die Angst vor dem Unbekannten wurde auch zu einer Sehnsucht nach dem, was sie vielleicht erwartete. Jenseits der Wälder, der wogenden Bergrücken im Südosten.

Davon sagte sie jedoch nichts zu Elin. Sie schwieg über ihre unklare Sehnsucht.

9

Am 17. Dezember, nachmittags kurz nach halb drei, ertönte Schellenklang aus dem Wald. Es war Vera, die die Pferde hörte. Sie war bei den Hühnern, um nachzusehen, ob sie trotz der Kälte Eier gelegt hatten. Als sie sich mit leeren Händen durch den schmalen Pfad tastete, der in dem meterhohen Schnee freigeschaufelt worden war, hörte sie die Schellen. Elin und Hanna kamen heraus, als sie rief. Die schlimmste Kälte hatte jetzt nachgelassen, die Tage zuvor hatte es getaut, aber jetzt hatte sich über Nacht puderweißer Neuschnee auf die Schneekruste gelegt.

Das Schellengeräusch näherte sich, dann tauchte das schwarze Pferd wie ein Troll oder ein Bär am Waldrand auf. Der eingemummelte Kutscher straffte die Zügel und hielt genau vor dem Häuschen an, das eingebettet in Schnee und Elend dort lag.

Da hatte Elin schon die erlösenden Worte zu Hanna gesagt: »Es ist Jonathan Forsman.«

»Wie kannst du sicher sein?«

»Niemand hat ein so schwarzes Pferd wie er. Und so viele Pelze hat auch niemand an.«

Hanna sah, dass das stimmte, als der Mann aus dem Schlitten geklettert war und in das Häuschen kam. Er trug Pelze von Bär und Wolf, saß während der Fahrt auf Rentierfellen und hatte einen Rotfuchs um den Hals. Als er sich aus all diesen Pelzen schälte, aus denen Schnee und Schweiß tropften, war es, wie einen Mann auftreten zu sehen, der viel zu lange an einem Feuer gesessen hatte. Sein Gesicht war bärtig und rot, die verschwitzten Haare klebten an der Stirn. Aber Hanna erkannte sofort, dass Elin recht gehabt hatte. Der Mann, der sie vielleicht mitnehmen würde, war weder bedrohlich noch bösartig. Er war freundlich, setzte sich auf einen Schemel am Feuer und schenkte Elin ein Gesangbuch, das er in Röros gekauft hatte.

»Es ist auf Norwegisch«, sagte er. »Aber der Einband ist schön, echtes Leder, und die Schließen glänzen, wenn man sie sauber hält. Und du kannst wohl ohnehin nicht lesen, Elin Renström. Oder irre ich mich?«

»Ich buchstabiere mich durch«, sagte Elin. »Wenn man das lesen nennen kann, dann tu ich das.«

Erst abends, als die kleineren Kinder eingeschlafen waren, sprach Elin die Frage nach Hannas Reise an. Sie saßen am Feuer. Jonathan Forsman ließ seine großen Hände ruhen. Ehe die Geschwister eingeschlafen waren, hatte er mit seiner gesprungenen Stimme einen Choral vorgetragen. Hanna hatte noch nie einen Mann so singen hören. Der Pastor, der in Ljungdalen den Gottesdienst hielt, hatte eine piepsige Stimme. Es klang, als würde ihn jemand kneifen, wenn er einen Choral anstimmte. Aber hier war ein Mann, der so sang, dass sogar die Kälte in den Wänden zu verstummen schien.

Elin sagte, wie es war. Einige wenige Worte, mehr war nicht nötig.

»Kannst du Hanna mitnehmen?«, fragte sie. »Sie soll nach Sundsvall, wo Verwandte sich um sie kümmern werden.«

Jonathan Forsman hörte ihr nachdenklich zu. »Bist du sicher?«, fragte er.

»Warum sollte ich nicht sicher sein? Weshalb sollte ich zögern?«

»Ob die Verwandtschaft sie aufnimmt? Ist es die von Renströms Seite?«

»Von meiner, den Walléns. Wäre es die von Renströms, würde ich sie auf keinen Fall hinschicken.«

»Und sie wissen, dass sie kommt?«

»Nicht, dass es Hanna ist. Aber eins von den Kindern. Das haben wir gesagt, als wir uns gesprochen haben.«

Jonathan Forsman sah lange auf seine Hände hinab. »Wie lange ist das her?«, fragte er dann. »Dass ihr euch gesprochen habt?«

»Vier Jahre jetzt im Frühjahr.«

»Viel kann in so langer Zeit geschehen sein«, sagte Jonathan Forsman. »Aber ich werde sie mitnehmen. Dann können wir nur hoffen, dass es jemand da gibt, der sie haben will.«

»In vier Jahren können doch nicht alle gestorben sein«, sagte Elin bestimmt. »Wenn es da nicht eine tödliche Epidemie gegeben hat, die uns hier oben im Fjäll nicht erreicht hat.«

Jetzt fasste Jonathan Forsman Hanna zum ersten Mal ins Auge. »Wie alt bist du?«, fragte er.

»Ich bin gerade achtzehn geworden.«

Jonathan Forsman nickte. Er stellte keine weiteren Fragen. Das Feuer brannte.

In dieser Nacht schlief Jonathan Forsman auf dem Boden neben der Feuerstelle. Er lag auf seinen ausgebreiteten Pelzen und deckte sich nur mit den Rentierfellen zu. Das Pferd hatte im Stall Platz gefunden, zwischen Kuh und Ziegen gedrängt.

Hanna lag lange wach. Seit ihr Vater gestorben war, hatte kein Mann im Haus geschlafen. Jetzt war da wieder einer, der im Schlaf schnarchte und schnaufte.

Forsman schlief mit stöhnenden Atemzügen, als würde er eine schwere Bürde tragen.

Am nächsten Tag fielen einzelne Flocken vom Himmel. Das Quecksilber zeigte zwei Grad unter null. Morgens um kurz nach acht setzte Hanna sich mit ihren beiden Bündeln in den Schlitten. Sie hatte alles angezogen, was sie besaß, und Jonathan Forsman hüllte sie in noch mehr ein, so dass sie sich kaum rühren konnte.

Die Geschwister weinten, als sie sie zum Abschied umarmte, erst einzeln, dann alle zusammen.

Aber Elin gab sie nur die Hand. Es war, wie es war. Sie hatte beschlossen, sich nicht umzudrehen, wenn sie im Schlitten saß. Innerlich weinte sie, als Jonathan Forsman die Peitsche schnalzen ließ und das schwarze Pferd mit dem Schlitten losruckelte. Aber sie zeigte es nicht.

Sie dachte an ihren Vater. Es war, als stünde auch er da, neben Elin, und sähe, wie sie aufbrach.

Gerade in diesem Moment war er zurückgekehrt. Er wollte dabei sein.

Es war 1903, das Jahr, in dem wieder eine große Not über das nördliche Schweden hinwegzog.

10

Die Schlittenfahrt von Ljungdalen zur Küste würde fünf Tage dauern. Das hatte Jonathan Forsman zu Elin gesagt, fast als hätte er ein Versprechen gegeben.

»Länger nicht«, sagte er. »Der Schnee ist geführig, ich habe nicht viele Geschäfte, die uns aufhalten. Wir machen nur halt, um zu essen und zu schlafen. Wir folgen dem Fluss, biegen nach Norden ab und fahren durch den Hochwald direkt nach Sundsvall. Es dauert fünf Tage, nicht mehr.«

Aber die Schlittenfahrt sollte länger dauern. Schon am zweiten Tag, bevor sie überhaupt den Wald erreicht hatten, der die Grenze zwischen Jämtland und Härjedalen bildete, zog ein Schneesturm von Osten auf, den Jonathan Forsman nicht vorhergesehen hatte. Der Himmel war klar gewesen, der Tag kalt, der Schnee geführig. Aber plötzlich hatten die Wolken sich aufgetürmt. Sogar Antero, Forsmans schwarzes Pferd, begann unruhig zu werden.

Sie kehrten in einem Gasthof in Överhogdal ein. Hanna bekam einen Schlafplatz in einem Zimmer mit den Mägden der Pension. Aber beim Essen saß sie mit Jonathan Forsman am Tisch und wurde bedient wie er. Das war noch nie in ihrem Leben geschehen.

»Wir fahren morgen weiter«, sagte er, nachdem er ein Tischgebet gesprochen und darauf geachtet hatte, dass auch sie die Hände faltete.

Doch in dieser Nacht drehte der Wind nach Norden, und Forsman entschloss sich zum Bleiben. Der starke Wind und der Schneefall zogen nicht weiter. Sie blieben eingeschneit in dem grauen Gasthof. In weniger als vier Stunden fiel ein halber Meter Neuschnee, und der Sturm türmte die Schneewehen an einigen Stellen bis zum First des Hauses.

Erst am Nachmittag des vierzehnten Reisetages, gerade in der kurzen Dämmerung, kamen sie in Sundsvall an. Hanna hatte die Tage gezählt, aber nicht bedacht, dass an diesem Abend Silvester war. Am Tag darauf würde das Jahr 1904 beginnen.

Für Jonathan Forsman schien der Jahreswechsel bedeutungsvoll zu sein. Er trieb das Pferd an, da er vor Mitternacht in der Stadt sein wollte. Für Hanna war Silvester nie etwas Besonderes gewesen. Meistens hatte sie geschlafen, wenn das neue Jahr kam. Sie konnte sich nicht erinnern, dass der Jahreswechsel für ihren Vater und ihre Mutter ein Grund zum Feiern war.

Dass sie den Weihnachtsabend und den ersten Weihnachtstag gemeinsam verbracht hatten, bedeutete für Forsman wenig oder gar nichts. Es war der Jahreswechsel, der zählte.

Die lange Schlittenfahrt durch die Wälder und weiten Felder hatte unter Schweigen stattgefunden. Hin und wieder hatte Jonathan Forsman dem Pferd etwas zugerufen. Aber mit Hanna hatte er nicht gesprochen. Er saß wie eine Wand vor ihr im Schlitten.

An diesem letzten Reisetag war es jedoch anders. Er drehte den Kopf und rief ihr etwas zu, und sie schrie ihre Antworten laut heraus, damit er hören konnte, was sie sagte.

Jonathan Forsman sah etwas Heiliges im Jahreswechsel. »Gott hat ihn erschaffen, damit wir die Zeit bedenken, die hinter uns liegt, und die, die wartet«, rief er im Schlitten nach hinten.

Bevor er bekehrt worden war, hatte er sich an Silvester mit heidnischen Bräuchen beschäftigt. Er hatte Blei gegossen und versucht, in dem erstarrten Klumpen die Zukunft zu lesen. Auch hatte er sich nie dem neuen Jahr zu nähern gewagt, ohne sich ordentlich zu betrinken.

»Aber jetzt lebe ich im Licht«, rief er. »Es gibt nichts mehr, wovor ich mich fürchten würde.«

Die Stadt Sundsvall lag in Dunkelheit und Kälte, als sie ankamen. Forsman straffte schon am Stadtrand die Zügel. Was sich Hanna auch immer unter der Stadt vorgestellt hatte, sie konnte es jetzt nicht erkennen. Das meiste lag noch vor ihr, als sie sich aus den Pelzen schälte und aus dem Schlitten stieg.

Jonathan Forsmans Haus war aus Stein und hatte zwei mächtige Stockwerke. Als er die Zügel anzog, kamen viele Leute aus der Eingangstür und dem Hinterhaus. Antero wurde versorgt, der Schlitten weggezogen, was an Fellen und anderen Waren übrig war, wurde ins Haus getragen. Hanna war verwirrt von allem, was rings um sie her geschah, all diese fremden Menschen, die sie neugierig ansahen, manche offen, andere verstohlen. Sie war daran gewöhnt, unbekannte Menschen zu treffen. Manchmal war es ein Landstreicher gewesen, der sich am Fluss verirrt hatte, manchmal waren es Reisende oder Leute mit Äxten und Sägen aus dem Wald, die ihr Vater mit nach Hause gebracht hatte. Aber nie war es so wie jetzt, nie dieses Gewimmel von Unbekannten.

Forsman bemerkte ihre Verunsicherung und rief mit lauter Stimme, das Mädchen in seiner Gesellschaft heiße Hanna Renström und wolle Verwandte in Sundsvall besuchen. Aber für diese Nacht, die letzte des Jahres, sei sie unter seinem Dach willkommen.

Um Mitternacht hatte Forsman seine Familie und alle Angestellten versammelt, auch die Pferdeknechte und die Mägde. In dem großen Zimmer, das als »Saal« bezeichnet wurde, öffnete er ein Fenster weit und bat alle, still zu sein. Die Uhr der Kirche von Sundsvall schlug. Hanna sah, wie Forsman schweigend die Schläge zählte, während er blanke Augen bekam.

Zu ihrem Entsetzen war er tatsächlich kurz davor, in Tränen auszubrechen. Nie in ihrem früheren Leben hätte sie sich vorstellen können, dass ein erwachsener Mann weinen könnte. Ihre Kehle war wie zugeschnürt, sie verstand, dass wirklich etwas Wichtiges geschah, als das Glockengeläut, getragen von der Kälte, durch das offene Fenster hereindrang. Als die Glocken schließlich verstummt waren, stimmte Forsman einen Choral an, und alle, die versammelt waren, fielen ein, auch Hanna, wenn auch nur verstohlen.

In dieser Nacht schlief sie zusammen mit drei Mägden des großen Steinhauses in einem Zimmer. Sie teilte das Bett mit Berta, die in ihrem Alter war. Sie roch nicht ganz reinlich, und Hanna fürchtete, dass sie selbst nicht viel besser roch. Berta schubste sich zurecht, nahm den meisten Platz ein und vertraute Hanna düster an, sie müsse um fünf Uhr aufstehen, obwohl es der Neujahrstag war, der fast als Sonntag galt. Aber sie sollte Feuer machen und die Kachelöfen mit dem Holz heizen, das die Knechte hereintrugen.

Berta schlief bald ein. Aber Hanna lag wach und dachte, dass etwas fehlte. Es dauerte lange, bis sie darauf kam, was es war.

Es knackte nicht in den Steinmauern. Die Kälte drang nicht durch die Wände wie daheim im Holzhaus.

Und erst da, in dem Bett an der Steinwand, überfiel sie das Heimweh. Sie befand sich in einer fremden Welt, sie konnte nicht mehr die Hand ausstrecken und ihre Geschwister berühren oder die schweren Atemzüge von Elin hören.

Sie war weit fort, mitten in dem, was für sie ganz neu und unbekannt war.

Vorsichtig legte sie die Hand auf Bertas warmen Körper. Ihr fehlten die Geschwister, die sie früher immer umringt hatten. Sie war allein, und sie wusste nicht, wie sie mit der Leere umgehen sollte, die um sie her wuchs.

II

Am nächsten Tag beauftragte Forsman Jukka, den zuverlässigsten seiner Angestellten, mit Hanna ihre Verwandten zu suchen. Von Elin hatte er eine Adresse bekommen, aber sie war vage gewesen, und Sundsvall war keine Stadt, in der Straßen und Hausnummern immer stimmten.

Schlimmer war, dass Forsman, der alle in der Stadt zu kennen meinte, nichts von irgendwelchen Walléns gehört hatte. Das hatte er Elin jedoch nicht gesagt. Er hatte angenommen, sie wohnten vielleicht bei einem Sägewerk in der Nähe von Sundsvall.

Die Kälte hatte nachgelassen. Sie biss Hanna nicht mehr in die Haut wie während der langen Schlittenfahrt.

Forsman begleitete sie auf die Straße hinaus.

»Wenn du keine Familie findest, bringst du sie wieder zurück«, wies er Jukka an, der eingeschüchtert wirkte, unsicher gegenüber dem mächtigen Mann in seinem Pelz. Er war bestimmt schon sechzig Jahre alt, aber trotzdem ängstlich wie ein Kind, das Schläge fürchtet.

Das verstand Hanna nicht.

Sie gingen los, und bald war Jukka wie verwandelt. Jetzt spuckte er aus und lief breitbeinig, schubste Leute, die nicht aus dem Weg gingen, und schien über die schlecht geräumte Straße zu herrschen.

Im bleichen Winterlicht sah Hanna die Stadt. Mit jedem der großen Steinhäuser, an denen sie vorbeigingen, schienen zehn baufällige Hütten aus dem Boden geschossen zu sein. Wie Pilze, dachte sie. Während Steinhäuser essbare Pilze sind und in den

Korb gelegt werden, sind die Holzhäuser nur etwas, was man zertritt.

Die Unruhe setzte ihr zu. Würde sie in die Stadt passen? Oder war sie jemand, der hier nie heimisch werden könnte?

Schließlich gab es auch das Meer zu entdecken. Da war ein Hafen, in dem große Schiffe lagen, einige mit Masten, andere mit schwarzen Schornsteinen. Aber das Wasser war nicht unendlich, wie ihr Vater gesagt hatte. Sie sah überall Land, nirgends ahnte sie offenes Wasser jenseits des Eises mit seinen Rinnen und Spalten.

Jukka trieb sie an, wenn sie stehenblieb. Er schien auch nicht mehr Zeit zu haben als sein Hausherr, dieselbe Eile.

Sie folgten dem vereisten Hafenbecken. Mehrmals wäre Hanna fast ausgerutscht und gefallen. Ihre Schuhe, die ein Flickschuster in Fjällnäs angefertigt hatte, waren für den eisglatten Straßenbelag nicht geeignet.

Sie kamen zu einer Ansammlung von Holzhütten, die einander zu umarmen schienen, um die Wärme zu halten.

Jukka blieb stehen und fragte einen Mann, der einen holzbeladenen Schlitten zog. Die Adresse? Wallén? Der stark hustende Mann, der eine große Brandwunde an der einen Wange hatte, wies in eine Richtung und versuchte zu erklären. Jukka drängte ihn ungeduldig, hob zum Dank die Hand an seine Pelzmütze, und sie gingen weiter.

»Hier kann kein Teufel sich zurechtfinden«, murmelte er in seiner singenden Sprache. »Hier findet sich keiner zurecht, aber ich glaube trotzdem, dass es hier ist.«

Er blieb vor einem zweistöckigen Holzhaus stehen, mit schrägem Dach, geflickten und abgedeckten Fenstern und einer Tür, die aus ihrem Rahmen herauszuragen schien. Jukka klopfte fest an die Tür. Sie wurde sofort von einer alten Frau geöffnet, die so dick in Schals eingemummelt war, dass Hanna nur Augen und Nase sehen konnte.

»Wallén«, sagte Jukka. »Wohnt eine Familie dieses Namens hier im Haus?«

Die Alte zuckte zusammen, als hätte er sie geschlagen. Dann sagte sie etwas, was er nicht verstand.

»Nimm den Schal ab, Alte«, schrie er. »Ich komme mit einer Nachricht von Kaufmann Jonathan Forsman. Er möchte wissen, ob hier jemand wohnt, der Wallén heißt. Und ich kann nicht verstehen, was du piepst, mit dem Mund hinter all deinen Lumpen!«

Die alte Frau zog den Schal weg, und Hanna sah, dass ihr Gesicht ausgemergelt war, als müsste sie häufig hungern.

»Die Familie Wallén«, wiederholte Jukka und zeigte unbeherrscht seine Ungeduld.

»Sie sind abgereist«, sagte die Alte.

»Was heißt das? In den Himmel oder in die Hölle abgereist? Antworte jetzt ordentlich, ehe ich die Geduld verliere.«

Die Alte zog sich bei dieser Drohung zurück, aber Jukka stellte seinen großen Stiefel zwischen Tür und Rahmen.

»Hier im Haus ist nur noch ein alter Mann«, sagte sie. »Sie haben ihn zurückgelassen. Wohin sie gefahren sind, weiß ich nicht.«

Jukka kaute auf seiner Unterlippe herum und versuchte sich zu entscheiden, was er sagen sollte.

»Wir müssen hineingehen und mit dem Alten reden«, sagte er schließlich. »Zeig uns, wo er wohnt!«

Die Alte führte sie eine Treppe hinauf. In den Türen standen bleiche Kinder und starrten die Fremden mit großen Augen an. Es roch säuerlich und herb, als würde das Haus nie gelüftet.

Sie gingen weiter, hinauf zum Speicher, wo die Alte schließlich an eine Tür klopfte und sich dann schnellstens davonmachte. Nachdem Jukka die Tür geöffnet hatte, schob er Hanna hinein.

»Rede jetzt mit der Verwandtschaft«, sagte er. »Entweder wirst du hier wohnen, oder du musst wieder mit nach Hause kommen.«

Die Einrichtung bestand aus einem Bett, einem Sprossenstuhl und einem gesprungenen Spiegel an einer Wand. Hanna erblickte ihr Gesicht darin, ein besorgtes Gesicht, das sie eigentlich nicht kannte. Dann schaute sie den Alten an, der im Bett lag und sie anstarrte, als wäre sie vom Himmel herabgestiegen.

Sie erinnerte sich an die Worte ihres Vaters, die er ihr zugeflüstert hatte. Über den schmutzigen Engel. Hatte er recht gehabt?

War es ein Engel, den der Alte vor sich zu sehen meinte? Oder eine verwirrte Magd vom fernen Fjäll?

12

Jukka war ungeduldig. »Sprich jetzt mit dem Alten«, knurrte er. »Wir haben keine Zeit, nur dazustehen und zu glotzen.«

Er riss das Fenster auf, das so lange geschlossen gewesen war, dass es sich fast nicht mehr öffnen ließ.

»Hier stinkt es«, sagte er. »Bitterer Altmännergeruch. Die Erde hat schon begonnen, dich aufzufressen, ohne dass du es merkst. Dein Körper ist schon voller Würmer, die am Fleisch nagen.«

Jukka sah Hanna auffordernd an. Sie ging zum Bett. Der Alte hatte Essensreste im Bart, das Nachthemd war verschwitzt und schmutzig. Sie sagte, wie sie hieß und wer ihr Vater und ihre Mutter waren. Der Alte schien es nicht zu verstehen, vielleicht konnte er es auch nicht hören. Sie wiederholte, was sie gesagt hatte, aber jetzt lauter.

Zur Antwort hob er eine zitternde Hand. Hanna glaubte, er wolle sie grüßen. Aber die Hand zeigte aufs Fenster.

»Ich friere«, sagte er. »Mach das Fenster zu.«

Jukka, der am Fenster Wache hielt, tat einen Schritt nach vorn, als wollte er zum Angriff übergehen.

»Es stinkt im Zimmer«, sagte er. »Es muss gelüftet werden. Aber weiß der Onkel, wer hier steht? Ist der Onkel mit ihr verwandt oder nicht? Wenn wir nur ein Ja oder ein Nein bekommen, gehen wir wieder.«

Aber der Alte verstand nichts. Er begann, um Essen zu betteln, er war hungrig, niemand gab ihm mehr etwas.

Hanna versuchte es noch einmal. Sagte abermals, wer sie war, und sprach lange von Elin. Aber das schien nicht zu helfen. Der alte Mann in dem schmutzigen Bett lebte in einer anderen Welt, in der alles, was zählte, sein Hunger war.

»Wir gehen«, sagte Jukka »Es bringt nichts. Wir sprechen mit der Alten da unten. Vielleicht weiß sie etwas.«

Hätte Hanna gekonnt, wäre sie aus dem Haus gerannt und wäre erst zu Hause bei Elin und den Geschwistern stehengeblieben. Es gab niemanden, der sie aufnehmen wollte, die Reise war vergeblich gewesen. Sie gehörte überhaupt nicht in die Stadt. Sie wurde nicht mal von einem alten, verwirrten Mann willkommen geheißen.

Als Forsman von dem misslungenen Ausflug erfuhr, schalt er den eingeschüchterten Jukka. Hatte er nicht einmal klären können, wo die Leute geblieben waren? War das so schwer?

Forsman beruhigte sich allmählich und sagte mit seiner gewohnten sanften Stimme zu Hanna, dass er sich jetzt selber der Nachforschungen annehmen würde. Sie solle sich keine Sorgen machen. Leute verschwanden nicht spurlos. Er würde bestimmt die Familie ausfindig machen, die sie treffen wollte.

»Bis auf Weiteres bleibst du hier«, sagte er. »Du kannst dich im Haus nützlich machen. Hilf den anderen Mädchen!«

Zwei Tage später hatte er eine Auskunft für sie. Hanna wurde in sein Büro gerufen, wo er hinter seinem Schreibtisch saß und auf einem Zigarrenstummel herumkaute.

»Der Alte, den du getroffen hast, ist nur eine Art Untermieter«, sagte er. »Ihr seid nicht verwandt. Er kann da in seinem Bett bleiben, bis er stirbt. Dann übernehmen andere das Zimmer. Da soll eine ganze Stauerfamilie einziehen. Sie hoffen bestimmt, dass er möglichst bald stirbt, da die Familie momentan in einem Stall wohnt. Aber wohin die anderen gezogen sind, weiß niemand.«

Er sah sie mit prüfenden Augen an. Sie verstand, dass sie Angst bekommen müsste, sträubte sich aber dagegen.

»Ich denke, du kannst vorerst hierbleiben«, sagte Forsman. »Wir brauchen noch ein Mädchen im Haus.«

Sie schloss die Augen, atmete aus. Ob vor Erleichterung oder Freude konnte sie nicht beurteilen. Sie versuchte, die Geräusche des Hauses und des Flusses heraufzubeschwören. Aber die Gedanken wurden von einem Karren unterbrochen, der auf der Straße vorbeirumpelte.

Sie sagte still zu sich selbst: Irgendwo bin ich ja trotz allem angekommen.

13

In der nächsten Zeit arbeitete sie mit Berta zusammen. Sie folgte ihr auf den Fersen, teilte ihre Pflichten und ließ sich in den wenigen freien Stunden von ihr die Stadt zeigen. Die meiste Zeit wurde dafür verwendet, die Kleider, Laken und Tücher des großen Haushalts zu waschen. Auf dem Innenhof des Steinhauses gab es eine Pumpe, wo sie Wasser für das Waschhaus neben dem Stall holten. Hanna verstand nicht, wie Berta die schwere Arbeit bewältigte, die selten weniger als zwölf Stunden am Tag währte. Berta hatte bei Forsman angefangen, als sie dreizehn war. Ihr Vater war bei einem Unfall im Sägewerk von Essvik umgekommen und ihre Mutter im Jahr darauf an Schwindsucht gestorben, worauf die Geschwisterschar in alle Winde zerstreut wurde. Berta kam immer wieder darauf zurück, welches Glück sie gehabt habe, bei Forsman arbeiten zu können. Auch wenn es schwer und trostlos war, hatte sie ein Dach überm Kopf, ein Bett zum Schlafen und dreimal am Tag eine Mahlzeit. Worüber sollte sie sich beklagen? Wer gab ihr das Recht dazu?

»Wenn ich hier weggehe, stehen sofort zehn Mädchen draußen vor der Tür und wollen meine Arbeit haben«, sagte Berta an einem frühen Morgen, als sie an der Pumpe standen und ihre Eimer füllten. »Warum sollte ich nicht zufrieden sein?«

»Wirst du in zehn Jahren noch hier sein?«, fragte Hanna.

Berta schüttelte den Kopf und lachte auf. Obwohl sie noch jung war, hatte sie schon mehrere Zähne im Oberkiefer verloren. »Zehn Jahre? Ich weiß nicht einmal, ob ich dann noch lebe.«

Aber Hanna ließ nicht locker. Von irgendetwas musste Berta doch träumen?

»Kinder«, sagte Berta zögernd. »Die möchte ich gern haben. Aber dazu muss ich einen Mann finden. Und das habe ich noch nicht. Ich will einen haben, der weder trinkt noch schlägt. Wo findet man so einen Mann?«

Bei jeder Frage, die Hanna stellte, gab sie sich schweigend auch selbst eine Antwort. Was wollte sie selbst? In zehn Jahren, würde sie da noch am Leben sein? Oder war sie dann auch weg? Wer war der Mann, den sie zu treffen hoffte? Wenn sie es wirklich hoffte?

Und Kinder? Konnte sie daran denken, solange sie in vieler Hinsicht selbst noch ein Kind war?

Gegen Ende Februar begann es unerwartet zu tauen. Wenn sie die Zeit fanden, spazierten sie an den Abenden durch die Stadt. Berta führte sie herum, tat es mit Stolz, einem Gefühl, sowohl etwas zu besitzen als auch eine Antwort zu haben. Sie wusste etwas, was Hanna nicht kannte. Die Stadt gehörte ihr.

Hin und wieder stellte Berta Fragen nach dem Ort, an dem Hanna gelebt hatte, ehe sie mit Forsman nach Sundsvall gekommen war. Aber Hanna merkte bald, dass Berta an dem, was sie zu erzählen hatte, eigentlich nicht interessiert war. Oder vielleicht war es so, dass Berta, die nur die Stadt kannte, sich nicht vorstellen konnte, wie es an einem Fluss unterhalb eines hohen Fjälls aussah.

Die Gemeinschaft mit Berta war für Hanna etwas ganz Neues. Während der Zeit, in der sie in Forsmans Steinhaus wohnte, wurden Berta und sie Freundinnen und wagten es, Vertraulichkeiten auszutauschen. Fast jeden Abend lagen sie in ihrem gemeinsamen Bett und flüsterten miteinander. Hanna dachte, noch nie habe sie eine Freundin wie Berta gehabt. Was sie mit ihren Geschwistern oder mit ihrer Mutter verbunden hatte, war nicht vergleichbar.

Sie sprachen über die schwierigen Dinge des Lebens: Liebe, Kinder, Männer. Hanna verstand bald, dass Berta ebenso wenig Erfahrung hatte wie sie selbst. Und beide wussten nicht, was sie im Leben erwartete.

An den Abenden, an denen sie spazieren gingen, immer Arm in Arm, Schals um Haare und Kinn geschlungen, kam es vor, dass gleichaltrige Jungen, die herumlungerten, ihnen etwas nachriefen. Aber sie antworteten nicht, beschleunigten die Schritte, auch wenn sie später kichernd kommentierten, was geschehen war.

Wir sind noch nicht so weit, dachte Hanna. Aber eines Tages werden wir stehenbleiben und mit diesen Jungen sprechen.

Wenn sie nicht mit der Arbeit beschäftigt waren, versuchten sie, gemeinsam lesen zu lernen. Ihre Kenntnisse waren gleichermaßen gering. Berta hatte ein abgegriffenes Abc-Buch von einer Köchin bekommen, die früher in Forsmans Haus gearbeitet hatte. Sie beugten sich darüber, buchstabierten sich durch die Wörter, hörten einander ab und liehen sich bald heimlich Bücher aus Forsmans Bibliothek. Es dauerte nicht lange, und sie konnten einander mit wachsender Sicherheit vorlesen.

Hanna würde nie den Moment vergessen, als die Buchstaben nicht mehr vor ihren Augen hüpften. Als sie ihr keine Fratzen mehr schnitten, sondern Wörter und Sätze bildeten und schließlich ganze Erzählungen, die sie verstehen konnte.

In dieser Zeit fiel Hanna zufällig ein portugiesisches Wörterbuch in die Hände. Es kam vor, dass Forsman Bücher und Schriften aus seiner umfangreichen Bibliothek aussortierte. Hanna hatte das Wörterbuch in seinem Papierkorb gefunden und meinte, dass sie alles, was er wegwarf, behalten könne und es nicht auf den Müllhaufen bringen müsse. Sie zeigte es Berta, doch die war nicht an einer fremden Sprache interessiert, die ihr nie von Nutzen sein würde.

Hanna behielt das Buch und lernte Wörter und Wendungen, von denen sie nicht einmal wusste, ob sie sie richtig aussprach.

In diesem Jahr 1904 blieb der Spätwinter mild. Bereits Mitte März versammelten sich die Seeleute, die ihre untätigen Wintermonate an Land verbracht hatten, unten am Hafen und an den Werften, wo die abgetakelten Segelfrachtschiffe lagen. Berta konnte Hanna erzählen, dass es immer weniger Segelschiffe gab. Mehr und mehr Reeder kauften jetzt Dampfschiffe. Aber immer noch gab es Segler, die entlang der Küste segelten oder hinüber nach Finnland, vielleicht auch in die baltischen Staaten. Viele fuhren auch mit Holz und Fisch hinunter nach Stockholm, oder sie nahmen Kurs gen Norden.

Bald würden die letzten Segel verschwinden und nur die Dampfschiffe übrig sein.

14

Eines Vormittags wurde Hanna in Forsmans Büro bestellt. Es kam nicht oft vor, dass er mit ihr allein reden wollte. Jedes Mal empfand sie eine Unruhe davor, dass er aufbrausen würde und etwas an ihrer Arbeit oder ihrem Auftreten auszusetzen hätte.

Als sie den Raum betrat, war Forsman in Gesellschaft eines Mannes in Uniform. Sie blieb an der Tür stehen und knickste. Forsman nickte ihr zu und legte die brennende Zigarre ab.

Der Mann in Uniform war älter als Forsman. Er sah sie mit prüfenden Augen an.

»Das ist Kapitän Svartman«, sagte Forsman. »Er ist Kapitän auf einem Schiff, an dem ich Teilhaber bin. Das Schiff heißt *Lovisa* und wird sich bald auf die lange Fahrt nach Australien begeben, mit schwedischem Holz, im eigenen Wald gefällt und im eigenen Sägewerk geschnitten.«

Forsman verstummte abrupt, wie er es zu tun pflegte, wenn er den Leuten Zeit lassen wollte, über das Gehörte nachzudenken. Hanna suchte in ihrem Gedächtnis nach diesem Land, fand es aber nicht.

Forsman hatte jedoch gesagt, es gehe um eine weite Reise. Australien war also kein Nachbarland.

»Ich habe über deine Zukunft nachgedacht«, sagte Forsman plötzlich mit so starkem Nachdruck, dass Hanna zusammenzuckte. »Du kannst bestimmt mehr aus dir machen, als in diesem Haus als Magd zu arbeiten. Ich meine, in dir etwas zu sehen, was Gutes für die Zukunft verheißt. Was es ist, weiß ich nicht. Es ist nur so, als würde ich ahnen, dass du deinen eigenen Willen hast. Deshalb habe ich beschlossen, dass du mit Kapitän Svartman nach Australien und wieder zurück fahren wirst. Auf dem Schiff bist du Köchin. Du wirst die einzige Frau an Bord sein, aber alle wissen, dass du unter meinem Schutz stehst.«

Forsman verstummte wieder und betrachtete seine Zigarre, die erloschen war.

Für Hanna gab es etwas, was sie sofort sagen wollte: »Ich muss Elin um Erlaubnis fragen. Ich kann nicht reisen, ohne zu Hause Bescheid zu geben.«

Forsman nickte und beugte sich über den Schreibtisch. Er zog ein Papier zu sich heran und hielt es in die Höhe, damit Hanna es sehen konnte.

»Deine Mutter hat eine Krakelschrift«, sagte er. »Sie buchstabiert jämmerlich. Auch kann sie weder Punkt noch Komma setzen. Aber sie versteht, was ich dir angeboten habe, und sie gibt dir ihren Segen für die Reise.«

Hanna begriff jetzt, dass Forsman weiterhin Verantwortung für sie übernahm, wie er es versprochen hatte. Dass sie eine lange Reise antreten würde, war offenbar schon vor langer Zeit geplant worden. Briefe zwischen Sundsvall und der Fjällwelt brauchten viele Wochen, um hin- und zurückgeschickt zu werden.

»In gut einem Monat wird das Schiff beladen und fertig für die Abreise sein«, sagte Forsman. »Bis dahin findest du dich jeden Morgen auf dem Schiff ein. Da gibt es einen alten Schiffskoch namens Mörth, der dich anlernen wird. Du bekommst Geld für deine Ausstattung, und du wirst während der Reise einen guten

Lohn bekommen, mehr Geld, als du je als Magd verdienen könntest. Geh jetzt und zögere nicht. Ich weiß, dass das eine Arbeit ist, die gut zu dir passt.«

Hanna verließ den Raum. Der Schweiß unter ihrer Bluse war kalt.

Erst am nächsten Tag, einem Sonntag, an dem sie ein paar Stunden freihatte, konnte Hanna es Berta erzählen. Die Sonne schien, es tropfte von den Dächern. Sie stiegen auf eine kleine Anhöhe vor der Stadt zu einer Bank, die jemand aus einem Baumstamm gezimmert hatte. Es war noch Winter, aber die Sonne wärmte mitten am Tag. Sie breiteten ihre Mäntel aus und setzten sich. Hanna hatte nichts im vorhinein beschlossen. Aber plötzlich wusste sie, dass sie Bertas Rat befolgen würde. Sie sagte, wie es war, dass sie sich vor der Aufgabe graulte, die Forsman ihr auferlegt hatte. Wie sollte sie als Köchin auf einem Schiff taugen, das bis nach Australien fuhr?

»Ich wünschte, er hätte mich gefragt«, sagte Berta. »Ich hätte nicht gezögert loszufahren.«

»Es ist so weit weg«, sagte Hanna und erzählte, dass sie Australien auf dem braunen Globus neben Forsmans Billardtisch entdeckt hatte.

Entsetzt hatte sie festgestellt, dass Australien an der Unterseite des Globus lag.

»Ich will in Forsmans Haus bleiben«, sagte sie. »Wer soll all meine Arbeit tun, wenn ich fort bin?«

»Sollte diese Plackerei wirklich etwas Erstrebenswertes sein?«, meinte Berta erstaunt. »Außerdem wird hier im Haus eigentlich keine weitere Magd gebraucht.«

Berta klang bestimmt, als sie antwortete. Es war, als ahnte sie, was sich unruhig in Hannas Gehirn bewegte. Aber es konnte auch sein, dass Berta eifersüchtig auf sie war. Hanna bekam das unbehagliche Gefühl, Berta wolle vielleicht gar nicht, dass sie blieb.

»Du musst dich entscheiden«, sagte Berta. »Ich will ja nichts lieber, als dass du bleibst. Schon deshalb, weil du in den Nächten still liegst. Es ist nicht schön, mit jemandem das Bett zu teilen, der strampelt und sich die ganze Nacht herumwälzt.«

Sie brachen beide in Gelächter aus, wurden aber gleich wieder ernst.

»Sprich mit Forsman, wenn du zögerst«, sagte Berta. »Er ist es, der bestimmt.«

Dann sagten sie nichts mehr über die Reise. Sie saßen still da und schauten auf die Stadt und das weiße Eis, das sich jenseits der bewaldeten Hügelketten ausbreitete. Als es zu kalt wurde, standen sie auf und kletterten den rutschigen Pfad wieder hinab. Erst fiel Berta hin, dann Hanna. Sie lachten und hielten sich an den Händen, während sie den Abstieg fortsetzten. Hanna dachte an das, was sie am meisten beunruhigte.

Dass sie die Freundin verlieren würde, die sie in Berta gefunden hatte.

Tags darauf nahm sie ihren Mut zusammen und klopfte an die Tür von Forsmans Büro. Er rief herein und hob erstaunt die Brauen, als sie über die Schwelle trat.

»Was willst du?«

Sie blieb an der Tür stehen. Was sollte sie eigentlich sagen?

»Komm her«, sagte er. »Komm her zum Tisch! Ich erwarte gleich ein paar Männer, von denen ich Holz kaufen will. Geht es dir nicht gut, oder was ist mit dir los?«

»Es geht mir gut«, sagte Hanna und knickste.

»Was ist es dann? Es gefällt mir nicht, dass du unnötig hier stehst und knickst.«

»Ich würde gern hierbleiben«, sagte sie mit so leiser Stimme, dass Forsman sich über den Tisch beugen musste, um sie zu verstehen.

Sie erhob sofort die Stimme, damit er nicht ungeduldig würde und aufbrauste. »Ich weiß nicht, was mich auf diesem Schiff erwartet«, fuhr sie fort. »Aber ich glaube, hier tue ich die Arbeit, wie ich soll.«

Forsman lehnte sich wieder im Schreibtischstuhl zurück. Seine großen Hände ruhten schwer auf seinem Bauch, über dem die Weste aufgeknöpft war. Er betrachtete sie mit prüfendem Blick.

»Es wird so gemacht, wie ich es gesagt habe. So ist es am besten. Glaub mir.«

Er erhob sich, das Gespräch war beendet. Hanna knickste und ging zur Tür.

Es kam ihr so vor, als würde sie rennen.

15

Genau so ein Gesangbuch hatte Forsman ihrer Mutter Elin an jenem Tag im Dezember des vorigen Jahres geschenkt, als sein Schlitten endlich am Waldrand aufgetaucht war. Jetzt war Hanna an der Reihe, eins zu bekommen, an dem Tag im April, an dem sie endgültig an Bord des Schiffs gehen musste. Jetzt hatte sie angeheuert, hatte einen Vertrag und eine Versicherung unterzeichnet.

Inzwischen hatte sie alles, was sie können sollte, von dem alten Koch Mörth gelernt, der seine Finger nicht von ihr lassen konnte, aber sofort aufhörte, als sie seine Hand wegschlug. Dann wartete er bis zum nächsten Tag, ehe er es wieder versuchte. Auch wenn er sie nicht in Frieden ließ, lehrte er sie gründlich, gutes Essen für die Besatzung zu kochen. Er unterwies und ermahnte sie, den Vorrat an Grundnahrungsmitteln regelmäßig zu kontrollieren, welche Häfen geeignet oder ungeeignet waren, um fehlende Lebensmittel aufzufüllen. Er zeichnete eine Karte und schrieb eine Liste für sie, und sie wusste, dass sie sich ohne Mörth nie ausreichend auf die bevorstehende Reise hätte vorbereiten können.

Forsman nahm ihre Hand, nachdem er ihr das Gesangbuch gegeben hatte. Er wirkte verlegen, fast gerührt, als hätte er getrunken, aber sie wusste ja, dass er nie trank.

»Ich hoffe, es wird dir gut ergehen«, sagte er. »Gott wacht über deine Schritte. Aber ich bin auch nahe bei dir, das verspreche ich.«

Der Abschied vom Steinhaus und seinen Bewohnern war kurz.

Mit Berta hatte sie eine Übereinkunft getroffen. Sie sei heilig, hatten sie einander gesagt, und dürfe nicht gebrochen werden. Sie hatten ausgemacht, einander zu schreiben, bis sie sich wiedersehen würden. Sie hatten zusammen Lesen und Schreiben gelernt, und es hatte sich gezeigt, dass das alles einen Sinn hatte. Und wenn es nun so sein sollte, dass Hanna nicht nach Sundsvall zurückkommen würde, konnten sie sich in ihren Briefen treffen.

Forsman begleitete sie hinunter zum Schiff. An der Gangway stand ein Mann in Uniform, den sie bisher noch nicht gesehen hatte. Er war jung und blond, kaum vier oder fünf Jahre älter als sie selbst. Breitbeinig stand er da und fingerte an einer erloschenen Pfeife herum.

Hanna tat einen Schritt hinauf auf die Gangway. Als sie an Bord ging, stand da der fremde Mann und erwartete sie.

Sie knickste und bereute es sofort. Warum sollte sie vor einem der Matrosen knicksen?

Stampfende Schritte ertönten hinter ihr. Es war Forsman, der zusammen mit dem Kapitän an Bord kam.

»Steuermann Lundmark«, sagte Kapitän Svartman. »Das ist unsere Köchin Hanna Renström. Behandelt sie gut, dann bekommt ihr gutes Essen während der Reise.«

Lundmark nickte. Sein Lächeln verunsicherte Hanna. Warum sah er sie mit so prüfenden Augen an?

Aber sie wusste nun, wer er war.

An diesem Apriltag wehte ein leichter Wind über Sundsvall. Sie schloss die Augen und lauschte dem Rauschen von Wind und Wellen. Der Wald, dachte sie. Die Wellen erinnern mich an das Brausen da oben im Flusstal, wenn es stürmte. Ob der Wind kalt war oder warm.

Plötzlich sehnte sie sich nach Elin und den Geschwistern. Aber es gab kein Zurück, es gab jetzt nichts anderes als dieses Schiff, das mit duftenden, frisch gesägten Brettern beladen war, auf dem Weg nach Australien.

»Lars Johan Jakob Antonius Lundmark«, sagte plötzlich eine

Stimme neben ihr. Es war der Steuermann, der zurückgeblieben war, während der Kapitän und Forsman sich zu Svartmans Kajüte begeben hatten. »Lars nach meinem Vater«, fuhr er fort. »Johan nach meinem Großvater, Jakob nach meinem älteren Bruder, der gestorben ist, Antonius nach einem Arzt, der einmal die Blutvergiftung meines Vaters geheilt hat. Weißt du jetzt, wer ich bin?«

»Ich heiße Hanna«, sagte sie. »Ich habe nur einen Namen, mir hat das immer gereicht.«

Sie drehte sich um und ging zu ihrer Kabine. Abgesehen von Kapitän Svartman hatte nur sie eine eigene Kabine. Sie setzte sich mit dem Gesangbuch in der Hand auf die Pritsche. Als sie die Buchdeckel aufklappte, lagen da zwei blanke Goldmünzen.

Sie kehrte zum Deck zurück. Der Steuermann war verschwunden. Sie blieb an der Reling stehen, bis Forsman aus der Kajüte des Kapitäns kam.

»Ich möchte mich für das Geld bedanken«, sagte sie.

»Geld ergänzt Gottes Wort auf eine gute Art«, sagte Forsman. »Ein bisschen Reisekapital kann nicht schaden.«

Er tätschelte linkisch ihre Wange und verließ das Schiff über die Gangway, die unter seinem Gewicht schwankte.

Das Schiff schien sich zu verneigen, um sich von seinem Besitzer zu verabschieden.

16

Neun Stunden später, am 23. April 1904, verließ die *Lovisa* mit dem Ziel Perth den Kai.

Mit dem Nebelhorn tutete das Schiff seinen Abschied. Hanna stand an der Reling am Heck und hatte das Gefühl, da unten am Kai zurückgeblieben zu sein.

Einen Teil von sich selbst hatte sie bestimmt zurückgelassen. Wer sie jetzt war, wusste sie nicht. Das würde die Zukunft, ungewiss, unbekannt, erweisen.

Sie stellte sich an die Kombüse, unter ein hervorspringendes Dach, und schaute auf den wirbelnden Schaum der Schiffsschraube. Schneetreiben, dachte sie. Jetzt bin ich unterwegs in eine Welt, in der es nie schneit, wo es eine Wüste gibt, in der trockener Sand in einer Hitze wirbelt, die ich mir nicht vorstellen kann.

Plötzlich stand der Steuermann neben ihr. Später würde sie sich daran erinnern, dass sie gleich seine Nägel bemerkt hatte. Sie waren sorgfältig geschnitten und sauber, und sie dachte daran, wie Elin sich über die Nägel ihres Vaters gebeugt hatte und sie mit unendlicher Zärtlichkeit und Mühe gleichmäßig geschnitten und gesäubert hatte.

Sie fragte sich flüchtig, wer die Nägel des Steuermanns Lundmark geschnitten hatte. Svartman hatte etwas gesagt, woraus sie geschlossen hatte, Steuermann Lundmark sei unverheiratet. Svartman hatte sie auch gefragt, ob sie einen Verlobten habe, der sie erwarte. Als sie das verneinte, wirkte er zufrieden. Er hatte gemurmelt, es sei besser, wenn nicht allzu viele aus der Besatzung Familie hatten.

»Wenn etwas geschieht«, hatte er hinzugefügt. »Das Meer verspricht uns nichts anderes als das Unerwartete.«

Lundmark sah sie lächelnd an. »Willkommen an Bord«, sagte er.

Sie betrachtete ihn verdutzt. Es war Forsman, der da redete. Lundmark imitierte seine Stimme mit großer Treffsicherheit.

»Du klingst wie er«, sagte sie.

»Ich kann, wenn ich will«, sagte Lundmark. »Auch in einem dritten Steuermann kann sich eine Reederstimme verbergen.«

Ein ferner Ruf von der Brücke unterbrach das Gespräch. Der schwarze Rauch aus den Schornsteinen senkte sich auf das Deck. Sie musste sich umdrehen, damit er nicht in den Augen brannte.

Als Küchenhilfe hatte sie einen fünfzehnjährigen Jungen, der Lars hieß. Auch für ihn war es die erste Reise. Er war elternlos und ängstlich. Als er ihr die Hand gab, spürte sie, dass er sie wegziehen würde, falls sie zu fest drückte.

Kapitän Svartman hatte braune Bohnen mit Speck für diesen ersten Tag bestellt.

»Ich bin nicht abergläubisch«, hatte er gesagt. »Aber meine besten Reisen haben immer damit angefangen, dass die Mannschaft am ersten Tag braune Bohnen mit Speck bekommen hat.«

Abends, als sie alles für das morgige Frühstück vorbereitet hatte, ging sie hinaus an Deck. Die Schären lagen jetzt hinter ihnen, und sie steuerten nach Süden. Die Sonne ging hinter den Hügelketten an Steuerbord unter.

Plötzlich befand sich Lundmark wieder an ihrer Seite. Zusammen betrachteten sie schweigend die Sonne, die langsam verschwand.

»Steuerbord«, sagte er unvermittelt. »Alles hat eine Erklärung. Ein komisches Wort, das doch etwas bedeutet. Früher stand man mit einem Steuerruder hinten am Heck. Das hielt man auf der rechten Seite, weil man dann die Kraft des rechten Arms einsetzen konnte, die meist größer ist als die des linken. So entstand das Wort Steuerbord.«

»Und Backbord?«, fragte sie.

Lundmark schüttelte den Kopf. »Ich weiß nicht. Aber ich werde es herausfinden.«

Es wurde bald zu einer Gewohnheit. Jeden Abend standen Hanna und der Steuermann an Deck und sprachen miteinander. Wenn es regnete oder zu stark stürmte, suchten sie Schutz unter dem Vorsprung an der Kombüse.

Warum es Backbord hieß, darauf würde sie jedoch niemals eine Antwort bekommen.

17

Das ist das Bemerkenswerteste, dachte sie: Jeden Morgen, wenn ich in meiner Koje aufwache, bin ich weitergereist. Ich befinde mich nicht mehr dort, wo ich eingeschlafen bin.

Aber noch etwas hatte sich für sie verändert. Sie hatte begonnen, eine gewisse Erwartung vor den Treffen mit Lundmark zu empfinden. Nach und nach erzählten sie einander, wer sie waren, woher sie kamen, und an dem Abend, an dem er seinen Arm um sie legte, zuckte sie nicht zurück.

Da befanden sie sich im Ärmelkanal und tasteten sich durch einen Nebel, der wie eine Wand vor ihnen stand. Nebelhörner brüllten aus verschiedenen Richtungen. Sie stellte sich Tiere vor, die sich verirrt hatten und jetzt versuchten, wieder zur Herde zu finden. Kapitän Svartman stand während der Zeit des Nebels stets auf der Kommandobrücke und hatte einen zusätzlichen Ausguck beordert. Hin und wieder tauchten schwarze Schiffe mit schlaffen Segeln oder mit rauchenden Schornsteinen aus all dem Weißen auf und glitten vorbei, manchmal viel zu nah, das konnte sie Svartman ansehen, der den Kopf schüttelte und befahl, die Geschwindigkeit noch weiter zu drosseln.

Zwei Tage und zwei Nächte kamen sie kaum vorwärts. Alle vorhandenen Laternen und Leuchten wurden an Deck entzündet. Hanna fiel es schwer zu schlafen, und oft verließ sie ihre Kabine. Aber sie achtete immer darauf, nicht im Weg zu sein.

Kapitän Svartman bat sie am zweiten Tag, nach dem Schiffsjungen zu suchen, der verschwunden war. Sie fand ihn in der Vorratskammer, wo er sich versteckt hatte und vor Angst zitterte. Sie tröstete ihn und nahm ihn mit an Deck, wo Svartman ihm eine Laterne in die Hand drückte.

»Arbeit heilt«, sagte er.

Nach ein paar Tagen löste sich der Nebel auf. Sie nahmen wieder Fahrt auf. Hanna hörte von etwas, das Golf von Biskaya hieß und das sie bald passieren würden.

Lundmark begann eines Abends, von seinen Eltern zu erzählen. Er war das einzige Kind eines Kaufmanns in Timrå, der in Zahlungsschwierigkeiten geraten war und die Armut und die Not kaum von den Wänden des Hauses hatte fernhalten können. Seine Mutter war eine schweigsame Frau, die sich nie mit der Tatsache abgefunden hatte, dass sie nur ein einziges Kind zur Welt gebracht hatte. Das war für sie eine Enttäuschung, aber fast auch eine Schande.

Er selbst hatte sich immer nach dem Meer gesehnt. War ständig an den Stränden entlanggelaufen, um die Schiffe am Horizont zu beobachten. Als Dreizehnjähriger hatte er sich als Jungmann auf einem Segelfrachtschiff verdingt, das in Linienfahrt zwischen Sundsvall und Söderhamn verkehrte. Sein Vater und seine Mutter hatten es ihm auszureden versucht. Sie hatten sogar damit gedroht, ihm den Landpolizeikommissar nachzuschicken, wenn er sich davonmachte. Aber als er es dann doch tat, war es, als hätten sie resigniert, und sie ließen ihn dem Weg folgen, für den er sich entschieden hatte.

Ehe Hanna an diesem Abend einschlief, dachte sie an das, was der Steuermann erzählt hatte. Es war etwas Vertrauliches, wie es bisher nur Berta mitzuteilen bereit gewesen war.

Am folgenden Tag fuhr er fort zu erzählen. Aber er fragte auch nach dem Leben, das sie geführt hatte, ehe sie in Forsmans Haus und dann zur *Lovisa* gekommen war. Sie meinte, sie habe nichts zu sagen. Aber er hörte sich an, was sie trotzdem erzählte, und schien aufrichtig interessiert.

So setzten sie ihre Gespräche fort, Abend für Abend, wenn der Sturm nicht zu stark war und Kapitän Svartman Lundmark nicht beauftragte, Aufgaben außerhalb des üblichen Arbeitsablaufs zu übernehmen.

Hanna merkte, dass sie etwas für Lundmark empfand, was sie noch nicht kannte. Es war nicht mit dem zu vergleichen, was sie mit Elin und den Geschwistern verbunden hatte. Auch nicht mit der Nähe, die sie mit Berta geteilt hatte. Das, was sie jetzt fühlte, ging tiefer. Jeder Augenblick, der in der Erwartung verging, dass er hinter der Kombüse auftauchte, wurde zu einer immer stärkeren Sehnsucht.

Eines Abends gab er ihr eine kleine Holzskulptur, die eine Seejungfrau darstellte. Er hatte sie auf einer früheren Reise in einer italienischen Hafenstadt gekauft und sie auf alle Schiffe mitgenommen, auf denen er angeheuert hatte.

»Ich kann sie nicht annehmen«, sagte sie.

»Ich will, dass sie dir gehört«, sagte Lundmark. »Genau jetzt möchte ich das unbedingt.«

Sie blickten verlegen in die Dunkelheit. Schließlich wünschte Hanna ihm gute Nacht und ging in ihre Kajüte. Als sie später die Tür einen Spalt weit aufmachte, sah sie ihn noch immer an der Reling stehen. Breitbeinig, die Uniformmütze in der Hand.

Am nächsten Morgen schuppte sie den frisch gefangenen Fisch, den die Besatzung zum Abendessen bekommen sollte, als ein Schatten über sie fiel. Als sie aufsah, war es Lundmark. Er kniete sich hin, nahm ihre Hand, die voll glänzender Schuppen war, und fragte, ob sie ihn heiraten wolle.

Bis zu diesem Augenblick hatten sie nichts anderes getan, als miteinander zu sprechen. Aber alle an Bord hatten es so aufgefasst, dass sie ein Paar waren, das hatte sie verstanden, da keiner von all den anderen Männern sich ihr genähert hatte.

Hatte sie darauf gewartet? Hatte sie es erhofft? Für einen kurzen Moment war ihr wohl der Gedanke gekommen, dass er es war, mit dem sie reiste, nicht das Schiff mit seiner Ladung von Brettern.

Sie sagte sofort ja. Ihr Entschluss war in einem Augenblick gefasst. Er hockte vor ihr, küsste ihr Gesicht und stand dann auf, um zur Besprechung der Steuermänner mit dem Kapitän zu gehen.

In Alger legten sie am Kai an, um zu bunkern. Der schwedische Konsul, ein Franzose, der in seiner Jugend Stockholm besucht und sich in die Stadt verliebt hatte, trieb einen englischen Methodistenpfarrer auf, der bereit war, sie zu trauen. Kapitän Svartman stellte die notwendigen Dokumente aus und war selbst Trauzeuge, zusammen mit dem Konsul und seiner Frau, die während der Zeremonie vor Rührung weinte. Danach nahm sie der Kapitän mit zu einem Fotografen und bezahlte das Hochzeitsbild aus eigener Tasche.

Am gleichen Abend zog sie in Lundmarks Kabine. Der zweite Steuermann, Björnsson, siedelte in die enge Krankenkabine des Schiffs um. Hanna würde ihren eigenen Raum behalten, den wollte ihr Kapitän Svartman nicht nehmen. Aber sollte jemand ernstlich krank werden, würde er mit Beschlag belegt.

Kapitän Svartman betrachtete ihre Ehe mit Wohlwollen. Aber da sie Alger spät am selben Abend verließen, wurde ihre Hochzeitsnacht zerrissen. Es wurden Schiffswächter eingesetzt, und Lundmark musste seine Schicht antreten. Für Kapitän Svartman wäre es nie in Frage gekommen, ihm in dieser Nacht freizugeben. So weit reichte sein Wohlwollen nicht. Lundmark hätte sich auch nie vorstellen können, darum zu bitten.

So war Hanna eine Ehefrau. Frau Lundmark. Beide waren schüchtern und unsicher. Der hochgewachsene Steuermann verwandelte sich in ein Kind, ängstlich darauf bedacht, nicht zu schaden oder zu verletzen. Sie näherten sich einander vorsichtig, da sie sich noch kaum kannten. Die Liebe war leise, noch keine offene Leidenschaft.

Als sie durch den Suezkanal fuhren, hatten sie eine der wenigen gemeinsamen Freiwachen. Sie standen nebeneinander und betrachteten die Ufer, die hohen Palmen, die Kamele, die langsam dahinschaukelten, die nackten Kinder, die in das Wasser des Kanals tauchten.

Hanna gewöhnte sich nur schwer daran, mit ihm an ihrer Seite zu schlafen. Die Geschwister oder Berta um sich zu haben, das war eine Sache. Jetzt lag da ein großer, schwerer Mann, der sich oft bewegte und sie dadurch weckte.

Sie empfand sowohl Geborgenheit wie Unruhe darüber, dort zu sein, wo sie war, mit ihm, aber gleichzeitig war da eine heftige Sehnsucht zurück zu dem Leben, das sie im fernen Flusstal geführt hatte.

In den Nächten, nach der Liebe, sprachen sie in der Dunkelheit miteinander, immer leise, da die Trennwände dünn waren.

Jetzt bekannte er ihr in der Dunkelheit und Wärme, dass er eines Tages versuchen wollte, Kapitän auf seinem eigenen Schiff zu werden.

»Ich werde das erreichen, wenn du mir hilfst«, sagte er. »Jetzt, wo es dich gibt, glaube ich, dass alles möglich ist.«

Sie nahm seine Hand. Dachte darüber nach, was er gesagt hatte. Und verspürte plötzlich Lust und Sehnsucht, Elin von all dem zu erzählen, was jetzt in ihrem Leben geschah.

Damals, als Elin sagte, Hanna müsse zur Küste fahren, hatte sie recht gehabt. Aber was würde sie über die Reise denken, auf der Hanna sich jetzt befand?

Ich muss schreiben, dachte Hanna. Eines Tages wird Elin ein Brief erreichen. Ich werde unser Hochzeitsbild beilegen. Sie muss den Mann sehen, den ich geheiratet habe.

18

Sie wurde von einer Frage aus ihren Erinnerungen gerissen, die wie eine Brücke zwischen dem Vergangenen und dem Jetzt stand: Wusste sie denn, wer sie heute war? Zwei Monate waren vergangen, seit sie Sundsvall verlassen hatte, Lundmarks Frau geworden war und nun auf seine Bestattung wartete.

Sie hatte keine Antwort darauf, wer sie war oder wer sie geworden war.

Das Schiff lag regungslos in der dampfenden Hitze. Der Druck in den Kesseln wurde niedrig gehalten, in Erwartung der Seebestattung. Danach würde wieder volle Fahrt voraus angeordnet werden, und die Heizer würden erneut Kohlen in die Feuerbuchsen schaufeln.

Aber jetzt hatten sich die verrußten Männer aus dem Maschinenraum an Deck begeben und den schlimmsten Schmutz abgewaschen. Nur ein Mann war da unten in der Hitze geblieben, um aufzupassen, dass kein Feuer ausbrach und keiner der Kessel erlosch.

Kapitän Svartman kam selbst, um Hanna abzuholen. Er klopfte vorsichtig an die Tür der Kabine, die sie mit ihrem toten Mann geteilt hatte. Jetzt würde sie allein dort schlafen, dachte Svartman. Was soll ich tun, wenn sie sich vor der Einsamkeit fürchtet? Was mache ich mit einer Witwe an Bord?

Er öffnete die Tür. Sie saß auf dem Rand der Koje und starrte auf ihre Hände. Gerade hatte sie sich die lange Reise ins Gedächtnis gerufen, die in einem fernen Flusstal begonnen hatte. Sie hatte einen Mann getroffen, sie waren ein Paar geworden. Und jetzt gab es ihn nicht mehr.

Zwei Monate hatten sie miteinander gehabt. Dann war das plötzliche Fieber, das ihn nach dem Landgang im Sudan befallen hatte, sein Tod geworden. Aber sie war noch da. Und jetzt sollte er bestattet werden.

Als sie sich von der Koje erhob, fühlte sie sich, als wäre sie zu ihrer eigenen Bestattung unterwegs. Oder zu ihrer Hinrichtung. Abermals war sie allein geblieben, diesmal in einer schmerzlicheren Situation als je zuvor. Warum sollte sie zur anderen Seite der Welt fahren, wenn ihr Mann nicht mehr da war? Kapitän Svartman ging zur Steuerbordseite des Schiffs, die jetzt zum Land hin lag, der afrikanischen Küste, drüben im Sonnendunst. Nicht einmal mit dem Fernglas hätte sie Einzelheiten wahrnehmen können.

Auf der Brücke hatte ein Ausguck Dienst, einer der jüngeren Matrosen. Alle übrigen hatten sich an dem Sarg aus Segeltuch versammelt, der auf zwei Böcken an der Reling stand. Das graue Tuch war in eine schwedische Flagge gehüllt. Sie war fleckig und zerfranst. Hanna dachte, dass es wohl die einzige Flagge an Bord war. Kapitän Svartman war kein Mann, der im voraus einplante, dass seine Besatzungsleute sterben könnten. Aber denjenigen, die sich unvorsichtig benahmen oder gegen seine Regeln verstießen, konnte es übel ergehen. Wie dem Steuermann, der jetzt da auf den Böcken lag und bald im Meer versenkt werden sollte.

Hanna sah die Männer an, die in einem Halbkreis versammelt waren. Keiner von ihnen vermochte ihrem Blick zu begegnen. Der Tod machte sie verlegen und unsicher.

Sie sah zum Himmel und zur Sonne hinauf, die brannte, obwohl es noch früh am Morgen war. In Gedanken meinte sie plötzlich wieder in dem Schlitten zu sitzen, hinter Forsmans breitem Rücken.

Damals die Kälte, dachte sie. Jetzt die Hitze. Was ist schlimmer?

Auch die Bewegung: Damals ein Schlitten, jetzt ein Schiff, das sich kaum merklich auf der Dünung hob und senkte.

Kapitän Svartman trug seine Uniform und hatte das Buch mit den Anweisungen für eine Seebestattungszeremonie in der Hand. Er las mit eintöniger, aber kräftiger Stimme. Es gab bei ihm keinen Zweifel angesichts seiner Aufgabe als Kapitän.

Hanna dachte, Svartman sei wohl vor allem zornig darüber, dass jemand gegen seine Ermahnungen verstoßen hatte und an Land gegangen war, obwohl er hätte wissen müssen, welcher Gefahr er sich aussetzte.

Der Mann, der jetzt bestattet werden sollte, hätte nicht sterben müssen. Er war unvernünftig gewesen und hatte nicht darauf gehört, was Kapitän Svartman ihm gesagt hatte.

Hanna ahnte, dass Kapitän Svartman nicht nur um seinen Steuermann trauerte. Er fühlte sich auch verraten.

19

Die Zeremonie war kurz. Kapitän Svartman schweifte nicht ab, sagte nichts Persönliches. Er verstummte, als er laut der Instruktion fertig gesprochen hatte, und nickte seinem zweiten Steuermann zu, der eine gute Singstimme hatte und einen Choral anstimmte. Eigenartigerweise hatte er einen Weihnachtschoral gewählt.

Glänz über Meer und Strand, Stern in der Ferne.

Die Männer fielen ein, unsicher, hier und da ein krächzender Ton. Hanna betrachtete sie verstohlen. Einige blieben auch stumm.

Wer von ihnen dachte an den Mann, der tot war? Einige taten es gewiss. Andere, vielleicht die meisten, verspürten Dankbarkeit dafür, dass sie selbst noch am Leben waren.

Als der Choral zu Ende war, nickte Kapitän Svartman ihr zu, vorzutreten. Er hatte ihr erklärt, dass es kaum Regeln oder Traditionen gab, wie eine Witwe in einer Besatzung bei einer Seebestattung den letzten Abschied von ihrem Mann nehmen sollte.

»Leg die Hand auf das Segeltuch«, hatte er vorgeschlagen. »Da es hier an Bord keine Blumen gibt, muss die Hand das Zeichen für den letzten Abschied sein.«

Er hätte eine seiner Topfpflanzen opfern können, dachte sie. Eine von den Blumen abpflücken und sie mir geben. Aber das hatte er nicht gewollt.

Sie tat, was er ihr gesagt hatte, legte ihre Hand auf die Flagge. Versuchte, Lundmark vor sich zu sehen. Aber obwohl er erst seit so kurzer Zeit tot war, fiel es ihr bereits schwer, sein Gesicht heraufzubeschwören.

Der Tod ist wie ein Nebel, dachte sie, der sacht denjenigen einhüllt, der uns verlässt.

Sie trat einen Schritt zurück, Kapitän Svartman nickte aufs neue, vier Matrosen kamen nach vorn, hoben das Brett und kippten den Toten über Bord. Kapitän Svartman hatte seine stärksten Matrosen ausgewählt, da das Segeltuch nicht nur einen toten Körper barg, sondern auch viele Kilo Senker, die dafür sorgen sollten, dass der Sarg aus Segeltuch wirklich zum Meeresboden sank.

1935 Meter. Ihr Mann bekam ein unendlich viel tieferes Grab, als man es je an Land schaufeln könnte. Fast dreißig Minuten würden vergehen, ehe der tote Körper den Boden erreichte. Halvorsen hatte ihr erzählt, dass Gegenstände in großen Tiefen sehr langsam sanken.

Die Seebestattung war vorüber, die Besatzung kehrte zu ihren Aufgaben zurück. Nur wenige Minuten darauf bebte es im Maschinenraum. Das Schiff bewegte sich, der Aufenthalt war beendet.

Hanna stand an der Reling. Nichts war mehr im Wasser zu sehen. Sie drehte sich um und ging direkt zur Kombüse, wo der Schiffsjunge angefangen hatte, das Mittagessen vorzubereiten. Sie band ihre Schürze um. Da bemerkte sie, dass ein Jungmann abkommandiert worden war, um in der Küche zu helfen.

»Auch wenn mein Mann tot ist, tue ich meine Pflicht«, sagte sie.

Sie wartete die Antwort nicht ab, sondern stieg das Fallreep hinunter zur Vorratskammer, um Kartoffeln für die Mahlzeiten zu holen, die noch an diesem Tag serviert werden sollten.

Die Kartoffeln waren geschält. Sie kippte die Schalen über Bord und ging zurück in die Kombüse. Halvorsen war dabei, einen Schrank mit Regalen für Töpfe und Bratpfannen zu reparieren. Der beste Freund ihres Mannes an Bord. Auch er ist einsam geworden, dachte sie. Auch er fragt sich, warum der Steuermann bei dieser unglückseligen Gelegenheit an Land gehen musste.

Zusammen mit dem Schiffsjungen und dem Jungmann setzte sie ihre Arbeit fort. Doch als Halvorsen seine Reparatur beendet hatte, berührte er sie leicht an der Schulter und gab ihr ein Zeichen, mit ihm nach draußen zu kommen. Sie bat den Schiffsjungen, ein Auge auf ihre Töpfe zu haben, und folgte ihm.

Er schaute auf die Planken, als er mit ihr sprach, und sah ihr nicht in die Augen. »Was wirst du jetzt tun?«, fragte er.

Diese Frage hatte sie noch nicht einmal sich selbst zu stellen gewagt. Was konnte sie tun? Was für eine Wahl hatte sie denn? Sie sagte, wie es war. Sie wisse es nicht.

»Ich werde dir helfen«, sagte er. »Nur dass du es weißt. Wenn ich kann.«

Halvorsen erwartete keine Antwort. Er drehte sich um und verschwand. Sie dachte über das nach, was er gesagt hatte, und kam zu dem Schluss, dass ihr Mann ihn verzweifelt darum gebeten haben musste, als er erkannte, wie krank er war.

Es war Lundmark, der mit Halvorsens Stimme sprach. Eine Stimme aus der Tiefe. Eine Stimme, die sich darauf verstand, andere zu imitieren.

20

Sie liefen den Hafen der afrikanischen Stadt Lourenço Marques an. Die Stadt war klein und dünn besiedelt, erinnerte ein wenig an Alger, mit ihren weißen Fassaden und Häusern, die an einem Hang hochkletterten. Auf der Kuppe eines Hügels lag ein weißes Hotel. Der Name der Stadt war unmöglich auszusprechen. Deshalb nannte die Besatzung sie *Loco*, was auf Portugiesisch »verrückt« hieß, wie Hanna es aus ihrem Lexikon in Erinnerung hatte.

Halvorsen war früher schon dort gewesen. Er ermahnte Hanna, nicht bei offenem Bullauge zu schlafen, weil es Mücken gebe, die Träger der gefürchteten Malaria seien. Sie sollte auch stets ihre Arme und Beine bedecken, selbst wenn die Abende warm waren.

Er bot ihr an, sie mit an Land zu nehmen. Sie könnten durch die Stadt spazieren, vielleicht in einem der unzähligen kleinen Restaurants gegrillten Fisch, frittierte Krabben oder Hummer essen, die nirgendwo auf der Welt ihresgleichen hätten.

Aber sie dankte und lehnte ab. Noch war sie nicht bereit, in Gesellschaft eines anderen Mannes zu sein, auch wenn Halvorsen nur ihr Bestes wollte. Sie blieb an Bord und dachte, dass sie in zwei Tagen den Kurs direkt nach Osten über das große Meer nehmen würden, das den afrikanischen Kontinent von Australien trennte.

In einer Nacht, in der sie flüsternd in der engen Koje lagen, hatte Lundmark ihr erzählt, es sei vorgekommen, dass Schiffe auf dem Weg nach Australien auf Eisberge getroffen seien, groß wie mit Marmor verzierte Paläste. Das hatte Kapitän Svartman berichtet, und der Kapitän sagte nie etwas, was nicht der Wahrheit entsprach.

Sie stand an der Reling und sah die zerlumpten afrikanischen Träger unter Kapitän Svartmans Aufsicht Proviant an Bord schleppen. Ein weißer Mann, bärtig und braungebrannt, in einem verschwitzten Khakianzug, trieb die Träger an. Seine Handbewegungen waren so, als würde er eine unsichtbare Peitsche schwingen. Die Männer waren mager, ängstlich. Hin und wieder begegnete sie ihren unruhigen Blicken.

Mitunter sah sie auch etwas wie Wut in ihren Augen, vielleicht sogar Hass. Sie konnte es nicht genau deuten.

Die Stimme des weißen Mannes war schrill, als verabscheute er das, was er tat, oder wollte nur schnell fertig werden.

Wenn die Gangway verlassen dalag, dachte sie, sie würde trotz allem gern am Kai an Land gehen, noch einmal ihre Füße auf den afrikanischen Kontinent setzen.

Aber es kam nie so weit. Die Reling blieb weiterhin ihre Grenze.

In der ersten Nacht lag sie in der Wärme wach. Halvorsen hatte gesagt, sie könne das Bullauge offen lassen, wenn sie es sorgfältig mit einem dünnen Baumwolltuch abdeckte. Er hatte an Land für sie ein passendes Stück Stoff gekauft.

Jetzt lag sie da in der Dunkelheit und hörte Zikaden, vereinzeltes Trommeln und vielleicht etwas, was Gesang oder der Ruf eines Nachtvogels war.

Die gestaute Wärme war so stickig, dass sie sich anzog und an Deck ging. Ein Matrose hielt Wache an der Gangway, die während der Nacht mit einem dicken Seil abgesperrt wurde. Sie ging zum Vorschiff und setzte sich auf eine Ankerwinde.

Auf dem Schiff leuchtete nur die Sturmlaterne an der Gangway. Unten am Hafen brannte ein Feuer. Ringsherum saßen Männer, deren Gesichter von den Flammen beleuchtet wurden. Sie schauderte. Warum, wusste sie nicht. Vielleicht aus Angst, vielleicht wegen der unverarbeiteten Trauer, die in ihr wuchs.

Sie blieb auf der Ankerwinde sitzen, bis sie einschlief. Sie erwachte vom Stich einer Mücke in ihre Hand. Sie schlug sie weg und dachte, gegen den Tod könne man ohnehin nichts ausrichten.

Am Tag darauf, dem letzten, den sie in Lourenço Marques verbringen würden, fragte sie Halvorsen nach dem Namen des Landes, in dem sie sich befanden.

»Portugiesisch Ostafrika«, antwortete er unsicher. »Wenn das nun der richtige Name eines afrikanischen Landes sein kann?«

Halvorsen schüttelte den Kopf und verzog das Gesicht.

»Sklaverei«, sagte er. »Die Schwarzen sind Sklaven. Genau das. Ich glaube, ich habe noch nie so viele brutale Menschen gesehen wie hier. Und alle sind weiß, wie du und ich.«

Abermals schüttelte er den Kopf und verließ sie.

Sie hatte seinen Abscheu gesehen. Ein Ausdruck wie in den Augen der afrikanischen Träger. Wut, Unruhe, vielleicht sogar Hass.

21

An diesem Tag, dem letzten, kamen die schwedischen Missionare an Bord. Kapitän Svartman empfing sie kurz vor elf Uhr vormittags an der Gangway. Zwei Frauen in langen Röcken und mit weißen Safarihelmen und ein kleiner dicker Mann mit einem Klumpfuß kamen an Bord. Hanna blieb stehen und betrachtete die Fremden. Kapitän Svartman überreichte ihnen eine Tasche voller Post und lud sie anschließend in seine Kajüte ein.

Halvorsen hatte erzählt, dass ihre Missionsstation in Phalaborwa lag, einem kleinen Ort weit abseits der Küste. Wahrscheinlich waren sie mit dem Ochsenwagen mehr als eine Woche gereist, ehe sie Lourenço Marques erreichten.

»Kapitän Svartman hat ihnen wahrscheinlich ein Telegramm geschickt, als wir in Alger waren«, sagte Halvorsen. »Sie wussten also ungefähr, wann wir ankommen.«

Hanna hatte gewaschen und wollte die Wäsche an eine Leine hängen, die die Jungmänner für sie aufgespannt hatten. Plötzlich stand eine der Frauen vor ihr.

Die Frau war bleich, sehr mager. Sie hatte eine kleine Narbe am Nasenflügel. Ihre Augen waren matt, blau, und ihre Lippen dünn. Sie war vielleicht in den Vierzigern, vielleicht jünger.

Hanna fand, dass sie krank aussah.

Sie nannte ihren Namen: Agnes.

»Kapitän Svartman hat erzählt«, sagte sie. »Von Ihrem Mann, der kürzlich gestorben ist. Wollen Sie, dass wir zusammen beten?«

Hanna stand mit ein paar tropfenden Hemden in der Hand da. Meinte sie, sie sollten hier an Deck auf die Knie fallen? Sie schrak vor dem Gedanken zurück.

»Ich helfe Ihnen gern«, sagte Agnes.

Ihre Stimme war sanft. Ein Bootsmann in der Besatzung sprach denselben Dialekt. Er hieß Brodin und kam aus den värmländischen Wäldern. War es wirklich eine Värmländerin, die vor ihr stand?

Sie warf einen Blick auf die linke Hand der fremden Frau. Kein Ring. Also war sie unverheiratet. Und sie wollte helfen. Aber wie? Hanna wünschte sich ihren toten Mann zurück, das war alles auf dieser Welt. Aber er lag in einer Tiefe von 1935 Metern und würde niemals wiederkehren.

»Danke«, murmelte sie. »Aber ich brauche gerade jetzt keine Hilfe.«

Agnes betrachtete sie nachdenklich. Dann nickte sie nur und ergriff ihre Hand. »Ich werde für eine Linderung Ihrer großen Trauer beten«, sagte sie.

Hanna sah die Missionare mit der Posttasche das Schiff verlassen und in die Stadt eintauchen. Sie folgte ihnen mit dem Blick, bis auch der Mann mit dem Klumpfuß verschwunden war.

Plötzlich entstand in ihr eine heftige Sehnsucht danach, ihnen nachzulaufen, sich mit ihnen möglichst weit vom Meer zu entfernen. Aber es gab noch immer etwas Unsichtbares, das ihr den Landgang verwehrte. Sie war an Kapitän Svartmans Schiff gebunden.

Das Schiff ihres toten Mannes.

22

Was dann geschah, und vor allem warum es geschah, würde Hanna sich selbst nie richtig erklären können. Solange sie lebte, blieb es für sie ein rätselhafter Entschluss, den sie spät an dem Abend fasste, nachdem die Missionare das Schiff verlassen hatten. Sie hatte sich ausgezogen und hingelegt, die Hitze war noch immer drückend, kein Windhauch bewegte das Baumwolltuch vor dem geöffneten Messingbullauge. Sie war endlich eingeschlafen, als sie plötzlich wieder an die Oberfläche gerissen wurde und sich in der Koje aufsetzte. Ein Gedanke in ihrem Kopf war ganz klar, er erfüllte ihr gesamtes Bewusstsein.

Hanna wusste, dass sie nicht an Bord bleiben konnte. Sie durfte diese Reise nicht fortsetzen, da ihr toter Mann noch immer an Bord war. Sie würde vor Trauer untergehen, wenn sie das Schiff nicht verließe.

Sie kauerte sich in der Koje zusammen, den Rücken an die dünne Wand gelehnt, die Beine hochgezogen, den Atem angehalten. Sie hatte ihren Entschluss gefasst. Sie würde noch in dieser Nacht das Schiff verlassen, wenn der Matrose an der Reling eingeschlafen war. Ein letztes Mal versuchte Hanna sich einzureden, dass sie trotz allem nach Australien weiterfahren sollte. Aber der Gedanke war unerträglich. Sie würde nicht an der Reling stehen und die Eisberge, die Marmorpaläste, vorbeitreiben sehen.

Sie packte ihre Habseligkeiten in die Tasche, die sie von Forsman erhalten hatte. Lange zögerte sie, ob sie Lundmarks Seesack mitnehmen sollte. Schließlich packte sie nur seine Schirmmütze, das Logbuch, die Uhr und das Hochzeitsfoto ein. Zuletzt steckte sie noch das portugiesische Wörterbuch ein.

Kurz nach vier Uhr morgens verließ Hanna die Kabine. Der Matrose an der Gangway schlief, der Kopf war auf die Brust gesunken.

Die Zikaden zirpten, als sie vorsichtig über das Seil stieg und die Gangway hinunterging, wo sie von der Dunkelheit verschlungen wurde.

Den ganzen Tag lang suchte man sie an Bord. Aber sie blieb verschwunden. Kapitän Svartman schickte Halvorsen und zwei Matrosen an Land, um sie zu suchen. Bis zuletzt wartete der Kapitän. Aber kurz bevor die afrikanische Dämmerung hereinbrach, gab er das Kommando zum Ablegen.

Die Köchin Hanna Lundmark war desertiert. Kapitän Svartman vermutete traurig, sie sei verrückt geworden.

Er trug ihr Verschwinden in das Logbuch der *Lovisa* ein: »Die Köchin Hanna Lundmark hat mein Schiff verlassen. Da sie kürzlich Witwe geworden ist, kann vermutet werden, dass die Trauer sie geistig verwirrt hat. Die Suche nach ihr hat kein Ergebnis erbracht.«

Doch sie stand da in den Schatten des Hafens, ohne dass jemand an Bord sie sehen konnte. Im Schutz der Dunkelheit folgte sie dem Schiff mit den Augen, sah es den Hafen verlassen und nach Osten steuern.

Von Kapitän Svartman hatte sie sich ein paar Tage zuvor fünfzig englische Pfund auszahlen lassen. Das war die Versicherungssumme der Reederei, die den Witwen zufiel, wenn einer der Besatzungsmänner starb.

Sie quartierte sich in einem billigen Hotel am Hafen ein und schlief mit einem dumpfen Schmerz in Brust und Bauch ein.

Als sie erwachte, war es ein Tag im Juli 1904. Ungefähr gleichzeitig traf die *Lovisa* auf ihren ersten Eisberg.

TEIL II

Die Lagune des guten Todes

23

Sie erwachte von einem Schrei, der von einem Menschen in äußerster Not zu kommen schien. Erst viel später wurde ihr klar, dass es das einsame Pfauenmännchen war, das seine Kehle geöffnet hatte. Eigentlich gehörte es zu der Pfauenschar im Garten des portugiesischen Gouverneurspalastes. Doch das Männchen war eines Tages vor dem Hotel aufgetaucht und hatte seitdem diesen Platz nicht mehr verlassen. Es schrie jeden Morgen und erschreckte die Menschen mit seinem angstvollen Ruf.

Um den Pfau rankte sich ein Gerücht, von dem niemand wusste, woher es kam. Zuerst war es bei den Schwarzen aufgekommen, hatte sich dann aber zu den weißen Bewohnern der Stadt ausgebreitet. Niemand zweifelte mehr daran, dass es wahr war: Immer dann, wenn der Pfau sein mächtiges Rad schlug, wurde ein Mensch irgendwo von einem unerträglichen Schmerz befreit.

Der Pfau hatte keinen Namen. Er bewegte sich langsam, abwartend, als würde er in seiner Einsamkeit über seinem Schicksal brüten.

So wurde Hanna nach der ersten afrikanischen Nacht geweckt. Woran würde sie sich später erinnern?

Vielleicht war die Nacht etwas Traumartiges, ein Gewebe rasch vorbeieilender Erscheinungen. Zugleich aber auch etwas ganz Wirkliches: ein dumpfer Schmerz im Bauch. Die Hitze war erstickend, die gemauerten Wände trieften vor Feuchtigkeit. Eidechsen mit blanker, fast durchsichtiger Haut klebten an der Decke über ihr. Auf dem dunklen Fußboden knisterte es von Insekten, die sich in den Schatten verbargen. Eine Mulattin mit wachsamen Augen hatte ihr eine Öllampe gegeben, deren Flamme flackerte wie der letzte Atemzug eines Sterbenden.

Und jetzt: die Morgendämmerung. Der Schrei des Pfaus hallte noch in ihr nach. Auf unsicheren Beinen ging sie zum Fenster und sah, wie sich die Sonne über dem Horizont erhob. In Gedanken sah sie wieder, wie das Schiff verschwand, sich auf dem Weg nach Australien mit seiner nach Wald duftenden Fracht auflöste.

Sie wusch sich in einer Schüssel. Die Pfundscheine von Kapitän Svartman versteckte sie zwischen der Unterwäsche in ihrer Tasche.

An einer der gemauerten Wände hing ein verschmutzter Spiegel. Sie erinnerte sich an den Rasierspiegel ihres Vaters und stellte sich dicht davor, um ihr Gesicht zu sehen.

Plötzlich zuckte sie zusammen und drehte sich um. Die Tür zu ihrem Zimmer mit der Zahl 4 auf einem festgepinnten Zettel hatte sich geöffnet. Die Mulattin, die ihr am Vorabend die Öllampe gegeben hatte, stand da und schaute sie an. Dann trat sie ein und stellte ein Tablett mit etwas Brot und einer Tasse Tee auf den einzigen Tisch.

Sie war barfuß, bewegte sich lautlos. Sie trug einen Lendenschurz und hatte nackte glänzende Brüste.

Hanna wollte sofort wissen, wie die farbige Frau hieß. Dann wäre ihr eigener Name nicht mehr der einzige, den sie in dieser Welt kannte. Aber sie konnte sich nicht überwinden, etwas zu sagen. Die lautlose Frau verschwand, die Tür wurde geschlossen.

Hanna trank ihren Tee, der sehr süß war. Als sie die Tasse auf die Untertasse zurückstellte, fühlte sie sich elend. Sie legte ihre Hand auf die Stirn. Sie war heiß. War es nur die Wärme im Zimmer? Sie wusste es nicht.

Die Schmerzen im Bauch kehrten zurück. Sie legte sich aufs Bett und schloss die Augen. Der dumpfe Schmerz kam und ging in Wellen. Sie schlummerte ein, wachte aber mit einem Ruck wieder auf. Sie legte die Hand auf ihren Unterleib. Sie wurde nass. Als sie die Hand ansah, war sie voller Blut. Sie stieß einen Schrei aus und setzte sich auf.

Der Tod, dachte Hanna zitternd. Es war nicht nur Lundmark, den er holen wollte. Er will auch mich. Sie wimmerte vor Angst, zwang sich aber, aufzustehen und zur Tür zu wanken. Draußen führte ein Gang um einen offenen Innenhof herum. Sie hielt sich am Geländer fest, um nicht zu fallen. An einem schwarzen Klavier im gepflasterten Innenhof saß jemand und säuberte die Tasten mit einem Leinentuch.

Sie hatte wohl ein Geräusch von sich gegeben, das ihr nicht bewusst war. Der Mann am Klavier dreht sich um und sah sie an. Sie hob ihre blutigen Hände in einer flehenden Geste, als wollte sie sich jedem überlassen, der ihr nur helfen könnte.

Ich sterbe, dachte Hanna. Auch wenn er nicht begreift, was ich sage, muss er doch einen Schrei nach Hilfe verstehen.

»Ich blute«, schrie sie. »Ich brauche Hilfe.«

Sie war kurz davor, ohnmächtig zu werden, und kehrte auf zitternden Beinen in Zimmer 4 zurück. Es war, als liefe das Leben aus ihr heraus. Bald würde sie zu Lundmark hinuntersinken.

Jemand berührte Hanna an der Schulter. Dieselbe Frau, die ihr den Tee serviert hatte. Behutsam hob sie Hannas Rock, schaute sich ihren Unterleib an und ließ den Rock dann wieder fallen, ohne dass ihr Gesicht preisgegeben hätte, was sie dachte.

In diesem Moment wünschte sich Hanna nichts sehnlicher, als dass die farbige Frau sich in Elin verwandeln möge. Aber Elin lebte in einer anderen Welt. Hanna meinte, sie wie in einem Nebel sehen zu können, wie sie auf dem Hof vor dem grauen Haus stand, zum Fjäll auf der anderen Seite des Flusses spähend.

Die farbige Frau drehte sich um und verließ das Zimmer. Hanna merkte, dass sie es eilig hatte.

Einmal werde ich ihren Namen erfahren, da ich mich weigere zu sterben, dachte sie.

Ich will nicht sinken. Noch nicht.

24

Hanna erwachte davon, dass der Vorhang vor dem Fenster aufflatterte, als die Tür geöffnet wurde. Es war nicht die Mulattin, sondern eine fremde Frau. Sie war tiefschwarz mit glänzender Haut, die Haare in Zöpfen, dicht am Schädel. Ihre Lippen waren rot, kräftig geschminkt.

Die Frau trug nichts als seidene Unterwäsche und einen dünnen Morgenmantel mit einem Muster aus feuerspeienden Drachen und Dämonen.

Ihre Stimme war dunkel, vielleicht heiser oder gesprungen von Zigaretten und Alkohol. Zu Hannas Erstaunen, als wäre das, was sich vor ihren Augen abspielte, eine Fortsetzung ihrer wirren Träume, begann die halbnackte Frau in einer Sprache mit ihr zu reden, die sie sofort erkannte, ohne sie je zuvor gehört zu haben. Als sie zu dem Hotel gekommen war, hatte sie den Zimmerschlüssel von einer Frau erhalten, die Englisch sprach. Hanna verstand nichts, hatte aber mit Handzeichen und einzelnen Wörtern klargemacht, dass sie ein Zimmer suchte.

Aber jetzt stand die fremde schwarze Frau vor ihr und verlieh dem Wörterbuch Leben, das Hanna aus Forsmans geflochtenem Papierkorb gezogen hatte. So also klang die Sprache, deren Wörter sie sich eingeprägt hatte.

Vieles von dem, was die Frau sagte, war für Hanna zunächst unbegreiflich, und sie erriet es bestenfalls.

Die Frau deutete auf Hannas schwedisches Seefahrtsbuch auf dem Nachttisch. Von dem, was sie dann sagte, verstand Hanna gerade so viel, dass sie einmal mit einem schwedischen Seemann zusammengelebt habe, der Harry Midgård hieß und ein schrecklicher Mann war, wenn er trank. Hanna ahnte auch, dass er auf einem norwegischen Walfangschiff gearbeitet hatte.

Die Frau wischte sich mit dem Handrücken den Schweiß vom Hals. »Felicia«, sagte sie. »Ich heiße Felicia.«

Felicia? Der Name sagte ihr nichts. Aber trotzdem war es, als würden Hannas Erinnerungsbilder langsam wiederkehren. Ihr stolperndes Gespräch ging weiter.

»Wie lange habe ich geschlafen?«, fragte sie.

»Es ist der vierte Tag, den du hier bist.«

Felicia hatte eine Zigarette angezündet, die sie hinter ein Ohr geklemmt hatte. Sie schaute Hanna prüfend an.

Hanna kam der Gedanke, dass sie schon einmal diesen forschenden Blick gespürt hatte. Das war, als ihre Mutter Forsman gebeten hatte, sie mit zur Küste zu nehmen. Er hatte sie angeschaut, als suchte er eine Wahrheit, die nicht ganz selbstverständlich war.

»Schaffst du es, aus dem Bett aufzustehen?«, fragte Felicia.

Hanna horchte in sich hinein. Sie war sehr schwach, und ihre Beine zitterten. Sie trug ein weißes Nachthemd, das ihr jemand angezogen haben musste, während sie schlief. Felicia half ihr, in einen Morgenmantel zu schlüpfen, der stark nach Parfum roch, und streifte ihr Pantoffeln über die Füße. Sie gingen die Stufen zum Innenhof hinunter, der jetzt verlassen dalag. Hanna hatte das portugiesische Wörterbuch mitgenommen, das sie auf der Reise begleitet hatte. Felicia stützte sie und führte sie in einen von Mauern umgebenen Hinterhof.

Es hatte geregnet. Die Erde was nass, und Hanna dachte an den Geruch nach der Heuernte am Fluss. Es brodelte und gärte in der feuchten Erde.

Felicia half Hanna, sich auf eine Bank unter einem blühenden Palisanderbaum zu setzen. Sie selbst blieb stehen.

»Ist es das, was ich glaube?«, fragte Hanna.

»Ich kann nicht wissen, was du glaubst«, antwortete Felicia.

Dann erklärte sie mit wenigen Worten, was geschehen war. Hanna hatte eine Ahnung gehabt, was ihre Bauchschmerzen bedeuteten, und es wurde ihr jetzt bestätigt. Sie hatte eine frühe Fehlgeburt erlitten. Lundmarks Kind, das ausgestoßen worden war. Ein Kind ohne Vater, das nicht auf die Welt hatte kommen wollen.

»Ich weiß so wenig«, sagte sie.

»Es ist noch kein Kind, das ausgestoßen wurde. Nur blutiges Öl, das noch keinen Geist besaß.«

Felicia läutete mit einer kleinen Glocke, die auf dem Tisch in der Nähe stand. Ein junger Diener in weißer Jacke kam und stellte sich neben die Bank.

»Tee?«, fragte sie und sah Hanna an, die nickte.

Während sie auf den Tee warteten, schwiegen sie. Weiße Schmetterlinge umschwebten die blauen Blüten des Baums. Aus der Ferne ertönte der Ruf eines Muezzins. Hanna erinnerte sich plötzlich an den Gebetsruf, als sie und Lundmark in Alger geheiratet hatten.

Sie beugte den Kopf zurück, so dass ihr Gesicht im Schatten des Palisanderbaums lag. Felicia schaute auf ihre Hände. Ein Nagel war abgebrochen, was sie zu irritieren schien.

Sie setzte sich nicht neben Hanna, obwohl auf der Bank genug Platz war. Hanna dachte, sie kenne diese schwarze Frau überhaupt nicht, die ihr vermutlich das Leben gerettet hatte. Fast hatte sie Angst vor ihr, auf die gleiche Weise, wie sie Angst vor den schwarzen Männern an ihren Feuern am Hafen gehabt hatte. Irgendwie erinnerte sie diese Angst an das, was sie als Kind vor der Dunkelheit empfunden hatte.

Ich sehe dich, Felicia, dachte sie. Aber was siehst du? Wer bin ich für dich? Und warum setzt du dich nicht? Die Bank ist groß genug für uns beide.

Der junge Kellner brachte den Tee und unterbrach ihre Gedanken. Hanna sah auf seine Hände, als er servierte.

Nur sie bekam eine Tasse. Felicia nicht.

»Wie heißt er?«, fragte sie Felicia.

»Estefano.«

»Wie alt ist er?«

»Vierzehn Jahre, höchstens. Aber er hat noch nie mit einer Frau geschlafen. Er ist also noch ein Kind. Noch immer sind seine Hände sehr weich.«

Hanna trank schweigend ihren Tee. Dann bat sie Felicia, alles zu erzählen. Was war während der Tage und Nächte geschehen, von denen ihr nichts anderes in Erinnerung war als Schatten, Einsamkeit und ein Schmerz, der in langgezogenen Wellen kam und ging?

Felicia sollte nichts auslassen. Nur sagen, wie es gewesen war. Und langsam, damit sie es verstand.

25

Felicia sagte:

»Laurinda, die dir die Lampe gab, als du kamst, erzählte mir, eine weiße Frau wohne im Zimmer Nummer 4. Ich wusste nicht, dass du im Hotel eingezogen warst, weil ich gerade meinen Mann und meine Kinder auf Katembe besucht habe. Ich treffe sie einmal im Monat, ohne im voraus zu bestimmen, wann, sondern immer überraschend, wenn es Senhor Vaz passt. Ich war gerade zurückgekehrt und hatte meinen ersten Kunden bedient, als Laurinda angelaufen kam. Ich dachte, sie hätte ein Gespenst gesehen, eine weiße Erscheinung, und wollte, dass ich das Gespenst vernichte. Aber als ich ins Zimmer kam, wurdest du sofort lebendig. Eine blutende Frau ist das Lebendigste, was ich mir vorstellen kann. Das Blut, das aus unseren Körpern fließt, zeigt, dass wir leben, aber auch, dass wir sterben. Ich verstand, was geschehen war, ohne zu wissen, wer du warst oder woher du gekommen bist. Eigentlich hättest du vor mir tanzen sollen. Das ist die Art, wie wir in meinem Dorf und meiner Familie Fremde kennenlernen. Indem wir sie tanzen sehen, erfahren wir, wer sie sind.

Aber dich habe ich durch dein Blut kennengelernt. Ich habe Laurinda zugeflüstert, warmes Wasser und Handtücher zu holen. Du schienst wach zu sein und hast mich angesehen, aber trotzdem war es, als wüsstest du nicht, was geschah. Ängstliche Menschen soll man mit leiser Stimme ansprechen, das habe ich von meiner Mutter gelernt. Ein Ruf in Gegenwart des Kranken kann sich in einen tödlichen Speer verwandeln.

Laurinda brachte Wasser und Handtücher, ich zog dir die blutigen Kleider aus. In deiner Unterwäsche fand ich Geldscheine, eine große Summe, die mich noch neugieriger darauf machte, wer du bist. Für ein englisches Pfund kann man eine Woche bei mir im Bett bleiben. Du hattest das Fünfzigfache. Ich verstand nicht, dass eine Frau, auch wenn sie weiß war, so viel Geld besitzen konnte.

Aber ich muss auch gestehen, dass ich dachte, wenn du stirbst, würde ich das Geld an mich nehmen. Wenn es niemanden gab, der auf dich wartete, wenn du nicht einem anderen gehörtest. Ich legte es wieder zwischen deine Wäsche, aber ich wusste jetzt, wo es sich befand. Deine Blutung war kräftig, und ich spürte, wie heiß deine Stirn war. Es gab einen Augenblick, in dem ich dachte, dein Leben sei nicht zu retten, ich hätte mich getäuscht: Vielleicht war es keine Fehlgeburt, sondern eine mir unbekannte Krankheit, die dich befallen hatte.

Laurinda hielt sich im Hintergrund auf, jederzeit bereit, mir zu helfen. Plötzlich hörte ich, dass Senhor Vaz ins Zimmer gekommen war. Er lebt sein Leben, um Menschen zu überrumpeln, sie bei etwas zu ertappen, was sie nicht tun dürfen. Ich hörte ihn flüsternd fragen, was geschehen war, und Laurinda wusste nicht, was sie antworten sollte. Als ich hörte, dass er Doktor Garibaldi benachrichtigen wollte, sagte ich, das sei nicht nötig, Doktor Garibaldi verstehe nichts von dieser Blutung. In diesem Augenblick glaubte ich, Senhor Vaz würde mich schlagen, weil er nicht duldet, dass eine seiner Huren eine eigene Meinung äußert. Aber er rührte mich nicht an. Er sah wohl ein, dass ich in diesem Punkt recht hatte und dass Doktor Garibaldi das Übel noch vergrößern würde. Das wollte er nicht, es könnte seinem Etablissement einen schlechten Ruf eintragen. Die Kunden könnten zu anderen Huren gehen, auch wenn Senhor Vaz den Ruf hatte, ein sauberes Freudenhaus zu betreiben. Außerdem hat er attraktive schwarze

Frauen. Aber wenn eine weiße Frau in einem seiner Zimmer verblutete, könnte das ein schlechtes Omen sein. Etwas Böses, das über *O Paraiso* kreiste. Auch wenn alle Weißen das verachten, was wir glauben, haben wir euch nicht unbeeinflusst gelassen. Böse Geister können auch denen schaden, die weiß sind. Früher haben wir geglaubt, unsere afrikanische Medizin sei wirkungslos bei Menschen mit heller Haut. Heute wissen wir, dass es nicht so ist. Genau wie wir fürchtet ihr die bösen Geister, die von Menschen herbeigerufen werden, die uns übel wollen. Ich wusste nicht, wer du warst oder wohin du unterwegs warst. Aber als ich dich da in deiner blutigen Unterwäsche liegen sah, dachte ich sofort, dass jemand dir Übles wollte, dass jemand deinen Tod gewünscht hatte.«

Felicia verstummte abrupt, als hätte sie zu viel gesagt. Von der Straße her hörte man das Geklapper eines Wagens, der mit Bananen beladen war.

Hanna dachte, es gebe immer noch so vieles, was sie nicht verstand. Nicht nur, weil sie kaum die Hälfte dessen begriff, was Felicia sagte. Jetzt erst wurde ihr klar, dass es nicht nur ein Hotel am Hafen war, in das sie sich nach der Flucht von Kapitän Svartmans Schiff einquartiert hatte. Es war auch ein Bordell, und sie hatte gehört, wenn die Männer an Bord davon sprachen. Felicia, die unter dem schönen Palisanderbaum vor ihr stand, war eine Prostituierte.

Sie dachte, sie sollte aufstehen, in ihr Zimmer zurückkehren, die Kleider wechseln und sich in ein anständiges Hotel begeben.

Aber Felicia hatte sie gerettet, zusammen mit der Frau, von der sie jetzt den Namen kannte: Laurinda. Wovor sollte sie flüchten? Sie hatte nichts mit dem Bordell zu tun, sie hatte ein Zimmer gemietet, und sie würde es von ihrem eigenen Geld bezahlen.

Das Geld, das Felicia nicht genommen hatte, obwohl sie es hätte tun können.

Felicia sah sie an und schien ihre Gedanken zu erraten. »Ein Gerücht hat sich verbreitet«, sagte sie. »Wie ein Lauffeuer. Dass Senhor Vaz' Etablissement seine erste weiße Hure bekommen habe. Neue Kunden strömten sofort herbei. Aber ihnen wurde bald klar, dass du etwas so Seltenes wie ein gewöhnlicher Hotelgast warst. Die Enttäuschung war grenzenlos.«

»Senhor Vaz«, sagte Hanna. »Der Besitzer? Wer ist das?«

»Er ist ein Mann, der kein Blut sehen kann«, sagte Felicia. »Wenn wir bluten, ist das schlecht für seine Geschäfte, außer wenn wir Besuch von den widerwärtigen Männern bekommen, die nur mit einer Frau zu schlafen vermögen, wenn sie blutet. Aber alles, was sonst mit Blut zu tun hat, verabscheut er. Solange du nicht gesund bist, hält er sich fern.«

»Was geschieht dann?«

»Solange du für dein Zimmer bezahlst, vermute ich, dass du bleiben kannst.«

Hanna spürte plötzlich, dass jemand sich hinter sie gestellt hatte. Als sie sich umdrehte, zuckte sie vor Schreck zusammen. Erst verstand sie nicht, was sie sah. Dann erkannte sie, dass es ein Affe in einer weißen Kellnerjacke war, der sie anstarrte.

26

Hanna glaubte, sie sei verrückt geworden. Es konnte nicht wahr sein, was sie sah. Aber der Affe stand da auf seinen krummen Beinen, in einer Hand eine Schale mit Gebäck. Felicia sagte ein paar Worte. Der Affe stellte die Schale auf den Tisch, schnitt eine Grimasse, knirschte mit den Zähnen und verschwand.

»Er heißt Carlos«, sagte Felicia. »Nach einem portugiesischen König. Er kam vor fünf Jahren mit seinem Besitzer hierher, einem Mann, der auf den großen Ebenen im Inland Löwen als Trophäen jagte. Damals trug der Schimpanse einen Tropenhelm. Als der Besitzer nicht bezahlen konnte, nachdem er die Frauen eine Woche lang benutzt hatte, nahm Senhor Vaz den Affen als Entschädigung. Zwei Wochen lang trauerte das Tier. Dann gewöhnte es sich ziemlich leicht an die weiße Jacke, seinen Namen und an sein neues Zuhause, das besser war als das frühere. In den Nächten sitzt er auf dem Dach und schaut auf die Wälder jenseits des Flusses. Aber er läuft nicht davon. Carlos ist hier zu Hause.«

Hanna dachte noch immer, es könne nicht wahr sein, was sie gesehen und jetzt gehört hatte. Aber Felicia war überzeugend, sie meinte, was sie sagte.

Von irgendwoher war jetzt Musik zu hören. Hanna lauschte und sagte sich, dass sie von dem Klavier im Innenhof komme. Aber es war keine richtige Musik, die gespielt wurde. Einzelne Töne wurden wiederholt, als säße ein Kind da und schlüge auf die Tasten.

Etwas wiederholte sich. Etwas, was sie kannte. Der Mann, der die Tasten geputzt hatte, stimmte jetzt das Klavier. In Jonathan Forsmans Haus hatte es ein Klavier gegeben. Niemand spielte darauf. Niemand durfte es anrühren. Forsman trug den Schlüssel zu dem zugesperrten Deckel an seiner Uhrkette. Aber zweimal im Jahr kam ein blinder Mann und stimmte das Instrument. Dann musste es still im Haus sein. Der Klavierstimmer kam immer dann, wenn Forsman von einer seiner zahlreichen Geschäftsreisen mit dem Schlitten oder dem Wagen heimgekehrt war. Während der blinde Mann sich mit seiner Stimmgabel in der Hand vorbeugte, saß Forsman auf einem Stuhl und lauschte andächtig. Das perfekt gestimmte Klavier bedeutete für ihn vollkommene Harmonie.

Der Klavierstimmer im Bordell stimmte Tasten tief unten im Bass. Dass er mit dem Stimmen fortfuhr, gab ihr Hoffnung, eine unerwartete Kraft. Niemand stimmt ein Klavier, wenn jemand sterben muss, dachte sie. Dann ist es entweder still, oder jemand spielt etwas, was lindert oder tröstet und dann in Trauermusik übergeht.

Sie erinnerte sich an einen Gedanken in Forsmans Haus, als der Klavierstimmer da war und Forsman zusammengesunken auf einem Stuhl saß und die Harmonie genoss, die wiederhergestellt wurde: Was ist es, was er sieht, hatte sie sich plötzlich gefragt. Was ist es, was der Blinde sieht? Bestimmt ist es mehr als ein tiefes Schwarz. Etwas, zu dem ich keinen Zugang habe.

Hanna spürte, dass sie todmüde war. Felicia begleitete sie zurück ins Zimmer. Jemand hatte ihre Laken gewechselt, während sie fort war. Ihre blutige Unterwäsche lag jetzt frisch gewaschen auf dem Bett.

Bevor Felicia ging, fragte sie: »Was soll ich Senhor Vaz sagen?«

»Dass die weiße Frau immer noch blutet. Nicht sehr stark. Aber sie braucht weiter Ruhe.«

Felicia nickte. »Ich verspreche auch, dir nicht Carlos mit dem Tee zu schicken. Laurinda soll dich bedienen.«

Als Felicia das Zimmer verlassen hatte, begann Hanna still zu weinen. Nicht, weil sie fürchtete, jemand könne sie hören. Sondern weil sie ihren Körper nicht noch einmal so erschrecken wollte, dass er wieder zu bluten begann.

27

Die Huren logen. Wie die anderen Schwarzen auch.

Als Attimilio Vaz sich Hanna vorgestellt hatte, eine Woche nachdem sie sein Hotel bezogen und sich so weit von der Fehlgeburt erholt hatte, dass sie ihr Zimmer ohne Hilfe verlassen und zum Essen ins Erdgeschoss gehen konnte, war das einer der ersten Sätze, die er zu ihr sagte.

»Glauben Sie nicht alles, was sie sagen. Glauben Sie am besten gar nichts. Die schwarzen Menschen hier kennen nichts als die Lüge.«

Für Hanna war das verwirrend. Dass Felicia, die ihr erzählt hatte, was geschehen war und sich um sie gekümmert hatte, gelogen haben sollte, konnte sie ganz einfach nicht glauben.

Freilich war es ihr manchmal schwergefallen, Felicias eigentümlichen Bericht zu deuten. Aber wenn sie auch längst nicht jedes Wort verstanden hatte, so hatte sie doch nie an eine Lüge gedacht.

An dem Tag, an dem Attimilio Vaz beschlossen hatte, sich seinem Gast vorzustellen, hatte er langsam gesprochen und sich bemüht, möglichst einfache Sätze zu bilden.

Senhor Vaz war in Portugal geboren. Aber er hatte auch in Schweden und Dänemark gelebt, zuletzt in einer Stadt, die vielleicht Odense hieß. Er hatte mit portugiesischen Anchovis gehandelt, was nicht ganz unkompliziert gewesen war, jedoch hatte er selbst sich nichts zuschulden kommen lassen. Attimilio Vaz beschrieb sich als ehrlichen und redlichen Menschen, der leider oft missverstanden werde. Selbst wenn er Schweden in größter Eile habe verlassen müssen, nachdem man ihn betrügerischer Geschäfte bezichtigt hatte, habe er eine Erinnerung an ein entzückendes Land mit entzückenden Menschen, und jetzt sei er froh, in seinem einfachen, aber absolut reinlichen Etablissement eine Schwedin zu Besuch zu haben.

Ein paar Tage später, als Hanna sich stark genug fühlte, um zum ersten Mal seit ihrer Ankunft auszugehen, hatte er sie am Abend zum Essen in ein Restaurant eingeladen, das in derselben Straße lag wie *O Paraiso*.

Als sie in Begleitung ihres Gastgebers auf den Gehsteig trat, begann die Erde unter ihren Füßen zu schwanken. Sie hatte das Gefühl, wieder auf einem Schiffsdeck zu stehen. Hanna hielt sich an der Hauswand fest. Senhor Vaz sah sie bekümmert an und fragte, ob sie in ihr Zimmer zurückkehren wolle. Sie schüttelte den Kopf. Als er ihren Arm ergriff, ließ sie ihn gewähren und wunderte sich über sich selbst. Jetzt ging sie also in einer afrikanischen Stadt umher, und ein fremder Mann, ein portugiesischer Bordellbesitzer, geleitete sie in ein Restaurant.

Es war kein Traum. Aber sie befand sich in einer Welt, der sie nicht angehörte.

Lundmark war größer gewesen als sie. Senhor Vaz hingegen reichte ihr kaum bis zur Schulter.

Die Straße, auf der sie gingen: Hanna las auf einem Schild den Namen rua Bagamoio. Überall lagen Bars, einige von zischenden Gaslampen grell beleuchtet, andere mit geheimnisvoll flackernden Kerzen hinter Vorhängen, die sich bewegten, wenn jemand rasch hineinschlüpfte. Aber nur diese Straße war beleuchtet. Die engen Gassen, die von der rua Bagamoio wegführten, waren dunkel, still, leer.

Sie dachte, es sei wie der Hochwald, der das Flusstal umgab. Dort konnte sie in einer Lichtung stehen, eingehüllt in Sonnenlicht. Wenn sie drei Schritte nach vorn zwischen die hohen Baumstämme machte, befand sie sich in einer anderen Welt, tief drinnen in der Dunkelheit.

Abgesehen von zerlumpten Bettlern waren alle Menschen, die sich auf der Straße bewegten, weiß. Es dauerte eine Weile, bis Hanna begriff, dass es außer ihr hier draußen keine Frauen gab. Rings um sie her weiße Männer, einige Seeleute und Militärs, einige betrunken, laut, andere still, an den Hauswänden entlangschleichend, als wollten sie nicht gesehen werden. Drinnen in den Bars hingegen saßen schwarze Frauen auf Barhockern und Sofas, rauchend, schweigend.

Sie dachte, wenn dies eine Stadt war, wie sollte sie dann den Ort bezeichnen, in dem Forsman wohnte? Konnte man die Straßen, die sie und Berta entlanggegangen waren, mit diesen geheimnisvollen Durchlässen vergleichen?

An einem Feuer an einer Straßenecke saß ein Mann und schlug eine kleine Trommel, die auf seiner Handfläche Platz fand. Sein Gesicht glänzte vor Schweiß. Auf dem Boden vor ihm lag ein kleines Stück Leintuch, auf dem ein paar Metallmünzen blinkten. Seine Finger pickten wie eifrige kleine Schnäbel auf das Trommelfell. Hanna hatte noch nie einen so wirbelnden Rhythmus gehört. Sie blieb stehen. Vaz wurde für einen Moment ungeduldig, kramte dann aber eine Münze hervor, die er auf das Leintuch warf, und zog sie weiter.

»Er war barfuß«, sagte Vaz. »Wenn die Polizei kommt, nimmt sie ihn mit.«

Hanna verstand den Zusammenhang nicht. Aber sie hatte gesehen, dass der Mann mit der kleinen Trommel keine Schuhe trug.

»Warum?«, fragte sie.

»In der Stadt sind Neger ohne Schuhe nicht zugelassen«, sagte Vaz. »So sehen die Regeln aus. Nach neun Uhr abends haben sie überhaupt nicht die Erlaubnis, sich in unseren Straßen aufzuhalten. Sie haben keine Arbeit und keine Papiere. ›Kein schwarzer Mann und keine schwarze Frau hat Zugang zu den Straßen der Stadt, ohne Schuhe an den Füßen zu tragen.‹ So lauten die Gesetze. Das erste Zeichen dafür, dass ein Mensch zivilisiert ist, sind Schuhe an seinen Füßen.«

Wieder war sie unsicher, ob sie verstanden hatte. »Unsere Straßen?« Wem gehörten denn die Straßen?

Senhor Vaz blieb vor einem Restaurant stehen, das im Dunkel lag. Hanna meinte, das Wort *morte* auf dem Namensschild zu erkennen, dachte aber, sie müsse sich täuschen. Ein Restaurant im Freudenviertel konnte sich kaum nach etwas benennen, was den Tod zum Inhalt hatte.

Aber es war dieses Wort, das sie gesehen hatte, und es bedeutete »Tod«. Das war eins der ersten Wörter, die sie aus Forsmans Wörterbuch gelernt hatte.

Sie aßen Fisch, der über offenem Feuer gebraten wurde. Senhor Vaz wollte sie auf ein Glas Wein einladen, aber Hanna schüttelte den Kopf, und er bestand nicht darauf. Er war sehr freundlich, stellte nur wenige Fragen nach ihrem Befinden, und es schien ihm sehr am Herzen zu liegen, dass es ihr gut ging.

Aber etwas an seiner Art machte sie vorsichtig, vielleicht misstrauisch. Sie beantwortete seine Fragen, hatte aber trotzdem das Gefühl, die Türen zu ihrem Inneren geschlossen und zugesperrt zu haben.

Gegen Ende des Essens erzählte er, eine Krankenschwester würde am folgenden Tag ins Hotel kommen. Sie würde so lange bleiben, wie Hanna ihre Hilfe benötigte. Hanna versuchte zu protestieren. Sie bekomme schon so viel Hilfe, von Laurinda und Felicia.

Aber Senhor Vaz widersprach. »Sie brauchen eine weiße Krankenschwester«, sagte er. »Auf die schwarzen ist kein Verlass. Auch wenn sie Ihnen wohlgesinnt scheinen, kann es in Wirklichkeit so sein, dass sie dabei sind, Sie zu vergiften.«

Hanna war sprachlos. Hatte sie richtig gehört? Sie glaubte ihm nicht. Zugleich wusste sie, dass eine weiße Frau ihr vielleicht bessere Gesellschaft bieten könnte.

Sie gingen langsam durch die Nacht nach Hause. Senhor Vaz legte plötzlich ganz leicht den Arm um sie. Sie schob ihn nicht zurück.

Wieder im Haus, verbeugte er sich an der Treppe zum Obergeschoss. Obwohl es spät war, saßen die Prostituierten untätig auf ihren Stühlen herum, rauchten oder redeten mit leiser Stimme. Es war ein schlechter Abend, sah sie und dachte mit Unbehagen an das, was sich sonst hinter den geschlossenen Türen abzuspielen pflegte.

Hanna suchte mit dem Blick nach Felicia, ohne sie zu entdecken. Aber als sie sich mitten auf der Treppe befand, kam Felicia aus ihrem Zimmer, zusammen mit einem jüngeren Mann mit einem buschigen Bart und einem mächtigen Bauch. Der Anblick entsetzte Hanna. Sie eilte in ihr Zimmer und schloss die Tür. Aber ganz kurz hatten sich Felicias und ihre Blicke gekreuzt.

Als hätten sie eine wichtige Botschaft ausgetauscht.

Zugleich sah sie Carlos, den verkleideten Schimpansen, neben dem Klavier stehen, mit einer Zigarre in der Hand. Der Affe sah sich interessiert um. Er schien gerade in diesem Augenblick der lebendigste von allen zu sein, die sich hier aufhielten, in einem Freudenhaus.

28

Am nächsten Tag stand eine weiße Frau mit eigensinnigem Gesicht vor ihrer Tür. Sie hieß Ana Dolores, sprach keine andere Sprache als Portugiesisch, dazu beherrschte sie einzelne Wörter oder Sätze aus der lokalen Sprache: *Shangana*. Aber da sie langsam und deutlich sprach, konnte Hanna sie besser verstehen als Felicia und Senhor Vaz.

Nachdem Ana Dolores eingetroffen war, begriff Hanna allmählich, was Senhor Vaz gemeint hatte, als er sagte, alle Schwarzen würden lügen. Ana Dolores war der gleichen Ansicht, möglicherweise noch entschiedener als Senhor Vaz. Sie wurde zu Hannas Reiseleiterin in eine Welt hinein, die nur aus Lügen zu bestehen schien.

Ana Dolores war bestellt worden, weil Senhor Vaz weder Doktor Garibaldi noch den schwarzen Dienerinnen zutraute, Hanna ganz wiederherzustellen. Schon am Tag nach ihrem Gespräch mit Felicia hatte er sich in einer Rikscha die Hügel hinauf zum Krankenhaus Pombal tragen lassen. Er hatte mit Senhor Vasconselous gesprochen, der die umfangreiche Krankenhausverwaltung leitete, obwohl er stocktaub war und nur auf dem linken Auge sehen konnte. Viele Jahre lang hatte Vasconselous das *O Paraiso* jede dritte Woche besucht. Seiner Frau erzählte er von den langen und verzwickten Schachpartien, mit denen er und sein Freund Vaz sich beschäftigten. Sie brauchte nicht zu wissen, dass er nicht die leiseste Ahnung davon hatte, wie die Figuren auf dem gewürfelten Brett bewegt werden mussten. Die einzige Dame, von der er bei seinen Besuchen bedient werden wollte, war die schöne Belinda Bonita. Sie begann schon zu altern, aber gerade ihre Reife zog gewisse Kunden an, die sich nicht vorstellen konnten, mit einer der jüngeren Frauen zu schlafen.

Senhor Vaz berichtete Senhor Vasconselous, dass überraschend eine weiße Frau ins *O Paraiso* gekommen sei. Damit der taube Mann auf der anderen Seite des Schreibtischs ihn verstand, schrieb er seine Worte in Großbuchstaben auf einen der gelben Blocks mit liniertem Papier, die immer vor dem alten Mann lagen.

Das Anliegen war einfach: Senhor Vaz brauchte eine vertrauenswürdige Krankenschwester, die bei ihm Dienst tun könnte, solange die weiße Frau Pflege brauchte. Er unterstrich, dass es eine ältere Frau sein sollte, die ausschließlich in ihrer Schwesterntracht auftrat. Er wollte nicht Gefahr laufen, dass die Kunden des *O Paraiso* glauben könnten, die erste weiße Hure sei in der Stadt eingetroffen. Eine Frau, die obendrein verschiedene spielerische und begehrenswerte Identitäten bieten konnte, wie zum Beispiel als Krankenschwester.

Oder vielleicht besser gesagt: die zweite weiße Prostituierte in der Stadt. Niemand, am wenigsten Senhor Vaz, wusste, ob es eine Legende war oder Wirklichkeit. Aber es gab diese Geschichte von einer weißen Frau: Sie lockte Kunden in einer der dunklen Gassen an, die von der beleuchteten rua Bagamoio abzweigten. Niemand wusste, woher sie gekommen war, niemand war eigentlich ganz sicher, ob sie wirklich existierte. Aber hin und wieder wankten halbnackte Männer aus den dunklen Gassen und erzählten von der schönen weißen Frau, deren Künste keine der schwarzen Frauen beherrschte.

Senhor Vaz hatte nie daran geglaubt. Er war, wie gesagt, davon überzeugt, dass die Lüge in der schwarzen Welt stärker war als die Wahrheit. Eingebettet in die Lüge waren auch Aberglaube und Furcht, Falschheit und Kriecherei. Seit dem ersten Tag, an dem er seinen Fuß auf den Kai von Lourenço Marques gesetzt hatte, war er überzeugt davon, dass auf schwarze Menschen kein Verlass war. Ohne ihre weißen Herren würden sie immer noch ein Leben führen, wie es die Europäer vor Hunderten von Jahren hinter sich gelassen hatten.

Senhor Vaz war ein überzeugter Verfechter des Glaubens an die zivilisatorische Aufgabe der weißen Rasse auf dem afrikanischen Kontinent. Aber das bedeutete nicht, dass er seine Frauen im Bordell schlecht behandelte. Er konnte zwar Ohrfeigen austeilen, wenn er unzufrieden war. Doch er ließ es nie in eine längere Misshandlung ausarten.

Senhor Vasconselous dachte über das nach, was sein Freund auf dem Herzen hatte, und läutete dann mit einer Glocke. Seine Sekretärin kam ins Zimmer, eine stark übergewichtige Frau. Senhor Vaz kannte sie aus der Kathedrale, in der er sonntags die Messe besuchte. Sie erhielt den Auftrag, Schwester Ana Dolores zu holen, die im Trakt für Geisteskranke arbeitete.

Senhor Vaz war für einen Augenblick bedenklich gestimmt, als er das hörte, und er fragte sich, ob sein Freund Vasconselous ihn missverstanden habe. Er brauchte keine Hilfe bei der Pflege einer weißen Frau, die an Wahnsinn litt. Sie war in sein Haus gekommen, sie hatte im voraus für eine Reihe von Nächten bezahlt, und dann hatte sie plötzlich angefangen zu bluten. Die Blutung hatte jetzt aufgehört, aber sie war immer noch matt und brauchte Pflege.

Letzteres schrieb er in kindlichen Druckbuchstaben auf. Senhor Vasconselous las es mit seinem kurzsichtigen Auge und antwortete nur: *Si, entendo* und zündete einen Zigarrenstummel an.

Ana Dolores war sehr mager, ihr scharf geschnittenes Gesicht war geprägt von einer vagen Bitterkeit. Senhor Vaz zögerte, sobald sie das Zimmer betrat und ihren Auftrag erklärt bekam. Für ihn war es wichtig, dass sie seine Kunden nicht abschreckte, aber sie musste sich auch gut um die weiße Frau kümmern, die in Zimmer Nummer 4 im Bett lag. Schnell entschied er, dass er sich auf seinen Freund verlassen musste, der sie vorgeschlagen hatte.

Sie vereinbarten den Lohn und kamen überein, dass sie schon am selben Abend anfangen sollte. Ob Ana Dolores *O Paraiso* kannte oder nicht, konnte Senhor Vaz an ihrem Gesichtsausdruck nicht ablesen. Immerhin war die rua Bagamoio die bekannteste Hurenstraße in ganz Südafrika, das konnte ihr kaum entgangen sein. Vaz, der eine gewisse Vorstellung davon hatte, was eine erfahrene Krankenschwester verdiente, hatte den Lohn sofort verdoppelt. Aus finanziellen Gründen sollte sie jedenfalls nicht zögern. Außerdem versprach er ihr das Zimmer Nummer 2, das größte des Hauses, fast eine kleinere Suite mit einem Schlafalkoven und einem großen Eckfenster, das auf die Hausdächer hinausging, hinunter zum Hafen und der Halbinsel Katembe.

So kam es, dass Hanna Ana Dolores kennenlernte. Als sie am folgenden Morgen aufwachte, war es nicht mehr Felicia, die im Korbstuhl am Fenster saß, oder Laurinda, die auf lautlosen Sohlen das Teetablett hereintrug. Jetzt stand eine weißgekleidete Krankenschwester im Zimmer und starrte sie an. Wortlos griff sie nach Hannas Hand und fühlte ihren Puls. Danach, ohne zu verraten, ob sie zufrieden war oder nicht, beugte sie sich über Hannas Gesicht, zog die unteren Ränder der Lider herunter und studierte ihre Pupillen. Hanna nahm wahr, dass die fremde Frau nach einer ihr unbekannten Frucht oder Blüte roch. Nachdem sie ihre Augen untersucht hatte, zog sie brüsk die dünne Decke weg und entblößte Hannas Unterleib. Es ging so schnell, dass Hanna es nicht schaffte, sich zu bedecken. Sie hob eine Hand, aber die Schwester schlug sie weg wie ein Insekt und schob ihre Beine auseinander. Ohne ein Wort betrachtete sie ihren Schoß, lange, nachdenklich. Dann legte sie die Decke wieder zurück und verließ das Zimmer.

Laurinda brachte das Teetablett. Sie trug eine dünne Bluse aus weißem Baumwollstoff und hatte eine farbenprächtige *capulana* um die Hüften geschlungen.

Hanna hob die Hand und deutete auf die Tür. Sie versuchte, den Umriss der fremden Frau in die Luft zu zeichnen, die gerade das Zimmer verlassen hatte.

Laurinda verstand.

»Dona Ana Dolores«, sagte sie.

Hanna meinte eine Spur von Furcht in Laurindas Stimme zu hören, als sie den Namen der Krankenschwester aussprach.

Aber sicher konnte Hanna sich dessen nicht sein. Wessen konnte sie hier schon sicher sein.

29

Bei Hanna trat plötzlich eine Infektion mit einem langwierigen Fieberverlauf auf. Zwei Monate lang wurde sie von Ana Dolores gepflegt. Auf das erste Gefühl, wiederhergestellt zu sein, folgte eine Periode, in der sie von großer Müdigkeit wie gelähmt war. In dieser Zeit lehrte Ana Dolores Hanna auch den richtigen Gebrauch der portugiesischen Sprache. Wenn Hanna nicht zu müde war, übte sie fleißig.

Hanna lernte während dieser Zeit auch, wie sie als weiße Frau die schwarzen Menschen behandeln sollte, die im Haus arbeiteten. In diesem Haus, das vor allem ein Bordell für weiße Männer auf einem flüchtigen Besuch in der Hafenstadt war. Anfangs fand Hanna es empörend, die unverhüllte Verachtung zu erleben, die bittere Herablassung, die alles prägte, was Ana Dolores in Bezug auf die schwarzen Frauen tat, die ins Krankenzimmer kamen. Aber ohne es zu wollen, reagierte sie immer weniger ablehnend auf das, was Ana Dolores sagte.

Als es Hanna gut genug ging, um das Bett zu verlassen und immer längere Spaziergänge in der Stadt zu unternehmen, stets in Begleitung von Ana Dolores, erkannte sie, dass ihr Verhalten immer gleich war: auf der Straße, im Park, an einem der langen Strände oder in einem Geschäft – nicht nur in den vier Wänden des *O Paraiso*.

Ana Dolores betrachtete es als Selbstverständlichkeit, dass schwarze Menschen niedriger stehende Geschöpfe waren. Für Hanna war es wie eine Auffrischung der Erinnerungen an ihre Zeit in Forsmans Haus, auch wenn sie damals noch nicht einmal wusste, dass es schwarze und weiße Menschen gab. Bei Forsman spürte sie eine Verachtung gegenüber denjenigen, die zuunterst standen. Nicht nur in seinem Haus, sondern auch draußen in der Gesellschaft. Als Hanna versucht hatte, sich selbst als Beispiel für Forsmans Güte hinzustellen, hatte Berta energisch widersprochen. Bei einigen Gelegenheiten hatte Hanna auch bemerkt, dass

Forsman brutal herablassend zu armen Menschen sein konnte, die ihm in den Weg kamen.

Ana Dolores erklärte ihr: »Die Schwarzen sind nur Schatten von uns. Sie haben keine Farbe. Gott hat sie schwarz gemacht, damit wir sie in der Dunkelheit nicht sehen müssen. Und wir sollten auch nie vergessen, woher sie gekommen sind.«

Auch wenn Hanna sich daran gewöhnte, betrachtete sie Ana Dolores' Verhalten mit Unbehagen. Wenn sie schwarze Frauen schlug, die ihr nicht Platz machten, oder Kinder ohrfeigte, die ihr in den Straßen Bananen anboten, wollte Hanna nur von dort fliehen. Ohne Unterlass, als wäre es ein selbstverständlicher Teil von Hannas Pflege, sprach Ana Dolores von der Unterlegenheit der Schwarzen, ihrer Falschheit, ihrer Unreinheit, sowohl körperlich wie seelisch. Hannas Widerstand erlahmte. Sie nahm auf, was sie hörte, als könnte es trotz allem wahr sein. Ihr wurde bewusst, dass es einen entscheidenden Unterschied zu dem Leben gab, das sie in Forsmans Haus geführt hatte. Da hatte sie zu den armen Arbeitern und Dienstboten gehört. Hier befand sie sich kraft ihrer Hautfarbe auf einem ganz anderen Niveau, über den Schwarzen. Hier war sie es, die bestimmen sollte, die das Recht hatte, mit gottgegebener Erlaubnis zu befehlen und zu bestrafen. Hier war sie Jonathan Forsman ebenbürtig. Obwohl sie nur eine entlaufene Köchin war.

Am Ende der langen Zeit, in der Ana Dolores sie pflegte, machten sie einen Spaziergang durch den kleinen botanischen Garten. Er lag ein paar Blocks entfernt von der rua Bagamoio, neben dem Hügel, auf dem die weißglänzende neue Kathedrale errichtet wurde. Beide schützten sich mit aufgespannten Schirmen vor der Sonne. Es war sehr warm, und sie suchten den Schatten des Parks. Schilder am Parkeingangstor wiesen darauf hin, dass die Bänke den Weißen vorbehalten seien. Die Texte waren in einem so bedrohlichen Ton formuliert, dass die Schwarzen, auch wenn sie das Recht hatten, sich in dem Park aufzuhalten, die Sandwege nur zögernd betraten. Jetzt waren da nur die Gartenarbeiter, die halbnackt Unkraut jäteten, stets darauf gefasst, dass Giftschlangen unter den herabgefallenen Blättern auftauchen könnten.

Viele Bänke waren an diesem Nachmittag besetzt, als Ana Dolores und Hanna daherkamen. Im Park versammelten sich Beamte von den verschiedenen kolonialen Behörden, Mütter mit seilspringenden Töchtern, Jungen, die ihre Reifen vor sich hertrieben.

Plötzlich blieb Ana Dolores stehen. Vor ihr auf einer Bank saß ein alter schwarzer Mann und schlief. Hanna sah die Wut in ihrem Gesicht, bevor Ana Dolores den Mann auf die Schulter schlug. Er wachte langsam auf, sah die beiden Frauen fragend an und machte sich bereit, wieder einzuschlafen.

Schon einmal hatte Hanna erlebt, wie ein alter Mann die Augen auf diese langsame Art öffnete. Das war, als sie und Jukka in das Zimmer gekommen waren, in dem der Alte, der im Haus ihrer Verwandten einquartiert war, in seinem schmutzigen Bett gelegen hatte. Er schien hungrig, war bis an die Grenze der Austrocknung abgemagert. Die Haut spannte über seinen Wangenknochen. Bevor Hanna zu reagieren vermochte, hatte Ana Dolores den Mann gepackt, ihn wie eine schlaffe Puppe hochgerissen und mit einer kräftigen Ohrfeige in eine Anpflanzung von blühenden Rhododendronbüschen befördert. Dort blieb er liegen, während Ana Dolores die Bank mit einem Taschentuch abwischte und Hanna dann ein Zeichen gab, sich zu setzen.

Für einen Augenblick war es im Park ganz still geworden. Die Reifen rollten nicht länger, die Damen auf den Bänken waren verstummt, die halbnackten Gartenarbeiter zwischen den Anpflanzungen rührten sich nicht. Später, als alles wieder zur Normalität zurückgekehrt war, fragte sich Hanna, ob die Stille auf dem beruhte, was schon geschehen war, oder auf dem, was geschehen würde.

Würde überhaupt etwas geschehen?

Hanna warf einen Blick auf Ana Dolores, die sacht mit einer Hand vor dem Gesicht fächelte, während sie den Sonnenschirm über ihren Kopf hielt. Hanna sah sich um. Der alte Mann lag noch immer zwischen den blühenden Büschen. Er rührte sich nicht.

Ich verstehe das nicht, dachte sie. Hinter der Bank, auf der ich sitze, liegt ein alter Mann, der niedergeschlagen wurde. Keiner tut etwas für ihn. Auch ich nicht.

Wie lange sie auf der Bank saßen, wusste sie nicht. Aber als Ana Dolores fand, es sei Zeit, ins *O Paraiso* zurückzukehren, war der alte Mann verschwunden. Vielleicht war er tiefer unter die Rhododendronbüsche gekrochen und hatte sich zusammen mit den Schlangen versteckt, die alle fürchteten.

Ein paar Tage später geschah etwas, was Hanna tief erschütterte und an sich zweifeln ließ. Was war aus ihr geworden? Laurinda ließ eine Schale fallen, als sie Hanna ihren Morgentee servierte. Die Schale zerbrach auf dem Steinboden. Hanna, die vor dem Spiegel stand und sich kämmte, drehte sich heftig um und verpasste Laurinda eine Ohrfeige. Dann zeigte sie auf die Scherben und befahl ihr, sie aufzuheben.

Laurinda kroch auf den Knien herum und sammelte das zerschlagene Porzellan ein. Unterdessen saß Hanna auf dem Bettrand und wartete, bis der Tee abgekühlt war und sie ihn trinken konnte.

Laurinda stand auf.

Das irritierte Hanna. »Wer hat dir gesagt, dass du aufstehen und gehen kannst?«, fragte sie. »Es liegen immer noch Scherben auf dem Boden.«

Laurinda kniete sich wieder hin. Hanna reizte es, dass sie nie irgendwelche Reaktionen an ihrem Gesicht ablesen konnte. Fürchtete sie, dass Hanna sie bestrafen könnte? Oder war sie nur gleichgültig oder sogar von Verachtung für diese weiße Frau erfüllt, zu deren Lebensrettung sie beigetragen hatte?

Laurindas Augen waren sehr klar, von einer Art rätselhaftem innerem Glanz glimmend, den Hanna nie in den Augen weißer Menschen entdeckt hatte.

»Du kannst gehen«, sagte sie. »Aber ich will wissen, wann du kommst und gehst. Ich will, dass du Schuhe an den Füßen trägst, wenn du mich bedienst.«

Laurinda stand auf und verließ das Zimmer. Es gelang ihr, ihre nackten Fersen wie Absätze klingen zu lassen. Hanna nahm an, dass sie unterwegs zur Küche war, um etwas von den Eintöpfen des Kochs Madrillo zu naschen.

Hanna blieb sitzen und versuchte, das Haus am Fluss heraufzubeschwören. Elin, ihre Geschwister, das braune, klare Wasser in den Flüssen vom Fjäll.

Aber sie sah nichts. Es war wie eine Schicht, die sie nicht mehr durchdringen konnte.

Sie empfand Reue über die Art, wie sie Laurinda behandelt hatte. Es erschreckte sie, wie leicht es ihr gefallen war, diese freundliche Frau zu demütigen. Sie schämte sich.

Am nächsten Tag kam der Schimpanse hinauf in ihr Zimmer. Auf einem Silbertablett lag eine Blüte des Palisanderbaums, von Senhor Vaz geschickt. Als Gruß hatte er nur seinen Namen geschrieben.

30

Die blaue Blüte des Palisanderbaums, in einer kleinen Schale mit Wasser schwimmend, war noch nicht verwelkt, als etwas geschah, was Hannas Leben wiederum verändern sollte.

Es war früh am Morgen, als sie die Treppe hinunterstieg, endlich wiederhergestellt, auch wenn die Trauer um den toten Lundmark unverändert quälend war.

Ein weißer Mann mit aufgeknöpftem Hemd, barfuß, aber mit Hut auf dem Kopf, lag auf einem Sofa und schlief. Die Frauen, die im Bordell arbeiteten, waren wohl in ihren Zimmern, allein oder mit Kunden, die dafür bezahlt hatten, über Nacht zu bleiben. Nur Schimpanse Carlos ließ sich blicken. Er hatte sich in der Deckenlampe zusammengekauert, wo er sich langsam vor und zurück wiegte, während er wachsam ihre Bewegungen verfolgte.

Auch Senhor Vaz war nicht zu sehen. Hanna atmete stickige Luft von Zigarren und alkoholischen Getränken, obwohl die Jalousien hochgezogen waren und die Fenster offen standen. Der schwarze Mann, der den Eingang bewachen sollte, schlief draußen im Schatten.

Hanna stellte sich in die offene Tür zur Straße, vorsichtig, um den schlafenden Wächter nicht zu wecken. Ein paar schwarze Männer, die einen Wagen mit Latrinentonnen zogen, blieben stehen und starrten sie an. Sie ging wieder hinein. Als der Wagen davongeklappert war, kehrte sie zur Tür zurück. Jetzt waren es zwei weiße Männer mit Strohhüten und mit Ledermappen in den Händen, die innehielten und sie anstarrten. Zum zweiten Mal zog sie sich von der Tür zurück.

Stimmte etwas mit ihrer Kleidung nicht? Hanna stellte sich vor einen der vielen hohen Spiegel an den Wänden. Sie trug weiße Kleidung, hatte einen braunen Schal über den Schultern, und ihre Haare hatte sie wie üblich zu einem Knoten im Nacken geschlungen. Sie hatte abgenommen und war sehr bleich. Zum ersten Mal in ihrem Leben hatte sie die milchweiße Haut, die ihre Mutter ausgezeichnet hatte. Aber Hannas Gesicht war das ihres Vaters. Im Spiegel sah sie ihn. Es war, als käme er näher und stünde schließlich direkt neben ihr.

Der Gedanke machte sie traurig. Wäre nicht im selben Moment eine Tür hinter ihrem Rücken geöffnet worden, hätte sie vielleicht zu weinen angefangen. Als sie sich umdrehte, sah sie einen krummen Mann, klein, fast zwergenhaft, den Raum betreten. Er hinkte, und bei jedem Schritt zuckte es in seinem Nacken. Es war der Klavierstimmer, den sie bisher nur auf dem Klavierhocker hatte sitzen sehen. Er tastete sich vorsichtig an Stühlen und Sofas entlang. Für einen Augenblick blieb er stehen, als er an einen nackten Fuß des schlafenden Mannes gestoßen war, bevor er das Klavier erreichte. Dort setzte er sich, klappte den Deckel hoch und strich mit den Händen über die Tasten, als liebkoste er die Haut einer Frau oder eines Kindes. Hanna stand regungslos da und betrachtete ihn, erinnerte sich an Forsmans Klavier und dachte plötzlich, sie solle so schnell wie möglich nach Hause zurückkehren. Hier war sie nicht zu Hause und würde es nie sein.

Der Mann am Klavier wandte sich ihr zu.

Er sagte etwas, was sie nicht verstand. Als sie nicht antwortete, wiederholte er die Worte.

Da begann Hanna, Schwedisch zu sprechen. Das Schweigen war keine Sprache. Sie stellte sich dem Mann vor, sagte ihren Namen und erzählte von dem Schiff, mit dem sie gekommen und von dem sie dann geflohen war.

Sie sprach ohne Unterlass, als fürchtete sie, jemand könnte sie unterbrechen. Der Mann am Klavier saß regungslos.

Als Hanna verstummt war, nickte er langsam. Es war, als hätte er verstanden, was sie sagte.

Er wandte sich dem Klavier zu, zog eine Stimmgabel aus der Tasche und schlug behutsam einzelne Tasten an. Hanna hatte das Gefühl, er mache es so leise wie möglich, um die Schlafenden nicht zu wecken.

Der Mann auf dem Sofa richtete sich schlaftrunken auf. Als er sie erblickte, fuhr er zusammen und starrte sie ungläubig an. Dann wollte er sie ansprechen. Hanna schüttelte nur den Kopf und ging die Treppe hinauf in ihr Zimmer. Dort setzte sie sich aufs Bett, holte die Pfundscheine zwischen ihrer Unterwäsche hervor und zählte sie. Es waren genug, um ihr die Heimreise zu ermöglichen. Vielleicht würde sie nicht einmal arbeiten müssen, sondern könnte als Passagierin auf einem Schiff reisen.

Es klopfte an der Tür. Hanna raffte schnell das Geld zusammen und versteckte es unter dem Kopfkissen. Als das Klopfen energischer wurde, stand sie auf und öffnete die Tür. Sie dachte, es sei Laurinda, die ihr schon ihren Tee brachte. Aber vor der Tür stand der Mann, der auf dem Sofa geschlafen hatte. Er trug noch immer den Hut auf dem Kopf und war barfuß. Das Hemd war offen, der Bauch hing über den Hosenbund. In einer Hand hielt er eine Cognacflasche. Er lächelte und sprach mit leiser Stimme, als lockte er einen zögernden Hund. Sie wollte ihre Tür schließen, aber er stellte einen nackten Fuß dazwischen. Dann stieß er sie ins Zimmer, so dass sie aufs Bett fiel. Er schloss die Tür, stellte die Flasche auf den Tisch und zog ein paar Geldscheine aus der Hosentasche. Als sie aufstehen wollte, brüllte er und stieß sie wieder zurück. Er legte die Geldscheine auf den Tisch, riss ihre Bluse auf und wollte ihren Rock hochziehen. Als sie Widerstand leistete, ohrfeigte er sie. Noch immer verstand sie nicht, was er sagte. Aber es gelang ihr, sich loszureißen, die Flasche zu packen und ihn damit so fest auf den Arm zu schlagen, dass sie zerbrach. Zugleich rief sie aus Leibeskräften um Hilfe.

Der Schlag und der Hilfeschrei ließen den Mann zögern. Er rieb seinen schmerzenden Arm und sah Hanna wütend an. Sie hörte Schritte, und die Tür wurde geöffnet.

Es war Senhor Vaz in einem Morgenmantel aus roter Seide. Auf seinen Schultern saß Carlos, der sich auf den Fremden stürzte. Mit einem kräftigen Biss in die Hand besiegte er den Mann.

31

Senhor Vaz war ungekämmt. Wahrscheinlich hatte ihr Schrei ihn aus dem Schlaf gerissen. Aber auch wenn er schlaftrunken war, durchschaute er die Situation sofort. Der Mann, ein Bure mit dem Namen Fredrik Prinsloo, stand halbnackt im Zimmer. Seine ungeschnittenen Zehennägel waren gebogen wie die Krallen einer Katze. Immer wieder hatte er bei seinen Besuchen im *O Paraiso* Ärger gemacht. Jetzt kämpfte er gegen den rasenden Affen, der sich in seiner Hand festgebissen hatte.

Senhor Vaz rief einen Befehl. Carlos ließ sofort von ihm ab und sprang auf Hannas Bett. In der einen Hand hielt der Affe ein Taschentuch, das er Prinsloo hatte entreißen können.

Fredrik Prinsloo gehörte zu den ersten Familien, die einst aus Europa nach Kapstadt eingewandert waren. Jetzt war er Großgrundbesitzer in der Provinz Transvaal und hatte sich darauf spezialisiert, Safaris für reiche Jäger aus Amerika zu veranstalten. Zu seinen Kunden zählte der damalige Präsident Theodore Roosevelt, ein miserabler Schütze, dem es mit diskretem Beistand von Prinsloo gelungen war, eine erstaunliche Anzahl von Büffeln, Löwen, Leoparden und Giraffen zu erlegen.

Senhor Vaz hatte die Geschichte über den amerikanischen Präsidenten bei den vielen Gesprächen, die er mit Prinsloo führen musste, bis zum Überdruss gehört. Aber trotz der Prahlerei des Buren konnte er ihn nicht respektlos behandeln. Prinsloo war nicht nur ein fester Kunde, sondern er empfahl auch seinen Freunden, Vaz' Etablissement zu besuchen, wenn sie die Lust ankam, mit schwarzen Frauen Sex zu haben. Da die Buren schnell mit anderen Kunden in Streit gerieten, hatte Senhor Vaz ein spezielles Arrangement eingeführt, wenn Prinsloo einen Besuch ankündigte. Dann hängte Vaz ein Schild an die Außentür, auf dem zu lesen war, dass eine »geschlossene Veranstaltung« stattfinde. Was bedeutete, dass Senhor Vaz die Anzahl der Kunden an diesem Abend persönlich kontrollierte und begrenzte.

Über diese Veranstaltungen gingen in der Stadt wilde Gerüchte um. Es hieß, es würden Orgien gefeiert und Dinge geschähen, die kein anständiger Mensch sich auch nur in seiner Phantasie vorstellen könnte. Senhor Vaz waren die Gerüchte sehr wohl bekannt, und er wusste, dass sie eine magische Aura rings um das *O Paraiso* schufen, was die Anziehungskraft und damit seine Einkünfte steigerte. Aber er hatte auch erfahren, dass Prinsloo schwarze Frauen äußerst brutal behandeln konnte. Für einen Mann wie Prinsloo war die schwarze Haut eine Hülle, die Unbildung, Unwissenheit und Faulheit verbarg. Doch dass man wie Prinsloo diese Verachtung mit einem zuweilen besinnungslosen Hass verbinden konnte, war etwas, was Vaz nicht verstand. Woher dieser Hass? Niemand hasste Tiere, höchstens Schlangen, Kakerlaken und Ratten. Schwarze Menschen hatten doch immerhin keine Giftzähne. Er hatte auch, mit gebotener Vorsicht, das

Thema mehrmals gegenüber Prinsloo zur Sprache gebracht, sich aber rasch zurückgenommen, als dieser wütend die Antwort verweigert hatte.

Zudem war Prinsloo ein unberechenbarer Mensch. Er konnte großzügig und freundlich sein, aber es gab einen Punkt, an dem alles in ihm umschlug. Dann behandelte er die Prostituierten und Dienstboten mit einer Gehässigkeit, die allen Angst machte. Senhor Vaz hatte seine treuesten Diener beauftragt, ihn sofort zu benachrichtigen, wenn Prinsloo einen seiner Anfälle hatte. Es war vorgekommen, dass der Bure, scheinbar ohne jeden Anlass, die schwarze Hure, mit der er gerade verkehrte, zu schlagen oder auszupeitschen begann. Dann griff Senhor Vaz mit Hilfe des großen Wächters ein, der aus irgendeinem Grund auf den Namen Judas getauft war, und mit vereinten Kräften befreiten sie die verletzte Frau. Der Bure hatte nie Reue gezeigt. Es schien ihn überhaupt nicht zu kümmern. Prinsloo gab der geschlagenen Frau kein zusätzliches Geld und zögerte auch nicht, sie wieder zu verlangen, wenn er erneut zu Besuch kam.

Aber da hatte Vaz eine Grenze gezogen. Keine Frau, die Prinsloos brutales Vorgehen erlitten hatte, sollte noch einmal mit ihm ins Bett gehen müssen. Er erklärte dann, die Frau sei mit anderen Kunden beschäftigt und würde es während der ganzen Zeit sein, die Prinsloo im *O Paraiso* verbrachte, oft drei oder vier Tage. Ob Prinsloo ihn durchschaute, vermochte er nicht zu beurteilen, aber der Bure konnte unter anderen Frauen wählen, und es herrschte höchste Alarmstufe, falls er wieder anfangen würde, die Frau zu misshandeln, die ihn zufriedenzustellen versuchte.

Senhor Vaz grübelte über diesen Hass nach. Er verstand ihn nicht, und er erschreckte ihn. Es war, als warnte er ihn vor einer Gefahr. Etwas, was er nicht über sich selbst wusste.

Als er schlaftrunken an der Tür stand und Prinsloo vor der weißen Frau mit zerrissener Bluse stehen sah, sagte er sich, dass der Bure jetzt zu weit gegangen war. Prinsloo hatte sich an einem Gast, und noch dazu einer weißen Frau, vergreifen wollen. Senhor Vaz konnte ihm keine Nachsicht mehr gewähren. Er fühlte sich persönlich gekränkt.

Für ihn gab es nichts Schlimmeres. Gekränkt zu werden bedeutete, dass der Tod seine Widerstandskraft auf die Probe stellte.

32

Senhor Vaz war ein kleiner Mann und nicht sehr stark. Aber sein Zorn befähigte ihn, Prinsloo am Kragen zu packen, ihn aus dem Zimmer zu schleifen und dann die Treppe hinunterzustoßen. Der Schrei aus dem Obergeschoss hatte die schlafenden Huren geweckt. Viele von den Frauen mochten einander nicht. Selten ging es so weit, dass sie sich zu prügeln begannen. Doch wenn Gefahr und Bedrohung von außen kamen, hielten sie fest zusammen.

Jetzt standen sie an der Treppe, als Prinsloo heruntergetaumelt kam. Senhor Vaz folgte ihm, seinerseits von Judas gefolgt, und ganz am Schluss kam Carlos, auf Prinsloos weißem Taschentuch herumkauend.

Senhor Vaz blieb auf der untersten Treppenstufe stehen und betrachtete Prinsloo, der sich den Kopf angeschlagen hatte und aus einer Augenbraue und der Hand blutete, in die Carlos ihn gebissen hatte.

»Jetzt gehst du«, sagte er. »Und du kommst nie wieder hierher.«

Prinsloo drückte die unverletzte Hand an die Augenbraue und schien zunächst nicht verstanden zu haben, was Senhor Vaz gesagt hatte. Dann machte er eine drohende Gebärde zu den Prostituierten hin, die ihn umringten, und tat einen Schritt auf Senhor Vaz zu.

»Du weißt, dass ich gern meine Freunde mit hierherbringe«, sagte er. »Wirfst du mich hinaus, wirfst du auch sie hinaus.«

»Ich erkläre ihnen gern, warum ich dich nicht hierhaben will.«

Prinsloo antwortete nicht. Plötzlich schrie er auf und beugte sich vor, als hätte ihn ein starker Schmerz getroffen. »Wasser«, schrie er. »Heißes Wasser. Ich muss das Blut abwaschen.«

Senhor Vaz nickte einer der Frauen zu, Wasser zu holen. Die anderen verscheuchte er. Sie verschwanden schweigend in ihren Zimmern. Prinsloo setzte sich auf die unterste Treppenstufe. Als der Diener mit einer emaillierten Waschschüssel kam, wischte er sich sorgfältig das Blut aus der Stirn und von der Hand.

»Eis«, sagte er dann und wankte zu einem Sofa.

Senhor Vaz ging selbst in die Küche und zum Eiskasten und hackte zwei große Stücke ab, die er in Handtücher wickelte. Prinsloo drückte das Eis auf die Wunden. Als der Blutfluss gestillt war, stand er auf, knöpfte das Hemd zu, zog Socken und Schuhe an und verschwand zur Tür hinaus.

Die Eisstücke in den Handtüchern ließ er auf dem Boden liegen. Senhor Vaz trug sie in die Küche, ging dann wieder die Treppe hinauf und klopfte an das Zimmer Nummer 4. Als er Hannas Stimme hörte, öffnete er und trat ein. Sie saß auf dem äußerten Bettrand und hatte die zerrissene Bluse mit einer anderen getauscht.

Senhor Vaz suchte nach Spuren von Tränen in ihrem Gesicht, fand aber keine. Er setzte sich auf den einzigen Stuhl im Zimmer.

Sie schwiegen. Hanna dachte, es sei doch so, als würde er für das um Entschuldigung bitten, was geschehen war.

Als er schließlich aufstand, sich verbeugte und das Zimmer verließ, sah sie sich in der Überzeugung bestätigt, dass sie die Stadt so schnell wie möglich verlassen musste.

Afrika erschreckte sie zu Tode. Die Menschen, die sie nicht verstand und die sie nicht verstanden.

Sie musste verschwinden. Aber trotzdem vermochte sie nicht zu bereuen, Kapitän Svartmans Schiff verlassen zu haben. Damals war es das Richtige gewesen. Aber was war jetzt das Richtige?

Sie hatte keine Antwort.

Sie dachte: Der dunkle Fluss fließt immer noch in mir. Noch hat sich das Eis nicht daraufgelegt.

33

Noch am selben Tag ging sie hinunter zum Hafen. Senhor Vaz, der nicht dulden wollte, dass sie sich allein in der Stadt bewegte, ließ ihr Judas als wachsamen Beschützer folgen. Er ging ein paar Schritte hinter ihr. Jedes Mal, wenn sie sich umdrehte, blieb er stehen und schaute zu Boden. Er wagte es nicht, ihrem Blick zu begegnen.

Wie soll er mich beschützen, dachte sie: Er hat ja nicht einmal den Mut, mir in die Augen zu sehen.

Im Hafen lagen viele Schiffe am Kai. Andere warteten draußen auf Reede. Es herrschte Ebbe, große Teile der Einmündungen zu der Lagune, die den äußeren Teil des Hafens bildete, lagen trocken, Wracks ragten aus dem schwarzen Schlick. Sie hielt nach einem Schiff mit schwedischer Flagge Ausschau, konnte aber keins entdecken. Auch keine dänische oder finnische Flagge, die einzigen, die ihr vertraut waren. Die Schiffe auf Reede zeigten Flaggen, die sie nicht zuordnen konnte.

Am Kai fand fieberhaftes Löschen und Beladen statt. Sie sah, wie ein Netz mit Elefantenzähnen hochgezogen und dann in einen Laderaum gesenkt wurde. Aus einem anderen Schiff wurden Klaviere und Autos gehoben. In einem der Netze, die auf den Kai hinabgelassen wurden, befanden sich elegante Sofas und Sessel.

Die halbnackten Arbeiter trieften vor Schweiß, als sie mit ihrer Bürde über schwankende Gangways liefen. Und überall die weißen Männer mit ihren Tropenhelmen, die wie hungrige Raubtiere über ihre Sklaven wachten. Sie hielt es plötzlich nicht mehr aus, diese gequälten und quälenden Menschen zu sehen, und verließ das Hafengelände.

Sie beschloss, einen Umweg zu machen. Mit dem hochgewachsenen Judas hinter sich empfand sie keine Angst.

Mein fünfter Begleiter, dachte sie: Erst war Elin für mich da, dann Forsman, dann Berta, Lundmark und nun dieser schwarze Hüne, der mir nicht in die Augen zu sehen wagt.

An diesem Nachmittag wanderte sie lange durch die Stadt. Zum ersten Mal meinte sie, alles ganz deutlich zu sehen. Bisher war die Stadt im starken Sonnenschein wie verschleiert gewesen. Diese Stadt, die sie nur ganz kurz und nur aus der Ferne hätte sehen sollen, während frisches Wasser und Nahrungsmittel geladen wurden und ehe Kapitän Svartman mit der *Lovisa* den langen Weg nach Australien angetreten hätte.

Hier war sie an Land gegangen, und hier war sie bis heute geblieben. All die Dunkelheit, die sie erlebt hatte, war jetzt dabei, sich aufzulösen. Sie begann mit wachen Sinnen, diese fremde Welt zu sehen.

Plötzlich kam ihr in den Sinn, dass Sonntag war. Einer der ersten Tage im Oktober. Aber die Jahreszeiten hatten den Platz gewechselt. Jetzt warteten nicht Kälte und Winter. Vielmehr verkündete die immer stärkere Wärme, dass der lange Sommer in diesem Jahr früh angebrochen war. Darüber hatte sie Senhor Vaz mit einem seiner Bordellkunden sprechen hören. Die Sonne brannte, wie die Kälte brennen konnte, dachte sie. Aber vielleicht ist meine Haut gerade deshalb gegen die Hitze gefeit, weil ich an die Kälte gewöhnt bin?

Sie war ans Ende einer Straße gelangt, die sich zu einer Hügelkuppe hin öffnete. Auf der Kuppe lag die nicht ganz fertig gebaute Kathedrale. Das grelle Sonnenlicht wurde von den weißen Steinwänden reflektiert. Sie musste die Lider zusammenkneifen, damit sich das Bild nicht wie eine Fata Morgana im Sonnendunst auflöste. Rings um sie her war alles öde, schien plötzlich verlassen. In der Nähe gab es keine Menschen. Da war nur der große schwarze Mann hinter ihr, immer regungslos, wenn sie sich umdrehte.

Sie ging den Hügel hinauf. Die Türen der Kathedrale waren geöffnet. Sie stellte sich in den Schatten des Turms. Wie Baisers kamen ihr die weißen Steine vor. Oder wie eine Torte, die ich bei Forsman gesehen habe, als eins seiner Kinder Geburtstag hatte.

Sie stand im Schatten und wischte sich mit dem Taschentuch das Gesicht ab. Judas blieb draußen im Sonnenschein. Sie versuchte ihn herbeizuwinken, damit auch er sich in den Schatten stellte. Aber er blieb draußen, mit schweißüberströmtem Gesicht.

Aus dem dunklen Inneren der Kathedrale ertönte Gesang. Kinder, dachte sie, ein Kinderchor. Der Gesang wurde von einer hallenden Stimme unterbrochen, dann wurden dieselben Töne wiederholt. Wahrscheinlich eine Chorprobe, dachte sie und trat auf Zehenspitzen in das Dunkel ein, unsicher, ob sie diesen Kirchenraum überhaupt betreten durfte. War es derselbe Gott, der hier angebetet wurde, wie in den Kirchen, die sie zuvor besucht hatte, in der Fjällwelt und in Sundsvall? Sie blieb stehen, während ihre Augen sich langsam an das Dunkel gewöhnten.

Dann sah sie den Chor. Weißgekleidete Kinder mit roten Schärpen um die Taille, Jungen und Mädchen, alle schwarz. Vor ihnen ein kleiner weißer Mann mit wilder Haarmähne, der seine Hände wie Flügel bewegte. Noch hatte niemand sie entdeckt. Sie stand da und lauschte. Nach ein paar Wiederholungen war der Dirigent zufrieden.

Die weißgekleideten Kinder sangen jetzt einen Choral. Es war so schön, dass es schmerzte. Mit Tränen in den Augen stand sie lauschend da und dachte, dass sie nie zuvor etwas so unbegreiflich Schönes gehört hatte. Die Kinder sangen scheinbar mühelos in verschiedenen Stimmlagen, die Komposition war rhythmisch und kraftvoll. Alle hielten den Blick auf die weichen Handbewegungen des kleinen Mannes gerichtet. Keines der Kinder schien Angst vor ihm zu haben.

Hier, in der unfertigen kleinen Kathedrale, gab es nichts von dem, was sie sonst erschreckte.

Niemand, dachte sie, belügt hier einen anderen. Hier gab es nichts außer der Wahrheit im Gesang, geführt von weißen Händen, die sich wie energische Flügel bewegten.

Plötzlich entdeckte sie, dass eins der Kinder, ein Mädchen, sie bemerkt und den Kontakt mit dem Dirigenten verloren hatte, obwohl sie weitersang und die Stimme hielt.

Es war, als sähe Hanna sich selbst in dem Mädchen, als hätte sie sich in dieses Kind verwandelt, mit dunkler Haut und großen braunen Augen.

Sie und das Mädchen sahen einander an, bis der Choral zu Ende war. Da entdeckte sie der Dirigent. Sie schrak zusammen und dachte wieder, es sei ihr vielleicht nicht gestattet, sich hier aufzuhalten. Aber er lächelte und nickte, sagte ein paar Worte, die sie nicht verstand, und fuhr dann fort, mit seinem Kinderchor zu üben.

Sie war versucht, sich in die Reihe der Kinder zu stellen. Ein Teil des Gesangs zu werden. Aber sie blieb im Schatten stehen, hingerissen von den Stimmen der Kinder.

Sie wünschte, sie hätte es gewagt teilzunehmen. Aber der Mut fehlte ihr.

Erst als die Probe beendet war, die Kinder verschwunden waren und der Dirigent seine Noten in eine abgegriffene Mappe schob, trat sie wieder hinaus in das grelle Sonnenlicht.

34

Judas stand noch da, wo sie ihn verlassen hatte.

»Warum stellst du dich nicht in den Schatten?«, fragte sie und verbarg nicht, dass sie verärgert war. Sein Verhalten verdarb ihr den Eindruck des Erlebten in der Kathedrale.

Er antwortete nicht, da er sie nicht verstanden hatte. Er wischte sich nur rasch den Schweiß aus der Stirn und ließ den Arm wieder an der Seite herabhängen.

Sie kehrte zum *O Paraiso* zurück, wo Senhor Vaz unruhig auf der Straße herumging. Er trug einen Schirm zum Schutz gegen die Sonne. Carlos war auf das Bordellschild geklettert und warf Splitter vom Steindach auf einen Hund. Als Senhor Vaz Hanna sah, begann er sofort, aufgeregte Worte auf den schwarzen Mann niederprasseln zu lassen. Sie verstand nicht alles, was er sagte, aber sie begriff, dass er gefürchtet hatte, etwas sei ihr zugestoßen.

Noch immer sagte der schwarze Mann nichts. Sie hatte das Gefühl, er sei unberührt von dem Wutausbruch, der ihm galt. Und als sie jetzt beobachtete, wie Senhor Vaz sich immer mehr aufregte, bemerkte sie etwas, was ihr nie zuvor aufgefallen war.

Judas fürchtete sich, aber Senhor Vaz fürchtete sich nicht weniger: Nicht nur der hünenhafte schwarze Mann befand sich in einer schwachen Position. Natürlich konnte er sich nicht erlauben, dem weißen Mann Widerworte zu geben. Das wäre strafbar, könnte dazu führen, dass er verhaftet oder geschlagen wurde. Aber auch wenn Senhor Vaz' Furcht eine andere war, so war sie doch nicht weniger umfassend. Und war es nicht mit Ana Dolores genauso? Sie wütete gegen die schwarzen Dienerinnen oder Prostituierten, erteilte ihnen Befehle und war nie zufrieden, gönnte ihnen keinen Dank für ihre Dienste. Aber auch sie trug eine nie nachlassende Unruhe und Angst in sich.

Der Ausbruch endete so rasch, wie er begonnen hatte. Senhor Vaz verscheuchte Judas mit einer Handbewegung, und der Hüne kauerte sich an die Hauswand. Dann bot Senhor Vaz Hanna seinen Arm und brachte sie in das kühlste Zimmer, das zum Meer ging.

Senhor Vaz setzte sich schwer auf einen Stuhl, griff sich ans Herz wie nach einer großen Anstrengung und warnte sie in umständlichen Worten vor langen Spaziergängen in der starken Hitze. Er erzählte von Freunden, die einen Hitzschlag erlitten hatten, besonders wenn sie sich an Orten aufgehalten hatten, wo die Sonne von weißem Stein oder vom Sand an den Stränden der Stadt reflektiert wurde. Aber vor allem warnte er sie davor, sich der Aufmerksamkeit der Schwarzen allzu sehr auszusetzen.

Sie verstand nicht, was er zu sagen versuchte.

»Sind die Blicke der Schwarzen gefährlich?«, fragte sie.

Senhor Vaz schüttelte irritiert den Kopf, als hätte die Anstrengung seine Geduld verbraucht.

»Eine weiße Frau sollte nicht allein spazieren gehen. Das ist einfach so.«

»Ich bin zur Kathedrale gegangen und habe den Gesang der schwarzen Kinder gehört.«

»Sie singen sehr schön. Sie haben eine besondere Fähigkeit, einander in Stimmen zu finden, ohne besonders viel zu üben. Aber die Spaziergänge weißer Damen sollten kurz sein. Und am besten nicht unternommen werden, wenn starke Hitze herrscht.«

Sie wollte mehr über die entfernte Gefahr wissen, der sie sich offenbar ausgesetzt hatte. Aber Senhor Vaz hob die Hand, vermochte es nicht, weitere Fragen zu beantworten. Er blieb auf dem Stuhl sitzen, den weißen Hut auf dem Schoß, den Spazierstock aus schwarzem Holz, das *pau preto* hieß, gegen ein Bein gelehnt. Er schien plötzlich in eine unbekannte Gedankenwelt einzutauchen.

Nach einer Weile stand Hanna auf und verließ das Zimmer. Da war er eingeschlafen, mit halb geöffnetem Mund, zuckenden Lidern und leichtem Schnarchen.

Als sie durch die Tür zur Straße hinaussah, war Judas verschwunden. Sie hätte gern gewusst, wo er wohnte, ob er verheiratet war, ob er Kinder hatte.

Aber vor allem hätte sie gern gewusst, was er dachte.

An diesem Abend aß sie noch einmal in ihrem Zimmer. Eine der schwarzen Dienerinnen, deren Namen sie nicht kannte, trug die Speisen auf. Auch sie bewegte sich lautlos, auf die gleiche Art wie Laurinda. Sie fragte sich, ob diese stillen Bewegungen auch etwas mit Angst zu tun hatten, einer Angst, die sie jetzt immer häufiger wahrnahm.

Sie verzehrte das Essen, gekochtes Gemüse, dessen Geschmack ihr fremd war, dazu eine Keule von einem gegrillten Hähnchen. Die Gewürze waren vielfältig, unbekannt. Aber sie wurde satt. Zum Essen trank sie Tee. Was davon übrigblieb, würde sie später trinken, wenn er abgekühlt war, am Abend und in der Nacht.

Das war der letzte Rat, den Lundmark ihr gegeben hatte, ehe er plötzlich krank wurde und starb: Niemals ungekochtes Wasser trinken, nie das Wasser roh trinken.

Sie hatte seinen Rat befolgt. Jetzt, nachdem sie nicht mehr blutete und nicht mehr das trug, was ihr Kind hätte werden sollen, bereitete der Bauch ihr keine Schwierigkeiten mehr.

Sie empfand nur noch eine große Einsamkeit und Leere.

35

Sie stellte das Tablett vor dem Zimmer auf den Boden und schob den Riegel vor die Tür. Sie zog alle Kleidungsstücke aus und legte sich nackt auf das Bett. Der Vorhang vor dem Fenster hing reglos herunter. Es hat etwas Sündiges, nackt im Bett zu liegen, dachte sie. Sündig, weil es hier keinen Mann gibt, der mich begehrt und den ich zu mir kommen lasse. Sie zog das Laken hoch, um ihren Körper zu bedecken, überlegte es sich dann aber anders. Hier verbarg sich niemand, der sie sehen konnte. Wenn es irgendwo einen Gott gab, der allsehend war, ohne selbst bemerkt zu werden, würde er es sicher einem Menschen erlauben, sich nackt hinzulegen, wenn die Wärme erstickend war.

An diesem Abend dachte sie lange an die Angst, die sie in Senhor Vaz' Augen gesehen hatte. Nie hatte sie Angst bei ihrer Mutter oder ihrem Vater bemerkt. Die Obrigkeit gab es, aber sie musste nicht erschreckend sein, wenn man sich fügte. Hier war es anders. Hier hatten alle Angst, auch wenn die Weißen versuchten, ihre Angst unter einer Oberfläche von Ruhe und Beherrschung oder hinter genau kalkulierten Wutanfällen zu verbergen.

Sie dachte: Wo ist meine Angst? Fehlt sie mir, weil ich niemanden habe, vor dem ich mich fürchten müsste? Weil ich ganz allein bin?

Die Welt der Einsamkeit. Die würde sie nie zu ertragen lernen. Sie war als ein Mensch in Gemeinschaft mit anderen Menschen aufgewachsen. In dieser Welt würde sie nicht überleben.

Gerade an diesem Abend bereute sie, von der *Lovisa* geflüchtet zu sein. Wäre sie mit nach Australien gefahren, wäre das Gefühl des Unerträglichen vielleicht abgeklungen. Immerhin gab es an Bord eine Gemeinschaft, von der sie ein Teil war. Sie war wie ein Insekt, wild flatternd, eingesperrt in einem umgedrehten Glas.

Aber das Gefühl verflüchtigte sich. Sie wusste, dass sie getan hatte, was sie hatte tun müssen. Wäre sie weiter mit dem Schiff gefahren, hätte sie sich wohl schließlich über Bord geworfen. Lundmarks schattenhafte Anwesenheit hätte sie um den Verstand gebracht.

Sie war kurz davor einzuschlafen, noch immer nackt auf dem Bett, als sie hörte, wie es auf das Blechdach zu tropfen begann. Allmählich schwoll das Geräusch an, bis der tropische Regen herabdonnerte. Sie erhob sich und schob den Vorhang zur Seite. Durch den kräftigen Regen verschwanden die Mücken, sie konnte die kühlende Luft ins Zimmer strömen lassen.

Draußen herrschte Dunkelheit. Keine Feuer brannten. Der Regen übertönte alle anderen Geräusche. Vom Erdgeschoss her waren weder das Grammophon noch Stimmen zu hören.

Sie streckte die Hand aus und ließ den Regen auf die Haut prasseln.

Ich muss nach Hause, dachte sie. Ich halte es nicht aus, hier zu leben, umgeben von dieser Angst und einer Einsamkeit, die mich zu ersticken droht.

Sie blieb am Fenster stehen, bis der kurze, kräftige Regen aufhörte. Dann ließ sie den Vorhang fallen, kehrte zum Bett zurück und legte sich wieder hin, immer noch, ohne das Laken über sich zu ziehen.

Tags darauf und an vielen kommenden Tagen ging sie hinunter zum Hafen und hielt Ausschau, ob ein schwedisch beflaggtes Schiff am Kai angelegt hatte oder draußen auf Reede wartete. Stets hatte sie Judas in ihrer Gesellschaft, stumm ein paar Schritte hinter ihr wachend.

Oktober 1904. Sie wartet.

36

Der Klavierstimmer hieß José, wurde nie anders als Zé genannt und war der Bruder von Senhor Vaz. Diese Entdeckung machte sie erst, nachdem sie eine Weile im Haus gelebt hatte. Wie genau sie die beiden Männer auch studierte, sie konnte keine Ähnlichkeit entdecken. Aber Zé erklärte, es sei ganz sicher, dass sie dieselben Eltern hatten. Auch wenn sie bald begriff, dass Zé etwas schwach im Kopf war, fand sie keinen Grund, ihm zu misstrauen, gerade wenn es um diese Sache ging. Und warum sollte Senhor Vaz erlauben, dass er da Tag für Tag saß und das Klavier stimmte? Senhor Vaz kümmerte sich um seinen Bruder, da ihre Eltern nicht mehr am Leben waren.

Senhor Vaz liebte ihn.

Hanna konnte die rührende Fürsorge sehen, die er ihm erwies. Als einer der Kunden sich über das ständige Stimmen des Klaviers beklagte, wurde sie selbst Zeugin, wie Senhor Vaz den Kunden wegschickte und ihn nie mehr zurückkommen ließ. Zé hatte die Erlaubnis, das Klavier zu stimmen oder die Tasten zu putzen, so oft und so lange er wollte.

Aber es gab selbstverständlich Ausnahmen. Wenn besonders bedeutende Männer aus Südafrika zu Besuch kamen, Männer des Staates oder der Kirche, führte Vaz seinen Bruder behutsam in das Zimmer hinter der Küche, wo Zé sein Bett hatte. Von der schönen Belinda, die über alles, was im Bordell geschah, gut unterrichtet war, erfuhr Hanna, dass auch dort ein Klavier stand. Die Tasten waren noch da, aber die Metallsaiten des Instruments waren durchtrennt.

In diesem Zimmer saß Zé häufig und stimmte ein stummes Klavier.

Zé lebte in einer eigenen Welt. Er war ein paar Jahre älter als sein Bruder, sagte äußerst selten etwas, wenn er nicht angesprochen wurde, berührte die Tasten oder saß nur stumm über das Klavier gebeugt, als wartete er auf etwas, was nie eintreffen würde.

Er war wie eine tickende Uhr, dachte sie, in der nichts geschah, was den gleichmäßigen Rhythmus unterbrach.

Aber ganz wahr war das nicht, das verstand sie, nachdem sie fast vier Monate in dem Bordell verbracht hatte. Sie war wie so oft hinunter zum Hafen spaziert, zusammen mit ihrem hünenhaften Begleiter, und hatte nach einem schwedisch beflaggten Schiff Ausschau gehalten. Aber auch an diesem Tag ohne Erfolg. Bei einem indischer Händler, der auch fotografische Apparate und Brillen verkaufte, hatte sie ein Fernglas erworben. Durch die vergrößernden Linsen konnte sie sich vergewissern, dass keins der Schiffe, die auf Reede lagen, eine schwedische Flagge trug. Jeden Tag, wenn sie zurückkehrte, war sie sowohl enttäuscht als auch erleichtert. Enttäuscht, weil sie wirklich nach Hause zurückkehren wollte, erleichtert, weil es ihr davor graute, wieder an Bord eines Schiffes zu gehen.

Als sie das *O Paraiso* betrat, bemerkte sie sofort, dass Zé nicht an seinem gewohnten Platz am Klavier saß. Aber sie kam nicht dazu, zu fragen, wo er geblieben war, als er schon sein Entrée abhielt. Die Frauen, die untätig auf den Sofas saßen oder über den Billardtisch gebeugt waren, wo sie die Kugeln mit trägen Bewegungen hin und her stießen, brachen in Gelächter und Applaus aus. Er hatte seinen zerknitterten dunklen Anzug gewechselt. Statt der schmutzigen Baskenmütze, die er üblicherweise in den Nacken schob, hatte Zé jetzt einen Panamahut auf dem Kopf, genauso einen, wie man ihn von seinem Bruder kannte. Außerdem trug er ein weißes Hemd mit hohem Kragen und eine schwarze Krawatte, kunstvoll geknotet. In einer Hand hielt er ein paar Papierblumen. Er stellte sich vor die Frau, die Deolinda hieß, aber nie anders als *A Magrinha* genannt wurde, weil sie so mager war, ganz flachbrüstig, bar aller weiblichen Formen.

Hanna hatte sie hin und wieder verstohlen betrachtet und sich gefragt, auf welche Weise sie einen Mann verführen konnte. Denn auch ihr Gesicht war nicht hübsch. Hanna dachte, ihre abgemagerte Person strahle Leid und Trauer aus. Aber Deolinda hatte

Kunden, das wusste Hanna, das hatte sie selbst gesehen. Ihr war der Gedanke zuwider, sich A Magrinha mit einem der weißen Männer im Bett vorzustellen, die das Bordell frequentierten. Aber irgendetwas hatte sie also, was sie anlockte und ihre Begierde weckte.

Zé verneigte sich und überreichte ihr seine Papierblumen. Deolinda stand auf, nahm seinen Arm und führte ihn zu ihrem Zimmer, das ganz hinten in dem Korridor lag, in dem die Kunden empfangen wurden. Auf dem Weg folgte ihnen fröhliches Gelächter und erneut Applaus, ehe sich die träge Untätigkeit wieder im Raum breitmachte.

Es gab ein paar Stunden am späten Nachmittag, an denen im Bordell eigentlich nichts geschah. Selten oder nie zeigten sich Kunden. Die Frauen schlummerten, lackierten sich die Nägel, wechselten vielleicht leise Vertraulichkeiten.

Außer Felicia sprach keine Hanna an, wenn sie nicht selbst die Initiative ergriff, indem sie eine Frage stellte oder um etwas bat. Senhor Vaz hatte ihr klargemacht, dass die Frauen in seinem Haus nicht nur dazu da waren, die Kunden zu befriedigen, die zu Besuch kamen, sie sollten auch bereit sein, die Gäste zu bedienen, die sein Haus als Hotel nutzen wollten. Sie wusste immer noch nicht, was sie von ihr hielten, sie grüßten, lächelten, kamen ihr aber nicht nahe. Auch verstand sie nicht, was damit gemeint war, dass sie die Pflicht hätten, die Gäste des Hotels zu bedienen. Sie war ja die Einzige, die ein Zimmer gemietet hatte.

Sie machte es sich in einer Sofaecke neben einer der ältesten Frauen bequem. Sie hieß Esmeralda, hatte ein vogelartiges Gesicht und die längsten Finger, die Hanna je gesehen hatte.

Es wurde ganz still. Ihr wurde bewusst, dass sie sich zum ersten Mal mit einer der schwarzen Frauen zusammensetzte.

Sie zeigte auf den Korridor, in dem Deolinda und Zé verschwunden waren.

»Ein Liebespaar?«, fragte sie.

Esmeralda nickte. »Ein Liebespaar«, antwortete sie. »Manchmal erwacht eine Sehnsucht in ihm. Dann vergisst er sein Klavier. Das geschieht vielleicht alle zwei Monate einmal. Dann wechselt er die Kleidung, und seine Sehnsucht ist immer auf Deolinda gerichtet.«

Hanna wollte weiter fragen, nicht zuletzt um sich zu vergewissern, dass sie Esmeraldas Worte richtig verstanden hatte. Aber Esmeralda erhob sich würdevoll und schritt mit anmutig wiegenden Hüften auf ihr Zimmer zu.

Hanna stand auf und ging die Treppe hinauf. Sie brauchte sich nicht umzusehen, um zu wissen, dass alle neun Frauen ihr mit den Blicken folgten. Sie sehen uns an, wenn wir ihnen den Rücken kehren, dachte sie. Sie fürchten sich nicht, einander in die Augen zu sehen. Aber sie fürchten unsere Blicke, wie wir die ihren fürchten.

Sie schloss die Tür hinter sich, verriegelte sie und machte ihren Oberkörper frei. Mit einem Leinenlappen, den sie in kaltes Wasser tauchte, wusch sie sich. Dann legte sie sich aufs Bett und schloss die Augen, richtete sich aber gleich wieder auf. Sie hatte sich an etwas erinnert, woran sie nicht gedacht hatte, seit sie Schweden auf dem Schiff verlassen hatte, das jetzt schon längst mit seiner Holzladung in Australien angekommen sein musste.

Sie holte das Gesangbuch mit den Silberschließen hervor, in dem sie die Goldmünzen versteckt hatte, Forsmans Geschenk. Zwischen den Seiten lag eine schwarz-weiße Fotografie. Sie zeigte Berta und sie selbst, aufgenommen in Bernard Dunns Fotoatelier in Sundsvall.

37

Es war Bertas Idee gewesen. Wie immer war sie es, die die verwegensten und überraschendsten Vorschläge machte.

»Wir wollen uns fotografieren lassen«, hatte sie gesagt. »Bevor du abreist. Ich habe Angst zu vergessen, wie du aussiehst. Angst zu vergessen, wie wir zusammen aussehen.«

Hanna war beunruhigt. Sie war noch nie bei einem Fotografen gewesen, wusste nicht, wie man sich da verhielt. Aber Berta wehrte ihre Einwände ab. Außerdem hatten sie und Hanna ein kleines Geschenk von Forsman bekommen, ebenso wie alle anderen, die bei ihm arbeiteten. Forsmans Handelsunternehmen hatte sein 25. Jubiläum gefeiert, und da wollte er sich seinen Angestellten gegenüber großzügig erweisen.

An einem Tag im Frühling, als die Tage länger wurden, hatten sie sich ein paar Stunden freigeben lassen. Der Fotograf Dunn hatte sein Atelier am Marktplatz. Sie hatten ihre Sonntagskleidung angezogen, ihre Schuhe geputzt und standen nun an einem Tisch neben einem Stuhl. Hinter ihnen befand sich eine Gipsstatue, die einen Drachentöter mit erhobenem Schwert darstellte. Der Fotograf, ein Däne, sprach ein sehr schwer verständliches Schwedisch. Er bat Berta, sich auf den Stuhl zu setzen, und Hanna sollte hinter ihr stehen, dicht an Bertas Schulter. Damit das Bild eine Einheit und Harmonie bekam, stellte er eine Vase mit Papierblumen auf den Tisch.

Die Blumen in Zés Hand, als er sich vor Deolinda verbeugte, hatten die Erinnerung in ihr wachgerufen.

Sie lag auf dem Bett und schaute sich das Bild an. Sie hatten jeder eine Kopie bekommen. Berta lächelte den Fotografen an, während Hanna ernst aussah. Sie versuchte sich vorzustellen, was Berta getan hätte, wenn sie hier im Obergeschoss eines als Hotel getarnten afrikanischen Bordells auf dem Bett läge. Aber das Bild sprach nicht, Berta war stumm.

Sie legte die Fotografie auf ihren nackten Oberkörper, der allmählich abkühlte. Das hätte ich nie erwartet, dachte sie. Als Elin sagte, ich müsse zur Küste gehen, um mein Auskommen zu suchen, da hätte ich mir nie träumen lassen, was geschehen würde. Vielleicht war das, was sie jetzt dachte, eine Bestätigung dafür, dass sie erwachsen geworden war? Lag das große Geheimnis darin, dass man nie wusste, was einen erwartete, wenn man das Gewohnte hinter sich ließ?

Elin kann mich nicht sehen, dachte sie. Berta kann mich nicht sehen, auch meine Geschwister nicht. Ich lebe in einer Welt, die auch mir unbegreiflich ist, obwohl ich tagtäglich hier einschlafe und am Morgen wieder aufwache.

Bald würde Laurinda mit dem Abendessen auf einem Tablett kommen. Sie hatten vereinbart, dass Laurinda ein Tablett in ihr Zimmer bringen würde, wenn sie nicht an dem abgeschiedenen Tisch auftauchte, den Senhor Vaz ihr zugeteilt hatte. An diesem Abend gab es einen öligen frittierten Fisch, von dem Hanna nur ein Stück hinunterwürgte. Sie versuchte es erneut, schob aber den Teller bald weg und aß die halbe Kokosnuss und die Ananasscheiben, die das Dessert bildeten.

Als Laurinda zurückkam, um das Tablett zu holen, versuchte Hanna, sie zum Bleiben zu bewegen. Jedes Mal, wenn sie Laurinda sah, bekam sie ein schlechtes Gewissen wegen der Ohrfeige, die sie ihr gegeben hatte. Sie dachte, sie könnte etwas von dem sühnen, was sie getan hatte, indem sie sich freundlich zeigte und mit Laurinda plauderte. Aber es gab auch Augenblicke, in denen sie jemanden brauchte, mit dem sie sprechen konnte. Nach vielen Versuchen hatte sie Laurinda dazu gebracht, nicht nur einsilbig auf ihre Fragen zu antworten. Manchmal konnte sie sogar kleine Erzählungen hervorlocken.

Aber es war ihr nicht gelungen, Laurinda dazu zu bringen, sich zu setzen. Sie blieb stehen, sie konnte sich nicht vorstellen, in der Nähe einer weißen Frau zu sitzen.

Schon zu Beginn ihres Aufenthalts im *O Paraiso* hatte Hanna eine kleine Tätowierung an Laurindas Hals bemerkt, ganz nah am Schlüsselbein. Viele Seeleute auf der *Lovisa* waren tätowiert. Auch ihr Mann hatte einen Anker mit einer roten Rose auf dem linken Oberarm getragen. Aber sie hatte noch nie eine Tätowierung an einem Schlüsselbein gesehen und sich auch nie eine tätowierte Frau vorstellen können.

Was die Tätowierung darstellte, hatte sie nicht erkennen können. Vielleicht war es ein Hund?

Jetzt wartete sie nicht länger. Sie machte Laurinda ein Zeichen, das Tablett auf dem Tisch stehenzulassen, und zeigte auf die Tätowierung, die über ihrer Bluse zu sehen war.

»Was stellt sie dar?«

»Eine säugende Hyäne«, antwortete Laurinda.

Als sie merkte, dass Hanna mit dem Wort Hyäne nichts anfangen konnte, zeigte sie auf ein stimmungsvolles Bild an der Wand. Während der Tage, in denen Hanna das Bett nicht verlassen konnte, hatte sie stundenlang diese Darstellung wilder Tiere in der afrikanischen Savanne betrachtet.

Laurinda tippte auf eins der Tiere. »Hyäne«, wiederholte sie. »Sie lachte in der Nacht, in der ich geboren wurde. Mein Vater, der die Hyäne in der Dunkelheit hörte, sagte später zu meiner Mutter, die Hyäne habe mich willkommen geheißen und mir mit einem Lachen meine erste Nahrung gegeben.«

Dann erzählte sie, ohne zu zögern, als hätte sie nur auf den richtigen Augenblick gewartet, was in der Nacht ihrer Geburt geschehen war. Hanna verstand nicht alles, und Laurinda musste oft die Hände zu Hilfe nehmen oder verschiedene Laute formen.

Sie imitierte auch das, was das Lachen einer Hyäne war.

»Ich war das erste Kind meiner Eltern«, sagte Laurinda. »Wie alt ich bin, weiß ich nicht. Aber bevor mein Onkel starb, sagte er, ich sei in dem Jahr geboren, in dem die Krokodile im Fluss sich so vermehrt hätten, dass sie sich gegenseitig angriffen und fraßen. Es war auch das Jahr, in dem der Flamingo seine rosa Farbe verlor und ganz weiß wurde. Es war ein Jahr, in dem viele seltsame Dinge geschahen. Meine Eltern wohnten an einem Nebenfluss des großen Zambesi, in einem Dorf, in dem jeder seine eigene Anpflanzung hatte, seine Hütte, seine Ziegen und ein Lächeln für alle, denen er während des Tages begegnete. Ich wuchs in einer glücklichen Welt auf und glaubte nicht, dass sie sich je verändern könnte. Aber eines Tages, als ich groß genug war, um meiner Mutter auf den Feldern zu helfen, und schon drei kleinere Geschwister hatte, kamen weiße Männer in unser Dorf. Sie hatten lange

Bärte, ihre Kleider waren fleckig von Schweiß, sie schienen die Wärme der Sonne zu hassen und hatten es sehr eilig. Sie hielten Waffen in den Händen und zeigten dem Dorfhäuptling Papiere mit vielen Wörtern darauf. Ein paar Wochen später wurden wir aus unserem Dorf von Soldaten vertrieben, die von den weißen Männern kommandiert wurden. Aus unseren kleinen Parzellen sollte eine große Baumwollplantage werden. Wer bleiben und in der Baumwollplantage arbeiten wollte, durfte das tun. Alle anderen wurden weggejagt. Mein Vater Papadjana war ein Mann, der sich selten entmutigen ließ, wenn er in Schwierigkeiten geriet. Diese weißen Männer mit ihrer Baumwollplantage waren eine große Schwierigkeit, aber auch jetzt wollte er sich nicht besiegen lassen. Er sprach die weißen Männer an und sagte, er würde nicht weggehen und auch nicht als Baumwollpflücker arbeiten. Was auch auf dem Papier geschrieben stünde und wie viele Soldaten sie auch bedrohten, er würde bleiben, wo er war. Er hatte sehr laut gesprochen, und die versammelten Dorfbewohner schöpften Mut und begannen, ihre aufgestaute Wut zu zeigen, als sie merkten, dass einer von ihnen keine Angst hatte. Was dann geschah, weiß ich nicht. Aber es kamen immer mehr Soldaten, und eines Morgens erzählte meine Mutter weinend, dass mein Vater im Fluss treibend aufgefunden worden war, tot, von Messern zerschnitten. Es war früh in der Morgendämmerung. Sie stand über mich gebeugt und sagte zu mir, ich müsse sofort in die Stadt gehen. Ich könne nicht im Dorf bleiben. Sie würde die kleineren Kinder tiefer ins Inland mitnehmen, wo ihre Eltern wohnten. Aber ich sollte mich zum Meer und in die Stadt durchschlagen. Ich wollte nicht gehen, aber sie zwang mich.«

Laurinda verstummte plötzlich, als würden ihr die Erinnerungsbilder zu schwer. Hanna fühlte sich auf eine seltsame Art an ihr eigenes Leben erinnert. Sie kamen beide aus einer Welt, in der Frauen vertrieben wurden, in die Städte und ans Meer gehen mussten, um Arbeit zu suchen und zu überleben.

»Ich bin in diese Stadt gekommen«, sagte Laurinda, als sie

schließlich wieder sprechen konnte. »In all den Jahren, die vergangen sind, habe ich manchmal gedacht, dass ich eines Tages zurückkehren und nach meiner Mutter und meinen Geschwistern suchen werde. Manchmal träume ich, dass die tätowierte Hyäne sich aus meiner Haut befreit und sich auf Wanderschaft begibt. In der Morgendämmerung kehrt sie zurück und legt sich wieder in meiner Haut schlafen. Eines Tages wird sie meine Mutter und meine Geschwister finden.«

Laurinda nahm das Tablett und verließ das Zimmer. Hanna legte sich aufs Bett und dachte über das nach, was sie gehört hatte. Welches Tier hatte in der Nacht gerufen, als sie selbst geboren wurde?

Ein leichtes Klopfen war an der Tür zu hören. Als sie aufmachte, stand Senhor Vaz vor ihr. Er war festlich in einen Frack gekleidet und hatte einen Zylinder unter dem Arm. Neben ihm stand Carlos auf seinen krummen Beinen, auch er im Frack.

Senhor Vaz verbeugte sich. »Ich bin gekommen, um einen Heiratsantrag zu machen«, sagte er.

Erst verstand sie nicht, was er meinte. Aber dann wurde ihr klar, dass er sie tatsächlich heiraten wollte.

»Ich verlange natürlich keine sofortige Antwort«, fuhr er fort. »Aber jetzt habe ich meinen Wunsch vorgetragen.«

Er verbeugte sich erneut, drehte sich um und ging zur Treppe zurück. Carlos begann plötzlich zu hüpfen und zu rufen und kletterte in die Deckenlampe hinauf, nachdem er den Zylinder von Senhor Vaz an sich gerissen hatte.

Hanna schloss die Tür und hörte, wie das Chaos, das ausgebrochen war, als Carlos einen seiner aufrührerischen Anfälle bekam, langsam verebbte. Nach diesen Ausbrüchen wurde er zur Strafe immer für ein paar Tage in einen Käfig gesperrt. Da er den Käfig hasste, war er äußerst gefügig, wenn er wieder freigelassen wurde.

Hanna dachte über das nach, was Senhor Vaz gesagt hatte.

Es war, als wäre sie kurz davor, in einer Falle steckenzubleiben. Aber noch konnte sie aufbrechen und verschwinden.

Am nächsten Morgen ging sie schon in der Dämmerung zum Hafen, um zu sehen, welche Schiffe am Kai angelegt hatten oder draußen auf Reede warteten. Vor dem Haus schlief der Wächter, den zerfetzten Zylinder auf dem Kopf.

Die Zeit war knapp geworden. Sie musste sich beeilen.

38

Einige Tage nach Senhor Vaz' Heiratsantrag verbreitete sich in der Stadt das Gerücht, ein mächtiger Eisberg sei vor der Küste in nördlicher Richtung gesichtet worden. Er sei jetzt mit den Meeresströmungen auf dem Weg nach Süden. Hanna erfuhr es von Felicia, die eilig ihre aufreizende Arbeitsausstattung mit anständiger Straßenkleidung vertauscht hatte. Ein Kunde, Lokführer aus dem fernen Salisbury, der das Bordell zweimal im Jahr besuchte, war über das Gerücht vom Eisberg genauso aufgeregt wie alle im Hotel-Bordell. Senhor Vaz hatte sich bereits auf den Weg zum Hafen gemacht, als Hanna die Treppe hinunterkam. Aber Judas, der mittlerweile den zerfetzten Zylinder trug, erwartete sie.

Auf der Straße wimmelte es von Menschen, die auf dem Weg zum Meer waren oder auf die Hügel kletterten. Hier, wo die Stadt ihren höchsten Punkt hatte, hofften sie, den Eisberg vor allen anderen zu entdecken.

Aber es tauchte kein Eisberg am Horizont auf. Der Tag war heiß und drückend. Die Zuschauer standen unter ihren Sonnenschirmen und tupften sich den Schweiß von den erwartungsvollen Gesichtern. Vielleicht war der Eisberg ja längst in der Hitze geschmolzen. Die Älteren sagten, das Gerücht sei bestimmt nur frei erfunden, wie all die Male zuvor. Niemand hatte je einen Eisberg gesehen. Aber ungefähr jedes zehnte Jahr verbreitete sich das Gerücht, und die ganze Stadt machte sich auf die Beine.

Unterwegs zum Hafen sah Hanna, dass sich Schwarze und Weiße nebeneinander auf dem Gehsteig bewegten. Niemand schien daran Anstoß zu nehmen. Aber jetzt, als der Eisberg keine gemeinsame Hoffnung mehr darstellte, war es wieder wie zuvor. Die Weißen beanspruchten den Gehsteig für sich und stießen jeden schwarzen Mann und jede schwarze Frau brutal auf die Straße.

Es war, als hätte Hanna für einen kurzen Augenblick eine andere Gesellschaft gesehen, wie zur Probe, die dann rasch abgebrochen wurde.

Am Abend, als der rätselhafte Eisberg sich in eine enttäuschende Erinnerung verwandelt hatte, zog Regen über der Stadt auf. Es begann mit einem sachten Tropfen, das langsam anschwoll. Gegen drei Uhr morgens erwachte Hanna von einem Dröhnen. Der kräftige Regen prasselte auf die Blechdächer. Sie erhob sich schlaftrunken und ging zum Fenster. Der Regen stand wie eine grauweiße Wand vor all dem Dunkel. Aber es war noch genauso heiß wie am Tag. Als sie die Hand ausstreckte und das Wasser auffing, spürte sie, dass der Regen sehr warm war, als hätte er auf dem Weg zur Erde zu kochen begonnen.

Es dauerte lange, bis es ihr gelang, wieder einzuschlafen. Aber als sie in der Morgendämmerung erwachte, war der Regen noch genauso stark, und die Straßen waren bereits überschwemmt.

Es regnete vier Tage lang. Als es plötzlich aufhörte, war das Wasser schon bis zum Steinboden des Hotels vorgedrungen. Alle hatten geholfen, Säcke zu nähen und mit Blumenerde und Kieseln zu füllen, aber die verheerende Flut hatte sich kaum aufhalten lassen. Da alle Verbindungen mit dem Inland unterbrochen waren, suchten jetzt nur noch Seeleute das Bordell auf. Senhor Vaz wies sie ab. Es herrsche ein Notzustand und das Bordell sei geschlossen. Ein junger Mann, dessen Uniform der französischen Marine vor Nässe triefte, entgegnete, er selbst befinde sich in einer Notlage. Da erbarmten sich Senhor Vaz und Esmeralda und gewährten ihm Einlass.

Als der Regen einem dampfenden feuchten Nebel gewichen war, füllte sich die Luft mit Insekten. Alle Fenster und Türen wurden geschlossen und die Ritzen abgedichtet. Als der Portier hereinkam, um etwas zu holen, stürzte sich Carlos auf ihn und fraß alle Insekten, die sich auf seinem Körper angesammelt hatten. Die weißen Insekten saßen wie ein Blumenkranz rings um seinen schwarzen Kopf. Und Carlos fraß. Für ihn waren diese Insekten ein lang entbehrter Leckerbissen.

Langsam hielt die Normalität wieder Einzug. Verschlafen traten die Menschen aus der Feuchtigkeit hervor. Ihre Körper dampften, als wäre auch ihr Inneres mit Wasser überflutet. Während des Aufruhrs hatte Senhor Vaz Hanna nicht mit weiteren Fragen belästigt, und sie hatte Zeit zum Nachdenken gehabt. Daran, dass Senhor Vaz es aufrichtig meinte, zweifelte sie nicht. Aber wer war er, der kleine Mann, der seine Haare, seinen Schnurrbart und seine Nägel tadellos sauber hielt, seine Kleider bügelte und manchmal von selbstverachtenden Wutausbrüchen befallen wurde? Er ist ein freundlicher Mann, dachte sie, bestimmt doppelt so alt wie ich. Aber ich empfinde nichts von dem, was ich für Lundmark empfunden habe. Er gibt mir Sicherheit in dieser fremden Welt, aber der Gedanke, ihn zu lieben, ihn in mein Bett zu lassen, ist unmöglich.

Sie hatte sich also entschieden, nein zu sagen, als der Regen aufhörte, die Insekten verschwanden und das Bordell seine Türen wieder öffnete.

Da riss Carlos aus. Eines Morgens war der Affe weg.

Es war schon vorgekommen, dass er sich für ein paar Stunden davonmachte, zu Besuch in einer heimlichen Welt, über die niemand etwas wusste. Andere Schimpansen gab es in der Stadt nicht. Aber manchmal verschlug es Paviane auf der Suche nach Nahrung in die Parks der Stadt. Vielleicht war Carlos bei ihnen?

Diesmal kehrte der Affe nicht zurück. Senhor Vaz schickte alle Frauen des Bordells in die Stadt, um Carlos aufzuspüren. Er setzte einen Finderlohn aus, aber niemand hatte den Affen gesehen, weder als er verschwand noch an seinem jetzigen Aufenthaltsort.

Hanna entdeckte, dass Senhor Vaz trauerte. Zum ersten Mal

zerbrach die starre Maske, und er zeigte Besorgnis und Sehnsucht. Hanna war gerührt und spürte die Einsamkeit des Mannes, der ihr einen Antrag gemacht hatte. Umgeben von Frauen, an einem verwirrten Affen hängend, der ihm in die Hände geraten war, als ein Kunde nicht hatte zahlen können, wollte er sie heiraten.

Vielleicht ist Carlos deshalb ausgerissen, dachte sie. Damit ich Senhor Vaz ganz klar und deutlich sehen kann?

Sie dachte, er sei ihrem Vater ähnlich. Elin hatte ihn gepflegt, auf die gleiche Art, wie Senhor Vaz sein Aussehen pflegte. Hanna wusste, dass Senhor Vaz in einem der Räume an der Rückseite des Hauses, wo sie bisher nicht gewesen war, ein Badezimmer besaß, aber nicht zuließ, dass ihn jemand in der emaillierten Badewanne sah.

Lundmark hatte es mit dem Waschen nicht so genau genommen. Hin und wieder hatte es Hanna gestört, wenn er sich verschwitzt zu ihr legte.

Als Carlos verschwunden war, begann sie Senhor Vaz auf eine andere Art zu sehen. Er war vielleicht nicht der, für den sie ihn bisher gehalten hatte.

Eines Tages kam Carlos doch zurück. Hanna erwachte in der frühen Dämmerung von einem Freudenschrei im Erdgeschoss. Als sie sich rasch angezogen und das Zimmer verlassen hatte, entdeckte sie Carlos, die Arme um Senhor Vaz geschlungen, der den Affen umklammerte.

Jemand hatte Carlos ein blaues Band um den Hals geknotet. Wer es gewesen war, konnte niemand beantworten.

Die Flucht des Affen und seine Rückkehr blieben sein Geheimnis. Aber Carlos schien vor allem erstaunt über den Aufruhr und begann zu schreien und zu schlagen und die Vorhänge herunterzureißen, als alle ihn streicheln wollten.

Erst als niemand sich mehr um ihn kümmerte, kam er endlich zur Ruhe.

39

Hanna dachte: Was geschieht mit einem Affen, der kein Affe mehr sein will? Und kann das auch mit einem Menschen geschehen? Dass er nicht mehr der sein will, der er ist?

Auf losen Zetteln schrieb sie ihre Gedanken nieder. Aber sie erwähnte sie niemandem gegenüber.

Nach Carlos' Wiederkehr begann Senhor Vaz sie erneut zu umwerben. Sie hatte ihm antworten wollen, wie es war, dass sie vor kurzem Witwe geworden sei. Ihre Trauerzeit würde noch lange währen. Aber Senhor Vaz stellte keine Fragen. Er umwarb sie still, manchmal fast abwesend. Eines Tages nahm er sie in einem der wenigen Autos der Stadt mit. Das Fahrzeug gehörte einem Artillerieoberst des portugiesischen Regiments, das hierher verlegt worden war. Sie fuhren auf der kleinen Straße am Strand entlang, wo eine Hafenpromenade gebaut wurde. Hanna sah die schwarzen Arbeiter in der Hitze die schweren Steine schleppen, doch Senhor Vaz schien sie nicht zu bemerken. Er genoss den Blick aufs Meer und zeigte auf ein Segelboot, das auf den Wellen schaukelte.

Sie bogen vom Meer ab, und das Auto kletterte die Hänge zu dem höher gelegenen Teil der Stadt hinauf. Dort wurden mehrere Steinhäuser rund um eine Art Park gebaut. Auf Schienen wurden Wagen von Pferden gezogen.

Das Auto blieb vor einem Haus stehen, das neu und unbewohnt schien. Es hatte eine weißverputzte Fassade und einen Garten mit Rhododendren und Akazien. Senhor Vaz öffnete die Autotür und half ihr hinaus. Sie sah ihn fragend an. Warum hatte er vor diesem Haus halt gemacht?

Eine Dienerin öffnete die Tür. Sie gingen hinein. Die Zimmer waren nicht möbliert. Hanna nahm den Geruch von Malerfarbe wahr, die noch nicht getrocknet war, und von frisch geölten Holzböden.

»Ich schenke Ihnen dieses Haus«, sagte Senhor Vaz unvermittelt.

Seine Stimme war sanft, fast verschleiert, und sie ahnte, dass er sehr stolz war auf das, was er ihr anbot.

»Ich möchte, dass wir hier wohnen«, sagte er. »An dem Tag, an dem Sie bereit sind, mich zu heiraten, verlassen wir meine Zimmer im Hotel und ziehen hierher.«

Hanna antwortete nicht. Sie ging nur still in dem leeren Haus herum, Senhor Vaz vorsichtig ein paar Schritte hinter ihr.

Er drängte sie nicht zu einer Antwort, auf die er so sehnlich wartete.

Als sie zum Hotel zurückkehrten, dachte Hanna wieder, dass sie nie jemandem würde erzählen können, was während ihrer Zeit in Afrika geschehen war. Schon gar nicht, dass ein Mann, der ihr bis zur Schulter reichte und ein Bordell besaß, ihr einen Heiratsantrag gemacht und ihr ein großes Steinhaus mit Garten und Blick aufs Meer hatte schenken wollen. Niemand würde ihr glauben. Alle würden es für eine Lüge oder einen wirren Traum halten. Hanna beschloss, mit Felicia zu sprechen. Vielleicht könnte sie ihr einen Rat geben.

Ein paar Tage später, als Felicia sich von einem ihrer Stammkunden verabschiedet hatte, einem Bankbeamten aus Pretoria, der bei seinen Besuchen brutal behandelt werden wollte, klopfte Hanna an Felicias Tür. Sie sagte ihr, dass Senhor Vaz ihr einen Heiratsantrag gemacht habe.

»Ich weiß«, sagte Felicia. »Alle wissen es. Ich glaube, sogar Carlos begreift, was geschieht. Auch wenn er nur ein Schimpanse ist. Er versteht mehr, als man denkt.«

Ihre Antwort verunsicherte Hanna. Sie war davon ausgegangen, Senhor Vaz habe seinen Antrag mit großer Diskretion präsentiert.

»Hat er es erzählt? Wem?«

»Er sagt nie etwas. Das braucht er nicht. Wir verstehen ihn auch so. Aber das weiß er natürlich nicht.«

Hanna wurde plötzlich unsicher, wie sie fortfahren sollte. Ihr Gespräch war anders verlaufen als erwartet.

»Senhor Vaz ist ein freundlicher Mann«, sagte Felicia. »Er kann brutal sein, aber er bereut es schnell. Außerdem lässt er uns fast die Hälfte von dem behalten, was wir verdienen. Es gibt in dieser Stadt Bordelle, in denen die Frauen kaum ein Zehntel erhalten.«

»Wie kommt es, dass er nicht verheiratet ist?«

»Das weiß ich nicht.«

»Ist er noch nie verheiratet gewesen?«

»Auch das weiß ich nicht. Er ist vor über zwanzig Jahren aus Lissabon hierhergekommen, zusammen mit seinem Bruder und seinen Eltern. Der Vater war Kaufmann und arbeitete viel zu hart in der Hitze. Er starb bald nach der Ankunft. Da kehrte die Mutter nach Portugal zurück, während die Brüder blieben. Ein paar Jahre später gründete Senhor Vaz dieses Bordell. Mit dem Geld, das er von seinem Vater geerbt hatte. Das ist alles, was ich weiß.«

»Es hat also nie eine Frau in seinem Leben gegeben?«

Felicia lächelte. »Manchmal verstehe ich die Fragen der weißen Menschen nicht«, sagte sie. »Natürlich hat es Frauen in seinem Leben gegeben. Wie viele und welche, das weiß ich nur zum Teil. Aber er macht es wie andere Bordellbesitzer hier in der Stadt. Er rührt nie seine eigenen Mädchen an, sondern geht in die Häuser seiner Kollegen.«

»Aber warum will er mich heiraten?«

»Weil du weiß bist. Ich glaube, es imponiert ihm auch, dass du es dir leisten kannst, hier zu wohnen und dafür zu bezahlen. Außerdem leidet er an der Einsamkeit, die alle Weißen hier im Land trifft.«

»Mein Geld ist bald zu Ende.«

Felicia betrachtete sie plötzlich nachdenklich. »Du bist nicht mehr krank«, sagte sie schließlich. »Jetzt bist du stark genug, um deine Reise fortzusetzen, wohin sie auch führen sollte. Aber du ziehst es vor hierzubleiben. Etwas hält dich zurück. Oder ist es deshalb, weil du nichts hast, wohin du weiterreisen oder zurückkehren willst? Aber jetzt hat Senhor Vaz dir einen Antrag gemacht. Man kann schlechtere Männer heiraten. Er wird dich mit

Respekt behandeln. Er schenkt dir ein großes Haus. Das ist etwas, was mein Mann mir nie geben könnte. Ateme ist Fischer, und wir haben zwei Kinder. Ich freue mich, ihn zu sehen, wenn ich heimkomme.«

»Wer kümmert sich um deine Kinder, wenn du hier bist?«

»Das tut ihre Mutter.«

Hanna schüttelte den Kopf. Sie verstand nicht. »Ihre Mutter? Ich dachte, du bist ihre Mutter.«

»Meine Schwester. Sie ist auch ihre Mutter. Auf die gleiche Art, wie ich die Mutter ihrer Kinder bin. Oder die Mutter der Kinder meiner zweiten Schwester.«

»Wie viele Schwestern hast du?«

»Vier.«

Hanna überlegte. Es gab natürlich noch eine weitere Frage, die sie gern stellen wollte. »Was sagt dein Mann dazu, dass du hier arbeitest?«

»Nichts«, antwortete Felicia einfach. »Er weiß ja, dass ich ihm treu bin.«

»Treu? Hier?«

»Ich bin ja nur mit weißen Männern zusammen. Gegen Bezahlung. Das kümmert ihn nicht.«

Hanna versuchte zu verstehen. Aber der Abstand schien sich zu vergrößern, statt kleiner zu werden. Die Welt, in der sie hier lebte – sie verstand sie nicht.

Wieder dachte sie an Carlos. Der sich nicht mehr wie ein Affe verhielt, aber auch nicht wie ein Mensch.

Der einsame Schimpanse hatte sich in seiner weißen Kellnerjacke versteckt.

Welche Verwandlung ging mit ihr selbst vor?

40

An diesem Abend entschloss sich Hanna, Senhor Vaz' Heiratsantrag anzunehmen. Ausschlaggebend für ihren Entschluss war die Einsicht, dass sie nicht länger als Witwe zu leben vermochte. Vielleicht würde sie eines Tages Liebe für ihn empfinden wie damals für Lundmark?

Tags darauf gab sie ihm ihre Antwort. Senhor Vaz schien nicht besonders erstaunt zu sein, vielmehr betrachtete er ihr Ja als eine Art Formalität.

Drei Wochen später heirateten sie mit einer einfachen Zeremonie in der Wohnung des katholischen Priesters neben der Kathedrale. Die Trauzeugen kannte Hanna nicht. Senhor Vaz hatte auch Carlos mitgenommen, in seinen Frack gekleidet, doch der Priester hatte sich geweigert, den Affen dabeizuhaben. Die Anwesenheit des Schimpansen wäre Gotteslästerung. Senhor Vaz hatte nachgeben müssen. Während der Trauung kletterte Carlos in seinem Frack am Glockenturm hinauf. Nach der Zeremonie gab es ein Essen im feinsten Hotel der Stadt, das auf einem Hügel mit Blick aufs Meer lag. Daran nahm Carlos teil, weil sie einen privaten Raum hatten.

Die Hochzeitsnacht verbrachten sie in einer Suite im Hotel. Es duftete nach Lavendel, als Hanna den Raum betrat.

Als sie das Licht gelöscht hatten, fühlte sie den warmen Atem ihres neuen Mannes an ihrem Gesicht. In einem kurzen, verwirrten Moment hatte sie das Gefühl, Lundmark sei zu ihr zurückgekehrt. Doch dann nahm sie den Geruch von Pomade in den schwarzen Haaren wahr, und der Zauber verflog.

Sie wartete auf das, was geschehen würde, und machte sich bereit. Aber Senhor Vaz, oder Attimilio, wie sein Vorname lautete, gelang es nicht, in sie einzudringen. Er versuchte es wieder und wieder. Aber er war kraftlos wie ein gebrochenes Holz.

Schließlich drehte er sich von ihr weg und rollte sich zusammen, als schämte er sich.

Hanna fragte sich, ob sie einen Fehler gemacht habe. Aber als sie am folgenden Tag ihren Mut zusammennahm und Felicia fragte, erfuhr sie, dass dieses Missgeschick nicht ganz ungewöhnlich war. Früh genug würde Senhor Vaz bestimmt zeigen können, dass auch er die Kraft hatte, auf die sich sein ganzes Unternehmen gründete. Es gab nur eine wirkliche Gefahr für ein Bordell, und zwar die, dass alle Männer plötzlich impotent würden.

Hanna verstand nicht alles, was Felicia sagte. Aber sie begriff, dass sie an dem, was geschehen war, keine Schuld hatte.

Ein paar Tage darauf zogen sie in das Steinhaus ein, das nun möbliert war. Es gab ein schön glänzendes Klavier in einem Zimmer, und überall duftete es nach Mimosen und Kräutern. Ein paar Wochen nach der Hochzeit, als Hanna mit dem Dienstmädchen allein war, schlug sie einen Ton auf dem Klavier an und ließ ihn ausklingen.

Es war, als könnte sie in den Schatten des Zimmers die Menschen sehen, die sie hinter sich gelassen hatte. Jonathan Forsman, Berta, Elin, die Geschwister und den Steuermann, dessen Seebestattung sie vor einem halben Jahr hatte erleben müssen.

Doch ihre Reaktion war weder Wehmut noch Sehnsucht. Ein kalter Hauch des Entsetzens zog vorüber. Er kam aus dem Nichts, als der Ton verklungen war. Was hatte sie getan? Warum hatte sie sich an einen Mann gebunden, den sie kaum kannte?

Aber sie zwang sich auch zu denken: Ich kann nicht umkehren.

Ich bin hier. Und nirgendwo anders.

41

Jeden Morgen ging sie auf die Terrasse hinaus, die einen Teil des Obergeschosses einnahm. Von dort aus blickte sie auf die Stadt hinunter, auf die Häuser, die an den Hängen hochkletterten, auf den Hafen mit seinen Kränen, die im Sonnendunst glühten, und auf das blaue Meer, auf dem die Schiffe auf die Flut warteten. Sie hatte ein noch stärkeres Fernglas gekauft, und Senhor Vaz ließ ein Stativ bauen, auf dem das Fernglas befestigt wurde.

Sie hielt weiterhin nach den Schiffen Ausschau. Aber jetzt hoffte sie nicht mehr, eines Tages ein Schiff unter schwedischer Flagge zu entdecken. Jetzt war es umgekehrt. Jeden Morgen fürchtete sie, es würde ein Schiff dort liegen, das sie nach Hause bringen könnte. Denn jetzt war es zu spät.

Attimilio verließ das Haus jeden Morgen um acht. Er bestieg einen von Pferden gezogenen Wagen, der ihn zum Hafenviertel brachte. Mittags kehrte er wieder heim, sie aßen miteinander, und dann hielt er einen Mittagsschlaf, ehe er zu den Frauen zurückkehrte.

Hannas Leben als wiederverheiratete Frau unterschied sich in einem entscheidenden Punkt von der Zeit ihrer ersten Ehe: Sie war fast immer allein. Lundmark war an Bord von Kapitän Svartmans Schiff stets in ihrer Nähe gewesen. Ihr neuer Mann behandelte sie mit großem Respekt und gleichbleibend freundlich, war aber selten daheim. Er aß und er schlief, und in den Nächten fuhr er mit seinen scheiternden Versuchen fort, das zu verwirklichen, wonach sich jetzt auch Hanna tatsächlich zu sehnen begann. Aber darüber hinaus teilten sie fast nichts. Manchmal versuchte sie, Fragen nach seinem früheren Leben zu stellen. Doch er antwortete ausweichend oder überhaupt nicht. Er brauste nicht auf, er wollte ganz einfach nichts erzählen. Hanna dachte, es sei, als hätte sie einen Mann ohne Vergangenheit geheiratet.

Später würde Hanna an diese Zeit als an die Zeit der Untätigkeit zurückdenken. Es gab kaum Aufgaben für sie, keine Pflichten, die erledigt werden mussten. Um den Garten kümmerte sich ein alter Mann, der stocktaub war. Er hieß Rumigo und hatte einen seiner unzähligen Söhne zur Hilfe. Hanna stand manchmal da und sah zu, wie er mit behutsamen Händen die Blumen, Bäume und Büsche behandelte. Drinnen im Haus gab es Anaka, die bereits bei Attimilios Eltern gedient hatte. Sie begann alt zu werden, arbeitete aber hart und schien nie zu schlafen. Sie wohnte allein in einem kleinen Schuppen an der Rückseite des Hauses. Dort sah Hanna sie manchmal sitzen und ihre Pfeife rauchen, ehe sie sich zur Ruhe begab. Schon um vier Uhr morgens stand Anaka wieder auf, und um sechs servierte sie ihnen das Frühstück.

Als Hanna sie ansprach, fiel sie sofort vor ihr auf die Knie. Attimilio hatte Hanna erklärt, dies sei kein Zeichen der Unterwürfigkeit und Ergebenheit, sondern eher eine Tradition, eine Art, Respekt zu erweisen. Hanna hatte Mühe, diese Kniefälle zu ertragen, und versuchte, Anaka davon abzubringen. Doch es gelang ihr nicht. Als Attimilio ihr erklärte, Anaka würde das auch bei einem schwarzen Mann tun, der über ihr stand, gab sie auf. Die Kniefälle wurden fortgesetzt.

Es gab noch eine Frau im Haus, ein junges Mädchen, Tochter der Schneiderin seiner Mutter, wie Attimilio erklärte. Sie trug einen portugiesischen Namen, Julietta, und half Anaka bei allem, was die Ältere nicht schaffte. Hanna schätzte Julietta auf vierzehn oder fünfzehn Jahre.

Hanna erlebte diese Tage wie in einem Dämmerschlaf. Die Hitze war drückend, hin und wieder von heftigen Regenfällen unterbrochen. Meistens saß sie in einem der Zimmer zum Meer hin und ließ den Wind durch die offenen Fenster ziehen. Sie hatte das Gefühl zu warten, ohne zu wissen, worauf. Manchmal wurde sie von einem quälenden Unbehagen befallen, überhaupt nicht gebraucht zu werden. Alles, was in diesem großen Haus geschah, wurde von den schwarzen Dienstboten erledigt. Ihre Aufgabe war es, nichts zu tun.

Attimilio hatte erklärt, sie solle nicht zögern, ganz offen zu sagen, wenn sie mit der Arbeit des Personals unzufrieden war. Hin und wieder sollte sie sich weiße Handschuhe anziehen, im Haus herumgehen und mit den Fingern über Täfelungsleisten und Türrahmen fahren, um zu sehen, ob alles ordentlich abgestaubt war.

»Wenn man nicht hinter ihnen her ist, werden sie schlampig.«

»Aber hier ist es doch immer sauber.«

»Weil du es kontrollierst. An dem Tag, an dem du damit aufhörst, werden sie keine Minute länger gründlich sein.«

Hanna konnte Attimilios ständige Angriffe auf schwarze Menschen weder verstehen noch sich damit versöhnen. Sie sah weiterhin eine Angst in ihm, hinter den harten Worten. Aber ihre Anwesenheit im Haus veränderte seine Lebensweise nicht.

Eines Abends kam er nach einem aufwühlenden Ereignis im Bordell nach Hause: Ein Kunde hatte einen Revolverschuss abgegeben und einer der Frauen einen Streifschuss am Arm verpasst. Nach diesem Bericht brach er in eine heftige Tirade über das Land aus, in dem er lebte.

»Das hier wäre ein guter Kontinent«, rief er. »Wenn es nur nicht all diese schwarzen Menschen gäbe.«

»Aber war es nicht ein weißer Mann, der den Schuss abgefeuert hat?«, wandte Hanna vorsichtig ein.

Senhor Vaz antwortete nicht. Stattdessen entschuldigte er sich und zog sich in sein Arbeitszimmer zurück. Durch die geschlossene Tür konnte sie hören, dass er portugiesische Militärmärsche auf seinem Trichtergrammophon spielte. Als sie sich vorbeugte und durchs Schlüsselloch spähte, sah sie ihn wütend im Zimmer herumgehen und einen Säbel schwingen. Sie begann zu kichern. Ihr zweiter Mann glich einem der Zinnsoldaten, mit denen sie Jonathan Forsmans Söhne hatte spielen sehen.

Dann überkam sie wieder die Unruhe. Sie war wie die anderen weißen Frauen in der Stadt geworden: untätig, träge und ständig mit einem Fächer wedelnd.

Nachdem er eine Zeitlang vergeblich versucht hatte, den nächtlichen Liebesakt zu vollziehen, näherte sich Attimilio einer grenzenlosen Verzweiflung. Hanna wandte sich wieder an Felicia, diesmal an einem Tag, an dem Senhor Vaz nach Pretoria gefahren war, wo er einen Teil des mit dem Bordell verdienten Geldes investierte. Einmal im Monat kam ein hinkender Anwalt zu Besuch. Sie schlossen sich in Attimilios Büro ein, und Hanna hatte keine Ahnung, worüber dort verhandelt wurde. Der Anwalt namens Andrade sprach so leise, dass Hanna keine Silbe verstand.

Felicia riet ihr, Hilfe bei einem *feticheiro* zu suchen.

»Es gibt Kräuter und Tees«, sagte Felicia. »Sie heilen Männer, die nicht imstande sind, das zu tun, was sie sich am allermeisten wünschen.«

»Ich kenne keinen *feticheiro*«, sagte Hanna, »keinen Medizinmann, der mir geben kann, was nötig ist.«

Felicia streckte die Hand aus. »Es kostet Geld«, sagte sie. »Wenn du mir Geld gibst, werde ich beschaffen, was du brauchst. Dann vermischst du das Pulver mit einem Getränk oder einer Speise für ihn. Ich kenne nicht alle Regeln, aber ich weiß, dass es nur dann geschehen soll, wenn Wind aus dem Westen weht.«

Hanna überlegte. »Selten weht der Wind von Westen«, sagte sie.

Felicia dachte lange nach. »Du hast recht«, sagte sie schließlich. »Es ist besser, du wendest es bei Vollmond an. Auch da gibt es den richtigen Zeitpunkt. Ich habe vergessen, dass es hier fast nie vom Inland her weht, nur vom Meer oder vom Eis ganz im Süden. Wir, die hier in Baia da Boa Morte leben, wissen nichts von den Winden aus der großen Savanne.«

Hanna hatte den Namen der Lagune noch nie gehört. Dass der Name der Stadt Lourenço Marques lautete, wusste sie. Attimilio hatte ihr eines Abends erklärt, es sei der Name eines berühmten portugiesischen Generals, der sich, was List und Kühnheit betraf, mit Bonaparte messen könne. Hanna wusste nicht, wer Bonaparte war, ebenso wenig wie sie wusste, dass die Lagune einen so merkwürdigen Namen trug.

Aber hatte sie wirklich richtig gehört? Die Lagune des guten Todes? Hatte Felicia die in der Sonne glitzernde Bucht nur für sich so genannt?

»Warum heißt die Lagune so?«

»Weil es ein schöner Name ist? Ich denke mir, dass das blaue Wasser, in dem Delphine schwimmen, ein Friedhof ist für Menschen, die einem guten Tod begegnen. Worauf wir doch alle hoffen.«

»Was ist ein guter Tod?«

Felicia sah sie verwundert an. Hanna dachte, Felicia habe einen ganz besonderen Gesichtsausdruck, wenn sie sich über eine Frage wunderte, die nur ein weißer Mensch stellen konnte.

»Jeder malt sich seinen Tod aus«, sagte Felicia. »Hast du mir nicht erzählt, dass dein erster Mann, der Steuermann war und einen Namen hatte, den ich nicht aussprechen kann, sein Grab im Meer gefunden hat?«

»Sein Tod war aber keinesfalls gut«, sagte Hanna. »Er wollte nicht sterben.«

»Wenn der Tod kommt, werde ich keinen Widerstand leisten«, sagte Felicia. »Falls es nicht jemand ist, der mich ermorden will. Ich will in Ruhe sterben. Der gute Tod ist niemals aufgeregt.«

Hanna wusste nicht, was sie über Lundmarks Tod oder ihre eigenen unruhigen Vorstellungen von ihrer letzten Stunde sagen sollte. Sie gab Felicia das Geld, das sie verlangte. Ein paar Tage später tauchte sie überraschend auf, nachdem Attimilio das Haus morgens verlassen hatte. Eingewickelt in ein Stück Stoff, das sie mit Respekt und vielleicht auch Furcht behandelte, lag ein grünes, fast funkelndes Pulver. Es roch stark nach Teer, ein Geruch, an den Hanna sich von den Schiffen im Hafen von Sundsvall erinnerte.

»Du musst das Pulver in ein Getränk mischen, das Senhor Vaz zu sich nimmt, bevor er sich schlafen legt.«

»Er trinkt abends nichts. Er möchte nachts nicht von seiner Blase geweckt werden.«

»Isst er auch nichts?«

»Eine Mango.«

»Dann musst du die Frucht vorsichtig öffnen, das Pulver hineinpressen und dann die Schale wieder verschließen.«

Hanna rief Anaka und bat sie, eine Mango zu bringen. Zusammen führten sie dann das Experiment durch und sahen, dass es möglich war, alle Spuren zu verwischen.

»Ist das alles?«, fragte Hanna.

»Auf deinen eigenen Unterleib sollst du etwas Zitrone träufeln. Dann bist du bereit, ihn zu empfangen.«

Hanna errötete, als Felicia von der Zitrone sprach. Felicias Fähigkeit, ganz natürlich über das zu sprechen, was für Hanna immer noch zum Unaussprechlichen gehörte, trieb ihr die Röte ins Gesicht.

»Das ist alles«, sagte Felicia. »Die *feticheira*, mit der ich gesprochen habe, hat viele Männer von ihrer Impotenz geheilt. Sie kommen von weit her zu ihr. Einige sind sogar den ganzen Weg von Indien hierhergesegelt, um wieder zu lebenstauglichen Männern zu werden. Sie hat jedoch auch gesagt, dass es nicht bei allen wirkt, aber in dem Fall gibt es andere, stärkere Arzneien, um die Triebe wieder zum Leben zu erwecken.«

Da abnehmender Mond war, musste Hanna warten. Attimilio versuchte einige weitere Male, die Ehe zu vollziehen, scheiterte aber. Wenn er sich resigniert auf die Seite gedreht hatte, strich ihm Hanna behutsam über die schwarzen Haare, die immer Pomadenflecke auf dem Kopfkissenbezug hinterließen. Ich liebe ihn wohl nicht, dachte Hanna. Aber ich empfinde Zärtlichkeit für ihn. Er will mir wohl. Zu einem Lundmark in meinem Bett wird er nie werden. Aber vielleicht kann er mit Hilfe von Felicia wieder ein Mann werden.

43

Als es Vollmond wurde, hatte die Stadt eine Periode von starken Stürmen durchlitten. Carlos war erneut ausgerissen, aber zurückgekommen, genauso geheimnisvoll, diesmal mit einem roten Band um den Hals. Senhor Vaz fragte sich, ob es besser sei, Carlos anzuketten. Aber da machten die Frauen einen Aufstand, und er ließ den Gedanken fallen. Carlos übernahm wieder seine Rolle als Kellner und zündete gegen Bezahlung in Gestalt einer Banane oder eines Apfels die Zigarren der eingetroffenen Kunden an. Aber Felicia meinte, Carlos habe einen anderen Funken in seinen Augen. Etwas war im Begriff, mit ihm zu geschehen.

Der Vollmond kam, die Stürme waren abgezogen, und Senhor Vaz kehrte nach einem langen Tag im Bordell wieder heim. Hanna hatte die Mango präpariert und saß neben ihm, während er die Frucht nachdenklich am Tisch im Esszimmer verzehrte. Im Bad träufelte Hanna Zitrone auf ihren Unterleib und legte sich dann neben ihn ins Bett. Als er auf dem Weg schien einzuschlafen, strich sie behutsam mit einer Hand über seinen Arm. Nach ein paar Augenblicken wandte er sich ihr zu. Mit derselben irrsinnigen Angriffslust wie früher versuchte er, in sie einzudringen. Aber auch diesmal gelang es ihm nicht, obwohl Hanna spürte, dass er sich länger und kraftvoller anstrengte.

Als er aufgab, waren beide erschöpft. Hanna stellte sich vor, dass sie Felicia schon am folgenden Tag beauftragen würde, die stärkere Arznei zu besorgen, um Attimilio aus seinem Elend herauszuhelfen.

Sie hörte, dass er einschlief, wie immer etwas kurzatmig, als hätte er eigentlich keine Zeit zum Schlafen.

Als sie morgens aufwachte, war er tot. Er lag neben ihr, weiß und bereits kalt. Gleich als sie die Augen aufschlug, kurz bevor Anaka das Frühstück bringen würde, wusste sie, dass etwas geschehen war. Selten lag er noch im Bett, wenn sie aufwachte. Meist stand er schon im Badezimmer und rasierte sich.

Er lag in derselben Stellung, in der er eingeschlafen war. Hanna flüchtete aus dem Bett, ihre Beine zitterten. Zum zweiten Mal war sie Witwe geworden. Als Anaka hereinkam, saß sie auf einem Stuhl und zeigte auf das Bett.

»*Morto*«, war alles, was sie sagte. »*Senhor Vaz e morto.*«

Anaka stellte das Tablett ab, fiel auf die Knie, wimmerte etwas, was vielleicht ein Gebet war, und eilte dann hinaus. Hanna dachte, Attimilio sei ganz still gestorben. Er habe nicht geschrien wie Lundmark.

Es war, als wäre er aus Scham darüber gestorben, dass es ihm auch beim letzten Versuch nicht gelungen war, mit seiner Frau zu schlafen.

Das etwas chaotische Begräbnis fand auf dem neu angelegten Kirchhof des Ortes statt. Auch Carlos, in einem dunklen Anzug und einem neuen schwarzen Zylinder, nahm daran teil. Zwei Tage danach bekam Hanna Besuch von Attimilios Anwalt Andrade. Er verbeugte sich, sprach ihr sein Beileid aus und nahm ihr gegenüber in der roten Sofagruppe Platz, die Senhor Vaz eigens im fernen Kapstadt hatte anfertigen lassen. Anders als früher sprach er jetzt laut und deutlich. Sie war nicht mehr nur ein Anhängsel von Senhor Vaz.

Anwalt Andrade setzte sie von Folgendem in Kenntnis: »Es liegt ein Testament vor. Es ist von mir und meinem Kollegen Petrus Sabodini bezeugt. Das Testament ist einfach und ganz klar. Es gibt nicht den geringsten Zweifel an seinem Inhalt.«

Hanna hörte ihm zu, aber ohne jeden Gedanken daran, dass sie das, was gesagt wurde, eigentlich betraf.

»Es liegt also ein Testament vor«, wiederholte Andrade. »Daraus geht hervor, dass Sie Attimilios gesamten Besitz erben. Abgesehen von seinem Hotel und dem Betrieb, der damit verbunden ist, besitzen Sie jetzt auch alle weiteren Aktiva, unter anderem ein Warenlager mit Stoffen und neun Esel, die auf Koppeln außerhalb der Stadt grasen. Es existieren auch bedeutende Besitztümer in Pretoria und Johannesburg.«

Anwalt Andrade legte einen Stapel Papiere auf den Tisch und stand auf. Er verbeugte sich erneut. »Es wird mir eine große Freude sein, in Zukunft auch der Anwalt von Senhora Vaz zu sein.«

Erst nachdem er gegangen war, begriff Hanna, was geschehen war. Sie saß regungslos da, hielt den Atem an. Sie war Besitzerin eines Bordells geworden. Dazu gehörten ihr nun neun Esel und ein Affe, der hin und wieder ausriss, sonst aber bereitwillig die Zigarren der Kunden anzündete, die ihr Freudenhaus besuchten.

Sie stand auf und trat auf die Terrasse hinaus. Durch das Fernglas konnte sie das Dach des Hauses erkennen, in dem das Bordell lag. Sie erahnte auch die Umrisse des Fensters, das einmal zu ihrem Zimmer gehört hatte.

Eine Reihe von Schiffen schaukelte draußen auf Reede. Aber die kümmerten sie in diesem Moment nicht. Hingegen holte sie noch am selben Tag Carlos zu sich. Sie nahm auch die große Deckenlampe aus dem Bordell mit, da Carlos so gern darin schlief.

Carlos würde jetzt das große Steinhaus mit ihr teilen. Solange sie in der Stadt blieb, die sich weiß und dampfend bis zur Meeresbucht mit dem Namen Die Lagune des guten Todes erstreckte.

TEIL III

Der Bandwurm im Maul des Schimpansen

44

Als Hanna erwachte, saß Carlos auf ihrem Bett, den behaarten Rücken ihr zugewandt. Ängstlich, wie sie war, fürchtete sie, er könnte stechende oder blutsaugende Insekten in ihr Bett locken. Sie jagte ihn weg und schloss die Tür des Schlafzimmers, ehe sie sich wieder hinlegte und die Petroleumlampe löschte. Aber Carlos öffnete die Tür oder kletterte durch das Fenster herein, wenn sie es offen gelassen hatte. Jeden Morgen saß er da. Es war, als wäre sie es, die in einem Käfig lebte, nicht Carlos.

Schließlich verstand Hanna, dass er sich genauso nach Gemeinschaft sehnte wie sie, nach einer Zugehörigkeit, die das Leben der Schimpansen kennzeichnete. Warum sonst sollten sie sich gegenseitig so unermüdlich das Fell von Ungeziefer freizupfen? Als ihr dies klar wurde, überfiel sie Traurigkeit. Für einen Augenblick sah sie ihre eigene Einsamkeit in der des Affen, setzte sich dann dicht neben ihn und begann, seine Haut nach verborgenen Insekten abzusuchen. Sie konnte sehen, wie er es genoss. Als Carlos dann ihre Dienste erwidern wollte, indem er in ihren Haaren herumzupfte, ließ sie ihn gewähren.

Sie begann, sich und Carlos als ein ungleiches Paar zu betrachten, bei dem der gegenseitige Respekt ständig wuchs, ohne dass sie eigentlich etwas anderes gemeinsam hatten als genau dieses Morgenritual, das sich über Stunden hinziehen konnte.

Während dieser ersten Zeit ihres neuen Lebens als Witwe wurde Hanna erst so richtig bewusst, dass sie zum zweiten Mal in ihrem kurzen Leben den Namen gewechselt hatte. Bei einer rasch vollzogenen Zeremonie in der fernen Stadt Alger war sie von einer Renström zu einer Lundmark geworden. Jetzt war der Name wiederum ersetzt worden, diesmal durch Vaz. Auf allen Papieren, die Anwalt Andrade sie zu lesen und zu unterschreiben bat, stand jetzt, sie heiße Hanna Vaz und sei eine *viuva*, eine Witwe.

Doch der Gedanke des Witwenstandes, in den sie aufs neue geraten war, berührte sie nicht so sehr wie die Erkenntnis, dass sie eine sehr reiche Frau geworden war. Der Anwalt legte ihr Abrechnungen vor, und die Summen wurden schwindelerregend, wenn sie mühsam englische Pfund, portugiesische Escudos oder amerikanische Dollar in schwedische Kronen umrechnete. Die Vorstellung, dass sie jetzt vermutlich reicher war als Jonathan Forsman, brachte ihren Gleichgewichtssinn ins Wanken. Sie konnte mitten in der Nacht von einem Gefühl aufwachen, dass Geld, klingende Münzen und ungefaltete Scheine, auf ihr Bett hinabregnete. Noch nach einigen Monaten war dieser Reichtum für sie völlig unwirklich. Und das Geld strömte weiterhin herein. Jeden Morgen kam der magere kleine Kassierer Eber, der von einer nach Südafrika eingewanderten deutschen Familie abstammte, mit einer vollgestopften Ledermappe in ihr Haus hinauf. Sie quittierte das Geld, gab Eber die leere Tasche vom Vortag und schloss sich dann im Arbeitszimmer ihres Mannes ein. An einer Wand befand sich ein Tresor, der mit mehreren Schlüsseln geöffnet wurde, die sie an einem Band um den Hals trug. Sie schrieb die Summen in ein Kassenbuch, legte dann die Scheine und Münzen in den Tresor und verschloss ihn. Nicht einmal Carlos durfte im Zimmer sein, wenn sie den Gewinn zählte, den das Bordell abgeworfen hatte.

Einmal im Monat bereitete sie nach den Anweisungen des Kassierers die fälligen Auszahlungen vor. An diesem Tag kam Eber in Gesellschaft zweier portugiesischer Soldaten, die ihn mit der prallen Geldmappe zurück ins Bordell begleiteten.

Niemand kehrte noch als Gast im Hotel ein. Nach ihr hatten die Zimmer entweder leergestanden oder waren von den Huren benutzt worden, wenn ihre eigenen Zimmer nach dem Wüten eines Kunden renoviert werden mussten. Sie fragte sich, ob jemals vor ihr Gäste hier gewohnt hätten. Oder ob das Hotel schon immer eine Art Kulisse der Anständigkeit gewesen sei.

Eines Tages, als sie dabei war, Geld in den Tresor zu legen, entdeckte sie im untersten Regal ein kleines Notizbuch. Es war mit

Staub bedeckt, der auf unerklärliche Weise durch die dicht schließende Stahltür gelangt war. Es war leer. Kein einziges Wort stand darin geschrieben. Wahrscheinlich handelte es sich um ein Geschenk einer japanischen Reederei mit dem Heimathafen Yokohama. Nicht selten besuchten japanische Seeleute das Bordell. Sie waren reinlich und höflich, aber bei den Frauen nicht besonders beliebt, da ihre sexuelle Gier so groß war, dass ihre Intensität qualvoll ermüdend werden konnte. Hanna hatte ein Gerücht über einen japanischen Steuermann gehört, der für eine ganze Nacht bezahlt hatte und von dem es hieß, er habe neunzehn Geschlechtsakte durchgeführt. Ob wahr oder nicht, die Japaner waren unermüdlich, und Senhor Vaz musste das Notizbuch als Geschenk oder zur Erinnerung bekommen haben, vielleicht sogar als Entschuldigung für einen allzu rasenden erotischen Ausbruch.

Das Leder, wahrscheinlich Kalbsleder, war dunkel eingefärbt. Die weißen Seiten waren aus dickem Papier, aber trotzdem weich und biegsam. Als Hanna ihren Namen hineinschrieb, als Nachnamen wählte sie »Lundmark«, sog das Papier die dunkelblaue Tinte auf. Es war kein Löschpapier nötig.

Sie schrieb das Datum des Tages. 26. März 1905. Vorsichtig, als könnte jedes Wort eine Gefahr darstellen, schrieb sie einen Satz: »Heute Nacht von etwas geträumt, was nicht mehr ist.«

»Heute Nacht von etwas geträumt, was nicht mehr ist.« Das war alles. Aber sie hatte jetzt eine neue Gewohnheit angenommen, an der sie festhalten wollte. Sie würde nicht nur Zahlen in ihre Kassenbücher schreiben, sie würde auch ein Tagebuch führen, zu dem nur sie selbst Zugang hatte.

Jeden Tag schrieb sie nun ein paar Sätze, nachdem Eber wieder gegangen war und sie die Einkünfte der Nacht im Tresor eingeschlossen hatte. Mit jedem Tag wagte sie sich weiter weg von den gewohnten Pfaden, erzählte nicht nur von dem, was sie geträumt hatte, was Carlos getan hatte oder wie das Wetter war. Sie begann über die Frauen zu schreiben, die für sie arbeiteten, im Bordell und in dem Haus, in dem sie saß und schrieb.

Nach einem Monat machte sie eine Notiz über Senhor Vaz und seine vergeblichen Versuche, sie und sich selbst zu befriedigen. Ihr Ton wurde schärfer, ihr Urteil über Menschen immer strenger. Für ihr Tagebuch gab es keinen heimlichen Leser.

Was sie schrieb, beeinflusste jedoch nicht ihr Verhalten den Menschen gegenüber, die von ihr abhängig waren. Da trat sie genauso rücksichtsvoll und freundlich auf wie zuvor. Nur ins Tagebuch schrieb sie, was sie wirklich dachte. Dort stand die Wahrheit, und die hielt sie geheim.

Nur ein einziger Mensch außer ihr kannte das Tagebuch. Das war die junge Julietta, die im Haus aushalf, wenn es nötig war. Sie hatte eines Tages an der geöffneten Tür gestanden und Hanna am Schreibtisch über das Tagebuch gebeugt gesehen. Hanna hatte das Mädchen gerufen und ihm gezeigt, dass sie schrieb, wohl wissend, dass Julietta Analphabetin war und weder von Buchstaben noch von Sprachen etwas verstand. Julietta hatte gefragt, worüber Hanna schrieb.

»Worte«, erwiderte Hanna. »Worte über das Land, aus dem ich gekommen bin.«

Mehr hatte sie nicht gesagt, obwohl Julietta eifrig weitere Fragen stellte. Später hatte Hanna darüber nachgedacht, warum sie sie belogen hatte. Im Tagebuch stand nichts über ihr Leben im Fjäll und an dem kalten Fluss. Hingegen hatte sie mehrmals herablassende Anmerkungen auch über Julietta gemacht.

Warum sagte sie nicht, wie es war? Wurde sie allmählich wie die Menschen, die sie in der Stadt umgaben und die scheinbar nie die Wahrheit sagten? Anfangs hatte sie Senhor Vaz geglaubt, wenn er behauptete, alle Schwarzen würden lügen. Dann hatte sie erkannt, dass weiße Menschen oder die Menschen indischer oder arabischer Abstammung auch logen, wenn auch auf andere Art. Sie befand sich in einem Land, das auf einem Fundament von Lüge und Heuchelei zu ruhen schien.

Sie machte Julietta ein Zeichen, das Zimmer zu verlassen. Dann schrieb sie auf, was sie gerade gedacht hatte: »Schwarze

Menschen lügen, um nicht unnötig gequält zu werden. Weiße Menschen lügen, um die Übergriffe zu rechtfertigen, die sie begehen. Araber und Inder lügen, weil es in dieser Stadt, in der wir leben, keinen Platz mehr für eine Wahrheit gibt.«

Sie dachte auch, ohne es niederzuschreiben, dass sie es bereute, Julietta ihr Notizbuch gezeigt zu haben. Hatte sie eine Unvorsichtigkeit begangen, die ihr in der Zukunft schaden könnte?

Sie schloss das Notizbuch im Tresor ein und stellte sich ans Fenster, das zum Meer ging. Im Fernglas sah sie zur Insel Inhaca hinüber, die sie in der »Zeit der Untätigkeit« einmal mit dem Segelboot besucht hatte, zusammen mit Senhor Vaz und Anwalt Andrade.

Sie bewegte das Fernglas zur Stadt hin, zu den Hafenvierteln. Wenn sie sich auf die Zehenspitzen stellte, konnte sie den Wächter vor der Tür des Bordells sehen, vielleicht auch eine der Frauen, die träge im Schatten auf Kunden warteten.

Der Gedanke kehrte zurück: Ich sehe sie. Aber sehen sie mich auch? Und wenn sie mich sehen: Wer bin ich für sie?

Sie stellte das Stativ mit dem Fernglas auf die Marmorplatte vor dem Fenster zurück und schloss die Augen. Trotz der Wärme konnte sie sich in die Zeit zurückversetzen, als sie im Schlitten saß, eingepackt in Jonathan Forsmans Pelze, die nach Speck und Hund rochen.

Als sie die Augen aufschlug, dachte sie, sie müsse bald ihren Entschluss fassen. Ob sie bleiben oder nach Hause zurückkehren sollte.

Aber gerade an diesem Tag, an dem sie Julietta ihr Notizbuch gezeigt hatte, wurde Hanna noch von einem anderen Gefühl ergriffen.

Sie bekam Angst. Es war, als drohte ihr Gefahr. Es gab etwas in ihrer Nähe, was sie noch nicht entdeckt hatte.

Eine Gefahr, die wuchs, die sich rasch näherte wie ein dahinjagender Schlitten auf verharschtem Schnee.

45

Nachdem sie begonnen hatte, in ihrem Tagebuch über Senhor Vaz zu schreiben, ließ sie eines Tages die Frauen und alle anderen, die im Bordell arbeiteten, zusammenkommen. Es war früh am Morgen, als das Bordell üblicherweise leer war und die Frauen noch schliefen, nachdem die letzten Kunden abgezogen waren. Die meisten in Pferdekutschen, einige schon in Kraftwagen, die während der Nacht von schwarzen Arbeitern geputzt und poliert worden waren, obwohl sie gegen das Verbot verstießen, sich nachts in der Stadt aufzuhalten. Die Polizei ließ sie gewähren, erhielt sie im Gegenzug doch ein gewisses Recht auf die Frauen in den vielen Bordellen entlang der rua Bagamoio.

Hanna dachte, die frisch polierten Autos, die sich in den frühen Morgenstunden zur südafrikanischen Grenze bewegten, seien ein Zeichen dafür, dass die Bordellbesucher alle Spuren hinter sich auslöschen wollten. Als wären auch die Fahrzeuge von dem Bordellbetrieb beschmutzt. Jetzt fuhren die Männer in das Land, in dem es als moralisch verwerflich und sogar als strafbar galt, wenn weiße Männer mit schwarzen Frauen verkehrten.

Hanna ließ also die Frauen und Wächter unter dem Palisanderbaum im Garten zusammenkommen. Sie hatte Andrade dazugebeten und auch Carlos mitgenommen, ohne seine weiße Kellnerjacke. Er durfte jetzt sein, was er eigentlich war, ein Schimpanse, der aus seiner Horde irgendwo im afrikanischen Inland geraubt worden war. Carlos schien es zunächst zu ängstigen, ins Bordell zurückzukehren. Nachdem er ein paarmal fest auf den Klavierdeckel geschlagen hatte, beruhigte er sich jedoch und setzte sich auf Zés Schoß, wie er es immer gern getan hatte.

Zé schien es kaum bewusst zu sein, dass sein Bruder so plötzlich gestorben war. Er hatte an der Beerdigung teilgenommen, aber keine Anzeichen von Trauer oder Schmerz gezeigt. Er saß am Klavier und fuhr fort, die Saiten zu stimmen, ohne dass sie je die Harmonie erreichten, die er erstrebte.

Hanna sagte einleitend, dass sich im Grunde nichts verändern würde. Als Senhor Vaz' Witwe würde sie an allen Regeln, Pflichten und Vorteilen festhalten, die ihr Mann eingeführt und damit bewirkt hatte, dass ihr Arbeitsplatz den allerbesten Ruf genoss. Sie würde weiterhin großzügig sein, wenn es darum ging, Urlaub zu genehmigen, und sie würde ebenso wenig wie ihr Mann Kunden dulden, die sich an einer der Frauen vergriffen oder sich auf andere Weise ungehörig benahmen.

Aber alles könne natürlich nicht so bleiben wie bisher, sagte sie am Ende der kleinen Rede, die sie auf Portugiesisch auswendig gelernt hatte, um sicher zu sein, dass sie die Worte und Gedanken nicht durcheinanderbrachte. Sie sei eine Frau. Sie habe nicht die körperlichen Kräfte, die ihr Mann gehabt habe. Sie könne nicht eingreifen, wenn es nötig sei. Sie werde also zwei weitere starke Wächter anstellen, um die Sicherheit der Frauen bestmöglich zu schützen.

Es gebe noch etwas anderes, was sich notwendigerweise ändern müsse, da sie kein Mann war. Ihr würde es leichter fallen, über das zu sprechen, was die Frauen ihrem Mann nicht hätten anvertrauen können. Sie hoffe, dass sie eine andere Nähe zueinander entwickeln würden. Dies sei eine Veränderung, die für alle nur von Nutzen sein könne.

Als sie geendet hatte, herrschte ein tiefes Schweigen. Eine Palisanderblüte fiel schwerelos wie eine Feder zu Boden. Hanna spürte, dass das Schweigen etwas Beunruhigendes enthielt. Sie hatte nicht damit gerechnet, dass jemand etwas entgegnen würde. Aber das Schweigen erschreckte sie. Es war nicht das gewöhnliche Schweigen zwischen Weißen und Schwarzen, es beinhaltete etwas, was sie nicht deuten konnte.

Zum Zeichen, dass die Versammlung beendet war, breitete sie die Hände aus. Niemand musste länger bleiben. Die Frauen nahmen die Stühle und verschwanden im Haus, Judas begann den Hof zu fegen, aber sie winkte auch ihn weg. Zé kehrte zum Klavier zurück, den schläfrigen Carlos in den Armen.

Plötzlich wurde Hanna klar, was das Schweigen bedeutete. Niemand wollte die Nähe, die sie anbot. Es gab viel aufgestauten Unwillen, den sie nicht verstand. Begriffen sie nicht, dass sie ihnen als Frau tatsächlich näherstand? Dass alles, was sie gesagt hatte, wahr war, mitten in dieser Welt von Heuchelei und Lügen?

Sie hatte ihr Notizbuch mitgenommen und schrieb, zögernd, als könnte sie sich nicht auf ihre Fähigkeit verlassen, ihre Gedanken zu deuten: »Wer jemanden der Freiheit beraubt, kann vom Beraubten keine Nähe erwarten.«

Sie las, was sie geschrieben hatte, und legte das Notizbuch zurück in den geflochtenen Korb neben einen Schal und eine Blechflasche. Sie trug das Trinkgefäß immer bei sich, denn es enthielt Wasser, das lange gekocht hatte, ehe es abkühlte.

Die Frauen kehrten in ihre Zimmer zurück. Keine saß auf den Sofas, wo sie bald wieder ihre Kunden empfangen würden. Hanna verstand, dass sie nicht Gefahr laufen wollten, von ihr angesprochen zu werden und eine Nähe zu zeigen, die sie nicht wünschten.

Nähe, dachte sie. Für sie ist Nähe nichts anderes als eine Bedrohung, der sie sich nicht aussetzen wollen.

Sie blieb mit dem Korb in der Hand stehen, unsicher, ob die Reaktion, die sie bekommen hatte, eher Wut oder eher Enttäuschung auslöste. Oder war sie eigentlich dankbar und erleichtert, nicht durchführen zu müssen, was sie sich halbherzig vorgenommen hatte?

Anwalt Andrade stand plötzlich an ihrer Seite. Obwohl es noch früh am Morgen war, lief ihm der Schweiß übers Gesicht. Ein Tropfen an seiner Nasenspitze machte sie ungeduldig und erfüllte sie mit Abscheu. Sie musste sich beherrschen, um ihm nicht mit dem Taschentuch ins Gesicht zu fahren, das im Bund ihrer Bluse steckte.

»Haben Sie an diesem Morgen noch einen Wunsch an mich?«

»Nein, keinen anderen, als Ihre Meinung zu erfahren.«

Andrade zuckte zusammen. Neue Schweißperlen sammelten

sich an seiner Nase. Hanna wusste, dass er es nicht schätzte, wenn sie ihn nicht mit seiner Berufsbezeichnung ansprach. Er fasste das wohl als mangelnden Respekt auf. Aber wie sie wusste, ließ er sich für seine Dienste gut bezahlen und wollte bestimmt nicht, dass sie ihn gegen einen der jungen und gierigen Anwälte aus Lissabon eintauschte, die jetzt in großer Zahl ihr Glück in Portugals afrikanischen Besitztümern suchten.

»Meine Meinung worüber?«

»Das Gespräch. Die Versammlung. Das Schweigen.«

Ihr Abscheu nahm zu. Die Schweißperlen in seinem aufgeschwemmten Gesicht bereiteten ihr Übelkeit.

»Es war eine gute Darstellung des Zustands der Dinge«, sagte Andrade nachdenklich.

»Sie befinden sich nicht vor einem Gericht. Sagen Sie, wie ihre Reaktion auf Sie gewirkt hat.«

»Die der Huren? Was kann man anderes von ihnen verlangen als Schweigen? Sie sollen etwas anderes öffnen, nicht ihre Münder.«

Hanna dachte, Andrades Frechheit würde sie erröten lassen. Sie wurde wieder zu dem Mädchen am Fluss, das es kaum wagte, einem fremden Mann in die Augen zu blicken. Zugleich sah sie ein, dass er recht hatte. Warum glaubte sie, sie könne etwas anderes bekommen als Schweigen? Sie hatte mehrmals gesehen, wie Senhor Vaz die Frauen zu einem Gespräch um sich versammelte, und nie war eine von ihnen mit einer Frage oder dem Wunsch gekommen, etwas zu verdeutlichen. Schon gar nicht hatte es je einen Widerspruch gegeben.

Andrade verschwand hinaus in die sengende Sonne und setzte sich in sein Auto, das von einem uniformierten Schwarzen gefahren wurde. Hanna hatte mit dem Chauffeur vereinbart, dass er in einer Stunde wiederkommen und sie abholen sollte.

Sie ging die Treppe hinauf und öffnete die Tür zu dem Zimmer, in dem sie die ersten Nächte nach der Flucht von Svartmans Schiff geschlafen hatte. Sie legte sich aufs Bett und schloss die Augen. Es gab nichts, wohin sie zurückkehren konnte, nicht einmal die Erinnerung an die ersten einsamen Nächte, die Blutung und Laurinda, die ihr mit lautlosen Schritten entgegengekommen war.

Sie verließ das Zimmer, ohne zu verstehen, warum sie ins Obergeschoss gegangen war. Sie setzte sich auf eins der roten Plüschsofas und wartete auf das Auto. Carlos war aufgewacht und in den Palisanderbaum geklettert. Dort saß er und betrachtete sie, als erwartete er, dass auch sie hinaufklettern und sich an den Ästen festklammern würde.

Sie sah all die geschlossenen Türen. Ihr wurde klar, dass sie nichts davon wusste, was sich in den Köpfen der Frauen abspielte. Gespräche, wie sie sie hin und wieder mit Felicia geführt hatte, würden auch nicht mehr möglich sein. Sie war jetzt die Besitzerin des Bordells, und damit hatte sich ein Abgrund zwischen ihr und den Frauen geöffnet, denen sie früher so nahegestanden hatte, wie die Rassengesetze es zuließen.

Die Unruhe kam als plötzliche Atemnot. Sie klammerte sich an die Armlehnen des Sofas, um nicht zu fallen. Ich kann nicht bleiben, dachte sie. Ich habe hier nichts zu suchen. Auf einem fremden Kontinent, dessen Einwohner mich entweder hassen oder fürchten.

Immer noch waren ihre Gedanken unklar, aber sie ahnte, was sie tun musste. Schon morgen würde sie Andrade kommen lassen und ihn bitten, einen Käufer für das Bordell zu suchen. Bestimmt würde es nicht an Spekulanten fehlen, die bereit waren, für den guten Namen und den Ruf des Bordells zu zahlen. Dann würde sie abreisen, so schnell sie nur konnte. Mit dem Geld, das sie schon hatte, und dem, was sie durch den Verkauf bekommen würde, wäre ihr Zukunft gesichert. Eine reiche Frau würde Afrika hinter sich lassen. Ein rascher Besuch war es geworden. Zwei kurze Ehen, zwei unerwartete Todesfälle, und dann nichts mehr.

Ich habe nur ein Problem, dachte sie. Was soll mit Carlos geschehen? Ich kann ihn nicht in mein kaltes Land mitnehmen, wo er erfrieren würde. Aber wer wird sich um ihn kümmern, wenn er nicht in die Wälder zurückkehren will, aus denen er gekommen ist? Wenn er nicht einmal mehr ein Affe sein will?

Sie fand keine Antwort. Als das Auto kam und sie Carlos rief, kletterte er sofort vom Baum herunter.

Aber gerade als er unten angekommen war, zuckte er zusammen, als hätte er sich an der hart gestampften Erde verbrannt. Carlos schnupperte ein paarmal und eilte dann auf sie zu.

Sie sah ihn fragend an. Warum hatte der Boden unter dem Baum ihm Angst gemacht? Aber Carlos verriet nichts. Er setzte sich nur im Auto an ihre Seite und verzog das Maul zu einem Grinsen, als der Wind vom Meer sein Gesicht traf.

46

Kurz vor seinem Tod hatte Senhor Vaz, als hätte er eine Ahnung von seinem nahenden Ende, zu Hanna gesagt: »Wenn du einmal einen Rat brauchst und ich nicht in der Nähe bin, wende dich an Senhor Pedro Pimenta.«

»Warum gerade an ihn?«, hatte sie gefragt. »Ich weiß nicht einmal, wer er ist.«

»Ich kenne keinen Menschen, der ehrlicher ist«, hatte er geantwortet. »Allein schon das. Er ist der einzige Mensch in diesem Land, den ich nie beim Lügen ertappt habe. Sprich mit Pedro Pimenta, wenn du einen Rat brauchst. Und vertraue darauf, dass Herr Eber sich um die Geldangelegenheiten kümmert und keinen Escudo von unseren Einkünften stiehlt. Er glaubt, er stehe unter dem besonderen Schutz Gottes. Einen besseren Kassierer kann man sich nicht wünschen. Gott hat ein Gitter vor die diebischen Versuchungen geschmiedet, die er vielleicht in sich trägt, ganz zuinnerst.«

Pedro Pimenta war ein Einwanderer aus Coimbra. Er hatte eine erstaunliche Karriere gemacht, nachdem er in die afrikanische Kolonie gekommen war. Als Gehilfe eines Schneiders, der sich entschlossen hatte, sein Glück in den afrikanischen Kolonien zu suchen, hatte Pedro Pimenta sich nach Angola und in die Stadt Luanda begeben wollen. Es hieß, die weiße Bevölkerung dort brauche dringend einen Schneider. Aber das Schicksal hatte gewollt, dass der Schneidermeister, der seine Reisekosten bezahlt hatte, sich für das Land entschied, das damals noch Portugiesisch-Ostafrika hieß. Während der ersten drei Monate nach der Ankunft war Pedro Pimenta, damals erst siebzehn Jahre alt, zutiefst erschrocken über alles, womit der fremde Kontinent ihn überschwemmte. Er fürchtete sich zu Tode vor der Dunkelheit der Nacht, vor den flüsternden Stimmen der Schwarzen, vor Schlangen, die er nie sah, und vor Spinnen, die sich in allen Winkeln verbargen. Auch wenn es viele Jahre her war, seit Raubtiere nachts in die Städte eingedrungen waren, fürchtete er, es könnte einem Löwen gelingen, sich durch ein Fenster zu zwängen und ihn zu zerfleischen. Während dieser ersten drei Monate lebte Pedro Pimenta völlig verbarrikadiert. Da er nachts kaum schlief, vermochte er auch tagsüber kaum zu arbeiten. Der Schneidermeister warf ihn aus dem kleinen Haus am Hafen, wo die Schneiderei sich eingerichtet hatte.

Dass Pedro Pimenta seine Arbeit verloren hatte, bedeutete zwar nicht seinen Untergang, aber er musste lernen, seine irrsinnige Angst zu bezwingen und die Verantwortung für sein Leben zu übernehmen. Mit gefälschten Referenzen fand er Arbeit bei einem indischen Geschäftsmann, erlernte die Grundlagen der Handelstätigkeit und eröffnete binnen kurzem ein eigenes Geschäft mit Preisen, die deutlich unter denen lagen, die seine Konkurrenten verlangten. Im Laufe von knapp zehn Jahren war er ein reicher Mann geworden. Sein Haus lag auf einem Hügel über der Stadt, und als einer der Ersten hatte er sich ein Auto mit Fahrer angeschafft. Er galt als einer der erfolgreichsten kolonialen Einwanderer.

Niemand wusste, dass Pedro Pimenta Analphabet war. All die Zahlen, die er bei seiner Geschäftstätigkeit unter Kontrolle haben musste, konnte er im Kopf behalten. Mit zunehmendem Erfolg holte er einen jüngeren Bruder aus Portugal, der lesen und schreiben konnte. Der Bruder erledigte die Korrespondenz, und niemand ahnte, dass die Buchstaben immer noch vor Pedros Augen tanzten.

Pedros großer Durchbruch kam mit den Hunden. Die Idee dazu hatte er, als er eines Abends das Bordell seines guten Freundes Senhor Vaz besuchte. Es war die Woche, in der Felicia ins Bordell gekommen war. Pedro wurde rasch zu ihrem Stammkunden und besuchte sie an allen Dienstagabenden.

Bei einem dieser Besuche wartete ein Mann, etwa in Pedros Alter, auf die Frau, die er gerade verlangt hatte. Er hoffte, sie würde bald mit ihrem derzeitigen Kunden fertig sein, und kam mit Pedro ins Gespräch. Der Mann war in Südafrika zu Hause und erzählte, er mache gute Geschäfte mit Wachhunden.

»Die Angst ist ein ausgezeichneter Arbeitgeber«, sagte er. »Besonders in Südafrika, wo die Weißen sich hinter hohen Zäunen einsperren und ihr Bedarf an Wachhunden unersättlich ist. Am liebsten hätten sie blutrünstige, ausgehungerte Wölfe. Aber ich verkaufe ihnen Deutsche Schäferhunde, die in Belgien und in einer Reihe von Zwingern in Süddeutschland trainiert worden sind. Wenn sie dazu abgerichtet sind, schwarze Menschen anzugreifen, kommen sie mit dem Schiff nach Durban oder Port Elizabeth. Meine Käufer stehen Schlange und sind bereit, ein kleines Vermögen für die stärksten und aggressivsten Exemplare zu zahlen.«

Der Mann verstummte, schlug die Asche von einer Zigarre ab und brach in Gelächter aus. »Ihr einziger Fehler ist, dass sie nicht weiß sind«, sagte er. »Das würde ihren Wert um das Doppelte erhöhen.«

Pedro verstand erst nicht, was er meinte. »Weiße Schäferhunde?«

»Es wäre perfekt, wenn man weiße Schäferhunde züchten könnte, wie Albinos. Weiße Hunde, so weiß wie ihre Besitzer. Das würde den Schwarzen noch mehr Angst einjagen. Und damit den Besitzern noch größere Sicherheit geben.«

Pedro nickte und nannte den Gedanken faszinierend. Aber er sagte nicht, dass er einen portugiesischen Tierarzt kannte, der ein paar weiße Schäferhunde in seinem Garten hielt.

Tags darauf besuchte Pedro den Tierarzt, der in den Sechzigern war und sich mit dem Gedanken trug, zurück nach Portugal zu ziehen, ehe er zu alt wurde. Er war über vierzig Jahre lang in dem Land gewesen, hatte mehrere schwere Anfälle von Malaria überlebt und wusste, dass seine inneren Organe gegen unzählige Bakterien, Würmer und Amöben kämpften. Kein Arzt fand es auch nur der Mühe wert, einen Versuch zu machen, ihn zu heilen. Pedro schlug vor, die beiden Schäferhunde mit ihren kürzlich geborenen Welpen zu übernehmen, alle gleichermaßen weiß, für eine spektakuläre Summe, die dem Tierarzt helfen würde, sich zur Heimreise durchzuringen. Sie einigten sich, und ein paar Monate später winkte Pedro ihm vom Kai aus ein Lebewohl zu, als das Linienschiff nach Durban, Port Elizabeth, Kapstadt und Lissabon im Hafen von Lourenço Marques ablegte.

In aller Heimlichkeit hatte Pedro bereits Land außerhalb der Stadt gekauft und einen großen Zwinger errichten lassen. Sein lesender und schreibender Bruder Louis hatte die Verantwortung dafür übernommen. Im Lauf von zwei Jahren hatten sie um die dreißig weiße Schäferhunde aufgezogen. Dann hatte sein Bruder von der afrikanischen Hitze genug bekommen und war wieder in die Heimat gefahren. Von diesem Tag an kümmerte sich Pedro selbst um alles. Mit Hilfe eines entlassenen portugiesischen Kavalleriemajors waren die Hunde darauf abgerichtet worden, sofort zum Angriff überzugehen, wenn ein schwarzer Mensch sich näherte. Pedro hatte den Kommandanten des Forts dafür bezahlt, dass er die Hunde an schwarzen Missetätern üben lassen konnte, die dort einsaßen. Um nicht als allzu brutal dazustehen, hatte Pedro die schwarzen Häftlinge mit dicken Fellen ausrüsten lassen, die die Schäferhunde nicht zu durchbeißen vermochten.

Pedro fuhr nach Johannesburg und gab Anzeigen in den größten Zeitungen auf: Sensationelle weiße Schäferhunde stünden zum Verkauf, wenn auch nur in wenigen Exemplaren.

Er hatte sich in einer Suite in einem der exklusivsten Hotels von Johannesburg einquartiert. Der verzweifelte Hotelchef musste bald Aushilfspersonal einstellen, das sich um die langen Schlangen von Interessenten für die Hunde kümmerte.

Pedro hatte zwei junge Hunde nach Johannesburg mitgenommen, eine Hündin und einen Rüden. Beide gehörten zu den intelligentesten Hunden, die er gezüchtet hatte. Um ihre Aggressivität zu demonstrieren, ließ er einen schwarzen Boy ins Zimmer rufen. Sogleich begannen die Hunde wütend an ihren Leinen zu zerren.

Er verkaufte seine Hunde zu Preisen, die darauf hindeuteten, dass er Goldklumpen an der Leine hielt. Als er in die Heimatstadt zurückkehrte, hatte er Bestellungen und Anzahlungen für fünfzig Hunde, und er hatte sein Vermögen wie ein erfolgreicher Goldgräber vermehrt, ohne ein einziges Mal einen Spaten oder ein Sieb in der Hand gehalten zu haben.

Pedro war ein Unternehmer geworden, der mit Angst handelte. Er wusste, wie er seine Erfahrung nutzen konnte. Für ihn war die Angst zwischen Menschen nie etwas anderes als das: eine glänzende Geschäftsidee.

47

Am Tag nach der Versammlung im Bordell mietete Hanna Andrades Auto mit Chauffeur, um zu Pedro Pimentas Hof außerhalb der Stadt zu fahren.

Pedro Pimenta hatte neben seinem Hundezwinger ein riesiges Haus gebaut. Zudem hatte er einen großen Garten angelegt und eine Reihe von Teichen ausheben lassen, in denen er Krokodile aufzog. Ihre Haut verkaufte er für die Herstellung von Schuhen und Handtaschen an Gerbereien in Paris. Die Eier der Krokodile hatte er auf Sandbänken weiter oben am Komatifluss einsammeln lassen. Außerdem hatte er Ruderer angestellt, die frisch geschlüpfte Krokodiljunge aus den Gewässern neben den Sandbänken fischten, wo die Weibchen lagen und sie bewachten. Sie zögerten nicht, zum Angriff überzugehen, wenn jemand versuchte, ihre Eier oder die Jungen zu holen, die sie vorsichtig in ihren Mäulern zum Fluss hinuntergetragen hatten. Eines Tages war es einem großen Krokodil gelungen, ein zerbrechliches Ruderboot umzukippen. Beide Männer waren im Wasser gelandet und hatten mit dem Mut der Verzweiflung versucht, das Flussufer zu erreichen. Dem einen war es gelungen. Aber er hatte gesehen, wie sein Kamerad, der sich gerade an Land hatte ziehen wollen, von einem Krokodil ins Bein gebissen und heruntergezogen wurde. Ein einziges Mal hatte sein Kopf sich gezeigt, ehe das Krokodil ihn getötet und den Körper an den Wasserwurzeln der Bäume befestigt hatte. Dort würde der Körper verwesen, ehe er gefressen wurde.

Hanna hatte mit Entsetzen diese Geschichte von Felicia gehört und nie daran gezweifelt, dass sie wahr war. Sie konnte sich nicht hinter dem Gedanken verstecken, dass es eine Lügengeschichte unter tausend anderen war. Nur zu gern überboten sich die Männer, die im Bordell mit ihren Huren zusammensaßen, im Erfinden von Horrorgeschichten.

Pedro Pimenta war religiös. Felicia hatte ihr einen Grabstein auf dem Friedhof der Stadt gezeigt, den er für den getöteten Mann hatte errichten lassen. Sie hatten keinen Körper zu begraben. Die Kleider des Toten waren in einen Sarg aus schön geschnitztem Holz gelegt worden. Auf dem Stein stand nur der Name Walibamgu, da Pedro den Nachnamen des Mannes nicht kannte. Er war einfach eines Tages an den Krokodilteichen aufgetaucht und hatte Arbeit gesucht, und Pedro hatte ihn sofort angestellt. Für Pedro spielte es keine Rolle, dass ihm ein Nachname und eine Vergangenheit fehlten. Der Tote war ein Wanderer aus dem afrikanischen Inland, der nur im Augenblick existierte. Ein Walibamgu, ohne Geburtsdatum, aber mit einem Todestag, der sich in einen Grabstein meißeln ließ.

Pedro Pimenta also glaubte an Gott und besuchte regelmäßig die Kathedrale. Er spendete Geld für neue Kerzenhalter und sogar für eine Reparatur der von Termiten zerfressenen Bänke in dem riesigen Kirchenraum.

Jetzt saß er im Schatten auf seiner großen Veranda, die zum Fluss hin lag, in der Ferne die Berge, die sich in stets gleichbleibendem Dunst verloren. Hanna wusste, dass Pedro Pimenta sein Haus nur selten verließ. Ausflüge unternahm er nur zum Bordell und zur Kathedrale. Er lehnte alle Einladungen ab, nicht einmal dem portugiesischen Gouverneur gelang es, ihn zu den Empfängen zu locken, die bei der übrigen weißen Elite heiß begehrt waren. Pedro Pimenta zog es vor, auf seiner Veranda zu sitzen und die Krokodile zu bewachen, die in ihren Teichen heranwuchsen, und die weißen Schäferhunde, die in dem großen Zwinger auf Aggressivität getrimmt wurden. In einem Teich neben der Veranda fütterte er eigenhändig ein paar Krokodiljunge mit kleinen Fischen und Fröschen.

Pedro Pimenta trug einen weißen Leinenanzug und einen Tropenhelm mit Schweißtuch im Nacken. Sein Körperbau war eigentümlich, alles an ihm war mager bis auf den Bauch, der wie ein Tumor über den Gürtel quoll. Seine Gesichtshaut war vernarbt von Insektenbissen und Pocken, ein Augenlid hing herab, als müsste sein halbes Ich mit einer großen Müdigkeit kämpfen. Er war noch jung, war aber frühzeitig gealtert, wie es oft mit weißen Menschen geschieht, wenn sie in die Tropen übersiedeln und viel zu hart arbeiten.

Pedro Pimenta lebte seit mehreren Jahren mit Isabel zusammen, einer schwarzen Frau, mit der er zwei Kinder hatte, einen Sohn und eine Tochter. Die beiden Kinder waren in der Kathedrale auf Joanna und Rogerio getauft worden.

Dass er eine schwarze Geliebte hatte, kümmerte kaum jemand von den Weißen in der Stadt. Aber dass er mit ihr zusammenlebte und ihre Kinder von einem Privatlehrer unterrichten ließ, als wären es seine eigenen, was sie ja allerdings auch waren, wurde von allen missbilligt. In gewissen Kreisen wurde er mit Verachtung gestraft, während andere ihn mit einer unbestimmten Unruhe beobachteten.

Pedro reichte Hanna die Hand, als sie aus dem Auto stieg. Er lud sie auf seine Veranda ein, wo es durch die Windstöße vom Fluss her zumindest eine Andeutung von Kühle gab.

Isabel kam heraus und begrüßte sie. Sie war wie eine weiße Frau gekleidet und trug das schwarze Haar in einem straffen Knoten im Nacken. Für Hanna war Isabel die erste schwarze Frau, die ihr direkt in die Augen sah, als sie sich begrüßten. Wahrscheinlich wusste Isabel, wie die Menschen einmal gewesen waren, bevor die Weißen mit ihren Schiffen angekommen und auf der Jagd nach Sklaven, Diamanten und Elfenbein an Land gegangen waren.

Isabel holte die Kinder, damit auch sie den Gast begrüßten. Hanna dachte, es seien die schönsten Kinder, die sie je gesehen hatte.

»Meine Kinder«, sagte Pedro. »Meine größte Freude. Und oft auch meine einzige Freude.«

Hanna fragte sich, warum er plötzlich so niedergeschlagen klang. Ein kalter Windhauch, der nicht vom Fluss kam, sondern aus ihr selbst, zog vorüber. Sie verstand nicht, wie er mit so beklommener Stimme von Freude sprechen konnte.

Irgendetwas verursachte ihr Unbehagen, ohne dass sie verstanden hätte, was es war.

Pedro nahm sie mit auf einen Spaziergang zum Hundezwinger.

»Die Nachfrage steigt immer noch«, sagte er. »Ich dachte, ich würde höchstens vier Jahre lang ein Monopol auf diese weißen Hunde haben. Dann würden andere Züchter es mir nachmachen, um den Bedarf des Marktes zu decken. Aber ich erkenne jetzt, dass ich nicht mit dem Bedürfnis der Menschen nach dem Original gerechnet habe. Und das Original gibt es hier, nirgendwo sonst.«

»Was kosten die Hunde?«, fragte Hanna.

»Wer nach dem Preis fragen muss, kann es sich kaum leisten, einen von ihnen zu kaufen.«

»Ich habe nicht in eigener Sache gefragt.«

»Ich weiß. Sie könnten es sich leisten, einen zu kaufen.«

Er wollte also nicht verraten, welchen Preis er verlangte. Oder er hatte keine speziellen Tarife, sondern ließ den einzelnen Kunden von seinen eigenen Voraussetzungen her bezahlen.

Sie gingen weiter zu den Teichen der Krokodilfarm. Pedro erklärte ihr, die langsam wachsenden Krokodile müssten getrennt werden, damit sie nicht den größeren Tieren als Nahrung dienten.

In einem Teich mit dunkelgrünem Wasser, abseits von den anderen, lag ein riesiges Krokodil regungslos auf einem Felsblock. Es war fast fünf Meter lang. Niemand wusste, wie alt es war. Pedro erlaubte niemand anderem, es zu füttern. Einmal in der Woche warf er das Futter in den Teich.

Gerade an diesem Tag wollte er das Krokodil füttern, das er auf den Namen Noa getauft hatte. Er fragte Hanna, ob sie zusehen wolle. Sie hätte gerne abgelehnt, nickte aber. Er rief einen der schwarzen Arbeiter, deren Aufgabe es war, die Krokodile zu versorgen. Ein wolliges Schaf, ein kräftiges Mutterschaf, wurde aus einem Verschlag gezogen. Der schwarze Mann übergab Pedro den Strick, den das Schaf um den Hals trug, und eilte davon. Das Schaf schien zu ahnen, was ihm bevorstand, wie ein Tier im Schlachthof, das das Blut seiner Vorgänger riecht.

Pedro hängte sein Jackett an einen Kleiderständer neben dem Teich, der offenbar nur diesem Zweck diente. Er knöpfte die Weste auf, die über seinem großen Bauch spannte, krempelte die weißen Hemdsärmel hoch und machte den Strick los, während er zugleich den Hals des Schafs mit einem festen Griff umfasste. Das Schaf brüllte. Das Krokodil lag regungslos da. Rasch packte Pedro die vier Beine des Schafs, drehte es auf den Rücken und warf es in den Wassergraben. Mit einer Bewegung, so schnell, dass Hanna sie kaum wahrnehmen konnte, verließ das Krokodil den Felsblock und verschwand im Wasser. Dort schnappte es nach dem

Körper des Schafs. Das Krokodil warf und drehte das Tier herum, verschwand unter der Wasseroberfläche, tauchte aufs neue auf, jetzt mit dem Kopf des Schafs, der vom Körper abgetrennt war.

Hanna wollte nichts mehr sehen. Sie kehrte um und eilte zurück zur Veranda.

»Ich komme, wenn das Festmahl vorüber ist«, hörte sie Pedros Stimme hinter sich. Es ist, als würde er selbst an der Mahlzeit teilnehmen, dachte sie verunsichert. Wie könnte dieser Mann mir einen Rat geben, was ich mit meinem Leben anfangen soll?

Ihr erster Impuls war, sich in das wartende Auto zu setzen und zurück in die Stadt zu fahren. Aber sie blieb auf der Veranda und setzte sich in einen schattigen Winkel. Als Pedro von der Fütterung des Krokodils zurückkehrte, war von dem, was sich am Teich abgespielt hatte, in seinem Gesicht keine Spur zu erkennen. Er lächelte ihr zu, klingelte mit einer kleinen versilberten Glocke, bestellte Tee beim Diener und fragte sie, warum sie, die nie irgendwelche Besuche machte, so unerwartet in sein Haus gekommen war.

»Nachts liege ich wach«, sagte sie. »Ich weiß nicht, warum ich hier in Afrika bleiben sollte. Aber ich weiß auch nicht, warum ich abreisen sollte. Und auch nicht, wohin.«

Ihre Worte schienen ihn nicht zu überraschen. Langsam fächelte er sein Gesicht mit dem Tropenhelm. »Das sind Gedanken, die wir alle uns machen«, sagte er. »Eine Frage, an der wir nicht vorbeikommen. Zu bleiben oder nicht zu bleiben. Selbst wenn wir hier geboren sind, befinden wir uns auf feindlichem Gebiet.«

»Ist es das, was ich empfinde? All der Hass, der gegen uns gerichtet ist, die wir weiß sind?«

»Das ist kaum etwas, worum man sich kümmern muss. Was sollten die Schwarzen uns tun können? Nichts.«

»Sie haben etwas, was wir nicht haben.«

Zum ersten Mal sah er sie fragend an. »Was sollte das sein?«

»Es gibt so viele von ihnen.«

Er schien enttäuscht über ihre Antwort, als hätte er gehofft, sie würde ihn überraschen und etwas sagen, woran er noch nicht gedacht hatte.

»Dass ihre große Zahl eine Bedrohung für uns sein könnte, ist nur eine Einbildung nervenschwacher Menschen«, sagte er ungeduldig. »Albträume, die niemals Wirklichkeit werden können. Dass es so viele von ihnen gibt, steigert nur ihre Verwirrung.«

»Ich empfinde mich nicht als nervenschwach. Aber ich sehe, was ich sehe. Und ich höre, was ich höre.«

»Was hören Sie?«

»Eine Stille. Die nicht natürlich ist.«

Ehe Pedro zu antworten vermochte, betrat Isabel die Veranda und setzte sich in einen der Korbstühle. Sie lächelte.

Hanna ahnte, dass sie ihr Gespräch belauscht hatte. Aber warum war sie gerade in diesem Moment auf die Veranda hinausgetreten? Wollte sie, dass das Gespräch beendet würde? Oder gab es einen anderen Grund?

Vor ihrem inneren Auge sah sie plötzlich, wie Pedro die Beine von Isabel packte und sie in den Krokodilgraben warf. Sie zuckte zusammen und ließ die Teetasse fallen, die sie in der Hand hielt. Wenn sie sich schon vorstellen konnte, dass Pedro seine schwarze Gefährtin dem Krokodil zum Fraß vorwarf, dann war es nicht weit bis zum nächsten Gedanken: Dass er auch sie hineinwerfen würde, obwohl sie eine weiße Frau war.

Pedro klingelte mit der versilberten Glocke. Ein Diener kam, sammelte die Scherben auf und wischte den Boden trocken.

Plötzlich fiel ihr Berta ein. Jonathan Forsman hatte aus Versehen eine Kaffeetasse angestoßen, die von einem Tisch fiel. Sie konnte es vor sich sehen: Berta fegend, dann trockenwischend. Und Forsman, der nicht einmal in ihre Richtung sah.

In welche Richtung sehe ich?, dachte sie. Und warum denke ich so, wie ich es tue, von Pedro Pimenta?

Die kühlenden Windstöße waren abgeklungen. Die Hitze stockte auf der Veranda. Von irgendwoher ertönte ein Lachen.

Sie saßen schweigend da. Hanna schaute die beiden an. Die schöne Isabel und Pedro Pimenta mit seinen zusammengepressten Lippen.

Ich habe keinen Spiegel, dachte sie. Aber ich weiß, dass ich ihm zu ähneln beginne. Und das will ich nicht.

48

Kurze Zeit später ging Isabel wieder ins Haus. Pedro Pimenta war es zu mühselig geworden, sein Gesicht mit dem Tropenhelm zu fächeln. Er zog auf ein Sofa um, das an Federn und Eisenketten aufgehängt war, streifte den rechten Schuh ab und steckte seinen nackten großen Zeh in eine Seilschlaufe, die an einem hauchdünnen riesigen Fächer über seinem Kopf befestigt war. Während er im Sofa schaukelte, hob und senkte sich der Fächer. Der Luftzug erreichte auch Hanna, die auf Pedros Aufforderung hin ihren Stuhl näher an das Sofa gerückt hatte. Aus der Ferne hätte man denken können, ihr Gespräch sei äußerst vertraulich. Doch es war nur der zarte Luftzug des Fächers, der sie so nahe beieinandersitzen ließ, dass ihre Beine sich fast berührten.

»Wir wissen nichts voneinander«, sagte Pedro Pimenta. »Wir treffen uns hier und leben unser Leben zusammen, ohne dass einer von uns seine Vergangenheit aufdeckt. Ich stelle mir manchmal vor, dass wir in einer dunklen Nacht an Bord eines Schiffes unbemerkt unsere Vergangenheit über Bord geworfen haben, gut verpackt, mit Senkern beschwert. Ich weiß zum Beispiel nichts über Sie. Eines Tages leben Sie plötzlich in einem Zimmer in einem Bordell, das ich zu besuchen pflege. Ein geheimnisvoller Gast. Genauso plötzlich sind Sie mit Senhor Vaz verheiratet. Als er stirbt, werden Sie Besitzerin eines der lukrativsten Vergnügungsetablissements für Herren, die es in diesem Teil Afrikas gibt. Aber ich weiß immer noch nichts über Sie. Und Sie bitten um einen Rat, den ich Ihnen nicht geben kann.«

»Es war mein Mann, der vorschlug, dass ich mit Ihnen reden soll. Wenn es um einen Rat ginge und er nicht in der Nähe wäre.«

Er sah sie mit seinen zusammengekniffenen Lidern an. »Das klingt eigenartig.«

»Dass er mir riet, mit Ihnen zu sprechen?«

»Nein. Aber dass er überhaupt glaubte, jemand könne einem anderen Menschen einen Rat geben. So war er nicht.«

»Er sagte genau das.«

»Ich nehme natürlich nicht an, dass Sie die Unwahrheit sagen. Warum sollten Sie das tun? Ich bin nur erstaunt darüber, dass er mich nach seinem Tod überrascht. Es gefällt mir nicht, wenn die Toten mich überraschen.«

Das Gespräch war beendet. Isabel kam aus dem Haus und hockte sich neben ihren Mann. Sie strich mit ihren Fingern über seinen Hals und seine Wange. Hanna war erstaunt, dass er ihr erlaubte, so offen Gefühle der Zärtlichkeit in Anwesenheit eines fremden Menschen zu zeigen.

Ich habe einen Schimpansen, dachte sie, aus dessen Fell ich die Zecken zupfe. Er hat eine schwarze Frau, die mit den Fingern über seine Wange streicht. Sie schauderte. Dann erinnerte sie sich an Lundmarks grobe, aber gepflegte Hände und wurde von einer heftigen Trauer ergriffen.

Isabel stand auf und verließ die Veranda wieder. Sie lächelte Hanna zu, als sie ging.

Pedro Pimenta saß da und betrachtete sie mit zusammengekniffenen Lidern.

»Ich kann Ihnen das Bordell abkaufen«, sagte er plötzlich. »Wenn Sie sich dafür entscheiden, die Stadt zu verlassen. Ich kann Sie in portugiesischer Währung, mit Gold oder Edelsteinen bezahlen. Aber ich bin Geschäftsmann, ich akzeptiere keinen Freundschaftspreis. Ich werde versuchen, es so billig wie möglich zu bekommen.«

Der Gedanke an ein gutes Geschäft hatte ihn derart belebt, dass er heftig mit dem großen Zeh an dem Seil zog und es abriss. Wütend rief er nach einem Diener, der Harri hieß. Der Mann kam sofort herbeigeeilt und reparierte das Seil so geschickt, dass Hanna sich fragte, wie oft es wohl schon abgerissen war, wenn Pedro zu fest daran gezogen hatte.

»Warum heißt er Harri?«, fragte sie, als sie wieder allein waren. »Das ist doch kein portugiesischer Name.«

»Er kommt aus Matabeleland, aus der englischen Kolonie. Er behauptet, Cecil Rhodes in einem Smoking gesehen zu haben, als er draußen im Busch zu Abend essen wollte. Packpferde transportierten Esstische, Silberbesteck und einen persischen Teppich, der im Land der Löwen und Elefanten ausgebreitet wurde. Ob es wahr ist, dass er dies mit eigenen Augen gesehen hat, bezweifle ich. Aber dass Cecil Rhodes jeden Lagerplatz wie das Savoy Hotel in London betrachtete, ist verbürgt. Dieser Politiker war wirklich verrückt. Ich habe Harri zu mir genommen. Jetzt ist er treuer als der treueste meiner Hunde. Und da die Hunde ein wichtiger Bestandteil meines Lebens sind, haben die Schwarzen, die treu sind wie sie, meine größte Sympathie.«

»Was würde geschehen, wenn ich Ihnen das Bordell verkaufe?«

»Ich würde den guten Namen und den Ruf verwalten. Ich würde unsere Kunden sorgfältig pflegen.«

»Und die Frauen?«

Er schien plötzlich verunsichert von ihrer Frage. Die Frauen? Sein Fuß begann fester am Fächerseil zu ziehen.

»Sie meinen die Huren?«

»Ja.«

»Was ist mit ihnen?«

»Sie altern, werden krank. Niemand will mehr für sie bezahlen.«

»Dann fliegen sie natürlich raus.«

»Geben Sie ihnen Geld, damit sie sich einen Stand am Markt kaufen können. Oder bauen Sie ihnen ein Haus, wenn es nötig ist. Das ist eine Bedingung, die ich dem Käufer stelle. Und sie gilt auch für die Zukunft.«

Er schüttelte leicht den Kopf und überlegte genau, ehe er antwortete. Der Fuß mit dem Fächerseil rührte sich nicht.

»Natürlich werde ich die Arbeitsbedingungen beibehalten, die jetzt herrschen. Warum sollte ich sie ändern?«

»Sie wissen, dass die Bordellbesitzer hier in der Stadt sehr brutal zu ihren Frauen sind. Wir waren immer eine Ausnahme.«

Sie dachte, »wir« sei eine Übertreibung. Es war Senhor Vaz, von dem sie sprach. Ihr Beitrag war nur, dass sie nicht an den herrschenden Verhältnissen gerüttelt hatte.

»Es würde so sein, wie ich es gesagt habe«, antwortete er. »Ich würde nichts verändern. Warum auch?«

Dann sprachen sie nicht mehr über das Bordell. Hanna wurde zu einer Mahlzeit eingeladen, die aus kalter Suppe und einer Schüssel mit geschälten und zerdrückten Früchten bestand. Sie trank zwei Gläser Wein, obwohl sie wusste, dass sie davon Kopfschmerzen bekommen würde. Isabel aß mit ihnen am Tisch, sagte aber nichts. Pedro Pimenta zählte auf, ohne seine Zufriedenheit zu verbergen, welche herausragenden Familien in Südafrika seine weißen Schäferhunde gekauft hatten. Stolz berichtete er, dass mindestens zwei der Hunde schwarze Männer zerfleischt hätten. Der Versuch, in die palastartigen Villen einzubrechen, wo diese Hunde Wache hielten, war ihnen schlecht bekommen. Isabel reagierte offenbar nicht auf das, was er sagte. Sie hatte ein gefrorenes Lächeln im Gesicht, das sich nicht zu verändern schien.

Spät am Nachmittag kehrte Hanna in die Stadt zurück. Die Sonne war hinter einer Gewitterfront verschwunden, die sich über den Bergen zu Swasiland hin auftürmte.

Das Gespräch mit Pedro Pimenta hatte ihre Verwirrung gesteigert. Die Unsicherheit darüber, was sie tun sollte, wuchs. Sie konnte nicht glauben, dass er zu dem stehen würde, was er über den Kauf des Bordells und über seine Absicht, nichts ändern zu wollen, geäußert hatte. Es gab keinen Grund anzunehmen, dass er die Frauen anders behandeln würde als seine weißen Hunde und die Krokodile, die in ihren Teichen darauf warteten, getötet und gehäutet zu werden. Pedro Pimenta war ein Mann, der es genoss, hungrigen Krokodilen lebende Schafe zum Fraß vorzuwerfen.

Sie saß bei offenem Fenster in dem überdachten Wagen. Der Wind zerrte an einem Schal, den sie sich vor den Mund hielt, um nicht den roten Sand einatmen zu müssen, der entlang der Straße aufwirbelte.

Für einen kurzen Augenblick verspürte sie eine starke Verlockung, den Chauffeur zu bitten, sie zur südafrikanischen Grenze zu fahren.

Aber sie sagte nichts, schloss nur die Augen, träumte vom klaren braunen Wasser des Flusses.

Als sie vor ihrem Haus aus dem Wagen stieg, öffnete ihr Julietta sofort die Tür und nahm ihr den Hut ab. Hanna sagte sich, dass die Begegnung mit Pedro Pimenta ihr trotz allem eine Art Antwort gegeben hatte. Sie trug jetzt eine große Verantwortung gegenüber den Frauen. Und dieser Verantwortung konnte sie nur gerecht werden, wenn sie gleichzeitig ihr eigenes Leben in Ordnung brachte.

49

Nach einem heftigen nächtlichen Regen, der noch einmal die Straßen der Stadt überflutete, stand ein zitternder Mann vor dem Bordell und fragte nach der Besitzerin. Allein die Tatsache, dass er nach einer Frau fragte, der das Bordell jetzt gehörte, und offenbar kein Kunde war, beunruhigte Hanna. Sie fürchtete sich immer öfter vor dem Unbekannten, nicht zuletzt vor Menschen, deren Wünsche sie nicht durchschaute.

Gerade an diesem Morgen hatte sie mit ihrem Buchhalter und Kassierer Eber die Ausgaben für Reparaturen durchgerechnet, die nach den hemmungslosen Wutausbrüchen zweier finnischer Seeleute notwendig geworden waren. Die Männer hatten große Teile der Einrichtung im Sofazimmer zerschlagen, wo die Huren ihre Kunden empfingen. Herbeigerufenen Soldaten der portugiesischen Garnison war es schließlich gelungen, den finnischen Seeleuten Handschellen anzulegen. Was ihren wüsten Auftritt verursacht hatte, konnte keiner von ihnen beantworten. Am allerwenigsten die betrunkenen Seeleute selbst, die kein einziges Wort in einer anderen Sprache kannten als in dem eigenartig klingenden Finnisch. Doch Felicia hatte ihr nach einem früheren Krach gesagt, die Ausbrüche würden fast immer dadurch ausgelöst, dass die Männer an Impotenz litten. Sie sahen keine andere Möglichkeit, sich zu entladen, als die Einrichtung des Bordells zu zertrümmern.

Der finnische Kapitän hatte seine beiden Seeleute ausgelöst und war sofort nach Goa weitergesegelt, dem endgültigen Ziel. Die Summe, die er gezahlt hatte, deckte kaum die Ausgaben für die Instandsetzung. Dies war der Augenblick, in dem Hanna dachte, sie sollte ein Handbuch zusammenstellen, das ganz präzise die Kosten für Reparaturen regelte.

Judas kam herein und murmelte unter Verbeugungen, draußen stehe ein Besucher. Hanna hatte seinen Namen noch nie gehört, Emanuel Roberto. Judas bekam den Bescheid, den Mann warten zu lassen, bis sie ihre Arbeit mit Herrn Eber abgeschlossen hätte, der gründlich, aber langsam war. Manchmal konnte sein pedantisches, fast schlafwandlerisches Schreiben mit der kratzenden Feder sie an die äußerste Grenze der Geduld treiben. Aber sie beherrschte sich jedes Mal. Sie war von ihm abhängig, um zu wissen, wie die Geschäfte geführt wurden.

Nachdem Herr Eber das Zimmer mit einer tiefen Verbeugung verlassen hatte, ließ sie Emanuel Roberto kommen. Außer den eigentümlich wackelnden Beinbewegungen hatte er Zuckungen im Gesicht. Hanna fragte sich, ob er betrunken sei, und wollte ihn zunächst abweisen, ohne nach seinem Anliegen zu fragen. Doch als er ihr mit zitternder Hand seine Visitenkarte hinstreckte und sie sah, dass er der stellvertretende Geschäftsführer bei der portugiesischen Steuerbehörde der Stadt war, sagte sie sich, dass sie ihn gut behandeln sollte. Sie bat ihn, sich zu setzen, bestellte Kaffee und eine Schale mit Obst. Sein Körper sonderte einen Geruch ab, als befände er sich in Gärung, und sie atmete diskret durch den Mund.

Emanuel Roberto hob die Tasse nicht von der Untertasse, sondern beugte sich vor und trank wie ein Tier am Wassertrog.

Im Gegensatz zu seinem unruhigen Körper war seine Stimme fest und bestimmt. »Ich hatte die Ehre, Senhor Vaz' Steuerangelegenheiten während all der Jahre zu betreuen, in denen er der Besitzer dieses Hurenhauses war«, begann er.

Sie reagierte darauf, dass er das Wort »Hurenhaus« gebrauchte, als passte es eigentlich nicht in seinen Mund.

»Nach dem Bescheid, den ich von Anwalt Andrade bekommen habe«, fuhr er fort, »ist jetzt Senhora Vaz Besitzerin dieses Hauses und verantwortlich für die Tätigkeit, die hier ausgeübt wird. Wenn ich es recht verstanden habe, führt Anwalt Andrade das gesamte Geschäft weiter wie zur Zeit des früheren Besitzers?«

Er verstummte und sah sie an, als erwartete er eine Antwort. Hanna fiel es schwer, nicht in Lachen auszubrechen. Die Zuckungen in seinem Gesicht bildeten einen allzu starken Gegensatz zu seiner todernsten Stimme. Der Mann schien ganz einfach falsch zusammengesetzt.

Als sie nichts sagte, öffnete er seine Mappe und legte ein paar verschnörkelt beschriftete Dokumente auf steifem Papier vor sich hin, geschmückt mit Siegel und Stempeln.

»Das ist die endgültige Veranlagung vom vergangenen Jahr. Da ihr Mann der Besitzer war und verantwortlich für den überwiegenden Teil des Besteuerungsjahres, ist es natürlich so, dass wir Ihnen unsere Berechnungen vorlegen. Aber ich erkenne, dass auch in diesem Jahr dieses Haus der größte Steuerzahler in der portugiesischen Kolonie sein wird. Es ist für einen Staatsbeamten natürlich schmerzlich festzustellen, dass ein Bordell der leistungsfähigste und einträglichste Betrieb im Lande ist. Bestimmt würde das die Beamten in Lissabon verärgern. Daher pflegen wir Ihr Etablissement als Hotelanlage zu beschreiben, aber die Schlussfolgerung ist dieselbe: Ihre Steuerzahlungen übertreffen alle anderen Unternehmen im Lande. Es bleibt mir nur zu gratulieren.«

Er schob ihr die Papiere zur Einsicht hin. Das bürokratische Portugiesisch und die schwer zu lesende Handschrift ließen sie eher ahnen als begreifen, was da geschrieben stand. Aber die Zahlenkolonnen waren klar und deutlich. Im Kopf rechnete sie rasch aus, dass sie in schwedischen Kronen eine gigantische Summe an Steuern zahlte.

Der Gedanke war schwindelerregend. Zum ersten Mal wurde ihr im vollen Ausmaß klar, dass sie durch ihre Heirat mit Senhor Vaz nicht nur wohlhabend geworden war. Sie war steinreich. Auch wenn sie nach Schweden zurückkehren würde, wäre sie sehr vermögend.

Emanuel Roberto stand auf und verbeugte sich. »Ich lasse meine Papiere hier«, sagte er. »Wenn Senhora Vaz irgendwelche Anmerkungen hat, können diese gern innerhalb von vierzehn Tagen bei mir vorgetragen werden. Aber ich glaube versichern zu können, dass alles in bester Ordnung und wahrheitsgemäß ausgerechnet und aufgeschrieben ist.«

Er verbeugte sich nochmals und verließ das Zimmer. Hanna blieb lange sitzen. Als sie schließlich aufstand, um zu ihrem Haus auf dem Hügel zurückzukehren, nahm sie sich vor, mit allen Konsequenzen zu bedenken, was der Reichtum für ihre Zukunft bedeutete.

Als sie aus dem großen Sofazimmer trat, sah sie Felicia mit einem frühen Kunden in ihr Zimmer verschwinden.

Sie sah den Mann nur für einen kurzen Moment und nur von hinten.

Trotzdem war sie sicher: Es war Kapitän Svartman, der in das Zimmer gegangen war, dessen Tür sich jetzt geschlossen hatte.

50

Der Pfau schrie. Er stand mitten auf der leeren Straße, in Sonnenschein gehüllt, der durch eine Lücke zwischen zwei Häusern drang. Indische Kaufleute öffneten langsam, fast träge, ihre Läden im Erdgeschoss. Es war, als stünde der Pfau auf einer Bühne, von einem einzelnen Scheinwerfer angestrahlt.

Er schrie erneut und begann dann, ruhig die Samenkörner aufzupicken, die nur die Augen eines Pfaus sehen konnten.

Hanna war stehengeblieben. Dass Kapitän Svartman sich in ihrem Bordell befand, ließ sie erstarren. Sie wusste nicht, ob das, was sie empfand, Freude darüber war, einen Menschen aus ihrem früheren Leben wiederzusehen, oder ob sie fürchtete, ihm zu begegnen.

Vor allem war sie von Verwunderung erfüllt. Kapitän Svartman war für sie nie etwas anderes gewesen als der aufrechte Kapitän, dessen einzige Leidenschaft die Topfpflanzen in seiner Kajüte waren. Dass er in einem afrikanischen Hafen zu Huren ging, hätte sie sich nie vorstellen können. Vielleicht machte er seinen Besuch so früh am Morgen, um von keinem Besatzungsmitglied gesehen zu werden?

Der Gedanke an das Schiff brachte sie zum Handeln. Sie verließ das Hotel, nahm einen der schwarzen Wächter mit, die im Schatten vor der Eingangstür geschlafen hatten, und eilte hinunter zum Hafen. Die indischen Kaufleute betrachteten sie neugierig, aber immer verstohlen. Hanna wusste längst, dass fast alle sie kannten. Manchmal empfand sie eine fast beschämende Freude darüber, eine Art Berühmtheit zu sein, und wählte sorgfältig ihre Kleidung für die täglichen Ausflüge zwischen dem Steinhaus und dem Bordell.

Schon in der kurzen Zeit ihrer Ehe mit Senhor Vaz hatte sie zwei Frauen beschäftigt, die ihre Kleider nähten, und jetzt noch eine dritte Schneiderin, die nach einem langen Leben in den renommiertesten Modekreisen von Paris auf rätselhafte Weise in

Afrika gelandet war. Man flüsterte von Veruntreuung, vielleicht noch Schlimmerem. Aber sie war geschickt und hatte Stil, und Hanna zögerte nicht, ihr das zu bezahlen, was sie verlangte.

Hanna war außer Atem, als sie den Hafen erreichte. An einem der äußeren Kais lag das Schiff, das sie so gut kannte. Sie blieb im Schatten eines der großen Hebekräne stehen, die kürzlich im Hafen aufgebaut worden waren. Schwarze Arbeiter, barfuß und in zerschlissenen Hosen, waren um einen weißen Vorarbeiter versammelt, der die Löscharbeiten verteilte. Hanna überkam plötzlich das Gefühl, er könnte auch ein Pfarrer sein, der den Arbeitern die Religion der Sklavenarbeit predigte.

Doch ihre Aufmerksamkeit war vor allem auf das Schiff gerichtet. Widersprüchliche Gedanken und Gefühle erfüllten sie. Da sie das gesamte Holz in Lourenço Marques abluden, nahm Hanna an, sie seien auf dem Weg zurück nach Schweden. Sie könnte auf der Stelle als zahlende Passagierin an Bord gehen, einfach alles hinter sich lassen, das Bordell verkaufen. Natürlich würde sie bei einem solchen Geschäft Geld verlieren, aber sie würde eine sehr reiche Frau bleiben.

Der Anblick des Schiffes warf auch ein klareres Licht auf ihre Flucht. Was gab es eigentlich, wohin sie zurückkehren konnte? War ihr Leben nicht etwas geworden, was sie sich nie hätte erträumen können?

Sie kehrte zum Bordell zurück, unsicherer denn je, was sie tun sollte. Als sie durch die Eingangstür ins Haus trat, überlegte sie, ob sie Kapitän Svartman ihre Anwesenheit verraten sollte. Aber sie schaffte es nicht, hinaus zur Bank unter dem Palisanderbaum zu gehen, bevor die Tür zu Felicias Zimmer sich öffnete und Kapitän Svartman ihr plötzlich von Angesicht zu Angesicht gegenüberstand.

Zuerst schien er sie nicht wiederzuerkennen. Ein sekundenlanges Zögern. Dann wusste er es. »Du hier?«, fragte er.

»Ich könnte dasselbe fragen«, erwiderte sie. »Kapitän Svartman hier?«

Sie sahen einander an. Hanna dachte, sie habe eine Art Macht über ihn, da er natürlich nicht sicher sein konnte, was sie im Bordell zu tun hatte. Vermutlich dachte er das einzig Plausible, nämlich dass sie angestellt sei, um Männer gegen Bezahlung zu bedienen. Aber dieser Gedanke musste für ihn schwer vorstellbar sein.

Hanna fand Gründe, sich gegen den bloßen Verdacht zu wehren, und schüttelte den Kopf.

»Es ist nicht so, wie man denken könnte«, sagte sie.

Dann forderte sie ihn mit einer Geste auf, ihr zum Palisanderbaum und der Holzbank zu folgen.

Zé war lautlos aufgetaucht und hatte sich ans Klavier gesetzt. Er strahlte eine wortlose Sehnsucht nach Carlos aus, der vielleicht sein einziger Freund war, nachdem Senhor Vaz' Herz zu schlagen aufgehört hatte. Vermutlich betrachtete er Hanna als ein böses Geschöpf, das ihm sowohl seinen Bruder als auch den Affen genommen hatte, zwei Lebewesen, an die er sich immer hatte halten können.

Hanna und Kapitän Svartman tranken Tee unter dem Baum.

»Ich frage mich, wer am meisten überrascht war?«, sagte sie. »Kapitän Svartman, mich zu sehen, oder ich, Sie zu sehen?«

»Ich habe mich natürlich gefragt, was geschehen ist«, sagte Svartman. »Wir haben einen ganzen Tag nach dir gesucht. Dann mussten wir die Reise fortsetzen.«

»Es war, als wäre Lundmark noch auf dem Schiff«, antwortete sie. »Ich musste fliehen. Es gab keinen anderen Ausweg.«

Svartman nickte nachdenklich. Dann begann er zu lächeln. »Ich bin natürlich froh. Jetzt sehe ich dich lebend wieder.«

»Eine Freundin war mit dem Besitzer dieses Bordells verheiratet«, sagte sie. »Er ist gestorben. Sie selbst ist krank. Ich kümmere mich um das Geld, das hier verdient wird. Aber ich verabscheue natürlich das Ganze und tue es nur meiner Freundin zuliebe.«

Glaubte er ihr? Das konnte sie nicht erkennen. Der Ring an der rechten Hand konnte eine Erinnerung an die Ehe mit Lundmark sein.

»Was ist geschehen?«, fragte Kapitän Svartman, als er über ihre Worte nachgedacht hatte. Noch immer war es, als könnte er nicht richtig glauben, dass er die entlaufene Steuermannswitwe gefunden hatte.

»Zuerst bin ich in einem Hotel eingekehrt. Ich hatte ja Geld. Ich übernahm die Verwaltung eines Hauses für einen älteren Mann. Aber ich habe immer auf den Augenblick gewartet, in dem ich nach Hause zurückfahren könnte.«

»Was hindert dich an diesem Entschluss?«

»Die Trauer um Lundmark. Die Angst vor dem Meer.«

»Ich verstehe vielleicht«, sagte Svartman zögernd.

Da nichts von dem, was sie sagte, der Wahrheit entsprach, versuchte sie, das Thema zu wechseln. Sie kehrte zu dem Augenblick zurück, an dem sie im Schutz der Nacht das Schiff verlassen hatte.

»Was haben Sie geglaubt, was geschehen ist?«, fragte Hanna.

»Vielleicht, dass du ertrunken bist.«

»Mich ertränkt habe oder ertrunken bin?«

»Ich habe wohl beide Möglichkeiten gefürchtet. Aber es gab natürlich andere an Bord, die wildere Vermutungen anstellten. Dass du in die Hände eines Sklavenhändlers geraten wärst. Oder dass eine Schlange dich gebissen hätte, die irgendwie an Bord gelangt war, und dass du ins Wasser gefallen bist, bevor das Gift wirkte.«

»Niemand hat also gedacht, ich hätte das Schiff freiwillig verlassen?«

Svartman wirkte niedergeschlagen, als er antwortete. »Ich muss gestehen, dass ich mir diese Möglichkeit nicht einmal vorstellen konnte. Und ich habe ja während der vielen Jahre als Kapitän genug Seeleute in verschiedenen Häfen verschwinden sehen.«

Sie fragte nach der Fahrt und der Heimreise. Hatten sie auch da am Kai der Stadt angelegt? Aber Svartman erzählte, sie seien direkt nach Port Elizabeth gefahren, um Stückgut zum französischen Hafen Rouen an Bord zu nehmen.

Sie fragte nach Halvorsen und den anderen Seeleuten. Und nach Forsman und Berta. Er antwortete einsilbig und schien es plötzlich eilig zu haben. Hanna verstand, dass er nicht länger als nötig im Bordell bleiben wollte. Der Besuch bei Felicia war in aller Heimlichkeit geschehen, keiner von der Besatzung sollte davon erfahren.

Hanna dachte enttäuscht, Kapitän Svartman sei genau wie andere Männer. Sie verdrängten die Wahrheit über sich selbst, über das, was sie im Schutz der Nacht oder in den frühen Morgenstunden unternahmen.

Aber war sie selbst besser? Stellte sie sich denn der Wahrheit? Sie saßen ganz einfach da unter dem schönen Palisanderbaum und tauschten Belanglosigkeiten aus.

»Wie lange bleiben Sie im Hafen?«, fragte sie.

»Bis morgen.«

»Ich möchte das Schiff gern besuchen. Und ich werde natürlich niemandem erzählen, dass ich Sie hier getroffen habe.«

Sie erkannte einen zögernden Funken in seinen Augen, als er versuchte, sich zu entscheiden, ob er ihr glauben konnte. Aber sie sah ihm fest in die Augen. Sie war ihm jetzt ebenbürtig, war nicht mehr die verschüchterte Köchin, die ein Jahr zuvor einen tiefen Knicks vor ihm gemacht hatte.

Sie stand auf und beendete das Gespräch. Sie ließ ihn frei.

Draußen auf der Straße trennten sie sich.

»Heute Nachmittag passt es gut«, sagte Svartman. »Jetzt am Morgen habe ich Geschäfte zu erledigen und das Bunkern zu überwachen.«

Der Pfau war verschwunden. Die Straße lag verlassen in der sengenden Sonne.

Sie streckte die Hand aus. »Ich komme heute Nachmittag«, sagte sie. »Wenn es passt.«

»Ich werde da sein.«

Er verbeugte sich und schien plötzlich zu zögern. »Peltonen ist tot«, sagte er. »Er ist eines Nachts vor der ägyptischen Küste über

Bord gefallen. Niemand hatte entdeckt, dass er fort war, bis zum Morgen.«

»Peltonen hat die Tiefe von Lundmarks Grab vermessen«, sagte Hanna. »1935 Meter.«

Svartman nickte. Dann drehte er sich um und ging davon. Er bog an der nächsten Straßenecke ab.

Er hat nicht den kürzesten Weg zum Hafen gewählt, dachte Hanna. Er ist so schnell wie möglich abgebogen, um meine Augen nicht im Nacken zu haben.

Plötzlich fragte sie sich, ob er und seine Leute je einen Eisberg zu Gesicht bekommen hatten.

Dann fuhr sie wieder zurück in ihr Steinhaus.

Dort setzte sie sich hin, um drei Briefe zu schreiben, die nicht warten konnten.

51

Erst als sie den Brief durchlas, den sie an Elin geschrieben hatte, war es wie ein Schock für sie. Statt von ihrer Reise zu schreiben, hatte sie etwas erzählt, was einem Märchen glich. Mit Wirklichkeit hatte nur zu tun, dass sie Lundmark kennengelernt, ihn geheiratet und dann hatte zusehen müssen, wie er im Meer bestattet wurde. Was danach geschehen war, ihre Flucht und die Begegnung mit dem Bordellbesitzer Vaz, hatte sie ganz und gar ausgelassen. Sie hatte nur geschrieben, sie befinde sich in Afrika, es gehe ihr gut und sie sei auf dem Weg nach Hause. Als Erklärung dafür, warum sie die Reise nach Australien nicht fortgesetzt hatte und mit der *Lovisa* zurückgekehrt war, hatte sie in vagen Worten eine ernsthafte, aber kurzfristige Krankheit angedeutet, von der sie jetzt genesen sei.

Sie schob den Brief von sich. Erst jetzt wurden ihr die Konsequenzen dessen bewusst, was Kapitän Svartman gesagt hatte. Was Forsman erfahren haben musste, als das Schiff in Sundsvall am Kai angelegt hatte, nachdem es aus Australien zurückgekehrt war.

Und wovon auch Elin in dem Haus im fernen Fjäll irgendwann erfahren haben musste.

Ihre Tochter war tot. Lange Zeit hatte Elin nun mit der Trauer darüber gelebt, dass Hanna in einem fremden Land gestorben war. Was geschehen war, wusste sie nicht, auch nicht, wo sie begraben war. Wenn es denn überhaupt ein Grab gab.

Bei diesem Gedanken begann Hanna zu weinen. Plötzlich entdeckte sie, dass Julietta durch die halbgeöffnete Tür spähte. Hanna ergriff Senhor Vaz' alten Briefbeschwerer und warf ihn wütend nach ihr. Julietta duckte sich und schloss rasch die Tür.

Hanna wollte in Ruhe weinen. Aber es war, als hätte sie nicht einmal dafür Zeit. Sie zerriss den Brief und begann mit zitternder Hand einen neuen.

»Ich lebe«, schrieb sie. Das war das Wichtigste. »Ich lebe.« Der ganze Brief war wie ein einziges Verlangen, beim Wort genommen zu werden. Sie lebte, sie war nicht tot, wie Kapitän Svartman angenommen hatte. Sie war an Land gegangen, bevor das Schiff nach Australien weiterfuhr. Aber sie würde bald nach Hause zurückkehren. Und sie lebte. Das vor allem, sie war immer noch ein Mensch, der lebte.

Es war dieser Brief, den sie nun an Elin geschrieben hatte. Und sie wiederholte die gleichen Sätze, allerdings weniger gefühlvoll, in den beiden anderen Briefen. Der eine war an Forsman, der andere an Berta gerichtet. Sie lebte, sie würde bald heimkehren.

Schließlich lagen die drei Briefe vor ihr auf dem Tisch, in Umschläge gesteckt, die sie ordentlich zugeklebt hatte, die Namen äußerst sorgfältig geschrieben. Auch wenn sie erst mit Berta zusammen Lesen und Schreiben gelernt hatte, mühsam, aber doch als einen wichtigen Schritt aus der Armut heraus, fand sie, sie schreibe immer noch mit großer Schwierigkeit, unsicher im Buchstabieren und in den Wortfolgen. Aber das kümmerte sie nicht. Für Elin würde es die wichtigste Mitteilung sein, die sie je in ihrem Leben bekommen hatte. Eine ihrer Töchter war von den Toten zurückgekehrt.

Am Nachmittag bestellte sie Andrades Auto und ließ sich hinunter zum Hafen fahren. Sie hatte sich fein angezogen und eine lange Zeit vor dem großen Spiegel in der Diele zugebracht. Auf dem Weg zum Hafen kam ihr eine Idee, die sie dazu brachte, den Chauffeur um einen Umweg zu bitten und dort zu halten, wo der Fotograf Picard sein Atelier hatte. Picard war Franzose und hatte sich schon Anfang der 1890er Jahre in der Stadt niedergelassen. Sein Atelier wurde von vermögenden Einwohnern der Stadt besucht. Sein Gesicht war von einem Granatsplitter verunstaltet, der ihn während des Französisch-Deutschen Krieges 1870 getroffen hatte. Obwohl sein Gesicht abstoßend war, hatten seine Freundlichkeit und Geschicklichkeit als Fotograf ihn bei allen beliebt gemacht. Schwarze Menschen fotografierte er jedoch nicht, es sei denn, sie traten als Dienstboten oder Träger auf oder bildeten nur einen Hintergrund für die weißen Menschen, die abgelichtet werden sollten.

Picard empfing sie mit einer Verbeugung und bot ihr sofort an, sie zu fotografieren. Ein Paar hatte gerade abgesagt, da es sich wieder entlobt hatte. Hanna wollte stehend fotografiert werden, mit ihrem großen Hut auf dem Kopf, mit langen Handschuhen und einem zusammengerollten Schirm in einer Hand.

Picard fragte respektvoll, für wen das Bild gedacht sei. Er wusste genau, wer sie war, und kannte ihre kurze Ehe mit dem Bordellbesitzer Vaz. Hanna wusste auch, dass Picard aus irgendeinem Anlass immer an einem der Konkurrenten festgehalten hatte, wenn er einen Bordellbesuch machte.

»Die Fotografie ist für meine Mutter«, sagte sie.

»Ich verstehe«, sagte Picard. »Ein würdevolles Bild. Es soll zeigen, dass alles auf dem afrikanischen Kontinent gut ist, dass das Leben hier zu Erfolg und Reichtum geführt hat.«

Er plazierte sie neben einem großen Spiegel und einem Stuhl mit schönen Armlehnen. Ein Blumengesteck auf einem Tisch rückte er aus der Komposition heraus, nachdem er es ausprobiert hatte. Dann nahm er das Bild auf und versprach, es sofort zu entwickeln und drei Kopien zu machen. Hanna bezahlte das Doppelte von dem, was Picard verlangte. Sie einigten sich darauf, dass der schwarze Laufbursche die Fotografien an Bord von Kapitän Svartmans Schiff abgeben sollte, sobald sie getrocknet waren.

Im Hafen stand Kapitän Svartman an der Gangway und erwartete sie. Hanna sah, dass seine Unform frisch gebürstet war und seine Schuhe glänzten. Sie ging die Gangway hinauf und erinnerte sich in einem schwindelerregenden Augenblick an das Gefühl, das sie beim Verlassen des Schiffes gehabt hatte. Sie begrüßte den Kapitän. Einige Besatzungsmänner waren dabei, Seile zu spleißen, andere reparierten eine Ladeluke. Sie entdeckte niemanden, den sie kannte. Der Kapitän folgte ihrem Blick und verstand, dass sie nach einem bekannten Gesicht suchte.

»Die Besatzung ist ganz neu«, sagte er. »Nach Lundmarks Tod gingen Gerüchte um, ich sei ein vom Unglück verfolgter Kapitän. Peltonens Verschwinden machte die Sache nicht besser. Aber meine jetzige Besatzung ist auch sehr tüchtig. Als Kapitän kann ich nicht herumgehen und diejenigen vermissen, die früher an Bord waren. Ich segle mit den Lebenden, nicht mit den Toten.«

Er führte sie in seine Kajüte. Auf dem Weg sah sie den neuen Koch, der aus der Kombüse trat, ein junger Mann mit blonden Haaren.

»Ein Este«, sagte der Kapitän. »Kocht meistens gutes Essen. Schweigsam und reinlich.«

Sie setzten sich in die Kajüte und ließen sich Tee von einem unsicheren Jungen in weißer Jacke servieren. Hanna sah, dass die Topfblumen an den messinggefassten Fenstern gut gepflegt waren.

»Ich muss wissen, was Sie zu Jonathan Forsman gesagt haben.«

Svartman nickte. Er hatte die Frage erwartet. »Ich konnte nichts anderes sagen, als dass du während unseres Aufenthalts vor der letzten Etappe nach Australien verschwunden bist. Dass wir dich einen Tag und eine Nacht lang gesucht haben. Aber dann gezwungen waren weiterzufahren. Und dass ich nicht wüsste, was dir zugestoßen war. Entweder warst du am Leben, oder du warst tot. Ich konnte es nicht wissen.«

»Was hat Forsman gesagt?«

»Er war erregt. Er zitterte und war wütend. Ich hatte Angst, er könnte sich so aufregen, dass er einen Schlaganfall bekäme. Seine Wut war nicht gegen mich gerichtet. Sondern gegen das Schicksal. Dass du nicht zurückkommen würdest. Ich glaube, er hat eine große Verantwortung empfunden.«

»Wissen Sie, was er meiner Mutter berichtet hat?«

Der Kapitän schüttelte den Kopf. »Ich vermute, dass er versuchte, ihr Mut zuzusprechen. Aber man muss wohl davon ausgehen, dass sie glaubte, ihre Tochter sei in einem fremden Land tot und begraben.«

Hanna steckte ein Kloß im Hals, und die Tränen drückten hinter den Lidern. Aber sie wollte nicht vor dem Kapitän weinen und kämpfte mit aller Kraft dagegen an.

Sie tranken den Tee, den der Junge mit zitternden Händen in ihre Tassen gegossen hatte. Hanna erinnerte sich an das Geschirr.

»Dieser schreckliche Kontinent«, sagte der Kapitän plötzlich. »Ich versuche zu verstehen, wie es dir möglich war, so lange hier zu leben.«

»Alles ist nicht gleichermaßen schrecklich«, antwortete sie. »Die Hitze kann schwer zu ertragen sein, aber meist ist es angenehm. Hier gibt es nichts, was Kälte heißt. Ich habe versucht, schwarzen Menschen zu erklären, was Schnee ist. Wie Eis, aber zugleich wie Hühnerfedern, die vom Himmel fallen. Man kann es ihnen nicht verständlich machen.«

»Aber die Menschen? Die Schwarzen? Ich schaudere bei dem Gedanken an ihr Leben.«

»Davon weiß ich nicht viel. Sie leben ihr eigenes Leben außerhalb der Stadt. Morgens kommen sie direkt aus der Sonne herausgewandert, um Dienstboten und Schwerarbeiter zu sein. Dann verschwinden sie wieder.«

»Ich höre viel von Gewalt und Raub. Wir bewachen die Gangway immer mit zwei zusätzlichen Wachen, wenn wir in afrikanischen Häfen liegen. Andere Kapitäne haben von Dieben erzählt, die schwimmend an Bord gelangen.«

»Während meiner Zeit hier ist mir nichts zugestoßen. Die Schwarzen sind nicht wie wir. Aber ob sie gefährlicher sind, weiß ich nicht. Das glaube ich kaum.«

»Kann man sich auf sie verlassen?«

»Nein«, sagte Hanna, vor allem dem Kapitän zuliebe. Was sie selbst eigentlich dachte, war ihr plötzlich nicht mehr klar.

Der Kapitän betrachtete schweigend seine Hände. »Es kommt nicht oft vor«, sagte er dann. »Meine Besuche bei diesen schwarzen Frauen.«

»Natürlich nicht«, sagte Hanna. »Ich habe schon vergessen, wo wir uns getroffen haben.«

Der Kapitän schien erleichtert. Hanna kassierte sofort die Belohnung dafür, dass sie verständnisvoll gewesen war.

»Ich habe das Bordell nur besucht, um herauszufinden, warum der Kassierer sich nicht am Vorabend gemeldet hat. Ich bin sonst nie dort. Meine Arbeit verrichte ich in gehörigem Abstand. Ich wohne in einem Steinhaus, das kaum kleiner ist als das von Jonathan Forsman.«

Der Kapitän nickte. Hanna konnte sehen, dass ihm das, was sie erzählte, imponierte, während er zugleich nicht ganz glaubte, was sie sagte. Wir vertrauen einander nicht mehr, dachte sie. Nicht mehr so wie während unserer gemeinsamen Reise.

Sie wollte das Schiff plötzlich so schnell wie möglich verlassen. Deshalb legte sie die drei Briefe auf den kleinen Tisch, der am Boden festgeschraubt war.

»Drei Kopien von einer Fotografie werden gebracht«, sagte sie. »Ich möchte, dass Forsman und Berta je eine bekommen. Die dritte soll an meine Mutter geschickt werden.«

Sie öffnete ihren Geldbeutel und zog ein paar große portugiesische Scheine heraus. Der Kapitän weigerte sich, sie anzunehmen. Hanna fragte sich flüchtig, mit welcher Münze er Felicia für ihre Dienste bezahlt hatte. Sie empfand ein Unbehagen bei dem Gedanken an den nackten Kapitän auf Felicias schönem Körper.

Er begleitete sie hinaus aufs Deck.

»Ich werde nach Schweden zurückkehren«, sagte sie. »Andere schwedische Schiffe legen hin und wieder hier am Kai an. Aber jetzt kann ich noch nicht fahren. Ich habe die Verantwortung übernommen, solange die Besitzerin krank ist. Ich kann diese Stadt nicht verlassen, bevor sie genesen ist.«

»Natürlich«, sagte der Kapitän.

Er glaubt mir nicht, dachte Hanna. Zumindest misstraut er dem, was ich sage. Und warum sollte er das nicht tun?

Sie gingen auf dem Schiff herum, betrachteten die norwegische Waldkatze, die in Sundsvall an Bord gekommen war und jetzt zusammengerollt in der Tiefe einer großen Trossenwinde schlief.

»Berta«, sagte Hanna plötzlich. »Sie ist doch noch bei Forsman?«

»Sie hat ein Kind bekommen«, sagte der Kapitän. »Wer der Vater des Kindes ist, weiß ich nicht. Aber Forsman hat sie behalten.«

Sofort ging Hanna durch den Kopf, dass Forsman selbst der Vater des Kindes war. Sonst hätte er Berta niemals in seinem Haus bleiben lassen.

Bertas Einsamkeit, dachte sie. Und meine. Was unterscheidet sie eigentlich?

Ein schwarzer Mann kam den Kai entlanggerannt. Er trug ein Päckchen in der Hand. Darin lagen die Fotografien von Picard. Gemeinsam öffneten der Kapitän und Hanna die Verpackung. Das schwarz-weiße Bild zeigte sie wirklich so, wie sie aussah: Eine Frau, noch sehr jung, die freimütig und bestimmt in das Auge der Kamera schaut.

»Forsman und deine Mutter werden sehr froh sein«, sagte der Kapitän. »Forsman wird vielleicht vor allem erleichtert sein, dass du lebst.«

Er hatte eine letzte Frage, ehe sie sich an der Gangway trennten. »Was soll ich sagen, wo du arbeitest?«

»In einem Hotel«, antwortete sie. »Im Hotel Paradies.«

Sie reichten einander die Hand. Sie drehte sich nicht um, als sie das Schiff verließ.

Als sie am nächsten Tag zum Hafen zurückkehrte, war die *Lovisa* fort.

52

Ein paar Tage später. Das Meer unbewegt, keine kühlenden Winde entlang der staubigen Straßen.

Eines Nachts erwachte Hanna wie von einem Faustschlag. Carlos hatte oben in der Deckenlampe geschrien und war aufs Bett gesprungen. Hanna wusste, dass Affen auf eine besondere Art schrien, wenn sie einander in der Horde vor einer Schlange oder anderen Gefahren warnten. Sie zündete die Petroleumlampe neben dem Bett an. Als die Lampe ihren flackernden Schein über das Zimmer warf, schien Carlos sich sofort zu beruhigen. Sie dachte, er habe einen Albtraum gehabt, wie sie es bei früheren Gelegenheiten geahnt hatte, wenn er unruhig im Schlaf wimmerte und tags darauf düster in sich gekehrt und abwesend wirkte.

Etwas beunruhigte ihn. Carlos war am Fenster hochgeklettert und saß jetzt hinter dem Vorhang. Als Hanna den Stoff beiseiteschob, sah sie direkt in die kurze Morgendämmerung hinein. Aber sie sah auch, dass Rauch und Feuerflammen aus einem nicht weit vom Bordell entfernten Block aufstiegen. Als sie das Fenster öffnete, hörte sie von fern Rufe und Schreie. Carlos kletterte auf das Dach hinaus und kam nicht zurück, obwohl sie ihn rief.

Hanna richtete ihr Fernglas auf den Brandherd. Das Dämmerlicht war noch schwach, aber sie erkannte sofort, dass es keine gewöhnliche Feuersbrunst war. Schwarze Männer liefen mit Knüppeln und Pfeil und Bogen in den Händen herum. Sie warfen

Steine und brennende Reisigbündel nach den Soldaten der portugiesischen Garnison, die sich versammelt hatte. Hanna sah Körper auf dem Boden liegen. Ob sie schwarz oder weiß waren, konnte sie nicht ausmachen.

Sie nahm das Fernglas vom Stativ und versuchte zu verstehen, was geschah. Dann zog sie an dem Glockenstrick, sehr fest, damit kein Zweifel aufkam, dass sie augenblicklich einen Diener brauchte, obwohl außer Anaka sicher alle noch schliefen.

Julietta kam, halb angezogen und ungekämmt. Aber Hanna merkte sofort, dass sie hellwach war. Vermutlich hatten auch die anderen Bewohner im Haus entdeckt, was unten in der Stadt geschah, und ließen die Jüngste auf Hannas Klingeln reagieren.

Hanna nahm Julietta mit hinaus auf die Veranda.

»Was geht da vor?«, fragte sie.

»Die Menschen sind wütend.«

»Wer ist wütend?«

»Wir sind wütend.«

Die letzten Worte sagte Julietta auf eine Art, in der sie sonst nicht sprach. Sie sah Hanna dabei direkt in die Augen. Es war, als wäre sie angesteckt worden, dachte Hanna. Was da unten auf der Straße geschieht, hat auch mit mir zu tun.

»Worüber seid ihr wütend?«, fragte Hanna. »Antworte jetzt, ich befehle es dir.«

»Ein weißer Mann hat den Wasserkrug einer Frau zerschlagen.«

Hanna wurde ungeduldig, da die Antwort ihr keinen verständlichen Zusammenhang vermittelte. Ärgerlich schickte sie Julietta, um Anaka zu holen. Als Anaka kam, war sie womöglich noch wortkarger als Julietta.

Hanna zog sich an und dachte, es sei ein glücklicher Zufall, dass sie gerade an diesem Morgen den Besuch von Andrade erwartete, der ihre Unterschrift auf einigen Dokumenten benötigte. Es gab niemanden, der so gut über die Ereignisse in der Stadt Bescheid wusste, ob sie nun offen oder versteckt geschahen. Während sie frühstückte und auf seine Ankunft wartete, ging sie hin und wieder auf die Veranda zu ihrem Fernglas. Es brannte noch immer, offenbar waren neue Brandherde entstanden, aber sie waren hinter Häuserfassaden verborgen. Sie konnte ferne Rufe und das trockene Knallen von Gewehren hören. Carlos saß regungslos oben auf dem Dach und verfolgte das Geschehen.

Als Andrade eintraf, war er rot im Gesicht und erregter, als sie ihn je gesehen hatte. Ehe sie auch nur eine Frage stellen konnte, begann er zu erklären, was an diesem Morgen geschehen war. Er benahm sich unhöflich gegenüber ihren Dienstboten und legte demonstrativ einen Revolver auf den Frühstückstisch, bevor er sich setzte. Der plötzliche Aufruhr war ein paar Stunden zuvor ausgebrochen, als eine Gruppe von Schwarzen aus den Slumgebieten hereinmarschiert war. Sie hatten genauestens alle Straßen vermieden, an denen portugiesische Soldaten darüber wachten, dass das nächtliche Ausgehverbot eingehalten wurde. Unten in der Stadt angekommen, waren sie zu einem Polizeirevier gestürmt und hatten es in Brand gesetzt, indem sie mit Petroleum gefüllte Flaschen durch die Fenster warfen. Die verschlafenen Soldaten hatten begonnen, die Aufrührerischen zu beschießen, und bald war das blutige Chaos nicht mehr aufzuhalten.

»Es ist also ein Aufruhr«, sagte Hanna. »Dafür muss es einen Grund geben.«

»Muss es?«, erwiderte Andrade ironisch. »Diese schwarzen Wilden brauchen keine anderen Gründe als ihren ererbten Blutdurst, um einen Aufruhr zu beginnen, der nur zu ihrem Untergang führen kann.«

Hanna fiel es schwer, ihm zu glauben. So einfach, wie er es darstellte, konnte es nicht sein. Schon an dem Tag, an dem Kapitän Svartmans Schiff am Kai angelegt hatte, war sie der Meinung gewesen, Feindseligkeit und Trauer in den Augen der Schwarzen bemerkt zu haben. Sie lebte auf einem traurigen Kontinent, auf dem nur die weißen Menschen lachten, und das oft viel zu laut. Aber dieses Lachen, das wusste sie, war oft nur eine Art, Angst zu verbergen, die leicht zu Schrecken anwuchs. Vor der Dunkelheit, vor den Menschen, die man nicht sehen konnte.

Hanna bestand auf ihrer Frage. Etwas musste die Wut der Schwarzen ausgelöst haben.

Andrade zuckte ungeduldig mit den Schultern. »Jemand meint wohl, ein Unrecht erlitten zu haben, und will sich mit allen Mitteln rächen. Aber es ist bald vorbei. Wenn es etwas gibt, was ich von diesen schwarzen Menschen weiß, dann, dass sie feige sind. Sie rennen wie die Hunde, wenn es ernst wird.«

Er nahm den Revolver vom Tisch. »Eigentlich würde ich unser Treffen gern auf morgen verschieben. Wenn die Ruhe wiederhergestellt ist, die schlimmsten Gewalttäter tot sind und die anderen in der Festung sitzen. Ich hätte nicht übel Lust, zu den Brandherden zu fahren. Ich gehöre zur Bürgerwehr, die bei einer Bedrohung unserer Sicherheit bereit ist, den Soldaten beizustehen. Mit diesem Revolver kann ich bestimmt von einem gewissen Nutzen sein.«

In Andrades Stimme war etwas Triumphierendes, was Hanna erschreckte. Zugleich wollte sie herausfinden, was wirklich auf den Straßen in der Nähe des Bordells geschah.

»Ich komme mit«, sagte sie und stand auf. »Natürlich ist das wichtiger als die Papiere, die ich unterschreiben soll.«

»Um der Sicherheit willen wäre es angezeigt, dass Sie hierbleiben«, sagte Andrade. »Neger, die Amok laufen, sind gefährlich.«

»Ich muss mich um das Bordell kümmern«, sagte Hanna. »Ich trage die Verantwortung für meine Angestellten.«

Sie legte sich einen Schal um die Schultern, setzte den Hut mit der Pfauenfeder auf den Kopf und griff nach ihrem Schirm. Andrade sah ein, dass sie es sich nicht überlegen wollte.

Sie fuhren durch die Stadt, die eigentümlich still war.

Die wenigen Schwarzen, die sich auf den Straßen bewegten, drückten sich dicht an die Hauswände. Überall gab es Soldaten aus der Garnison der Stadt. Auch die Feuerwehr war bewaffnet, ebenso viele Zivilisten, die kleine Gruppen bildeten, bereit, ihre Häuserblocks zu verteidigen, falls der Aufruhr um sich greifen sollte. Während der Autofahrt hinunter zu den Bränden und dem Zentrum der Revolte sprach Andrade davon, was er tun wollte. Mit Abscheu erlebte Hanna, wie er sich offenbar darauf freute, bald seine Waffe auf einen der Aufständischen abfeuern zu können.

Aber nichts wurde so, wie Andrade es erhofft hatte. Als sie in die Stadt hinunterkamen und der Chauffeur in eine der Seitenstraßen zum Bordell einbog, gerieten sie mitten in eine gewalttätige Auseinandersetzung zwischen Soldaten und einer rasenden Menge von schwarzen Männern. Da kämpften Bajonette und Gewehre gegen Knüppel und Erntemesser, Angst kämpfte gegen eine grenzenlose Wut. Das Auto wurde von zornigen Afrikanern umringt, die begannen, den Wagen zu schaukeln, um ihn umzukippen. Hanna graute es vor dem Gedanken, sie könnte in dem Auto verbrennen. Sie versuchte, die Tür aufzustoßen, ohne dass es ihr gelang. Glücklicherweise war das Verdeck an diesem Morgen geschlossen worden. Plötzlich knallten Gewehrschüsse, ganz nah am Auto. Ein schwarzes Gesicht, das sich eben noch an die Fensterscheibe gedrückt hatte, zersplitterte in Blut und Knochenstücke. Hanna schrie Andrade zu, er solle seinen Revolver einsetzen. Aber als sie sich ihm zuwandte, war er weiß vor Angst, und ein Urinfleck breitete sich auf seiner weißen Leinenhose aus. Dem Chauffeur gelang es, die Tür aufzustoßen und auszusteigen, und er wurde sofort von der Menschenmenge verschlungen. Hanna fürchtete, vor Angst das Bewusstsein zu verlieren. Aber die Furcht davor, zu verbrennen, war stärker. Sie kletterte auf den Vordersitz und verließ das Auto auf demselben Weg wie der Chauffeur.

Sie war von schwarzen Menschen umgeben, ihren Gesichtern, Augen, Gerüchen, Knüppeln und Messern. Hanna erinnerte sich an etwas, was Senhor Vaz ihr erzählt hatte: Begegnete man einem Löwen, war das Schlimmste, was man tun konnte, wegzulaufen. Das würde nur dazu führen, dass der Löwe die Jagd aufnahm und den Flüchtenden mit einem Biss in den Nacken erledigte.

Hanna wusste auch, dass sie dem Löwen nicht in die Auge sehen durfte. Also wandte sie den Blick ab, als sie sich durch die zusammengepresste Menge drängte. In jedem Augenblick erwartete sie einen Hieb von einem Messer oder einen Schlag von einem Knüppel. Aber vor ihr öffnete sich eine Gasse. Sie unterdrückte das Bedürfnis loszurennen, ging langsam weiter, das Herz unter der Bluse rasend. Immer noch knallten Gewehrschüsse um sie her. Jedes Mal, wenn ein Schuss abgefeuert wurde, zuckte sie zusammen. Ein toter Mann mit zerfetztem Brustkorb auf der Straße ließ sie stolpern und innehalten. Aber dann zwang sie sich weiter.

Plötzlich sprengte eine Kavallerieabteilung auf unruhigen, verschwitzten Pferden heran. In wenigen Augenblicken löste sich die Volksmenge auf, die sich gerade noch um sie gedrängt hatte. Die Straße sah aus wie ein Schlachtfeld, überall verkohlte Stofffetzen und abgebrochene Knüppel, dazwischen glänzende Patronenhülsen. Schwarze Körper in verdrehten Stellungen, einige fast nackt, bedeckten die Straße und den Gehsteig. Ein Mann brüllte vor Schmerz oder vor Wut, sie konnte es nicht unterscheiden. Die weißen Soldaten in ihren dunkelblauen Uniformen standen mit den Gewehren in Bereitschaft, als fürchteten sie, die Toten würden sich aufs neue erheben und sie angreifen. In einiger Entfernung begannen sich jetzt auch weiße Menschen zu versammeln. Etwas wie ein knurrendes Geräusch stieg von ihnen auf, als begnügte sich ihr Hass nicht mehr damit, die Toten zu sehen, sondern wollte fortfahren, sie zu strafen.

Der schreiende Mann verstummte. Hanna begann langsam über das Schlachtfeld zu gehen, hin zu Andrades Auto. Der Chauffeur war zurückgekehrt. Die Hände um das Lenkrad gelegt, saß er da und sah starr vor sich hin, direkt durch sie hindurch.

Auf dem Rücksitz kauerte Andrade. Der Urinfleck auf seiner hellen Hose hatte zu trocknen begonnen. Er hielt seinen Revolver in den Händen wie ein Kruzifix.

Hanna sah ihn an und dachte, sie verabscheue ihn für seine Feigheit. Zugleich konnte sie nicht umhin, froh zu sein, dass er überlebt hatte und unverletzt war. Alles ist widersprüchlich, dachte sie. Nichts ist so einfach, wie ich es wünschte. Für die toten schwarzen Körper ringsumher empfand sie zu ihrem Erstaunen überhaupt nichts.

Fliegenschwärme fielen bereits über die Toten her. Pferde und Wagen, die von den Soldaten beschlagnahmt worden waren, blieben im Schatten stehen. Soldaten mit Taschentüchern vor den Gesichtern begannen, die Körper hochzuwuchten.

Wie Tierkadaver, dachte Hanna. Frisch geschlachtet, noch nicht zerlegt.

Sie eilte davon. Andrade rief ihr etwas hinterher, ohne dass sie verstand, was er wollte.

Sie blieb nicht stehen, bis sie in ihrem Bordell war.

Die schwarzen Frauen saßen auf den Sofas und sahen sie an. Sie dachte, sie sollte etwas sagen.

Aber was sollte denn das sein?

53

Ihr Schweigen verunsicherte Hanna, aber auch die Tatsache, dass sie ihr direkt in die Augen sahen. Was sie an diesem Morgen erlebt hatte, war so erschreckend und überwältigend, dass sie es jetzt war, die den Blick abwandte. Sie kehrte auf die Straße zurück, wo ein Offizier Munition an die wachhabenden Soldaten verteilte. Sie erkannte den Offizier wieder, da er regelmäßig das Bordell besuchte, und sprach ihn an. Er schlug vor, sie mit dem Armeewagen nach Hause zu fahren, sobald er seine Aufgabe erledigt hatte. Sie setzte sich ins Auto und wartete. Da es kein Verdeck hatte, klappte sie ihren Schirm zum Schutz gegen die sengende Sonne auf. Fliegenschwärme umschwirrten aufgeregt ihren Kopf, als wäre auch sie tot. Sie schlug mit der Hand nach den Insekten und dachte, alles, was geschah, sei ein hartnäckiger Traum, aus dem es ihr nicht zu erwachen gelang.

Der junge Offizier setzte sich selbst ans Steuer. Neben ihm

nahm ein Soldat mit schussbereitem Gewehr Platz. Als sie vor dem Steinhaus hielten, fragte der Offizier, ob er ihr einen bewaffneten Wächter stellen solle. Aber in ihrem Zuhause fühlte Hanna sich sicher. Außerdem ahnte sie, dass der Offizier mit ihr ein Geschäft machen wollte, um das Bordell zu besuchen und sich eine der Frauen auszusuchen, ohne zu bezahlen. Sie lehnte daher sein Angebot ab und ging zur Haustür, die Julietta geöffnet hatte. Das Mädchen nahm ihr den Hut, die Handschuhe und den Schirm ab.

Hanna bat sie, ihr zur Veranda zu folgen. Der Geruch von den Bränden unten in der Stadt war immer noch spürbar. Anaka brachte eine Karaffe mit Wasser. Julietta wartete ein paar Meter von dem Sofa entfernt, auf das Hanna sich gesetzt hatte. Sie zeigte auf einen Stuhl, und Julietta ließ sich vorsichtig nieder, auf dem äußersten Rand.

»Was ist geschehen?«, fragte Hanna. »Keine Erfindungen. Nur das, was du sicher weißt.«

Julietta erzählte langsam, da sie wusste, dass Hanna Schwierigkeiten hatte, sie zu verstehen. Hanna musste sie oft bitten, das Gesagte zu wiederholen. Aber an diesem Vormittag auf der Veranda sprach Julietta deutlicher als sonst. Vielleicht lag es daran, dass das, was sie zu berichten hatte, wirklich wichtig für sie war.

Eine junge Frau namens Nausica hatte an einem Brunnen am Rand von Xhipamanhine, einer der größten Wohngegenden für Schwarze, Wasser geholt. Wie alle anderen Frauen trug sie den Wasserkrug auf dem Kopf. Der Krug fasste dreißig Liter, und Nausica balancierte wie schon so viele Male zuvor den Pfad am Rand des Wohngebiets entlang. Auf dem Heimweg war Nausica drei weißen Männern begegnet, alle jung, mit Schrotflinten ausgestattet, um an den großen Müllhalden am Strand Möwen zu schießen. Es war ein sumpfiges Gelände, auf dem die Malariamücken einen ihrer größten Brutplätze hatten. Nausica versuchte, den drei Männern auszuweichen, ohne die Kontrolle über den schweren Wasserkrug zu verlieren. Aber als sie vorbeikamen, schlug einer der jungen Männer mit seinem Gewehrkolben gegen den

Tonkrug, so dass er zerbrach und das Wasser sich über Nausica ergoss. Sie sank auf dem Boden zusammen und umfasste ihre Knie fest mit den Händen. Hinter sich hörte sie die Männer lachen. Einige Frauen, die auf ihren mageren *machambor* arbeiteten, hatten gesehen, was geschehen war. Erst als die drei Männer auf dem Pfad verschwunden waren, hatten sie sich vorgewagt, um zu sehen, ob Nausica Hilfe brauchte.

Es gab aber noch eine weitere Person, die beobachtet hatte, was geschehen war. Das war Nausicas Vater Akatapande, der jetzt den Pfad entlanggelaufen kam. Er war Lokführer des Zuges, der zwischen der Stadt und der südafrikanischen Grenze bei Ressano Garcia verkehrte. Gerade heute hatte er einen seiner monatlichen zwei freien Tage. Nachdem er festgestellt hatte, dass Nausica unverletzt war, wollte er die drei Männer verfolgen, die den Übergriff begangen hatten. Nausica und die anderen Frauen versuchten, ihn daran zu hindern. Er riskierte, von den weißen Männern erschlagen oder erschossen zu werden. Was zählte schon ein Vater, der dagegen protestierte, dass seine Tochter gedemütigt worden war. Aber sie konnten Akatapande nicht zurückhalten. Er lief auf dem Pfad weiter, bis er die drei Männer eingeholt hatte, die immer noch über das durchnässte Mädchen lachten.

Akatapande hatte begonnen, Flüche über die drei Männer auszustoßen. Zunächst schienen sie sich überhaupt nicht um ihn zu kümmern, sondern gingen weiter zum Strand hinunter. Doch da hatte sich Akatapande ihnen in den Weg gestellt und einem der Männer gegen die Brust geschlagen. Daraufhin hatte ihn einer der anderen mit dem Gewehrkolben niedergestoßen. Als Akatapande sich hochgerappelt hatte, war er noch einmal niedergestoßen worden. Der erste Mann hatte dann sein Gewehr auf Akatapandes Kopf gerichtet und ihn erschossen. Dann waren sie davongegangen, als wäre nichts geschehen.

Das Gerücht von Akatapandes Tod hatte sich mit einer Geschwindigkeit verbreitet, die nur äußerst brutale Übergriffe verursachen konnten. Als ein herbeigerufener Offizier vom Fort beschlossen hatte, keine Untersuchung einzuleiten, da einer der Männer der Sohn des engsten Mitarbeiters des Gouverneurs war, wuchs das leise Murren in Xhipamanhine zu einer Raserei an, und während der Morgenstunden war der Aufruhr eine Tatsache.

Hanna bezweifelte nicht, dass das, was Julietta berichtete, den Tatsachen entsprach.

Eines hatte sie jetzt verstanden: Was die Schwarzen vor allem empörte, war, dass die jungen Männer überhaupt nicht auf das reagierten, was sie getan hatten.

Ein toter schwarzer Mann: Nichts war geschehen.

Julietta stand auf, blieb aber noch auf der Veranda. Hanna fragte, ob es noch etwas gebe, was sie erzählen wolle.

»Ich möchte anfangen, im Hotel zu arbeiten«, sagte Julietta.

»Gefällt es dir hier nicht?«

Keine Antwort.

»Wir brauchen keine Angestellten im Hotel. Niemand mietet mehr ein Zimmer.«

»So meine ich es nicht.«

Hanna begriff zu ihrem Erstaunen, dass Julietta als Prostituierte arbeiten wollte. Sie würde mit den anderen schwarzen Frauen auf den Sofas zusammensitzen und auf Kunden warten. Hanna war empört. Julietta war fast noch ein Kind. Sie war jünger, als Hanna selbst es gewesen war, als sie in Forsmans fettigen Pelzen im Schlitten durch die gefrorene Landschaft zur Küste gebracht wurde.

»Bist du überhaupt schon mit einem Mann zusammen gewesen?«, fragte Hanna verärgert.

»Ja.«

»Mit wem? Wann?«

Wieder keine Antwort. Hanna würde auch keine bekommen. Aber es war kaum zu bezweifeln, dass Julietta über ihre Erfahrung die Wahrheit sagte.

Ich weiß nichts von diesen schwarzen Menschen, dachte Hanna. Ihr Leben ist für mich ein Rätsel, für das ich noch nicht einmal eine Lösung ahne. Es ist für mich so unbekannt wie der Erdteil, auf dem ich mich befinde.

»Das kommt nicht in Frage«, sagte sie. »Du bist zu jung.«

»Felicia war sechzehn, als sie anfing.«

»Woher weißt du das?«

»Sie hat es mir erzählt.«

»Ich wusste nicht, dass du mit den Frauen gesprochen hast, die da unten in der Stadt arbeiten.«

»Ich spreche mit allen. Alle sprechen mit mir.«

Hanna merkte, dass sie so nicht weiterkam: »Jetzt bin ich es, die bestimmt. Und ich sage zum letzten Mal, du bist zu jung.«

»Aber Esmeralda ist fett und alt. Kein Mann will sie mehr haben. Ich kann an ihrer Stelle anfangen.«

»Woher weißt du, dass sich keine Männer mehr für sie interessieren?«

»Das hat sie mir erzählt.«

»Hat Esmeralda das gesagt?«

»Ja.«

Hanna wusste nicht mehr, ob Julietta die Wahrheit sagte oder nicht. Aber was Esmeralda betraf, so hatte Julietta leider ganz recht. Die alternde Prostituierte war in den letzten Monaten immer mehr verkommen. Sie trank heimlich, schien ständig von Fett triefende Hühnchen zu essen und hatte die Kontrolle über ihr Gewicht gänzlich verloren. Bei einem Morgentreffen hatte Herr Eber Hanna traurig erklärt, dass Esmaralda mittlerweile fast überhaupt kein Geld mehr einbrachte. Sie saß meist untätig auf den Sofas herum. Nur hin und wieder torkelte ein betrunkener Seemann in ihre Arme und schlief dort ein, bis er von den Wächtern weggetragen wurde. Natürlich, nachdem er für den Geschlechtsverkehr bezahlt hatte, den er gehabt zu haben glaubte.

Esmeraldas Situation war nichts, was Hanna mit Julietta diskutieren wollte. Noch immer war sie empört über den Wunsch des Mädchens, im Bordell anzufangen. Sie schickte sie weg, ohne noch etwas zu sagen.

Am Nachmittag sandte Hanna eine Botschaft an Felicia. Es war nur eine kurze Mitteilung, die sie in einen Umschlag gesteckt und zugeklebt hatte. Hanna wollte nicht, dass der Brief in die falschen Hände geriete. »Ich muss mit dir über Esmeralda reden.«

Felicia kam abends zum Steinhaus hinauf, vor dem noch immer Brandgeruch in der Luft hing. Felicia hatte zu berichten, dass die toten Körper von der Straße verschwunden waren. Der Aufruhr war abgeklungen. Soldaten mit geladenen Gewehren bewachten noch die wichtigsten Durchfahrtstraßen, aber niemand rechnete damit, dass etwas geschehen würde. Im Bordell war es hingegen fast leer.

Felicia setzte sich auf einen Stuhl im Arbeitszimmer, wo Hanna ihr einen zugeklebten Umschlag gab.

»Ich möchte, dass du dem Mädchen Nausica diesen Umschlag gibst«, sagte sie.

»Nausica ist ein vierzehnjähriges Mädchen, das nicht lesen kann.«

»Der Brief enthält nichts Geschriebenes. Ich gebe ihr Geld. Für die Beerdigung ihres Vaters und einen neuen Wasserkrug.«

Felicia zögerte, ehe sie den Brief entgegennahm und unter ihre Bluse steckte. Vielleicht dachte sie, sie werde einem Test ihrer Ehrlichkeit unterzogen.

Aber sie sagte nichts über diesen Gedanken, sondern begann, über Esmeralda zu reden. Esmeralda war im Alter von ungefähr zwanzig ins Bordell gekommen. Wo Senhor Vaz sie aufgetrieben hatte, wusste Felicia nicht. Damals war Esmeralda eine der Favoritinnen der Männer gewesen, jahrelang die Begehrteste.

Hanna wollte etwas über Esmeraldas Leben außerhalb des Bordells wissen.

»Sie ist verheiratet und hat fünf Kinder. Und zwei, die gestorben sind. Von den Lebenden sind es vier Mädchen und ein Junge. Er ist der Jüngste und heißt Ultimo. Ihr Mann heißt Pecado und lebt davon, Vögel zu verkaufen, die er in Netzen fängt.«

»Wo wohnen sie?«

»In einem Haus in Jardim.«

»Wo der Aufstand begann?«

»Wo alle Aufstände beginnen. Dort oder in Xhipamanhine.«

»Wie ist das Haus?«

»Wie alle anderen Häuser.«

»Was bedeutet das?«

»Undicht, zusammengeflickt, aus dem gebaut, was Herr Pecado auftreiben konnte.«

»Bist du da gewesen?«

»Nein. Aber ich weiß es trotzdem.«

Hanna dachte über das nach, was Felicia gesagt hatte. Immer noch entglitt ihr alles auf seltsame Weise.

»Wozu rätst du mir?«, fragte sie schließlich.

Felicia hatte offenbar die Frage erwartet. Aus einer Rocktasche holte sie ein paar kleine Glasbehälter heraus. Sie waren mit Wasser gefüllt, in dem weiße Würmer schwammen.

»Ich finde, Esmeralda sollte die Möglichkeit bekommen, ihr Fett loszuwerden und wieder gefragt zu sein. Sie wird es schaffen. Sie weiß schon, dass sie ihren Platz auf einem der Sofas nicht mehr verdient.«

Felicia übergab Hanna die Glasbehälter. Im selben Moment kam Carlos lautlos ins Zimmer. Er kletterte auf den hohen Schrank, in dem Senhor Vaz seine Anzüge und Hemden und Krawatten aufbewahrt hatte. Regungslos betrachtete er die beiden Frauen und die Gläser.

»Das sind Bandwürmer«, sagte Felicia. »Ich habe sie bei einer *feticheira* besorgt, die am besten in der Stadt weiß, wie Menschen abnehmen können. Esmeralda muss nur einen dieser Würmer in ein Glas Milch tun und es austrinken. Er wird dann in ihrem Körper wachsen, vielleicht bis zu fünf Meter lang werden und fast alles von dem verschlingen, was Esmeralda isst. In kurzer Zeit wird sie wieder dünner geworden sein. Die meisten Würmer brauchen Jahre, um zu wachsen. Aber nicht diese Sorte.«

Hanna betrachtete die weißen Würmer mit äußerstem Unbehagen. Aber sie wusste, dass es so werden würde, wie Felicia es gesagt hatte. Vor allem wollte sie nicht, dass Julietta bei den weißen Männern landete, die die Frauen im Bordell mit überheblicher Verachtung behandelten.

Tags darauf, als die letzten Spuren des Aufruhrs getilgt, die Straßen gefegt und die Patronenhülsen aufgelesen worden waren, hatte Hanna ein Treffen mit Herrn Eber. Sie wechselte auch ein paar Worte mit Felicia, die erzählte, Esmeralda habe am gestrigen Abend die Milch mit dem Wurm getrunken.

Als Hanna zur Haustür ging, warf sie zufällig einen Blick auf den Innenhof mit dem Palisanderbaum, vor dem Esmeralda kniete.

Hanna dachte, dass etwas um diesen Baum herum geschah, was sie nicht verstand. Sie konnte auch niemanden danach fragen. Ihre weißen Freunde würden es ebenso wenig begreifen. Die Schwarzen würden ihr eine unklare Antwort geben.

Es gab beliebig viele Antworten, die sie bekommen könnte. Aber keine, die ihr Klarheit verschaffen würde.

54

Zuerst traute Hanna ihren Augen nicht. Aber Esmeralda begann tatsächlich abzunehmen.

Jedes Mal, wenn Hanna sie ansah, hatte sie sich verändert. Herr Eber unterbreitete Hanna auch eine ständig wachsende Anzahl von Schneiderrechnungen für die Arbeit, Esmeraldas Kleider enger zu machen. Hanna dachte immer noch mit Unbehagen an den weißen Wurm in dem Glasbehälter. Aber ganz offensichtlich begann er jetzt von den Nährstoffen in Esmeraldas Bauch zu wachsen, die früher immer größere Fettpolster um ihren Körper gebildet hatten.

Hanna hatte die übrigen Glasbehälter in den Schrank gestellt, in dem Senhor Vaz' Anzüge und Hemden hingen. Trotz des Unbehagens, das sie empfand, holte sie manchmal abends ein Glas hervor, um im Licht der Petroleumlampe den weißen Wurm zu studieren. Wie dieser kleine Schmarotzer sich so entwickeln konnte, dass er in Magen und Gedärm eines Menschen bis zu fünf Meter lang wurde, war ihr unverständlich. Sie stellte das Glas mit einem Schaudern zurück.

Carlos saß oben auf dem hohen Schrank und betrachtete sie.

»Und? Was siehst du?«

Carlos antwortete nicht mit seinem üblichen Geschnatter. Er gähnte nur und kratzte sich zerstreut am Bauch.

Zwei Tage später verschwand Esmeralda. Spätabends hatte Felicia gesehen, wie sie in ihr Zimmer gegangen war, um zu schlafen. Keiner von den Wächtern hatte bemerkt, dass sie das Haus verließ. Auf Hannas direkte Frage, ob es Grund zur Sorge gebe, hatte Felicia den Kopf geschüttelt. Hanna meinte ein vorsichtiges Zögern zu bemerken, aber sie konnte nicht sicher sein.

Doch bald wusste man, dass sie ihre Familie nicht besucht hatte. Das ließ die Unruhe wachsen.

An diesem Tag blieb Hanna entgegen ihrer Gewohnheit im Bordell und setzte sich selbst auf eins der roten Sofas. Ein paar russische Seeleute waren die einzigen Kunden. Spätnachmittags wurde ein Zug aus Johannesburg erwartet. Es sollten Engländer und Buren kommen, die die Reise eigens machten, um Hannas schwarze Frauen zu besuchen.

Kurz nach drei Uhr nachmittags hörte man aufgeregte Stimmen auf der Straße. Hanna war in ihrer Sofaecke eingeschlummert. Ein Mann sprach mit einem der Wächter in einer Sprache, die Hanna nicht kannte. Felicia kam aus ihrem Zimmer, eingehüllt in einen dünnen Morgenmantel, und mischte sich ins Gespräch ein.

Plötzlich wurde es ganz still. Felicia kam von der Straße herein und erzählte zitternd, Esmeralda sei tot. Ihr Körper treibe im Hafenbecken. Die *bombeiros* waren gerufen worden, um die tote Frau zu bergen. Zusammen mit einem der Wächter und Felicia, immer noch in ihrem rosa Morgenmantel, ging Hanna zum Hafen. Aus der Ferne bemerkte sie einen kleinen Menschenauflauf weit draußen am Kai. Als sie hinkamen, wurde der Körper gerade aus dem Wasser gezogen. Esmeralda war nackt. Obwohl sie sehr abgenommen hatte, war sie immer noch formlos und sehr fett. Hanna empfand es als schändlichen Übergriff, zu sehen, wie der unbekleidete Körper aus dem Wasser gehievt wurde.

Ich habe gesehen, wie Lundmark im Meer versenkt wurde, dachte Hanna. Aber Esmeralda versinkt nicht, sie wird unter die Augen der Leute gezerrt.

Der Gouverneur hatte angeordnet, alle Toten in der Stadt, bei denen der Verdacht bestand, sie könnten Übergriffen ausgesetzt worden sein, obduzieren zu lassen. Felicia und Hanna begleiteten die Feuerwehrleute zur Leichenhalle, die an der Rückseite des Krankenhausgebäudes lag. Als die Türen geöffnet wurden, war der Gestank gewaltig. Der Arzt, der die Obduktion durchführen sollte, stand auf dem Hof und rauchte. Hanna sah auf seine schmutzigen Hände und den zerfransten Hemdkragen. Er stellte sich als Doktor Meandros vor und sprach gebrochen Portugiesisch. Doktor Meandros kam ursprünglich aus Griechenland. Niemand wusste genau, wie er in der Stadt gelandet war, aber jemand behauptete, er sei mit einem Schiff an der Küste vor Durban gestrandet. Er war ein geschickter Pathologe, und es kam selten vor, dass er die Todesursache nicht feststellen und damit entscheiden konnte, ob es ein selbstverschuldeter Tod war oder Mord.

Doktor Meandros krempelte die Hemdsärmel hoch, drückte die Zigarette unter seinem Schuh aus und verschwand in dem stinkenden Gebäude. Hanna und Felicia kehrten in einer Rikscha, die von einem Mann mit riesigen Ohren gezogen wurde, zum Bordell zurück.

»Warum war sie nackt?«, fragte Hanna.

»Ich glaube, sie wollte zeigen, wer sie ist«, sagte Felicia.

Hanna fragte sich vergebens, was sie meinte. »Ich verstehe deine Antwort nicht. Erkläre mir, warum sie sich in dem schmutzigen Hafenbecken das Leben nimmt und warum sie sich zuerst auszieht.«

»Niemand hat ihre Kleider gefunden.«

»Wie soll ich das verstehen? Dass sie jemand gestohlen hat?«

»Ich weiß nur, dass sie nicht am Kai lagen. Niemand hat sie nackt ankommen sehen. Keiner hat sie hineinspringen sehen. Vielleicht hielt sie große Steine in der Hand, um zu sinken?«

»Aber warum nackt?«

»Vielleicht hatte sie ihre Sachen an, als sie ins Wasser ging. Aber dann zog sie sie aus, bevor sie starb.«

»Warum?«

»Vielleicht wollte sie so sterben, wie sie gelebt hat.«

Immer noch ohne zu verstehen, was Felicia meinte, ahnte Hanna ihre Versuche, eine Botschaft über Esmeraldas Tod zu vermitteln. Zu sterben, wie sie gelebt hatte. Ohne Kleider, nackt vor der Welt?

Hanna stellte keine weiteren Fragen. Als Felicia an der Haustür ausgestiegen war, die Judas bewachte, bat sie den Rikscha-Läufer, sie über die steilen Hänge zum Steinhaus zu bringen. Er war schweißgebadet, als sie ankamen. Sie zahlte ihm das Doppelte von dem, was er verlangte, trotzdem waren es nur ein paar Escudos, kaum etwas wert.

Julietta stand an der Tür und erwartete sie. Die Neugier leuchtete in ihren Augen. Aber Hanna wollte nicht mit ihr sprechen. Sie gab ihr nur ihren Hut und den Schirm und wies sie an, Doktor Meandros einzulassen, sobald er kam. Dass Julietta und die anderen im Haus schon wussten, dass Esmeralda tot war, setzte sie als gegeben voraus. Stumme Botschaften verbreiteten sich mit schwindelerregender Geschwindigkeit unter den Schwarzen der Stadt.

Carlos saß auf ihrem Schreibtischstuhl und kaute an einer Mohrrübe, als sie hereinkam. Sie ließ ihn in Ruhe, setzte sich selbst auf den Besucherstuhl und schloss die Augen.

Als sie aufwachte, waren mehrere Stunden vergangen. Ein tiefer und langer Schlaf, als hätte er eine ganze Nacht gewährt. Carlos war verschwunden. Sie ging hinüber zum Schreibtischstuhl und setzte sich. Sie hatte etwas geträumt. Vage Fragmente tauchten langsam an der Oberfläche auf. Lundmark war bei ihr gewesen. Er hatte am Klavier des Bordells gesessen und vorsichtig an den Tasten herumgefingert. Der Palisanderbaum war gefällt worden. Senhor Vaz war in seinem Smoking herumgegangen und hatte eine Zigarre geraucht, die wie die Brände des Aufruhrs roch. Aber sie konnte sich selbst nicht in dem Traum sehen. Sie war nicht dabei, sie war nur eine Betrachterin, die außerhalb stand, unsichtbar.

Sie rief Julietta und bat um Tee. Dann schickte sie das Mädchen brüsk weg, wie um daran zu erinnern, dass sie ihren unverschämten Wunsch nicht vergessen hatte, ins Bordell versetzt zu werden.

Sie hatte den Tee getrunken, als Doktor Meandros sich an der Haustür anmeldete. Als er ihr Arbeitszimmer betrat, waren seine Hände immer noch schmutzig. Getrocknete Blutflecken waren an seinem zerschlissenen Jackett zu sehen.

Er setzte sich und bat um ein Glas Wein. Als Julietta mit dem Glas auf einem Tablett hereinkam, leerte er es durstig, als wäre es Wasser. Er stellte das Glas zurück aufs Tablett und lehnte ein Nachgießen entschieden ab.

»Es besteht kein Zweifel, dass diese Frau Selbstmord begangen hat«, sagte er. »Ihre Lungen waren mit dem schmutzigen Wasser des Hafenbeckens gefüllt. Das wäre natürlich ausreichend, um zu sagen, dass sie ertrunken ist. Aber ich habe eine genauere Untersuchung ihres Körpers vorgenommen. Menschliche Eingeweide zu besichtigen, das kann ein abenteuerliches Unternehmen sein. Ich habe festgestellt, dass sie viele Kinder geboren hat. Das Fett hat auch Ablagerungen in Blutgefäßen und Gehirn hinterlassen. Sie war zu alt, um so jung zu sein, wie sie es wahrscheinlich war.«

Letzteres fasste Hanna als Frage auf.

»Sie war ungefähr achtunddreißig Jahre alt. Niemand weiß es genau.«

»Was zum Vorteil der schwarzen Menschen gereichen kann«, fuhr Meandros nachdenklich fort. »Für uns, die wir das Datum und vielleicht sogar die Uhrzeit unserer Geburt kennen, kann es schließlich eine Plage sein, an den exakten Augenblick erinnert zu werden. Eine unbestimmtere Zeitangabe ist wohl in vielerlei Hinsicht vorzuziehen.«

Meandros verlor sich schweigend in seinen Gedanken, ehe er fortfuhr. »Das Interessanteste und Überraschendste war jedoch, dass sie einen sehr kräftigen und offenbar wohlgenährten Bandwurm im Magen und in den Gedärmen hatte. Ich habe ihn an einem meiner Spazierstöcke aufgerollt, und mein Messband zeigte vier Meter und fünfundsechzig Zentimeter.«

Hanna verzog vor Abscheu das Gesicht. Meandros nahm ihre Reaktion wahr und hob die Hände zur Entschuldigung. »Ich muss nicht auf weitere Details eingehen«, sagte er. »Der Körper kann jetzt zur Beerdigung freigegeben werden. Ich habe den Totenschein unterschrieben und als Ursache einen klaren Fall von Selbstmord angegeben.«

»Die Begräbniskosten übernehme ich.«

Meandros erhob sich, schwankte plötzlich, als hätte ihn ein Schwindelanfall betroffen, und streckte ihr dann die Hand hin. Sie begleitete ihn hinunter zur Haustür.

»Woran sterben sie?«, fragte sie.

»Die Afrikaner? Diabetes ist selten. Auch Schlaganfälle oder Herzinfarkte kommen nicht besonders häufig vor. Oft sind es Infektionen, verursacht von Malariamücken, schmutzigem Wasser, zu wenig Essen, zu einseitiger Kost, zu schwerer Arbeit. Es gibt einen breiten Graben zwischen unserer Art zu leben und damit auch zu der Art, wie wir sterben. Aber Bandwürmer können auch weiße Menschen befallen.«

»Wie bekommt man sie?«

»Man isst sie.«

»Isst sie?«

»Aus Versehen natürlich. Aber sind sie erst einmal im Körper, bleiben sie. Bis sie sich eines Tages entschließen hinauszugelangen. Es soll vorgekommen sein, dass Würmer einen Augenwinkel gewählt haben, um den Körper zu verlassen. Aber gewöhnlich ist es der natürliche Weg.«

Hanna wollte nichts mehr hören. Sie zweifelte auch daran, dass das, was er von dem Augenwinkel gesagt hatte, wirklich stimmte. Sie öffnete ihre Börse, um den Arzt für seine Visite zu bezahlen. Aber er lehnte es entschieden ab und nahm nichts an. Er hob den Hut und begann seine Wanderung hinunter zum Krankenhaus, wo er ebenso viel Verantwortung für die Toten hatte wie für die Lebenden.

Tags darauf, als das Begräbnis stattfinden sollte, machte Felicia einen Besuch bei Esmeraldas Familie. Hanna hatte den Entschluss gefasst, das Bordell an diesem Nachmittag zu schließen. Das war noch nie zuvor geschehen, obwohl mehrere Frauen zur Zeit von Senhor Vaz gestorben waren. Hanna hatte auch dafür gesorgt, dass alle anständige schwarze Kleider trugen. Als sie schließlich aufgereiht dastanden, schwarz gekleidet, mit dunklen Hüten und Trauerflor, dachte sie, es sei eine gespenstische Versammlung, die sie vor sich hatte. Es war, als wären sie alle schon tot.

Ein Trauerzug von Toten. Tote, die eine Tote betrauern. Und mitten in alldem der Gedanke an den fast fünf Meter langen Bandwurm. Ihre Übelkeit kam und ging in Wellen.

Hanna hatte einen Pferdewagen gemietet, auf dessen Ladefläche Bänke standen. Auf dem Friedhof wartete Felicia mit Esmeraldas Mann und den fünf Kindern. Esmeraldas greiser Vater sei auch gekommen, flüsterte Felicia ihr zu. Sie versammelten sich an dem offenen Grab, wo der Sarg auf dicken Baumstümpfen stand.

Der Friedhof war auf die gleiche Art aufgeteilt wie die Stadt. Rechts vom Eingang lagen die Grabplätze der Weißen, Marmorsarkophage oder imposante Mausoleen. Dahinter befand sich ein Gebiet mit einfachen Grabstätten, das Feld, auf dem die Schwarzen bestattet wurden. Auf ihren Gräbern standen wackelige Holzkreuze oder gar nichts. Hanna beschloss, dass Esmeralda einen ordentlichen Stein mit ihrem eingemeißelten Namen bekommen sollte.

Der schwarze Priester, in eine weiße Kutte gekleidet, redete in einer ihr unverständlichen Sprache. Hin und wieder hörte sie den Namen Esmeralda, verstand aber sonst nichts von dem, was er sagte. Sie dachte, das sei ganz gerecht. Von der lebenden Esmeralda hatte sie nichts gewusst, und auch im Tod würde sie eine ihr Unbekannte bleiben.

Wir sind es, die sie zu ihrer Lebensform zwingen, dachte sie erregt. Wir haben ihr Dasein in etwas verwandelt, was uns passt, nicht umgekehrt.

Sie stand da und schaute auf Esmeraldas Kinder und auf ihren Mann, der mit zusammengebissenem Kiefer auf den Pastor starrte. Als das Begräbnis vorüber war, rief sie Felicia zu sich und bat sie, Esmeraldas Mann auszurichten, dass die Familie regelmäßig Geld bekommen würde. Der Mann trat vor und bedankte sich bei ihr. Seine Hand war schweißnass, der Händedruck schlaff wie bei einem Menschen, der Angst hat, zu fest zuzupacken.

Hanna fuhr nach Hause. Herr Eber, der an der Beerdigung teilgenommen hatte, bekam den Auftrag, dafür zu sorgen, dass das Bordell jetzt wieder geöffnet und die schwarze Trauerkleidung verwahrt würde.

Als sie den Friedhof verließ, entdeckte sie Julietta am Mausoleum eines portugiesischen Kapitäns, wo sie ein flüsterndes Gespräch mit Felicia führte. Einen kurzen Moment lang hätte sie Julietta am liebsten geohrfeigt. Aber sie ließ es auf sich beruhen.

Als sie nach Hause kam, legte sie sich auf ihr Bett und blieb dort grübelnd viele Stunden. Dann aß sie, was ihr serviert wurde. Doch der Gedanke an den Bandwurm kehrte zurück, und sie schob den Teller weg.

Mit der Petroleumlampe ging sie in ihr Arbeitszimmer, um im Tagebuch Esmeraldas Tod und ihr Begräbnis zu beschreiben.

Doch als sie ins Zimmer trat und die Lampe die Schatten vertrieb, sah sie, dass Carlos auf ihrem Stuhl saß. In der Hand hielt er einen der Glasbehälter, den er aus dem großen Schrank geholt hatte. Der Deckel war abgeschraubt. Erst jetzt bemerkte sie, dass das Glas leer war. Dann sah sie den weißen Wurm, der sich in Carlos' Mundwinkel bewegte. Sie schrie auf und versuchte, den Wurm mit der Hand zu erwischen. Da schluckte Carlos. Erst wollte sie ihn schlagen, aber dann presste sie seinen Kiefer auseinander und steckte ihm zwei Finger in den Hals, um ihn dazu zu bringen, sich zu übergeben. Carlos schrie und trat um sich. Er war stark, und es gelang ihr nicht, ihn festzuhalten. Anaka und Julietta kamen gelaufen, als sie den Lärm hörten. Was er verschluckt hatte, konnte Hanna nicht erklären, nur dass er es wieder von sich geben müsse. Sie bekamen Carlos zu fassen, und diesmal war es Anaka, die ihre Hand so tief in seine Kehle bohrte, dass er anfing zu speien. Gelber Möhrensaft spritzte über den Schreibtisch.

Hanna wusste nicht, was Wurm auf Portugiesisch hieß. Sie holte einen der Glasbehälter, die sich noch im Schrank befanden, zeigte auf den Wurm und dann auf das Glas auf dem Schreibtisch, das leer war. Zusammen stocherten sie in Carlos' Mageninhalt herum, ohne ihn zu finden. Hanna war verzweifelt, schickte Julietta nach einer weiteren Lampe und brachte Anaka dazu, erneut ihre Finger in Carlos' Kehle zu stecken. Aber alles, was herauskam, war übelriechender Magensaft.

Sie fanden den Bandwurm nicht.

Carlos flüchtete zur Deckenlampe und weigerte sich herunterzukommen, als Hanna ihm zur Versöhnung das geben wollte, was er am liebsten hatte, Milch. Carlos war ein verletztes Tier, das sich in seiner uneinnehmbaren Festung versteckte, die aus einem Lampenschirm bestand.

Julietta und Anaka säuberten den Schreibtisch. Hanna ging hinaus auf die Veranda. Die Stadt lag dunkel um sie her. In der Ferne vereinzelt Feuer, hier und da der Laut von Trommeln.

Irgendwo hörte sie ein Lachen. Das erinnerte sie an die Nacht, in der sie sich entschlossen hatte, Kapitän Svartmans Schiff zu verlassen.

Vielleicht ist es derselbe Mann, der lacht, dachte sie. Aber wie kann ich sicher sein, dass ich sein Lachen schon einmal gehört habe? Damals brauchte ich mich auch nicht um einen Affen zu kümmern, der einen Bandwurm gefressen hat.

Erst in der Morgendämmerung legte sie sich schlafen.

Da war auch Carlos in seiner Deckenlampe eingeschlafen, zusammengerollt wie ein ängstliches Kind.

55

Hanna wandte sich wieder an Felicia. Sie erzählte von dem Bandwurm, den Carlos verschluckt hatte. Aber Felicia hatte ihr keinen anderen Rat zu geben als den, abzuwarten, bis der Wurm von selbst den Körper des Affen verließ. Gab es kein Heilmittel?, fragte Hanna. Nichts, was die medizinkundige Frau Carlos geben könnte, um den Wurm in seinen Eingeweiden zu töten? Aber Felicia kam mit der Antwort zurück, die geheimnisvolle Zauberin, die ihr die Würmer verkauft hatte, weigere sich, mit Affen oder anderen Tieren zu tun zu haben. Sie heilte nicht Elefanten oder Mäuse, ihr Wissen betraf menschliche Not und die Heilung, die sie bieten konnte.

Das machte Hanna so verzweifelt, dass sie Andrades Auto lieh und zur Kathedrale fuhr, um mit einem der katholischen Priester zu sprechen. Sie ging davon aus, dass man die hiesigen Priester über alles um Rat fragen konnte, was mit dem menschlichen Leben zu tun hatte. Auch wenn es die Gesundheit eines Schimpansen war, um die sie sich sorgte, war es doch ihre eigene Unruhe, von der sie sich befreien wollte.

Die Hitze stand wie eine Wand vor ihr, als sie die Fahrt zur Kathedrale antrat. Obwohl sie früh dran war, brannte die Sonne so stark, dass Hanna in das Dunkel hinter den geöffneten Türen eilte. Sie stand regungslos da und ließ die Augen sich an die Dunkelheit gewöhnen. In der Kirche knieten einige weißgekleidete Nonnen vor einem Madonnenbild, und ein Mann im weißen Anzug saß auf einer Bank, die Augen geschlossen, als ob er schliefe. Im Inneren des großen Kirchenraums roch es nach frisch lackierten Türen. Sie setzte sich auf einen der braunen Stühle ganz vorn im Raum. Schwarze Frauen bewegten sich barfuß über den Steinboden. Sie hatten Staubtücher und lange Stangen mit Wedeln in den Händen, mit denen sie vorsichtig über die weit oben hängenden Heiligenbilder strichen.

Ein schwarzgekleideter Priester trat aus einem Raum im Chor. Vor dem Hochaltar blieb er stehen und putzte seine Brille. Hanna stand auf und ging zu ihm. Er setzte die Brille auf und betrachtete sie. Er war jung, kaum mehr als dreißig. Das machte sie plötzlich unsicher. Ein Priester sollte doch ein alter Mann sein.

»Die Senhora sieht aus, als wollte sie beichten?«, fragte er freundlich.

»Wie sieht man da aus?«, antwortete sie. »Schuldig? Voller Sünde?«

Die Behauptung, sie sähe aus, als wollte sie beichten, traf einen wunden Punkt in ihr. Sie konnte nicht leugnen, Besitzerin des größten Bordells in der Stadt zu sein und Geld an der organisierten Sünde zu verdienen, die käuflich war. Der Priester schien jedoch nicht auf ihren abweisenden Tonfall zu reagieren.

»Vor allem pflegen Menschen, die beichten wollen, eine Sehnsucht auszudrücken. Sie wollen sich befreien.«

»Ich will nicht beichten. Ich bin gekommen, weil ich um Rat bitten will.«

Der junge Priester zog zwei Stühle heran und stellte sie einander gegenüber. Die Putzfrauen waren verschwunden. Der Mann im weißen Anzug saß noch immer auf seinem Platz ganz in der Nähe und schien zu schlafen.

»Ich heiße Pater Leopoldo«, sagte der junge Priester. »Ich bin kürzlich aus Portugal hierhergekommen.«

»Ich heiße Hanna. Mein Portugiesisch ist nicht gut. Ich muss langsam sprechen, um die Worte zu finden, die ich brauche. Oft plaziere ich sie nicht in der richtigen Reihenfolge.«

Pater Leopoldo lächelte. Hanna dachte, sein Gesicht sei schön, auch wenn er sehr blass war und fast den Eindruck von Unterernährung erweckte. Vielleicht hatte auch der Priester einen hungrigen Wurm im Gedärm?

»Woher kommt die Senhora Hanna?«

In großen Zügen erzählte sie ihre Geschichte, entschied sich aber, nichts von dem Bordell zu sagen, nur dass sie einen Portugiesen geheiratet habe, der Senhor Vaz hieß und kurz nach der Hochzeit plötzlich gestorben sei.

»Die Senhora sagte, sie benötige einen Rat«, sagte Pater Leopoldo, der aufmerksam zugehört hatte. »Noch immer hat die Senhora keine Frage gestellt, zu der ich mich äußern könnte.«

Ich kann nicht anfangen, von einem Affen zu sprechen, der einen Bandwurm verschluckt hat, dachte sie verzweifelt. Der Priester muss glauben, ich sei verrückt oder sei zur Kathedrale gekommen, um ihn und alles, was ihm heilig ist, zu verhöhnen.

Trotzdem sagte sie, wie es war. Sie erzählte von dem Schimpansen, der ihr viel bedeutete, von dem Inhalt der Glasbehälter und dem Wurm, der jetzt in den Eingeweiden des Affen lebte. Der Priester regte sich nicht auf über das, was sie erzählte, er schenkte sowohl dem, was geschehen war, als auch ihrer Besorgnis um Carlos' Schicksal Glauben.

»Ich denke, die Senhora hat mir nicht alles erzählt«, sagte er, als sie verstummte, immer noch geduldig und freundlich. »Es ist schwierig, jemandem einen Rat zu geben, der nicht den Mut hat, die ganze Geschichte zu erzählen.«

Hanna sah ein, dass er sie durchschaute. Obwohl Vaz kein ungewöhnlicher Name in der Stadt war, kannte Pater Leopold offenbar schon den Senhor Vaz, der das größte Bordell in der Stadt geleitet hatte. Vielleicht hatte er sogar von der Heirat mit der schwedischen Frau und von seinem Tod gehört?

Es gab für sie keinen Grund mehr, nicht alles zu sagen. Sie erzählte von Esmeralda und dass sie selbst es war, die das Bordellunternehmen besaß und davon lebte.

»Ich fürchte um das Leben meines Affen«, sagte sie schließlich. »Und ich weiß überhaupt nicht, was ich mit dem, was ich besitze und wofür ich die Verantwortung trage, tun soll.«

Pater Leopoldo sah sie durch seine randlose Brille an. Sie empfand den Blick nicht als anklagend. Vermutlich, dachte sie, ist auch ein junger Priester daran gewöhnt, die eigentümlichsten Geschichten zu hören, ob nun in der Beichte oder nicht.

»Es gibt einen Tierarzt in der Stadt, Paulo Miranda«, sagte Pater Leopoldo. »Er hat seine Klinik gleich neben dem großen Marktplatz. Vielleicht kann er einen Rat geben oder den Affen der Senhora heilen.«

»Was kann er, was die lokalen heilkundigen Frauen nicht können?«

»Das weiß ich nicht. Aber die Senhora hat um einen Rat gebeten. Außerdem glaube ich, dass sich die traditionelle Heilkunst vor allem mit Zauberei beschäftigt, die bekämpft werden muss.«

Hanna wünschte, er hätte die weißen Würmer gesehen und sie könnte ihm demonstrieren, wie sehr Esmeralda abgenommen hatte, indem sie ihm die Kleider aus der Zeit zeigte, als sie am fettesten war. Aber sie sagte nichts.

Der Priester sah sie unverwandt an und rückte dann den Stuhl näher heran. »In allem, was die Senhora erzählt, gibt es auch das Suchen nach etwas anderem«, fuhr er fort. »Etwas, was nicht von dem Affen handelt oder von der Sorge darüber, was er im Magen hat. Mir scheint, der Rat, den die Senhora sucht, betrifft das eigene Leben. Als Besitzerin und Wirtin des größten Bordells hier in der Stadt. Was die Kirche von dieser Art von Leben in Sünde hält, das sich in diesem Haus abspielt, brauche ich nicht zu erwähnen. Über Schweden, das Heimatland der Senhora, weiß ich nur, dass es dort sehr kalt sein kann und dass unzählige arme Leute über das Meer gefahren sind, um in Amerika ein besseres Leben zu finden. Aber auch dort würde das Leben, das die Senhora jetzt führt, weder als ehrbar noch als anständig betrachtet werden.«

Seine Worte trafen sie tief.

»Was soll ich tun?«, fragte sie. »Das Bordell wurde mir vererbt.«

»Schließen Sie es«, sagte Pater Leopoldo. »Oder verkaufen Sie es an jemanden, der daraus ein ordentliches Hotel oder Restaurant machen kann. Geben Sie den Frauen Geld, damit sie ein anständiges Leben führen können. Fahren Sie zurück in das Land, aus dem Sie gekommen sind. Die Senhora ist noch jung. Der Affe kann in den Busch zurückkehren. Er findet bestimmt eine Horde, der er sich anschließen kann.«

Hanna sagte nichts davon, dass Carlos schon längst seine Identität als Affe verloren hatte und jetzt in einer Grauzone lebte, wo er weder Tier noch Mensch war. Seine Heimat war eher eine Deckenlampe als ein Wald.

»Die Senhora flüchtet vor irgendetwas«, sagte Pater Leopoldo. »Diese Flucht wird niemals enden, wenn Sie nicht in Ihre Heimat zurückkehren. Und dieses schmutzige Handwerk hinter sich lassen.«

»Ich weiß nicht, ob ich etwas habe, zu dem ich zurückkehren will.«

»Die Senhora hat eine Familie? In dem Fall hat die Senhora ihre Wurzeln dort und nicht hier in der Stadt.«

Hanna sah plötzlich, dass Pater Leopoldo den Blick auf einen Punkt neben ihrem Kopf gerichtet hatte. Als sie sich umdrehte, sah sie einen hohen Offizier der portugiesischen Garnison. Er trug Uniform, hatte einen Säbel am Gürtel und die Uniformmütze unter dem Arm. Pater Leopoldo stand auf.

»Es tut mir leid, dass ich das Gespräch nicht fortsetzen kann. Aber kommen Sie gern wieder.«

Er lächelte Hanna aufmunternd zu und folgte dann dem Offizier zu einem der Beichtstühle. Die Draperien wurden auf jeder Seite der Trennwand zugezogen. Hanna dachte, der hohe Offizier hätte wahrlich viele Sünden zu beichten. Sie hatte ihn sofort erkannt. Er besuchte das Bordell regelmäßig und stellte manchmal sonderbare Forderungen an die Frauen, die ihn bedienten. Einige seiner Neigungen waren so, dass die Frauen sich verweigerten. Hanna war errötet, als sie zum ersten Mal hörte, was der Offizier verlangte. Er wünschte sich zwei Frauen zugleich, die so tun sollten, als wären sie Mutter und Tochter. Damals hätte sie ihm am liebsten Hausverbot erteilt. Aber er war ein guter Kunde. Felicia hatte auch erzählt, dass einige der südafrikanischen Kunden bedeutend schlimmere Wünsche äußerten, die eher zum Hausverbot führen sollten.

Sie hatten unter dem Palisanderbaum gesessen, und Felicia hatte ihr von all den eigentümlichen Neigungen der Männer erzählt. Hanna war fassungslos, denn nichts von dem, was Felicia berichtete, kannte sie auch nur annähernd von ihrem kurzen erotischen Zusammensein mit Lundmark und Senhor Vaz. Sie sah ein, dass es vieles gab, wovon sie allerdings als Wirtin eines Bordells zumindest Kenntnis haben sollte.

Sie erhob sich, um die Kathedrale zu verlassen, weiterhin im Zweifel, was sie tun sollte.

Der Mann im weißen Anzug baute sich plötzlich vor ihr auf. Er hielt seinen weißen Hut in der Hand und lächelte freundlich.

»Ich konnte nicht umhin zu hören, was Pater Leopoldo gesagt hat. Manchmal versteht man in diesem riesigen Kirchenraum alles sehr deutlich. Nur bei der Beichte ist man gut abgeschirmt. Aber ich will betonen, dass ich normalerweise kein Lauscher bin. Mein Name ist José Antonio Nunez. Ich habe viele Jahre in diesem Land gute Geschäfte gemacht. Heute aber widme ich mich ganz anderen Dingen. Dem, was wichtig ist im Leben. Ich möchte fragen, ob ich die Senhora Vaz für ein paar Minuten stören darf.«

»Ich kenne Sie nicht. Trotzdem wissen Sie meinen Namen?«

»Die Stadt ist nicht groß, da bleibt zumindest die weiße Bevölkerung nicht lange anonym. Lassen Sie mich nur sagen, dass ich Ihren Mann kannte und Ihnen mein Beileid aussprechen möchte. Ich habe Senhor Vaz alles Glück im Leben gewünscht.«

Hanna schätzte das Alter des Mannes auf etwa vierzig. Seine Freundlichkeit wirkte überzeugend. Irgendwie war es, als wäre er nicht in der Stadt zu Hause, auf ähnliche Weise fremd wie sie selbst.

Sie setzten sich in eine Kirchenbank, er entschlossen, sie eher zögernd.

»Ich werde mich kurz fassen«, sagte Senhor José Antonio Nunez. »Ich bin bereit, Sie von dem Geschäft zu befreien, das Sie betreiben. Außerdem würde ich den Frauen Geld geben, genau auf die Weise, wie Pater Leopoldo es vorgeschlagen hat. Für mich ist das, was einen Wert hat, das Gebäude selbst. Nach all den Jahren als Geschäftsmann versuche ich jetzt, etwas von dem zurückzugeben, was ich bekommen habe. Wenn Sie mir das Haus verkaufen, werde ich es in ein Kinderheim umwandeln.«

»Für schwarze Kinder?«

»Ja.«

»Mitten in dem weißen Vergnügungsviertel?«

»Genau das ist meine Absicht. Einen Zufluchtsort für all die elternlosen schwarzen Kinder zu schaffen, die wie Laub im Wind dahintreiben.«

»Dem wird der Gouverneur doch niemals zustimmen.«

»Er ist mein Freund. Er weiß, dass er auf mich angewiesen ist, wenn er sein Amt behalten will. Viele Weiße hier in der Stadt entscheiden sich für das, was ich ihnen rate.«

Hanna schüttelte den Kopf. Sie wusste nicht, was sie glauben sollte. Wer war der Mann, der mit geschlossenen Augen gelauscht hatte und jetzt das Bordell kaufen wollte?

»Ich weiß nicht, ob ich verkaufen will«, sagte sie. »Nichts ist entschieden.«

»Mein Angebot gilt auch morgen noch, vielleicht auch eine Zeit darüber hinaus. Ich weiß, dass Sie Anwalt Andrade beschäftigen. Sagen Sie ihm, er soll sich mit mir in Verbindung setzen.«

»Ich weiß nicht einmal, wo Sie wohnen.«

»Er weiß es«, antwortete José Antonio Nunez und lächelte.

»Ich brauche Bedenkzeit. In einer Woche können wir uns hier treffen. Zur gleichen Zeit.«

Er verbeugte sich tief. »Ich werde hier sein. Aber eine Woche ist eine zu lange Zeit. Sagen wir drei Tage.«

»Ich weiß nicht, wer Sie sind«, wiederholte sie.

»Das können Sie sehr schnell herausfinden.«

Hanna verließ die Kathedrale. Wieder brauchte sie Rat, und sie wusste, dass es eine Person gab, an die sie sich wenden konnte. Sie würde nach dem Mann fragen, der sich als José Antonio Nunez vorgestellt hatte, und sie würde hören, was von Pater Leopoldos Vorschlag zu halten war.

Noch am Nachmittag fuhr sie hinaus zu Pedro Pimentas Farm, wo die Hunde bellten und die Krokodile in dem trüben Wasser der Teiche lebendige Schafe fraßen.

Als sie aus dem Auto gestiegen und der Motor abgestellt war, hörte sie ein Geräusch, als würde im Haus Glas zerschlagen. Die Veranda lag verlassen da. Hanna sah sich um. Alles wirkte eigentümlich leer. Eine weiße Frau stürzte plötzlich aus der Tür, die Hände vors Gesicht geschlagen. Ihr folgte ein Mädchen, das laut schreiend versuchte, die Frau einzuholen.

Sie verschwanden den Hang hinunter zu den Krokodilteichen. Danach wieder Stille.

Jetzt trat ein Junge aus der Tür, vielleicht ein paar Jahre älter als das Mädchen. Hanna hatte weder die Kinder noch die weinende Frau je zuvor gesehen.

Der Junge blieb vor der Tür stehen und schien den Atem anzuhalten.

Er ist wie ich, dachte Hanna. Ich sehe mich selbst in ihm: Er versteht nichts von dem, was um ihn her geschieht.

56

Das Bild, das Hanna betrachtete, verwandelte sich in ein von Sonnenstrahlen umrahmtes Gemälde. Das Gesicht des Jungen schien sich aufzulösen, die Hunde in ihren Zwingern hörten auf zu bellen und standen mit hängenden Zungen da.

Endlich ist es ganz still, dachte Hanna. In dieser sonderbaren Stadt ist es sonst nie still. Immer ist da jemand, der redet, ruft, schreit oder lacht. Nicht einmal nachts kommt die Stadt ganz und gar zur Ruhe.

Aber gerade jetzt: diese Stille.

Der Junge, vielleicht sechzehn Jahre alt, stand regungslos da, mitten in dem Gemälde gefangen. Hanna wollte zur Treppe gehen, die zur Veranda führte, als Pedro Pimenta aus der Tür trat. Er presste sich ein blutiges Taschentuch auf eine Wunde an der Stirn, die noch nicht aufgehört hatte zu bluten. Er kann nicht angeschossen sein, dachte Hanna. Ein Schuss in die Stirn hätte ihn getötet. Dann dachte sie an das Geräusch von zersplitterndem Glas und nahm an, die weinende Frau habe etwas nach ihm geworfen.

Pimenta sah auf sein blutiges Taschentuch, dann erst bemerkte er seine Besucherin. Er wirkte müde, ohne die energische Freundlichkeit, mit der er sie bei ihrem ersten Besuch empfangen hatte. Die Wunde an der Stirn war ein tiefer Schnitt direkt über der linken Augenbraue.

»Haben Sie gesehen, wohin sie gerannt sind?«, fragte er.

»Wenn Sie die Frau und das Mädchen meinen – sie sind hinunter zu den Krokodilteichen gelaufen.«

Besorgt schüttelte er den Kopf. »Ich muss sie finden«, sagte er. »Setzen Sie sich auf die Veranda, und warten Sie, bis ich wieder da bin. Es lässt sich alles erklären.«

»Wo ist Ihre Frau? Wer ist der Junge?«

Pimenta antwortete nicht. Er ließ das blutige Taschentuch fallen und eilte den Hang zu den Teichen hinunter.

Hanna setzte sich in einen Korbstuhl. Der Junge blieb vor der Tür stehen. Sie nickte ihm zu, ohne dass er reagierte. Noch immer war es still. Schließlich stand sie auf und ging ins Haus. Auf dem Boden im Eingangsbereich, der mit Löwenfellen und Zebrahäuten bedeckt war, lag zersplittertes Glas. An einer der Wände hing ein Kudukopf mit langen, gewundenen Hörnern. Hanna versuchte sich vorzustellen, was geschehen war. Solange sie nicht wusste, wer die weiße Frau und die beiden Kinder waren, konnte sie den Handlungsablauf nur ahnen. Die Splitter glänzten verräterisch wie ausgestreute Glasperlen.

In der Küche drängte sich die versammelte Dienerschaft, angstvoll, einander schützend. Hanna wollte fragen, was geschehen war, überlegte es sich aber anders. Pimentas Frau Isabel und die Kinder mussten sich irgendwo im Haus aufhalten. Hanna suchte sie im Erdgeschoss und ging dann die Treppe hinauf. In dem größten Schlafzimmer, wahrscheinlich dem von Pimenta und Isabel, fand sie die Mutter mit den beiden Kinder. Sie saßen auf dem Bett, dicht nebeneinander.

»Bitte entschuldigen Sie«, sagte Hanna. »Aber ich wurde unruhig, als ich hörte, wie Glas zersplitterte und Pedro mit der blutenden Stirn das Haus verließ.«

Isabel sah sie an, ohne zu antworten. Im Gegensatz zur Dienerschaft zeigte sie keine Furcht, aber sie war von einer Wut erfüllt, die Hanna noch nie bei einer Frau erlebt hatte.

»Was ist geschehen?«, fragte sie.

»Es ist besser, wenn Sie gehen«, erwiderte Isabel. »Ich möchte nicht, dass Sie hier sind, wenn das geschieht, was geschehen muss.«

»Was muss geschehen?«

»Ich werde ihn totschlagen.«

Die Kinder schienen überhaupt nicht erstaunt, woraus Hanna schloss, dass sie Ähnliches schon früher von ihr gehört hatten.

Hanna setzte sich vorsichtig neben Isabel und nahm ihre Hand. »Ich verstehe nicht, was geschieht. Wie können Sie in der

Gegenwart Ihrer Kinder zu mir sagen, dass Sie Ihren Mann töten werden?«

»Weil ich es tun werde.«

»Aber warum?«

Isabel wandte sich ihr zu. Offenbar war es für sie unfassbar, dass Hanna nicht verstand. Was ist es, was ich nicht sehe, dachte sie. Ich befinde mich mitten in einem Drama, und ich begreife nichts.

Isabel stand plötzlich auf, strich den Rock energisch glatt, als würde sie mit den Handbewegungen Kraft sammeln. Die beiden Kinder sahen sie an.

Isabel beugte sich über sie. »Bleibt hier«, sagte sie. »Ich komme zurück. Nichts wird euch geschehen.«

Dann griff sie nach Hannas Arm und verließ das Zimmer.

»Was geschieht jetzt?«, fragte Hanna.

»Diese Frage haben Sie mir schon einmal gestellt. Ich weiß nicht genau, wie es weitergeht. Sie können bleiben oder gehen. Es spielt keine Rolle.«

Sie waren die Treppe hinuntergekommen. Der Junge stand immer noch vor der Tür. Isabel lief an ihm vorbei, ohne ihn auch nur anzusehen. Sie mag ihn nicht, dachte Hanna. Eine Ahnung, noch unklar, aber vielleicht der Beginn eines Zusammenhangs, keimte in ihrem Bewusstsein.

Isabel ließ sich auf der Veranda auf das Sofa sinken. Hanna zog einen Korbstuhl an die Wand und setzte sich vorsichtig. Der Junge rührte sich nicht. Hanna dachte, jetzt gehöre sie selbst in das Gemälde, war nicht länger nur eine Betrachterin.

Pedro Pimenta tauchte am Hang auf. Gleich hinter ihm die weiße Frau, die nicht mehr weinte. Sie hielt das Mädchen fest an der Hand. Das Mädchen war still. Was die Frau zu Pedro sagte, konnte Hanna nicht verstehen. Plötzlich blieb er stehen und gestikulierte mit den Händen. Es sah aus, als flehte er die Frau an, mit dem Mädchen zurückzubleiben. Er ging weiter auf die Veranda zu, jetzt fast laufend.

Die weiße Frau mit dem Mädchen an der Hand begann zu

schreien: »Ich habe dir geglaubt. Ich habe alle Briefe aufgehoben, die du geschrieben hast, alle Erklärungen der großen Liebe. Ich habe dich gebeten, mit den Kindern kommen zu dürfen. Ich schaffe es nicht mehr, in Coimbra zu warten. Aber du hast immer nur geantwortet, die Stadt sei zu gefährlich. Von Brief zu Brief, immer dieselbe Lüge.«

Sie zog einen zerknüllten Brief aus der Tasche und las mit schriller Stimme: »›In Lourenço Marques streunen tückische Leoparden und Löwenrudel in den Nächten umher. Jeden Morgen ist ein weißer Mensch, oft eine Frau oder ein Kind, aufgefressen worden. Giftschlangen gelangen in die Häuser. Noch ist es zu gefährlich, um herzukommen.‹ Hast du das geschrieben, oder hast du das nicht geschrieben?«

»Ich habe die Wahrheit geschrieben.«

»Aber hier gibt es keine wilden Tiere auf den Straßen. Auch damit hast du gelogen.«

»Vor einigen Jahren gab es sie.«

»Niemand, mit dem ich gesprochen habe, hat während der letzten dreißig Jahre einen einzigen Löwen in dieser Stadt gesehen. Du hast in den Briefen gelogen, damit wir nicht herkommen. Die Liebe, die du beschrieben hast, gab es nicht.«

Die rasende Frau hatte Pedro gegen die Verandawand gedrückt. Das Mädchen hatte sich an der Tür neben den Jungen gestellt. Isabel saß aufrecht auf dem Sofa und betrachtete das Geschehen. Hanna dachte, sie sollte weggehen. Aber etwas, was nicht nur Neugier war, hielt sie zurück.

Isabel drehte sich plötzlich zur anderen Seite der langen Veranda. Da standen Joanna und Rogerio. Lautlos wie ihre Mutter waren sie aufgetaucht.

»Wer ist das?«, schrie die Frau aus Coimbra.

»Können wir uns nicht setzen und über alles zu reden versuchen, ruhig und friedlich?«, bat Pedro.

Aber die Frau presste ihn weiter gegen die Wand.

»Das sind meine Kinder«, sagte Isabel und stand auf. »Das sind meine Kinder, Pedro ist ihr Vater. Und jetzt will ich wissen, wer du bist, die meinem Mann diesen Auftritt zumutet.«

»Meinem Mann? Meinem Mann? Ich bin es, die mit ihm verheiratet ist! Bin ich nicht mit dir verheiratet, Pedro, seit bald zwanzig Jahren? Wer ist sie? Eine schwarze Hure, die du aufgenommen hast?«

Isabel gab der Frau eine Ohrfeige und bekam sofort eine zurück. Pedro ging dazwischen und versuchte, die beiden Frauen zu beruhigen. Isabel setzte sich. Aber die weiße Frau begann jetzt, Pedro zu schlagen.

»Kannst du nicht ausnahmsweise die Wahrheit sagen? Was tut sie hier? Wer sind diese Kinder?«

»Teresa. Lass uns erst einmal durchatmen. Dann können wir reden. Alles lässt sich erklären.«

»Ich bin ruhig. Ich habe nur all die Briefe satt, in denen du gelogen und mich angefleht hast, in Coimbra zu bleiben.«

»Es war immer nur die Angst, euch würde etwas zustoßen.«

»Wer ist sie?«

Pedro versuchte, sie beiseitezunehmen, vielleicht um mit ihr zu sprechen, ohne dass Isabel hörte, was gesagt wurde.

Aber Isabel stand wieder auf, nahm ihre Kinder bei der Hand und schob sie zu Teresa und Pedro hin. »Das sind Pedros und meine Kinder«, sagte sie.

Teresa starrte sie an. »O Gott«, sagte sie. »Nenne nicht ihre Namen!«

»Warum nicht?«

»Heißt der Junge José? Und das Mädchen Anabel?«

»Sie heißen Rogerio und Joanna.«

»Dann hat er ihnen immerhin andere Namen gegeben. Wenigstens da gab es für ihn eine Grenze.«

Hanna begann zu verstehen. Pedro hatte also eine Familie in Portugal und eine zweite Familie hier in der Stadt.

Teresa hatte aufgehört zu schreien. Sie sprach jetzt mit entschlossener Stimme, als hätte sie eine furchtbare Schlussfolgerung gezogen, die ihr dennoch Ruhe gab. »Das ist also der Grund, warum wir nicht kommen sollten«, sagte sie. »Deshalb hast du all diese verfluchten Briefe über die drohenden Gefahren geschrieben. Du hast dir hier in Afrika eine zweite Familie zugelegt. Als ich das Warten schließlich nicht mehr ertrug, glaubte ich, du würdest dich freuen. Stattdessen habe ich dich bloßgestellt. Wie konntest du uns das antun?«

Pedro war bleich wie ein Mann, der eines Verbrechens überführt worden war und auf seine Verhaftung wartete.

Teresa sah plötzlich zu Hanna: »Wer bist du?«, fragte sie. »Hat er auch mit dir Kinder? Wo sind sie? Seid ihr vielleicht auch verheiratet? Heißen deine Kinder José und Anabel?«

Hanna stand auf. »Er ist ein Freund«, sagte sie.

»Wie kannst du einen solchen Mann zum Freund haben?«

Teresa schien plötzlich erschöpft. Sie sah von einem zum anderen. Doch es war Isabel, die zum Äußersten bereit war. Auf dem Tisch lag ein Messer, mit dem Pedro gern kleine Holzskulpturen schnitzte, die er verbrannte, wenn sie fertig waren. Sie griff nach dem Messer und stach es direkt in Pedros Brust, zog es heraus und stach noch einmal zu. Später würde Hanna in Gedanken mindestens zehn tiefe Stiche zählen, ehe Pedros Körper auf dem Boden der Veranda zusammensackte. Isabel nahm ihre Kinder und zog sie mit sich ins Haus. Teresa schien das Bewusstsein zu verlieren. Zum ersten Mal verließ der Junge seinen Platz an der Tür. Er hockte sich neben seine Mutter und schlang die Arme um sie. Das Mädchen weinte wieder, aber diesmal fast lautlos.

57

Viele Stunden später, als Pedros toter Körper zur Leichenhalle gebracht worden und Isabel in Handschellen und mit einer Fessel um das rechte Fußgelenk abgeführt worden war, fuhr Hanna nach Hause. Zuvor war es ihr gelungen, Ana Dolores zu treffen, der sie viel verdankte. Die Krankenschwester kümmerte sich um Teresa und ihre Kinder. Joanna und Rogerio wurden hingegen den Dienstboten übergeben, die sie zu Isabels Schwester bringen sollten. Betrübt dachte Hanna, dass diese schönen Kinder nun aus der geordneten Welt, in der sie aufgewachsen waren, in den Irrwegen der schwarzen Wohnviertel verschwinden würden.

Auf dem Weg zurück zur Stadt bat Hanna den Chauffeur, am Straßenrand zu halten. Sie befanden sich neben dem Fluss, kurz vor der Brücke, die so eng war, dass sie immer nur in einer Richtung überquert werden konnte. Ein alter Afrikaner stand da mit roten und grünen Flaggen und dirigierte die wenigen Autos. Erst jetzt spürte Hanna, wie der Schock nach dem, was sich ereignet hatte, ihr zusetzte.

»Was wird mit Isabel geschehen?«, fragte sie.

»Sie wird in der Festung eingesperrt«, sagte der Chauffeur.

»Wer wird sie verurteilen?«

»Sie ist schon verurteilt.«

»Aber bedeutet es nichts, dass Pedro sie verraten hat? Auf die gleiche Art, wie er Teresa verraten hat?«

»Wenn Teresa ihn getötet hätte, wäre sie straflos mit den Kindern nach Portugal zurückgeschickt worden. Aber Isabel ist eine schwarze Frau. Sie hat einen weißen Mann getötet. Dafür wird sie bestraft werden. Und wer würde es empörend finden, dass ein weißer Mann eine schwarze Frau verraten hat?«

Sie sprachen nicht mehr darüber. Hanna spürte, dass der Chauffeur nicht preisgeben wollte, was er wirklich dachte.

Sie fuhren über die Brücke zur Stadt hinein, als der Mann die grüne Flagge hob. Sie war zerfetzt und zerfranst.

Hanna bat, zur Strandpromenade nördlich der Stadt gefahren zu werden. Sie zog die Schuhe aus und ging barfuß auf dem weichen Sand. Es herrschte Ebbe. Weit draußen auf dem Wasser ahnte sie die kleinen Fischerboote. Schwarze Kinder spielten auf dem Teil des Strandes, der nicht für die Weißen reserviert war.

Isabel zu retten wird eine ähnlich schwere Aufgabe sein, wie mich selbst zu retten. Ich kann diesen Kontinent erst verlassen, wenn ich dafür gesorgt habe, dass sie einen gerechten Prozess bekommt. Danach kann ich darüber entscheiden, was ich tun werde.

Sie ging den Strand entlang, sah die Flut langsam zurückkehren. Isabel war unauflöslich mit ihr selbst verbunden. Sie war erstaunt darüber, wie selbstverständlich das Gefühl und die Überzeugung waren. Endlich einmal herrschte in ihrem Leben kein Zögern.

Sie ließ sich nach Hause fahren und bezahlte den Chauffeur. Am Abend setzte sie sich an ihren Schreibtisch und rechnete zusammen, was sich an Bargeld seit dem Tod von Senhor Vaz angesammelt hatte. Einen Teil dieses Geldes würde sie jetzt verwenden, um einen Anwalt für Isabel zu engagieren.

Carlos saß auf dem Kleiderschrank und verfolgte ihr Treiben. Plötzlich sprang er herunter und setzte sich vor ihr auf den Tisch. Er packte ein Geldbündel und fing an, die Scheine mit seinen langen schwarzen Fingern zu zählen. Ernst, als verstünde er, was er tat.

TEIL IV

Das Verhalten des Schmetterlings angesichts einer Übermacht

58

Es war noch weit bis zur Morgendämmerung, als Ana, die meist Ana Branca genannt wurde, davon erwachte, dass eine Hand ihre Brust berührte. Einen Augenblick lang glaubte sie, Lundmark sei von den Toten zurückgekehrt. Doch als sie die Lampe angezündet hatte, sah sie, dass es Carlos war, der sie im Schlaf berührt hatte. Es war, als hätte er nach etwas gesucht, was in seinen Träumen verlorengegangen war. Er erwachte von ihrer heftigen Bewegung. Ob es Enttäuschung war oder nur das Gefühl von etwas Schändlichem, von einem Affen an der Brust berührt zu werden, hätte sie nicht sagen können. Aber sie stieß Carlos aus dem Bett, und er flüchtete sich in die Deckenlampe. Da saß er und betrachtete sie mit diesen Augen, in denen sie nie lesen konnte, ob er traurig oder belustigt war.

»Verdammter Affe«, rief sie. »Du berührst mich nie wieder.«

Dann löschte sie das Licht. Sie hörte, wie Carlos in der Lampe allmählich zur Ruhe kam. Sofort tat er ihr leid. Trotz allem stand Carlos ihr nahe, er war wie ein Hund, aber klüger und immer gleichbleibend zugewandt.

Sie dachte auch, es sei merkwürdig, dass der Bandwurm, den Carlos verschluckt hatte, anscheinend keinen Schaden angerichtet hatte. Vielleicht sind die Magensäfte eines Affen so ätzend, dass ein Wurm, der in einem Menschen heranwächst, im Gedärm eines Affen eingeht? Sie hatte Rumigo, der ihren Garten pflegte, gegen das Versprechen einer guten Bezahlung darum gebeten, in Carlos' Exkrementen nach Spuren des Wurms zu suchen. Bisher hatte er nichts gefunden, aber sie war sicher, dass er gewissenhaft weitersuchen würde. Er wagte nicht, ungehorsam zu sein.

Hanna war Anas früherer Vorname. Ihren letzten Nachnamen, Vaz, hatte sie ebenfalls abgelegt. Sie hatte ihn an dem Tag verloren, an dem der Pfau verschwand.

Trotz der gestutzten Flügel hatte Judas ihn, wie er beschwor, über die Hausdächer davonfliegen sehen. Hanna wollte ihm nicht glauben und hatte ihm wütend mit Schlägen gedroht, wenn er nicht erzählte, was wirklich geschehen war. Hatte er den Vogel getötet und gegessen? Hatte er ihm die Federn ausgerupft, um sie als Schmuck für Damenhüte zu verkaufen? Aber Judas blieb hartnäckig. Der Vogel habe sich von der Straße erhoben und sei davongeflogen.

Erst als einer der Hafenwächter auf dem Heimweg von seiner Arbeit berichtete, er habe den Pfau übers Meer fliegen sehen, musste Hanna einsehen, dass es wirklich geschehen war. Sie befand sich in einer Welt, in der ein Vogel mit gestutzten Flügeln plötzlich seine Flugfähigkeit wiedererlangen konnte. Und in der Gespensterhunde ohne Beine nachts auf den Straßen entlangliefen und Bandwürmer im Bauch eines Menschen bis zu zehn Meter lang wurden.

Hanna dachte, der Flug des Pfaus sei ein Omen. Wollte sie das Unmögliche erreichen, musste sie das Unmögliche tun. Sie musste eine andere Frau werden.

Nur deshalb war sie jetzt Ana Branca. Eine einsame Frau, dachte sie. Der Respekt, der Hanna Vaz entgegengebracht wurde, schien sich zu verflüchtigen. Ihr Entschluss, Isabel beizustehen und die Anklage auf Totschlag an ihrem Mann Pedro niederzuschlagen, hatte Empörung darüber ausgelöst, dass sie gegen ihre vornehmste Pflicht in der Kolonie verstoßen hatte: weiß zu sein und um jeden Preis andere Weiße zu verteidigen.

Ana konnte nicht wieder einschlafen. Als die Morgendämmerung ihr Fenster erreichte, stand sie auf. Gerade an diesem Vormittag würde sie Anwalt Andrade treffen und mit ihm über Isabels Schicksal sprechen.

Ana konnte an kaum etwas anderes denken als an das Bild von Isabel in ihrer unterirdischen Zelle in der Festung. Nur ein winziges ebenerdiges Fenster ließ ein wenig Licht ein. Kein Gedanke daran, das Meer und die Stadt, die Palmen entlang der Strandpromenade und die Hügelketten zu erkennen. Isabel schlief auf einer Pritsche, auf der sich eine Decke und eine mit Gras gestopfte Matratze befanden. Es war entweder kalt oder so warm, dass die Feuchtigkeit von der Decke tropfte. Während der ersten Wochen in der Zelle hatte man Isabel an einem Fuß angekettet. Jetzt hatte Ana den Gefängniskommandanten Lima dazu gebracht, ihr wenigstens diese Fessel abzunehmen.

Auch an diesem Tag wollte Ana sie besuchen. Jedes Mal musste sie sich erniedrigen, indem sie Lima um Erlaubnis bat, der sie oft endlos auf seinen Entschluss warten ließ. Manchmal war er nicht einmal da oder gab jedenfalls vor, abwesend zu sein. Ana hatte Lebensmittel bei sich, denn nichts anderes durfte sie Isabel mitbringen. Kleidung hatte sie ihr nur bei ihren ersten beiden Besuchen geben dürfen. Seit zwei Monaten war Isabel nun in Haft. In der Zelle roch es durchdringend nach Schweiß und Schmutz, aber Isabel konnte das bisschen Wasser, das sie bekam, nicht zum Waschen verwenden. Ana wusste, dass zwei weiße Männer in der Festung, die einen dritten Mann zu Tode geprügelt hatten, auf völlig andere Weise behandelt wurden. Aber wenn sie sich bei Lima beschwerte, war es, als wäre er taub. Er sah an ihr vorbei oder durch sie hindurch und bürstete abwesend die Revers seiner Uniformjacke.

Ana Branca, die einsame Weiße, hatte einen Aufruhr ausgelöst, indem sie Partei für Isabel ergriff, die unwürdige Mörderin.

Es war neun Uhr, als Andrade das Haus betrat und Julietta seinen weißen Hut und den Spazierstock überreichte. Julietta gab sich geziert und verbeugte sich an der Tür von Anas Arbeitszimmer. Das, was zwar nie Freundschaft gewesen war, aber immerhin Respekt, war ganz verschwunden.

Andrade setzte sich Ana gegenüber an den Schreibtisch. Zunächst wollte Ana wissen, ob Gefahr bestünde, dass Isabel enthauptet oder gehenkt würde.

»Die Todesstrafe wurde in Portugal 1867 abgeschafft«, sagte Andrade. »Ich sehe mit anderen Worten nicht die geringste Gefahr, dass sie hingerichtet werden könnte. Das habe ich schon früher zu erklären versucht.«

Ana empfand Erleichterung. Aber konnte sie ganz sicher sein?

»Ich habe die Gesetzbücher konsultiert«, sagte Andrade. »Außer bei Landesverrat wird man nicht zum Tode verurteilt. Ich habe auch einen Brief an das Justizministerium in Lissabon geschrieben, aber noch keine Antwort erhalten. Viele von uns meinen, die Todesstrafe sollte wieder eingeführt werden, besonders in dem portugiesischen Gebiet, das in Afrika liegt. Es würde die Schwarzen lehren, nicht einmal in ihren kühnsten Träumen Verbrechen an Weißen zu begehen.«

»Wer wird Isabel verurteilen?«, fragte Ana.

Andrade war über ihre Frage erstaunt, vielleicht sogar empört. »Sie verurteilen?«, sagte er. »Sie hat sich doch selbst verurteilt!«

»Wo wird der Prozess stattfinden? Wer ist der Richter? Wer wird sie verteidigen?«

»Wir sind hier nicht in Europa. Wir brauchen keinen Richter, um eine schwarze Frau einzusperren, die einen Mord begangen hat.«

»Dann gibt es also keinen Prozess?«

»Nein.«

»Wie lange wird sie in der Festung bleiben?«

»Bis sie stirbt.«

»Aber wird sie sich nicht verteidigen können?«

Andrade schüttelte missmutig den Kopf. Ihre Fragen irritierten ihn.

»Noch immer ist Portugals Verhältnis zu diesem schwarzen Land nicht geregelt. Wir sind hier, weil wir beschlossen haben, hier zu sein. Unsere eigenen Verbrecher schicken wir heim nach Lissabon oder Oporto. Um die Schwarzen, die untereinander Verbrechen begehen, kümmern wir uns nicht. Sie haben ihre eigenen Gesetze und Traditionen, von denen wir uns fernhalten. Aber in diesem einzigartigen Fall bleibt sie in der Festung. Das ist alles.«

»Muss sie nicht trotzdem einen Verteidiger haben? Jemanden, der in ihrer Sache spricht?«

Andrade beugte sich vor. »Gibt es nicht eine Person – sie nennt sich jetzt Ana Branca –, die sich um ihre Sache kümmert?«

»Ich bin keine Juristin. Ich brauche Rat. Hier in der Stadt gibt es niemanden, der bereit ist, mir zu helfen.«

»Vielleicht lässt sich ein indischer Anwalt in Johannesburg oder Pretoria finden, der sich dieses Falls annimmt?«

Andrade zog einen goldenen Federhalter aus der Brusttasche und schrieb einen Namen und eine Adresse auf die Rückseite seiner Visitenkarte. »Ich habe von einer denkbaren Person gehört«, sagte er, als er die Visitenkarte auf den Tisch legte. »Er heißt Pandre und kommt aus Bengalen. Aus einem für mich unerklärlichen Grund hat er Shangana gelernt, die Sprache, die Isabel spricht. Darüber hinaus beherrscht er das Portugiesische. Er könnte Ihnen vielleicht helfen.«

Andrade stand auf und verbeugte sich. Als Ana ihm Geld geben wollte, schüttelte er verächtlich den Kopf. »Ich lasse mich nicht bezahlen, wenn ich nicht arbeite«, sagte er. »Außerdem finde ich selbst hinaus.«

In der Tür blieb er stehen. »Wenn Sie auf den Gedanken kommen, unsere Stadt zu verlassen, bin ich willens, Ihnen einen guten Preis für dieses Haus zu zahlen. Sagen wir, dass ich vielleicht an erster Stelle in der Warteschlange stehe, wenn es aktuell wird? Für die kleine Hilfe, die ich Ihnen heute Morgen geleistet habe.«

Er wartete keine Antwort ab, sondern verließ das Haus. Sie hörte das Auto draußen starten.

Unbemerkt war Carlos ins Zimmer gekommen und saß nun an seinem üblichen Platz, oben auf dem dunkelbraunen Schrank, der immer noch Senhor Vaz' Kleidung enthielt.

Was versteht er?, dachte Ana. Nichts? Oder alles?

59

Ana ließ sich von einer Pferdedroschke hinunter ins Bordell fahren. Dort beauftragte sie Judas, sie in die Festung zu begleiten, als die schlimmste Mittagshitze vorüber war. Wie immer empfand sie eine gewisse Unruhe, als sie an den bewaffneten Wächtern vorbeiging. Vielleicht würden sich die Tore der Festung auch hinter ihr schließen? Judas trug den Korb mit Lebensmitteln für Isabel.

Plötzlich begann er zu sprechen, was sehr selten vorkam. »Ich verstehe das nicht«, sagte er. »Warum hilft die Senhora dieser Frau, die ein Messer in ihren Mann gestochen hat?«

»Weil ich weiß, dass ich ebenso gehandelt hätte.«

»Er hätte sich nie mit einer schwarzen Frau einlassen sollen.«

»Ist es nicht das, was weiße Männer jeden Abend im Bordell machen?«

»Nicht auf die Weise, wie Pimenta es getan hat. Kinder bekommen und sie als die eigenen anerkennen. Das konnte nur so enden.«

Sie gingen im Schatten an den niedrigen Häusern entlang, wo indische Kaufleute an ihren nach fremden Kräutern duftenden Theken saßen.

Ana blieb stehen und sah Judas an. »Ich werde nicht aufgeben, bis ich Isabel aus dem Gefängnis befreit habe«, sagte sie. »Das kannst du allen erzählen, mit denen du sprichst.«

Der Gefängniskommandant Lima stand an der Treppe des Gebäudes, in dem die Waffen der Festung verwahrt wurden. Er schien gelangweilt und schaukelte auf den Fersen. An diesem Morgen winkte er sie durch, ohne etwas zu sagen. Judas reichte ihr den Korb und blieb regungslos da stehen, wo sie ihn verlassen hatte. Wie üblich erwartete er sie in der sengenden Sonne. Ana hörte, wie Lima mit einem der Soldaten sprach. Über mich, dachte sie. Ganz bestimmt verächtliche Worte über mich.

Isabel saß auf der schmalen Pritsche. Sie sagte nichts, sah Ana nicht einmal an, als sie in das Dunkel eintrat. Obwohl Isabel stank, setzte Ana sich neben sie und berührte ihre Hand, die sehr dünn und kalt war.

Nach langem Schweigen nahm Ana den leeren Korb vom letzten Besuch und verließ die Zelle. Solange Isabel aß, so lange gab es doch Hoffnung.

Zwei Tage später nahm Ana den Zug nach Johannesburg. Sie hatte diese Reise noch nie gemacht und dachte, sie hätte gern eine Begleitung gehabt. Aber es gab unter den weißen Menschen niemanden, dem sie vertraute; wenigstens nicht, wenn es diese ungewöhnliche Aufgabe betraf, die sie erfüllen wollte.

Eine Pferdedroschke brachte sie ins Zentrum der Stadt, wo Anwalt Pandre sein Büro unterhielt. Er war anwesend, was sie kaum zu hoffen gewagt hatte. Überdies hatte er Zeit, mit ihr zu sprechen, wenn auch nur kurz, ehe er sich bei Gericht einfinden musste.

Pandre war ein Mann mittleren Alters, westlich gekleidet, aber auf dem Tisch bemerkte Ana einen Turban. Von seinem Sekretär, der ebenfalls Inder war, wurde er mit *Munshi* angesprochen. Er bat sie Platz zu nehmen, und sie spürte, dass er sich neugierig fragte, warum eine weiße Frau den weiten Weg zu ihm nicht gescheut hatte. Er sprach nicht fließend, aber bedeutend besser Portugiesisch als sie. Als sie ihn fragte, ob er Shangana beherrsche, nickte er, ohne zu begründen, warum er sich die Sprache der Schwarzen angeeignet hatte.

Er hörte mit ernsten Augen zu, als sie von Isabel erzählte, die Pedro Pimenta erstochen hatte. »Ich brauche Rat«, schloss sie. »Ich brauche einen Anwalt, der die Portugiesen dazu bringt, sie freizulassen.«

Pandre betrachtete sie und nickte nachdenklich. »Warum?«, fragte er. »Warum will eine weiße Frau einer schwarzen Frau helfen, die sich zu einem Mord hat hinreißen lassen?«

»Weil ich es tun muss.«

»Sie sprechen nicht fließend Portugiesisch. Darf ich fragen, woher Sie kommen?«

»Aus Schweden.«

Pandre sann eine Weile über ihre Antwort nach. Dann verließ er das Zimmer und kam mit einem verbeulten Globus zurück. »Die Welt ist groß«, sagte er. »Wo liegt Ihr Land?«

Ana zeigte auf ihr Heimatland.

»Ich habe vom Nordlicht gehört«, sagte er. »Und davon, dass die Sonne im Sommerhalbjahr nicht untergeht.«

»Das stimmt.«

»Alle kommen von irgendwoher«, sagte Pandre. »Ich werde nicht fragen, aus welchem Grund Sie nach Afrika gereist sind. Aber erzählen Sie mir, was Sie in Lourenço Marques machen.«

Während der langen Zugfahrt hatte sie beschlossen, die Wahrheit zu sagen, welche Fragen er auch stellen würde.

»Ich betreibe ein Bordell«, sagte sie. »Es ist sehr erfolgreich. Ich habe es von meinem Mann geerbt. Viele meiner Kunden kommen aus Johannesburg. Zur Zeit beschäftige ich dreizehn Frauen unterschiedlichen Alters und unterschiedlichen Aussehens im Bordell. Ich kann es mir also leisten, Sie für Ihre Dienste gut zu bezahlen.«

»Was kann ich für Sie tun?«

»Besuchen Sie Isabel. Bringen Sie sie zum Sprechen. Und geben Sie mir einen Rat, was ich tun kann, um ihre Entlassung zu bewirken.«

Pandre saß schweigend da und erwog, was sie gesagt hatte. »Ich werde hundert englische Pfund für meinen Besuch verlangen«, sagte Pandre schließlich. »Außerdem habe ich einen besonderen Wunsch im Hinblick auf die Tätigkeit, die Sie ausüben.«

Ana verstand, ohne dass er noch etwas sagen musste. »Selbstverständlich«, sagte sie. »Sie haben Zugang zum Bordell, wie es Ihnen beliebt. Natürlich ohne zu bezahlen.«

Pandre stand auf und sah auf eine Wanduhr: »Es tut mir leid, dass ich mich verabschieden muss«, sagte er. »Einer meiner Klienten, mit dessen Verteidigung ich leider nicht erfolgreich war, soll im Stadtgefängnis gehenkt werden und hat um meine Anwesenheit gebeten. Das ist wirklich nichts, was ich mit Begeisterung tue. Allerdings ist es auch nicht zu viel verlangt. Ich habe den Eindruck, dass wir uns einig geworden sind. Wenn es Ihnen recht ist, kann ich die schwarze Frau nächste Woche besuchen.«

Am liebsten hätte Ana wortlos das Zimmer verlassen, als der Anwalt eine derartige Kälte gegenüber seinem Mandanten zeigte. Wie würde er ihr und Isabel überhaupt helfen können?

»Ist es ein Mann, der gehenkt werden soll?«, fragte sie.

»Natürlich ist es ein Mann.«

»Schwarz?«

»Weiß. Ein armer Mann, der sich nur einen indischen Anwalt leisten kann.«

»Was hat er getan?«

»Er hat in einem Anfall von Eifersucht zwei Frauen die Kehle durchgeschnitten, Mutter und Tochter. Sehr brutal. Aber es war natürlich kaum möglich, die Todesstrafe abzuwenden. Manche kann man retten, andere nicht. Manche sollten auch nicht gerettet werden. Wenn wir die Menschheit nicht in Raubtiere verwandeln wollen.«

Pandre verbeugte sich, läutete mit einer Glocke und verließ das Sprechzimmer. Der untertänige Sekretär kam herein und notierte ihre Adresse in Lourenço Marques.

»Was bedeutet *Munshi*?«, fragte sie.

»Auf Hindi bedeutet das Wort ›ein Mann, der Lehrer ist‹. Oft ist es ein Ehrentitel. Herr Pandre ist ein weiser Mann.«

»Trotzdem werden seine Klienten gehenkt?«

Der Sekretär breitete die Hände aus, als bedauerte er einen Unglücksfall. »Das kommt sehr selten vor. Herrn Pandres Ruf ist gut.«

»Hatte er je schwarze Klienten?«

»Bisher noch nicht.«

»Warum nicht?«

»Die bekommen ihre Anwälte vom Gericht zugeteilt. Alle Schwarzen sollen von Weißen verteidigt werden.«

»Warum?«

»Damit keine Form von Parteilichkeit entstehen kann.«

»Das verstehe ich nicht.«

»Gesetze und Jura sind für Spezialisten da. Herr Pandre versteht sich darauf. Er ist, wie ich gerade gesagt habe, ein weiser Mann.«

Am nächsten Tag fuhr sie nach Lourenço Marques zurück. Die Worte des Sekretärs hatte sie nicht vergessen.

Als sie ins Bordell kam, berichtete Felicia, jemand habe ein geköpftes Huhn in braunem Einwickelpapier auf die Treppe des Kommandanten gelegt. Rings um ein Bein des Huhns rankte sich eine unbeholfene Zeichnung von Isabel. Das Papier war von der Art, wie es in den indischen Läden verwendet wurde. Das Huhn war mit einer Tiersehne festgebunden. Es handle sich eindeutig um eine Warnung, dass jederzeit jemand gelyncht werden könne.

Die Drohung war düsterer geworden und näher gekommen. Die Abstände verringern sich, dachte Ana. Überall. Alle Abstände.

60

Nach der Reise nach Johannesburg verbrachte Ana immer mehr Zeit im Bordell. Felicia, die längst ihre einzige Vertraute war, hatte ihr berichtet, gewisse Kunden hätten angefangen, die Frauen schlecht zu behandeln. Ana wollte sich häufiger zeigen, da kaum ein Gast sich in ihrer Anwesenheit unbotmäßig verhalten würde. Sogleich spürte sie die erstaunte Dankbarkeit der Frauen. Wenn eine von ihnen ihrerseits einen Kunden mit Verachtung behandelte oder sich nicht darum bemühte, ihn zufriedenzustellen, nahm Ana sie sich sofort vor. Die Frauen durften sich nicht an denen rächen, die Isabel schaden wollten.

Eines Morgens versammelte Ana die Frauen, zusammen mit Zé und Judas, und erzählte von ihrer Reise nach Johannesburg und dem Treffen mit Pandre. Sie erwähnte vorläufig das Versprechen nicht, das sie ihm gegeben hatte. In der Reaktion der Frauen, die erstaunt und verwundert waren, herrschte Freude darüber vor, dass sie Isabel nicht im Stich gelassen hatte. Während die Weißen in der Stadt Isabel als eine abscheuliche Verbrecherin betrachteten, die einen unschuldigen Mann getötet hatte, war sie für die Schwarzen eine Art Heldin. Immerhin hatte sie den Vater ihrer Kinder getötet, hatte versucht, sich aus ihrem Elend zu erheben und Widerstand zu leisten.

Ana hielt es für eine passende Beschreibung von Isabels Schicksal: Sie hatte sich erhoben und Widerstand geleistet. Auch wenn sie jetzt in eine dunkle Zelle eingesperrt war, bewacht von bedrohlichen und oft betrunkenen Soldaten, hatte sie doch all die weißen Menschen, die sie verachtete, hinter sich gelassen.

Spät am selben Tag, an dem Ana mit den Frauen gesprochen hatte, erschien ein weißer Mann im Bordell und bewarb sich um eine Anstellung. Es kam hin und wieder vor, dass weiße Männer, oft nach Fieberkrankheiten oder Alkoholmissbrauch, in schlechter Verfassung zu ihr kamen und um Arbeit baten. Bisher hatte sie sie immer abgewiesen, da sie nicht wusste, wie sie sie hätte beschäftigen können.

Aber der Unbekannte, der an diesem Tag vor ihr stand, machte einen anderen Eindruck. Er war weder zerlumpt noch ungewaschen oder unrasiert. Er stellte sich als O'Neill vor und erklärte, er habe früher überall auf der Welt als Rausschmeißer in Bars und Bordellen gearbeitet. Er konnte auch ein abgegriffenes Papierbündel mit Referenzen von mehreren Arbeitgebern vorlegen.

Ana hatte sich insgeheim häufig einen weißen Wächter im Bordell gewünscht. Auch wenn Judas und die anderen schwarzen Wächter ihren Anordnungen Folge leisteten, war sie nie ganz sicher, ob sie im Ernstfall auf ihrer Seite stünden.

Sie entschloss sich, O'Neill für ein paar Monate zur Probe anzustellen. Er wirkte stark und strahlte Entschlossenheit aus. Es würde sich bald zeigen, ob er seine Aufgabe zufriedenstellend erfüllte.

Am selben Tag traf sie sich unter dem Palisanderbaum zu einem Gespräch mit Felicia. Es war Abend geworden. Felicia erwartete einen Stammkunden aus Pretoria, einen religiösen Großbauern aus einem Burengeschlecht. Er erzählte viel von seinen elf Kindern und erklärte, er besuche das Bordell nur deshalb, weil er seiner Frau nicht mehr beiwohnen wolle. Sie sei von all den Geburten geschwächt und kränkelnd.

Ana fragte sie nach Isabels Familie. Es gab so vieles, was sie noch nicht wusste, und es erstaunte sie, dass niemand von Isabels Verwandten sie in der Festung besucht hatte. Nur Ana kam regelmäßig, abgesehen von Pater Leopoldo, der bei den Gefangenen seine Runde machte. Ana hatte ihn in der Kathedrale aufgesucht und von ihm erfahren, dass Isabel auch mit ihm nicht sprach.

Ana gestand sich ein, dass sie erleichtert war. Es hätte sie in gewisser Weise eifersüchtig gemacht, wenn Isabel einen Priester gewählt hätte, um sich ihm anzuvertrauen.

Felicia war in Weiß gekleidet, wie es der erwartete Kunde von ihr verlangte.

»Ich weiß nicht viel«, sagte Felicia. »Isabel hat sich vor allem um die Kinder gekümmert. Ihr älterer Bruder Moses arbeitet in den Minen von Rand. Er kommt bestimmt hierher, so schnell er kann. Wenn er kann.«

»Leben ihre Eltern noch?«

»Sie wohnen in Beira. Aber die Schwestern haben beschlossen, ihnen nichts zu erzählen.«

»Warum nicht?«

Felicia schüttelte den Kopf. »Vielleicht wollen sie den Eltern keinen so großen Kummer bereiten, dass sie sterben. Sie sind alt. Oder um ihnen nicht die Angst einzujagen, dass die Peitsche auch über ihren Rücken geschwungen werden könnte. Alle scheinen auf den Bruder zu warten, der in den Minen arbeitet.«

»Wann kommt er?«

»Das weiß niemand. Man weiß auch nicht, ob er überhaupt kommen kann.«

Ana erzählte von dem geköpften Huhn, das auf der Treppe des Kommandanten gelegen hatte. »Wer kann das getan haben?«

Felicia schreckte zurück, als hätte Ana eine Anklage gegen sie erhoben.

»Ich meine natürlich nicht, dass du es getan hast. Aber wer will Isabel töten? Kein weißer Mann legt einen toten Vogel als Warnung auf eine Treppe. Es muss ein Schwarzer gewesen sein.«

»Oder jemand, der will, dass es so aussieht.«

Ana sagte sich, dass Felicia recht hatte. »Du glaubst also, dass es ein weißer Mann war?«

»Niemand von uns will, dass sie stirbt.«

»Hast du eine Erklärung dafür, dass sie sich weigert zu sprechen?«

»Sie trauert.«

»Trauert?«

»Sie trauert um ihren Mann, den sie töten musste.«

»Weil er sie betrogen hat?«

»Sie wusste, dass alle Weißen so etwas tun.«

»Sagen alle weißen Menschen die Unwahrheit?«

»Nicht zu ihresgleichen. Aber zu uns.«

»Sage ich die Unwahrheit?«

Felicia antwortete nicht. Sie sah Ana in die Augen, blieb aber stumm.

Also kann ich mir die Frage selbst beantworten, dachte Ana. Die Entscheidung liegt bei mir, bei niemandem sonst.

»Ich verstehe nicht, was du meinst, wenn du sagst, Isabel würde trauern. Ihr fehlen natürlich die Kinder. Aber das ist keine Trauer.«

»Sie trauert um die Kinder, die sie nicht mehr bekommen wird. Da sie gezwungen war, den Mann zu töten.«

Ana bekam das Gefühl, ihr Gespräch drehe sich im Kreis. Sie ahnte die Logik in Felicias Worten, ohne sie zu verstehen. »Wer will sie töten?«, fragte sie wieder.

»Das weiß ich nicht. Aber ich glaube, dass jeder Weiße hier in der Stadt bereit wäre, das Messer zu ergreifen, das direkt in ihr Herz gestoßen wird.«

»Wer hätte einen Vorteil durch ihren Tod? Niemand kann Pedro wieder lebendig machen.«

»Ich weiß es nicht«, sagte Felicia. »Ich bin nicht weiß, ich kann eure Gedanken nicht verstehen.« Ana kam nicht weiter. Felicia strich mit den Händen über das frisch gewaschene weiße Kleid, glättete vorsichtig die Falten. Sie wollte gehen.

»Wer bin ich für dich?«, fragte Ana plötzlich.

»Du bist Ana Branca«, erwiderte Felicia erstaunt.

»Nichts weiter?«

»Dir gehören dieser Baum, das Grundstück und das Haus, das uns beherbergt.«

»Nichts weiter?«

»Ist das nicht genug?«

»Doch«, sagte Ana. »Es ist mehr als genug. Es ist so viel, dass ich es kaum zu tragen vermag.«

Ein riesiger bärtiger Mann mit wettergegerbtem Gesicht stand plötzlich in der offenen Tür zum Garten. Es war Felicias Kunde. Ana sah ihnen nach, als sie zu Felicias Zimmer gingen. Sie wirkte so klein an seiner Seite.

So wie ich gewirkt haben muss, dachte sie. Als ich neben Lundmark zum Konsul von Alger ging, um zu heiraten.

Sie blieb unter dem Baum sitzen. Es hatte früher am Abend geregnet. Die Erde dampfte, es roch süßlich von den Wurzeln des Baums. Da war noch ein anderer Geruch, den sie nicht einordnen konnte. Ana dachte wieder an sich selbst, als sie Hanna hieß, und an all die Gerüche, die von Mooren und Heideflächen aufgestiegen waren, wo sie aufgewachsen war.

Für einen kurzen Moment wurde das Gefühl des Heimwehs überwältigend. Keine Erinnerungsbilder konnten diese Sehnsucht so stark heraufbeschwören wie Düfte und Gerüche. Die sie an etwas erinnerten, was verloren war und ihr immer fehlen würde.

Dort unter dem Baum entschloss sie sich zu bleiben, bis Anwalt Pandre Isabel besucht und ihr einen Rat gegeben hätte. Wenn es schließlich keine Möglichkeit gäbe, der gefangenen Frau zu helfen, gäbe es auch keinen Grund für sie, im Land zu bleiben. Sie würde nicht aufgeben, sich aber auch keinen Illusionen hingeben.

Die Gedanken wurden von einer Stimme unterbrochen, die sie zu kennen meinte. Aus der Tür zum Hof, zusammen mit Belinda Bonita, kam ein Mann, der nicht ganz nüchtern war, wie sie an seinem Gang sah. Er hatte ihr den Rücken zugewandt. Zunächst konnte sie nicht verstehen, was er sagte. Dann erkannte sie, dass es eine Sprache war, die sie beherrschte, auch wenn der Mann lallte.

Jetzt wusste sie, wer es war: Halvorsen. Der Lundmarks bester Freund gewesen war. Er, der versprochen hatte, ihr zur Seite zu stehen, wenn sie nach Lundmarks Tod Hilfe brauchte.

61

Zum zweiten Mal kam jemand von der ihr vertrauten Besatzung der *Lovisa* in ihr Bordell. Aber sie fragte sich rasch, ob sie sich nicht doch täuschte. Halvorsen war ein ernster Mann gewesen, tiefreligiös, der im Gegensatz zu den anderen von der Besatzung nicht trank. Svartman, Lundmark und Halvorsen hatten zu den Nüchternen gehört, dachte sie. Aber als sie ihn jetzt sah, konnte er kaum das Gleichgewicht halten, und sein Norwegisch klang lallend. Sie hatte das Gefühl, er sei verärgert darüber, dass Belinda Bonita nicht verstand, was er sagte. An Bord des Schiffes hatte Halvorsen immer mit leiser, fast flüsternder Stimme gesprochen. Jetzt klang es, als erteilte er einen Befehl.

Als er sich schließlich umdrehte, mit einem Bündel von Scheinen in den Händen, die ihm Belinda schnell abnahm, sah Ana, dass sie sich nicht geirrt hatte. Es war Halvorsen, mit nass gekämmten Haaren und in seiner Sonntagskleidung, so wie sie ihn gesehen hatte, als er bei Lundmarks Bestattung an Deck stand und den Körper mit den Eisensenkern in der Tiefe verschwinden sah.

Sie erinnerte sich immer noch an die magische Zahl von Metern. 1935.

Belinda führte Halvorsen zurück ins Haus, und Ana erhob sich. Der Norweger saß jetzt auf dem Sofa und murmelte vor sich hin. O'Neill fragte, ob er ihm hinaushelfen solle. Aber Ana winkte ab und setzte sich vorsichtig neben Halvorsen. Er drehte langsam den Kopf und sah sie mit blutunterlaufenen Augen an. Er hatte sich kaum verändert, seit sie ihn zum letzten Mal gesehen hatte, ein paar Stunden bevor sie sich davongeschlichen hatte. Vielleicht waren seine Haare schütterer geworden, die Wangen eingesunkener. Aber die riesigen Hände waren dieselben.

Sie lächelt ihm zu, merkte aber sofort, dass er sie nicht erkannte. Es gab nichts in seinen Augen, was auch nur andeutete, dass sie mehr für ihn war als eine wildfremde weiße Frau in einem schwarzen Bordell. Wo er gerade die Dienste der schönen, aber kühlen Belinda Bonita gekauft hatte, die seine Scheine unter ihre Bluse gesteckt und den Raum verlassen hatte, um sich zu waschen und vielleicht auch die Laken in ihrem Bett zu wechseln.

Halvorsen kniff die Lider zusammen und versuchte, sie nur mit einem Auge zu sehen. Noch immer schien er unsicher, wer sie war.

»Ich bin es«, sagte sie. »Hanna Lundmark. Erinnerst du dich nicht an mich?«

Halvorsen zuckte zusammen. Er schüttelte den Kopf, wollte ihr nicht glauben.

»Ich bin kein Gespenst«, sagte sie und strengte sich an, so deutlich wie möglich zu sprechen. »Ich bin es.«

Jetzt wusste er es. Misstrauisch starrte er sie an. »Du bist verschwunden«, sagte er. »Wir haben dich nicht gefunden.«

»Ich bin an Land gegangen«, sagte sie. »Ich konnte die Reise nicht fortsetzen. Es war, als befände Lundmark sich noch an Bord.«

»1935 Meter«, sagte Halvorsen. »Daran erinnere ich mich noch.«

Er streckte den Rücken, versuchte nüchtern zu werden. »Das hätte ich nie gedacht«, sagte er, »dass ich die Köchin noch einmal wiedersehen würde. Am allerwenigsten hier. Was ist geschehen?«

»Ich bin an Land gegangen. Ich habe geheiratet, bin dann zum zweiten Mal Witwe geworden.«

Halvorsen sann über ihre Worte nach. Dann bat er sie, zu wiederholen, was sie gesagt hatte, aber langsamer. Sie tat ihm den Gefallen.

»Wir haben gedacht, du wärst tot«, sagte Halvorsen. »Niemand konnte verstehen, warum du freiwillig das Schiff in einem afrikanischen Hafen hättest verlassen sollen.«

»Ich möchte wissen, wie es mit der Reise weiterging. Habt ihr Eisberge gesehen?«

»Einen Eisberg haben wir gesehen, hoch wie ein Kirchturm. Ziemlich bald, nachdem wir diesen Hafen verlassen hatten. Die Nächte waren immer unruhig. Fast nie wird ein Eisberg entdeckt, bevor es zu spät ist. Aber wir kamen nach Australien und kehrten zurück.«

»Ich bin oft zum Hafen gegangen, habe euch aber nie zurückkehren sehen.«

»Wir haben weiter nördlich in Dar es-Salam gebunkert. Oder vielleicht war es auch weiter südlich in Durban. Ich erinnere mich nicht.«

Ana sagte sich, dass Halvorsen offensichtlich mit dem Schiff zurück nach Sundsvall gekommen war. Das bedeutete, dass er Forsman getroffen haben musste, der stets die Besatzung begrüßte, wenn ein Schiff in den Heimathafen zurückgekehrt war.

»Ich nehme an, du bist den ganzen Weg nach Hause mitgefahren?«

»Bis Sundsvall war ich dabei. Aber dann fuhr ich nach Norwegen und musterte auf einem anderen Schiff an.«

»Ich möchte nur wissen, was Forsman gesagt hat.«

Halvorsen runzelte die Stirn. »Welcher Forsman?«

»Der Reeder!«

Halvorsen erinnerte sich. »Er kam in einer Art Rollstuhl zum Hafen.«

»Hatte er sich verletzt?«

»Man hatte ihm nach einem Unfall ein Bein amputiert. Aber an Deck wollte er. Er hüpfte wie ein lahmer Vogel.«

»War er allein?«

»Ich glaube, er hatte einen Finnen bei sich. Aber wie der hieß, weiß ich nicht mehr.«

Ana fuhr fort, ihn auszufragen. Aber von Berta oder einem Kind wusste er nichts. Obwohl es sinnlos war, konnte Ana es nicht lassen, nach ihrer Mutter zu fragen. Hatte niemand über Elin gesprochen? Sie, die eine Tochter hatte, die niemals zurückgekommen war?

Halvorsen wusste nichts von einer Elin.

»Ich habe nicht mit Forsman gesprochen«, sagte er. »Das hat Svartman getan. Was sie über dich und Lundmark, seinen Tod und dein Verschwinden gesagt haben, weiß ich nicht. Ich selbst bin nach Spitzbergen gefahren und habe dort den Winter verbracht. Ich hoffte, so viele Felle zu erbeuten, dass ich irgendwo in Tröndelag einen kleinen Hof kaufen könnte. Aber ich bin fast erfroren und in der Dunkelheit verrückt geworden. Auch den Glauben an den Gott habe ich verloren, an den ich mich früher in schweren Zeiten hatte wenden können. Jetzt gibt es ihn nicht mehr. Aber ich glaube, dass ich genug Vergebung für noch nicht begangene Sünden gesammelt habe.«

Halvorsen brach in ein resigniertes Gelächter aus. Dann beugte er sich plötzlich näher zu ihr hin, so nahe, dass der Schnapsgeruch ihr ins Gesicht schlug. »Da du hier bist, nehme ich an, dass du auch käuflich bist. Diese Negerin wusste, was sie tat. Aber wie mit einer weißen Frau kann es nie sein. Kostest du genauso viel wie sie? Oder bist du teurer?«

Halvorsen legte eine Hand auf ihre Brust und presste sie. Sie erinnerte sich an Carlos' behaarte Finger und stieß ihn weg. Halvorsen dachte, es sei der Beginn eines Spiels und griff wieder nach ihr.

Da schlug sie nach ihm und rief O'Neill. »Wirf diesen Mann hinaus«, sagte sie. »Und sorge dafür, dass er nie wieder eingelassen wird. Niemals.«

Halvorsen schaffte es nicht zu protestieren, da hatte O'Neill ihn schon vom Sofa hochgezogen und auf die Straße geschleppt.

Die Haustür schlug zu.

Sie dachte, dass der Unterschied zwischen Kapitän Svartman und dem Besatzungsmann Halvorsen in dem Augenblick ausgelöscht worden war, in dem sie das Haus der käuflichen Frauen betraten.

Aber die Enttäuschung setzte ihr zu, dass Halvorsen sie für eine Hure gehalten hatte. In diesem Moment ging für sie etwas unwiderruflich zu Ende.

62

Nach dem Wiedersehen mit Halvorsen machte Ana sich immer öfter Notizen in ihrem Tagebuch. Was früher eine unregelmäßige Gewohnheit gewesen war, wurde jetzt ein Bedürfnis. Sie beschrieb in allen Einzelheiten die Begegnung mit Halvorsen und den plumpen Annäherungsversuch.

Am Tag nach Halvorsens Besuch ging sie zusammen mit O'Neill hinunter zum Hafen. Am Kai lagen zwei englische und zwei portugiesische Schiffe. Auf welchem Schiff Halvorsen zur Besatzung gehörte, wusste sie nicht. Warum sie diesen Besuch im Hafen machte, konnte sie sich später auch nicht erklären. Vielleicht war es nichts als eine Neugier, die sie nicht zügeln konnte?

Während der Nacht war ein Heuschreckenschwarm über die Stadt hinweggezogen. Auf Straßen, Treppen und Hausdächern lagen tote oder verendende Heuschrecken. Sie dachte, so stelle sie sich ein Schlachtfeld vor: Jede Heuschrecke ein niedergemetzelter sterbender oder toter Soldat.

Nur Carlos schien die Heuschrecken zu schätzen. Er saß auf dem Dach des Steinhauses und ließ sich die Insekten schmecken, von denen niemand wusste, woher sie gekommen waren oder warum sie gerade diese Stadt gewählt hatten, um herabzufallen und zu sterben.

Nachmittags, als sie wieder einen Besuch in der Festung bei Isabel machte, begegnete ihr ein fremder Offizier. Gerade an diesem Tag hatte sie sich entschieden, O'Neill mitzunehmen und nicht Judas. Kommandant Lima war vermutlich an Malaria erkrankt und ins Krankenhaus gebracht worden. Jetzt hatte sein militärischer Berater seinen Platz übernommen. Er stellte sich als Lemuel Gulliver Sullivan vor. Trotz seines englischen Namens sprach er fließend Portugiesisch. Er war ein junger Mann, kaum dreißig Jahre alt. Ana hoffte, seine Jugend würde ihn gegenüber Isabel größere Toleranz und Fürsorge empfinden lassen.

Aber sobald er zu sprechen begann, wurde ihr klar, dass ihre Hoffnung sich nicht erfüllen würde.

»In der Zeit, in der ich Kommandant bin, gelten strenge Regeln«, begann er. »Die Häftlinge hier in der Festung sind Verbrecher. Ihre Strafe soll fühlbar sein. Ich erörtere gerade mit meinen Offizierskollegen, ob es nicht möglich wäre, die Peitsche wieder anzuwenden. Die Strafe des Auspeitschens hat immer eine abschreckende Wirkung auf Verbrecher gehabt.«

Ana dachte zunächst, sie habe sich verhört. Sollte Isabels Leben in der elenden Zelle noch schlimmer werden? Das sagte sie auch, ohne ihre Empörung zu verbergen.

»Ihr Verbrechen sollte äußerst streng geahndet werden. Sie hat immerhin einen weißen Mann erstochen. Wenn wir nicht mit Härte reagieren, kann das als Signal dafür aufgefasst werden, dass wir es mit der Achtung, die wir verlangen, nicht so genau nehmen.«

Ana sah ein, dass es sinnlos war, mit Sullivan zu diskutieren.

»Gibt es noch andere Regeln, die ab jetzt gelten werden?«, fragte sie stattdessen.

»Wir werden nur noch eine äußerst begrenzte Anzahl von Besuchern dulden.«

»Welche denn?«

»Sie natürlich. Den Priester, der hier herumwandelt und versucht, verlorene Seelen einzufangen. Sowie einen Arzt, wenn es nötig ist. Niemand sonst.«

»Was geschieht, wenn Isabel einen juristischen Berater bekommt?«

Sullivan brach in Gelächter aus und ließ beträchtliche Zahnlücken sehen. »Wer sollte sie beraten? Und wobei?«

Ana fragte nichts mehr. Sie ging in die Dunkelheit hinein, wo Isabel regungslos auf ihrer Pritsche saß, als hätte sie sich seit Anas Besuch am Vortag nicht bewegt. Aber der Korb war leer: Isabel lebte noch. Sie aß.

»Jemand wird dich besuchen«, sagte Ana. »Es ist hoffentlich ein kluger Mann, der mir helfen könnte, dich freizubekommen. Aber er wird sich als Arzt vorstellen, wenn er hier eintritt. Da er dieselbe Sprache spricht wie du, wird niemand verstehen, was ihr sagt, auch ich nicht.«

Isabel antwortete nicht. Aber Ana spürte, dass sie zuhörte.

»Nächstes Mal, wenn ich komme, bringe ich dir saubere Kleider mit«, fuhr sie fort. »Dann sind drei Monate vergangen, seit du hier eingesperrt bist. Ich werde auch einen weiteren Versuch machen zu verlangen, dass du genug Wasser bekommst, um dich zu waschen.«

Ana blieb nur wenige Minuten. Das Wichtige war jetzt nicht ihr Besuch, sondern dass Pandre Isabels Situation würde verändern können.

Auf dem Weg zurück machte sie einen Umweg zum Hafen. Als O'Neill nach dem Grund fragte, wurde sie wütend. Ihr gefiel seine Wissbegier nicht. Sie hatte Seiten an O'Neill entdeckt, die sie nicht mochte. Sein ständiges Horchen irritierte sie. Außerdem hieß es, er sei in Gesellschaft eines anderen Bordellbesitzers gesehen worden. Vielleicht hatte sie einen Fehler gemacht, als sie ihn anstellte?

»Was treibt diese Frau den ganzen Tag?«, fragte er jetzt. »Bereut sie ihre Sünden? Schlägt sie an die Wände wie auf Trommeln? Verdreht sie die Augen?«

Ana blieb abrupt stehen. »Noch ein Wort von dir, und du kannst gehen und niemals wiederkommen.«

»Ich stelle doch nur Fragen.«

»Kein Wort mehr. Kein Wort. Zu deiner Arbeit gehört ab jetzt, den Mund zu halten.«

O'Neill zuckte die Achseln. Aber Ana merkte, dass er die Gefahr erkannt hatte.

Im Hafen sah Ana, dass eins der englischen Schiffe abgelegt hatte. Wahrscheinlich war es genau das Schiff, auf dem Halvorsen als Zimmermann angeheuert hatte.

Sie bemerkte, dass O'Neill sie mit prüfendem Blick musterte. Als sie den Hafen verließen, befahl sie ihm, so lange zu warten, bis sie um die erste Straßenecke verschwunden war.

Ein paar Tage darauf kündigte Pandre in einem Telegramm seine Ankunft an. Ana empfing ihn an dem neu errichteten Bahnhofsgebäude. Obwohl Pandre mitgeteilt hatte, er werde nur zwei Tage bleiben, hatte er mehrere Koffer, Taschen und Hutschachteln bei sich. Vier Träger luden das Gepäck auf zwei Karren und zogen es zu dem Auto, das sie wieder von Andrade geliehen hatte. Eine Pferdekutsche wurde mit dem beladen, was nicht in den Kofferraum passte.

Sie fuhren zu dem Hotel, in dem Ana gemäß den Anordnungen in Pandres Telegramm die größte Suite gemietet hatte. Ana war bei der Reservierung unruhig geworden. Würde man Pandre, der Inder war, als Gast akzeptieren? Aber der Hoteldirektor hatte sie beruhigt. Ein Anwalt indischer Abstammung war willkommen. Ana, die alle Reiseauslagen für Pandre bezahlen musste, deponierte eine Summe, um die Kosten zu decken. Sie begann sich zu fragen, ob Pandre bewusst alles tat, um möglichst viel Geld aus ihr herauszupressen. Oder war das seine Art zu wohnen, wenn er Johannesburg in dienstlichen Angelegenheiten verließ?

Nachdem Pandre ein Bad genommen, einen weißen, frisch gebügelten Anzug angelegt und schließlich die Aussicht bewundert hatte, setzten sie sich zu einer Mahlzeit in den leeren Speisesaal.

Über den Bergen zum Inland hin brauten sich dunkle Wolken zu einem Unwetter zusammen, das bis zum Abend eintreffen würde. Ana berichtete Pandre von ihrem Gespräch mit dem neuen Kommandanten der Festung. Pandre müsse sich als Arzt ausgeben, um eingelassen zu werden.

»Ich habe keinen weißen Kittel in meinem Gepäck«, sagte er. »Als Anwalt muss man sich normalerweise nicht verkleiden.«

»Ich glaube, das ist auch hier nicht nötig.«

»Erzählen Sie mir von dem Kommandanten. Offiziere sind oft argwöhnisch veranlagt. Wird er einen falschen Arzt nicht durchschauen?«

»Ich weiß es nicht. Er hat sich als Lemuel Gulliver Sullivan vorgestellt. Da er fließend Portugiesisch spricht, ist er vermutlich nur dem Namen nach Engländer.«

Pandre brach in Gelächter aus, während er einen blanken Serviettenring zwischen den Fingern drehte. »Heißt er wirklich so? Lemuel Gulliver Sullivan?«

»Ich habe seinen Namen aufgeschrieben, als ich nach Hause kam.«

»War er von Pferden umgeben?«

»Der Pferdestall der Soldaten liegt am Rand der Stadt. In der Festung gibt es nur ein paar Ziegen.«

»Ich meine seine Soldaten. Sahen sie aus, als wären sie Pferde?«

Ana verstand die Frage nicht. Sie war sofort auf der Hut. »Warum sollte er sich mit Pferden umgeben?«

»Ja, warum sollte er? Vielleicht war er stattdessen von außerordentlich kleinen Menschen umgeben? Die in diesem Serviettenring stehen könnten wie in einem Weinfass? Oder sind seine Soldaten Riesen?«

Er sah ihr an, dass sie nicht verstand, was er meinte.

»Lemuel Gulliver ist eine literarische Figur«, sagte er freundlich. »Ich habe noch nie von jemandem gehört, der frech oder eingebildet genug wäre, seinen Sohn nach dieser bemerkenswerten Romangestalt zu taufen. Ich nehme an, dass das Werk über diesen Mann Ihnen unbekannt ist?«

»Ich betreibe ein Bordell«, sagte Ana. »Ich versuche, einer eingesperrten Frau zu helfen. Ich lese keine Bücher.«

»Das klingt plausibel«, sagte Pandre. »Vermutlich liest auch dieser junge Kommandant nicht besonders viele Bücher. Wenn überhaupt. Aber sein Vater hat jedenfalls *Gullivers Reisen* gelesen.«

Sie aßen schweigend. Hin und wieder stellte Pandre eine Frage, vor allem als höflichen Beweis dafür, dass er nicht gänzlich in seine Gedanken versunken war. Er fragte nach Klima und Regenzeiten, Tierarten und Fieberkrankheiten. Sie antwortete, so gut sie konnte, und fragte, ob er schon an diesem ersten Abend beabsichtige, ihr Bordell zu besuchen und das Angebot zu nutzen, das sie ihm zugesichert hatte.

Das entsprach jedoch nicht seinem Plan. Nach der Mahlzeit stand er auf, verbeugte sich und bat darum, am folgenden Morgen um zehn Uhr abgeholt zu werden. Dann verbeugte er sich abermals und verließ den Speisesaal. Ana bezahlte die Rechnung und fuhr nach Hause.

Carlos hatte das Dach verlassen, mehr als satt von all den Heuschrecken, die er seit dem Vortag verzehrt hatte. Er lag auf ihrem Bett und rülpste zufrieden. Ana setzte sich an ihren Tisch, schlug das Tagebuch auf und sann über den Eindruck nach, den sie von Pandre bekommen hatte, jetzt, da er sich in ihrer Stadt befand. Dann schrieb sie alles auf, was nach seiner Ankunft geschehen war.

Sie hoffte, eines Tages Isabel alles vorlesen zu können. Die Erzählung von der langen Reise, um ihr die Freiheit wiederzugeben.

Sie wusste jetzt, dass sie eines Tages das Tagebuch beenden würde.

Sie würde das Datum und den Zeitpunkt notieren, an dem Isabel frei werden würde.

Und sie würde die Antwort auf eine Frage aufschreiben, über die sie am häufigsten nachdachte: War alles, was nach Lundmarks Tod geschehen war, eine vorübergehende Episode in ihrem Leben?

Das Letzte, was sie schrieb, würde von Isabels und ihrer eigenen Freiheit handeln.

Sie schloss das Tagebuch, löschte die Petroleumlampe und blieb im Dunkeln sitzen. Sie dachte: Isabel in ihrem furchtbaren Kerker. Und ich in einer anderen Art von Gefängnis eingesperrt.

63

Der Tag danach: intensive Wärme.

Schweißperlen glänzten auf Pandres Stirn, als er aus dem Hotel trat und in den Wagen stieg. Er hatte eine Ledermappe bei sich und Ana dachte, sie könnte durchaus ein Stethoskop und andere Instrumente enthalten, die ein Arzt brauchte.

Lemuel Gulliver Sullivan erwartete sie auf der Treppe, auf die gleiche Art, wie es sein fieberkranker Vorgänger stets getan hatte. Auf Ana wirkte er wie ein kleiner Junge in einer viel zu großen Uniform und allzu blanken Stiefeln.

Sie stellte Pandre vor. »Hier ist der Arzt, über den ich mit Ihrem Vorgänger gesprochen habe. Ich nehme an, er hat erwähnt, dass er unterwegs war?«

Der Kommandant nickte. Aber er betrachtete Pandre mit unverhohlenem Abscheu. »Ich denke, ich komme mit«, sagte er plötzlich, »und höre mir das Gespräch des Arztes mit seiner gefangenen Patientin an.«

»Das Gespräch wird in der Sprache der Patientin geführt werden«, sagte Pandre mit freundlicher Stimme. »Nur so kann sie ihre Leiden ausdrücken, und für mich ist es die beste Art, die richtigen Fragen zu stellen und klare Antworten zu geben.«

»Ich komme trotzdem mit«, sagte der Kommandant. »Es interessiert mich zu sehen, ob Sie sie überhaupt zum Sprechen bringen. Bisher war sie völlig ohne Stimme. Vielleicht ist sie ohne Stimmbänder geboren? Ich weiß nicht einmal, ob ihre Stimme hell oder dunkel ist.«

»Sie ist dunkel«, sagte Ana. »Ich verstehe, was sie in ihrer Stammessprache zueinander sagen. Ich kann übersetzen.«

Pandre sah sie flüchtig an. Er begriff, was sie vorhatte, und betrachtete sie zum ersten Mal mit echter Wertschätzung.

Sie gingen die Steintreppe hinunter in den Keller der Festung. Ein schläfriger Soldat richtete sich schnell auf, stand stramm und schloss das Gitter vor der Eisentür auf.

Der Kommandant wandte sich an Pandre. »Ich gehe davon aus, dass sich keine Waffen in Ihrer Tasche befinden«, sagte er. »Weder um die Gefangene des Lebens zu berauben, noch um sie zu befreien.«

Pandre öffnete die Ledermappe und zog das Stethoskop heraus, das Ana sich vorgestellt hatte. Aber wie hatte er es sich beschafft? Er hat sich gut vorbereitet, dachte sie. Vielleicht ist er der richtige Mann, um Isabel zu helfen.

Sie traten in das Dunkel ein, wo die stickige Luft ihnen den Atem nahm. Ein unrasierter, halbnackter weißer Mann rüttelte an seinem Gitter, als sie vorbeikamen.

»Er soll in eine Nervenheilanstalt überführt werden«, sagte der Kommandant. »Er bildet sich ein, er habe ein großes Insekt im Bauch, das ihn von innen auffrisst. Er hat einen Mann zu Tode misshandelt, der sich weigerte, ihm zuzuhören, als er ihm vom unersättlichen Hunger des Insekts erzählte.«

Pandre hörte sich aufmerksam und höflich an, was der Kommandant zu sagen hatte. Es schien, als hätte er sich schnell an die stickige Luft gewöhnt. Vielleicht gibt es in der Stadt und dem Land, aus dem er kommt, ähnliche Gefängnisse, dachte Ana.

Sie gingen weiter, vorbei an einer Zelle, in der ein Mann lag und schlief, auf dem Boden ausgestreckt, nach Luft japsend.

»Ein Spanier namens Mendoza«, sagte der Kommandant, der sie weiter durch das Dunkel führte. »Er hat seinen Bruder auf einem Küstenschiff erschlagen und versucht jetzt, sich selbst zu bestrafen, indem er nichts mehr isst. Auch er gehörte in eine Nervenheilanstalt, aber man weigert sich dort, ihn aufzunehmen. Wahrscheinlich ist er in ein paar Tagen tot. Meine Soldaten wetten darauf, wie lange er noch leben wird. Mir gefällt das nicht. Aber ich kann es ihnen nicht verbieten.«

Sie traten in Isabels Zelle ein. Ana sah, dass der Korb leer war. Isabel saß regungslos auf der Pritsche.

»Die Gefangene hat Besuch«, brüllte der Kommandant.

Isabel rührte sich nicht. Pandre strich vorsichtig über den Arm des Kommandanten, um ihn davon abzuhalten, sein Gebrüll zu wiederholen. Dann ging er zu Isabel und setzte sich neben sie. Ana stellte sich an die Seite der Pritsche, während der Kommandant an der halbgeöffneten Tür stehenblieb. Was Pandre zu Isabel sagte, konnte Ana nicht verstehen. Aber Isabel horchte sofort auf, als der Anwalt sie anredete, und antwortete in ihrer eigenen Sprache.

Der Kommandant rasselte plötzlich ungeduldig mit seinem Säbel. Ana trat einen Schritt auf ihn zu und erzählte ihm eine Geschichte, die sie beim Sprechen erfand.

»Sie reden über ihre Kinder«, sagte sie. »Sie reden über ihre große Trauer darüber, dass sie von ihrem Mann betrogen wurde. Ihre Reue ist groß über das, was sie getan hat. Sie erzählt ihm, dass sie diesen Kerker verlassen und in einer der Missionsstationen der Weißen arbeiten will, die den richtigen Glauben unter der schwarzen Bevölkerung verbreiten.«

Ana brachte ihre erfundenen Wahrheiten möglichst überzeugend hervor. Der Kommandant hörte ihr mit ausdruckslosem Gesicht zu. Eigentlich interessiert es ihn nicht, dachte sie. Für ihn ist Isabel nichts. Es hat keine Bedeutung, ob sie überlebt oder nicht. Er ist nur mitgekommen, weil er sich langweilt.

Sie fuhr fort, ihre Geschichte auszuschmücken, während Pandre und Isabel leise miteinander redeten. Als das Gespräch abrupt aufhörte, als wäre alles gesagt, rundete Ana ihre Geschichte damit ab, dass sie Worte über Isabels Sehnsucht, in einer christlichen Missionsstation zu arbeiten, wiederholte.

Als sie zum Hotel zurückgekehrt waren, ließen sie sich im Schatten unter Feigenbäumen nieder und schauten aufs Meer hinaus. Nach seinem höflichen Abschied vom Kommandanten hatte Pandre schweigend im Auto gesessen. Jetzt schaukelte er langsam in dem an Ketten aufgehängten Sofa, ein Glas Eiswasser in der Hand.

»Isabel ist bereit zu sterben, wenn es sein muss«, sagte er. »Sie will lieber sterben, als eine Schuld zu bekennen. Ihr Schweigen gilt ihrer Würde. Ihrer Seele. Diese Worte hat sie Mal um Mal wiederholt. ›Es geht um meine Seele.‹«

»Will sie nicht um ihrer Kinder willen überleben?«

»Natürlich will sie leben. Wenn sie könnte, würde sie fliehen. Aber wenn ihre einzige Chance darin besteht, ihre Schuld zu bekennen, will sie lieber sterben.«

Pandre schaukelte weiter, den Blick aufs Meer gerichtet. Er streckte die Hand mit dem Wasserglas aus und zeigte auf den Horizont. »Dort liegt Indien«, sagte er. »Vor dreißig Jahren sind meine Eltern von dort gekommen. Eines Tages kehren vielleicht meine Kinder zurück.«

»Warum sind Ihre Eltern nach Afrika gereist?«

»Mein Vater hat Tauben verkauft«, sagte er. »Er hat davon gehört, dass es viele weiße Menschen in Südafrika gibt, die viel Geld für schöne Tauben ausgeben. Mein Vater hat gelernt, seinen Tauben zusätzliche Schwanzfedern anzukleben, um einen höheren Preis zu erzielen.«

Pandre sah sie freundlich an. »Mein Vater war ein Betrüger«, sagte er. »Das ist vermutlich der Grund, warum ich Rechtsanwalt geworden bin.«

Er stellte das Wasserglas ab.

»Ich kann Ihnen kaum einen Rat geben«, fuhr er fort. »Eine Rettung ist nur möglich, wenn es ihr gelingt zu fliehen. Vielleicht kann man den Kommandanten bestechen? Vielleicht kann man einen Soldaten dazu bringen, eines Abends ihre Tür offen zu lassen? Einen anderen Rat kann ich Ihnen nicht geben. Aber da Sie Geld besitzen, haben Sie Zugang zu dem Instrument, das sie retten kann. Wie Sie es in diesem Fall auf die beste Art einsetzen, weiß ich nicht.«

»Ich tue alles, was möglich ist.«

»Das ist es wohl, was ich Ihnen rate. Alles zu tun, was möglich ist.«

Pandre zog einen Umschlag aus der Innentasche und reichte ihn ihr. »Das ist meine Rechnung«, sagte er. »Heute Abend habe ich vor, Ihre Frauen zu besuchen. Ich möchte gern um neun Uhr abgeholt werden. Das Abendessen werde ich allein in meinem Zimmer einnehmen.«

Er stand auf, verbeugte sich und ging auf das weiße Hotelgebäude zu. Ana blieb sitzen und dachte über das nach, was Pandre gesagt hatte. Sie wusste, dass er recht hatte. Isabel musste zwischen Leben und Tod wählen, um ihre Seele zu retten.

Und was tue ich? Habe ich noch eine Möglichkeit zu wählen?

Sie blieb sitzen, bis die Sonne unterging. Dann fuhr sie nach Hause, zog sich um und holte Pandre um neun Uhr ab. Er trug jetzt einen dunklen Anzug mit einem steifen, hohen Kragen und roch nach Parfum, wie es Ana noch nie bei einem Mann erlebt hatte.

»Das Stethoskop«, fragte sie, als sie im Auto saßen. »Wie haben Sie es bekommen?«

»Ich habe meine Vorbereitungen getroffen«, sagte Pandre. »Bevor ich abgeholt wurde, habe ich einen kurzen Besuch im Krankenhaus abgestattet. Ein freundlicher Arzt überließ mir ein altes Stethoskop zu einem niedrigen Preis.«

Schweigend setzten sie ihre Fahrt fort.

Als sie am *O Paraiso* ankamen, ließ sich Pandre auf einem der roten Sofas nieder, bekam ein Glas Sherry serviert und begann dann, eine Frau nach der anderen gründlich zu taxieren.

Ana betrachtete ihn aus der Entfernung. Die Rechnung hatte sie immer noch nicht geöffnet. Sie hatten sich zwar auf hundert Pfund geeinigt. Aber sie ahnte, dass Pandre sie auch für unerwartete, aber bedeutende Nebenkosten aufkommen lassen würde.

Sie schaute Pandre und seine musternden Augen an.

Isabels Kerker war nahe. Eine Kette an Isabels Fußgelenk schabte und rasselte dumpf in ihr.

64

Als Pandre schließlich die Frau auserkoren hatte, die er haben wollte, und auf sie zeigte, als hätte er ein Schlachtopfer auserwählt, war es zum Erstaunen aller die blasse und wenig attraktive A Magrinha. Ana dachte zuerst, es sei Felicia, für die er sich entschieden hatte, da sie neben A Magrinha stand. Aber als Pandre aufstand und eine leichte Verbeugung vor der mageren Deolinda machte, nach der kaum je ein Kunde fragte, war sie erstaunt. Aber so viel hatte sie während der Zeit, die sie im Bordell verbrachte, doch gelernt: Die Wünsche der Männer und ihre Sicht auf das, was verlockend war, konnte man nicht vorhersagen. Sie dachte auch, nicht ohne ein gewisses Maß an Genugtuung, Pandres Wahl bedeutete, dass die Kosten für seinen Besuch sich verringerten, denn A Magrinha war nahezu ein Verlustgeschäft für das Bordell. Möglicherweise war der Zeitpunkt gekommen, ein letztes Gespräch mit ihr zu führen, Herrn Eber zu bitten, das Geld auszuzahlen, das für einen Gemüsestand auf einem der Märkte der Schwarzen reichen würde, und sie danach aufzufordern, das Bordell zu verlassen.

Weiter kam sie in ihren Gedanken nicht, ehe etwas Unerwartetes ihre Aufmerksamkeit erregte. An diesem Abend befanden sich viele verschiedene Kunden im Haus. An dem kleinen Tresen in einer Ecke drängten sie sich mit Gläsern und Zigarren. Gerade als Pandre mit A Magrinha zu ihrem Zimmer gehen wollte, stellte sich ein hochgewachsener Mann vor sie hin und versperrte ihnen den Weg. O'Neill, der immer Gefahr witterte, erhob sich rasch von seinem Platz neben der Tür. Ana tat dasselbe. Der Mann, der sich vor Pandre gestellt hatte, hieß Rocha, hatte einen italienischen Vater und eine portugiesische Mutter. Er arbeitete in der kolonialen Verwaltung, zuständig für den Unterhalt von Straßen und Kanalisation. Er besuchte das Bordell einmal pro Woche und war meist friedlich, aber gelegentlich kam es vor, dass er aufbrauste, wenn er zu viel getrunken hatte. Dann wurde er hinausgeleitet, ehe er irgendeinen Schaden anrichten konnte.

Instinktiv ahnte Ana, dass jetzt etwas bedeutend Ernsteres geschah: Rocha schob A Magrinha zur Seite und begann, auf Pandre in gebrochenem Englisch einzureden.

»Ich habe sie auserwählt, den Abend mit mir zu verbringen«, sagte Rocha.

»Das fällt mir schwer zu glauben«, antwortete Pandre, ohne sein freundliches Lächeln zu verlieren.

»Um es so zu sagen, wie es ist, haben alle Frauen bereits Kunden für den Abend und die Nacht. Du bist zu spät gekommen.«

Ana, die sich genähert und den Wortwechsel gehört hatte, wusste sofort, was es bedeutete. Sie hatte bemerkt, dass viele der weißen Kunden reagiert hatten, als ein farbiger Mann ins Bordell kam. Während ihrer Zeit war das noch nicht vorgekommen. Aber Senhor Vaz hatte erzählt, dass er gelegentlich eine Ausnahme für einflussreiche Inder aus Durban und Johannesburg gemacht hatte. Da niemand offen protestiert hatte, dachte sie, der Unwille würde sich später zeigen und gegen sie richten, wenn Pandre das Bordell verlassen hatte. Dann würde vielleicht jemand fragen, was ihr einfiele, eine solche Person in ihre Gesellschaft einzulassen. Und sie würde erklären, dass es immer noch sie war, die bestimmte, wer abgewiesen werden sollte und wer nicht. Es würde schlecht aufgenommen werden, das wusste sie. Wie sehr sie auch beteuerte, es sei eine Ausnahme gewesen.

Die Gespräche waren verstummt, alle hatten ihre Aufmerksamkeit auf die beiden Männer und Deolinda gerichtet, der kaum bewusst war, was um sie her geschah.

»Gibt es ein Problem?«, fragte Ana.

»Eigentlich nicht«, antwortete Pandre. »Dieser Mann steht nur in unserem Weg. Wir wollten uns gerade zurückziehen.«

»Er hat sich die Frau genommen, die ich für den Abend gewählt habe«, sagte Rocha.

Ana sprach er auf Portugiesisch an. Als Rocha übersetzen wollte, hob Pandre abwehrend eine Hand. Er hatte alles verstanden.

Rocha zog A Magrinha fest an sich, um zu bekräftigen, was er gesagt hatte. Im nächsten Augenblick hatte Pandre sich die Frau rasch zurückgeholt. Aber bevor Rocha oder Ana reagieren konnten, war A Magrinha aus ihrem traumwandlerischen Zustand erwacht. Sie stieß Pandre weg und stellte sich neben Rocha.

»Er wird heute Abend bei mir sein«, sagte sie. »Nicht dieser braune Mann.«

Pandres Lächeln erlosch, als wäre eine Flamme ausgeblasen worden. Er wandte sich an Ana, die seine Wut erkannte. »Ich bestehe darauf, dass ich meine Wahl getroffen habe«, sagte er mit gepresster Stimme.

»Das ist auch meine Auffassung«, erwiderte Ana und gab A Magrinha ein Zeichen, zu Pandre zurückzukehren.

»Ich will nicht«, entgegnete Deolinda. »Er ist braun.«

»Und du bist schwarz«, sagte Ana. »Ich bin weiß. Und ich bestimme, was du tun sollst.«

»Nein«, entgegnete A Magrinha. »Ich will mich nicht vor ihm ausziehen.«

Rocha lächelte. O'Neill war einen Schritt vorgetreten, falls ein Handgemenge ausbrechen sollte. Aber Pandre gab auf. Ana spürte, dass er nicht resigniert hatte und dass seine Wut noch da war. Aber er wusste, dass die Situation unmöglich war.

Er wollte nicht mehr.

»Ich kehre ins Hotel zurück«, sagte er. »Ich setze voraus, dass das Entgelt für meine Dienste hinterlegt ist, bevor ich morgen um die Mittagszeit Lourenço Marques verlasse.«

Er verbeugte sich und verließ rasch das Bordell, gefolgt von O'Neill. Die Männer am Bartresen applaudierten zufrieden. Rocha stieß A Magrinha verächtlich auf ein Sofa.

Ana verabscheute diesen Ort mehr als je zuvor.

Als sie den Automotor starten hörte, ging sie auf die Straße hinaus.

O'Neill stand da und rauchte. »Dieser Mann hat hier nichts zu suchen«, sagte er. »Es ist natürlich nicht meine Sache. Aber wenn solche Leute eingelassen werden, dauert es nicht lange, bis die anderen Kunden verschwunden sind.«

Ana antwortete nicht. Sie wusste, dass sie hineingehen und Rocha auffordern sollte, das Bordell zu verlassen. Aber stattdessen lief sie über die Straße zu einer kleinen Bar, die von zwei portugiesischen Brüdern betrieben wurde. Der eine war klein und dunkel, der andere krumm. Die Bar war eng. Ein Tresen aus Holz, ein paar Tische in den dunklen Ecken, einige Straßenhuren, die abwechselnd auf den Gehsteigen paradierten oder sich drinnen zu Drinks einladen ließen. Ana bestellte ein Glas Cognac bei dem krummen Bruder, leerte es und ließ es nachfüllen. Sie kannte eine der Frauen, die in einer Ecke stand. Sie hatte mehrmals darum gebeten, zu Ana kommen zu dürfen, war aber immer von den anderen Frauen abgewiesen worden, weil es ein Gerücht gab, sie würde stehlen. Außerdem hieß es, sie bestrafe die Kunden, die sie nicht gut behandelten, indem sie sie mit Hilfe von unbekannten Zauberkünsten vergiftete. Das Gift tötete nicht, machte die betreffenden Männer aber für lange Zeit impotent.

Als Ana sah, dass die Frau auf sie zukam, hob sie abwehrend die Hand, legte Geld auf den Tresen und kehrte auf die Straße zurück.

Der Nachthimmel war klar. Sie dachte an ihren Vater, an die

Abende, als er ihr Sternbilder gezeigt hatte, und wartete, bis das Auto von Pandres Hotel zurückkam.

Kurz bevor sie einstieg, um nach Hause zu fahren, wandte sie sich an O'Neill. »Sag den Frauen, dass ich sie morgen früh um sieben Uhr sprechen will.

»Da schlafen sie.«

»Nein«, sagte Ana. »Sie sollen wach sein, gewaschen und angezogen. Ich will, dass sie sich morgen um sieben unter dem Palisanderbaum versammeln.«

»Ich werde da sein.«

»Ich will mit den Frauen sprechen, nicht mit dir. Du sollst nicht dabei sein.«

Sie schloss die Autotür. Durch das Rückfenster sah sie, dass O'Neill ihr mit einer unangezündeten Zigarette in der Hand nachschaute.

In dieser Nacht schlief Carlos wie ein haariges Knäuel neben ihr im Bett. Hin und wieder bewegte er die Arme im Schlaf, als würde er klettern. Da er nicht wimmerte, hatte er wohl keine Albträume. Wenn man davon ausging, dass Affen wie Menschen träumten. Ana war nicht sicher. Aber vielleicht hatte sich Carlos weit genug von seinem Affendasein entfernt. Sie erlebte es immer öfter, dass er tatsächlich Träume hatte, die ihn erschreckten. Ana selbst lag wach da, schlummerte vielleicht für ein Weilchen ein, bereitete aber in Gedanken das Treffen vom nächsten Morgen vor. Sie musste die Frauen jetzt um sich versammeln, da die Schwierigkeiten zunehmen würden, solange sie sich um Isabels Freilassung kümmerte. Sie wollte ihnen erzählen, dass sie nicht aufgeben würde, welche Probleme es auch mit sich bringen würde. Aber zugleich wollte sie wissen, was sie dachten. Gab es kein Verständnis für Isabels Situation? Keine Bereitschaft, ihr zu helfen?

Während der Nacht stand Ana mehrmals leise auf, um Carlos nicht zu wecken, auch wenn sie nie wusste, ob er nur so tat, als schliefe er.

Sie blätterte in ihrem abgegriffenen portugiesischen Lexikon, um die richtigen Wendungen für das zu finden, was sie am folgenden Tag ausdrücken wollte. Sie ging in der lauen Nacht hinaus auf die Veranda. Die Wächter schliefen an ihren Feuern, ein einsamer Hund lief leise auf der Straße vorüber. Vom Meer her konnte sie die glimmenden Laternen der Schiffe sehen, die auf die Flut warteten, um in der Morgendämmerung zum Kai des Hafens zu fahren.

Einmal bin auch ich gekommen, dachte sie. Mit einem zerrütteten Leben, das es zusammenzuhalten galt. Das hat mich hierhergeführt. Bald muss es mich weiterführen, auch wenn ich nicht weiß, wohin.

65

Als Ana morgens im Bordell eintraf, waren alle Frauen schon versammelt. O'Neill zeigte sich nicht. Unterwegs hatte sie ein versiegeltes Kuvert bei dem schlaftrunkenen Portier des Hotels abgegeben, in dem Pandre wohnte. Es enthielt das Geld, das er verlangt hatte. Sie fragte sich, ob sie Pandre je wieder begegnen würde. Eigentlich wusste sie nichts anderes über ihn, als dass sein Vater ein Betrüger gewesen war, der Tauben falsche Schwanzfedern angeklebt hatte.

Unter dem Baum war ein Stuhl für sie bereitgestellt. Zu ihrem Erstaunen war es Felicia, die zu sprechen begann, sobald Ana sich gesetzt hatte. Ana merkte sofort, dass die Frauen dieses Treffen vorbereitet hatten, vielleicht genauso gründlich wie sie.

Felicia sprach für alle. »Wir wissen, dass Senhora Ana versucht, Isabel zu helfen. Das ist etwas, worüber wir staunen und wofür wir Senhora Ana respektieren. Kein weißer Mann würde das tun. Wir sehen aber auch, dass es uns Schwierigkeiten bereitet. Es kommen immer weniger Kunden. Außerdem sind sie nicht mehr so freigebig wie früher. Auch wenn wir daran gewöhnt sind, kommt es uns so vor, als behandelten sie uns gröber. In der Stadt heißt es, die Männer wählen andere Etablissements mit anderen

Frauen, als Protest gegen die Hilfe, die Senhora Ana Isabel zu geben versucht. Unsere Einkünfte verringern sich. Wenn es so weitergeht, werden wir bald keine Kunden mehr haben. Dann hat dieses Etablissement ganz und gar seinen guten Ruf verloren.«

Felicia hatte gesprochen, als würde sie von einem Manuskript ablesen. Ana wusste, dass sie recht hatte. Es kamen weniger Kunden, zuerst fast unmerklich, dann immer deutlicher. Herr Eber hatte ihr bekümmert eine Kurve der Einkünfte gezeigt, die stetig nach unten ging. Nicht wie in einen Abgrund, aber doch einen Hang hinunter, der immer steiler wurde.

Trotzdem war Ana über Felicias Worte empört und enttäuscht. Sie hatte gehofft, Unterstützung für ihre Anstrengungen zu erhalten, Isabel zu befreien. Sie empfand plötzlich fast Verachtung für diese schwarzen Frauen, die ihre Körper verkauften und kaum darüber nachdachten, was das bedeutete. Wichtig für sie war nur das Einkommen.

Sie sah sofort ein, dass der Gedanke ungerecht war. Sie selbst war es, die am meisten an dem Unternehmen verdiente. Sie war es, die Zeit und Geld opfern konnte, um Isabel zu helfen. Sie hatte die Möglichkeit gehabt, den indischen Anwalt einzuschalten, und sie war es, die eventuell jemanden bestechen könnte, um Isabel zur Flucht zu verhelfen.

Aber das, was Felicia gesagt hatte, empörte sie weiterhin. Schon zu Lebzeiten von Senhor Vaz hatten die Frauen in seinem Etablissement bedeutend mehr verdient als in einem der anderen Bordelle der Stadt.

»So ein großer Unterschied kann es doch nicht sein«, sagte Ana. »Gibt es wirklich eine unter euch, die sich über etwas zu beschweren hat?«

Ana merkte, dass ihre Stimme angespannt klang. Sie wollte ihrem Zorn Ausdruck verleihen.

Keine der Frauen sagte etwas. Alle schauten an ihr vorbei in die Luft. Auch als zwei Apfelsinenverkäufer draußen auf der Straße zu streiten anfingen, reagierte niemand. Schlägereien oder aufgeregte Streitigkeiten draußen vor dem Bordell gehörten sonst zu dem, was die Frauen überaus amüsierte.

»Ich will es wissen«, sagte Ana. »Gibt es eine unter euch, die gemerkt hat, dass sich ihre Einkünfte erheblich verringert haben?«

Noch immer äußerte sich niemand. Aber plötzlich, wie auf ein Zeichen hin, hoben alle Frauen die Hände.

Ana stand auf. Sie fühlte, dass sie es nicht länger ertrug.

»Ich werde persönlich den Verlust ausgleichen, der euch durch meine Hilfe für Isabel entsteht«, schrie sie. »Ihr könnt jeden Monat mit euren Forderungen zu mir kommen, für die Kunden, die sich nicht gezeigt haben. Ich werde eure neue zahlende Kundin!«

Sie verließ den Garten, ohne sich umzudrehen, und fuhr zurück zum Steinhaus. Lange saß sie vor dem aufgeschlagenen Tagebuch, ohne etwas zu schreiben. Noch wusste sie nicht, wie sie die große Enttäuschung bewältigen sollte.

Sie ging zu einem der Fenster und schaute aufs Meer hinaus. Kleine Fischerboote mit dreieckigen Segeln flitzten bei achterlichem Wind über die Wellen. Carlos war aufs Dach geklettert und saß auf dem Schornstein, eine Apfelsine in den Händen.

Ana wollte gerade zu ihrem Tagebuch zurückkehren, als sie einen schwarzen Mann entdeckte, der unten auf der Straße stand und zu ihr hinaufschaute. Sie hatte ihn noch nie gesehen. Er war kräftig gebaut und trug eine Art Overall. Als er bemerkte, dass sie ihn gesehen hatte, drehte er sich um und ging davon. Sie rief Julietta.

»Hast du einen schwarzen Mann auf der Straße gesehen, der auf mein Haus schaut?«

»Nein«, sagte Julietta.

»Ich habe aber gerade einen Mann draußen stehen sehen.«

»Ich weiß nicht, wer das war. Aber ich kann fragen.«

Als sich Ana nachmittags zur Festung fahren ließ, hatte Julietta noch nicht herausgefunden, wer der Mann auf der Straße gewesen war. Niemand schien ihn gesehen zu haben. Ana begann sich zu fragen, ob sie sich getäuscht hatte.

Gulliver Sullivan stand da und erwartete sie. »Die Gefangene ist heute Nacht verletzt worden«, sagte er, als ob es ihn eigentlich nicht berührte.

Ana verstand zuerst nicht, was er meinte.

»Die Frau, die Sie besuchen, wurde heute Nacht verletzt.«

»Was ist geschehen?«

»Jemand hat versucht, sie ums Leben zu bringen. Aber es ist misslungen. Es ist auch denkbar, dass es jemand war, der ihr nur schaden, ihr Gesicht zerstören wollte.«

»Wie konnte das geschehen?«

»Wir sind dabei, die Sache zu untersuchen.«

Ana wartete nicht auf das, was Sullivan noch zu sagen hatte. Sie eilte über den offenen Platz, wo ein paar Ziegen grasten. Die Soldaten hatte das Gitter schon aufgeschlossen, als sie sie kommen sahen. Ana lief durch die dunklen Korridore. Die Tür von Isabels Zelle stand offen. Sie saß nicht wie sonst auf der Pritsche, sondern lag darauf. Ana setzte sich auf den Steinboden neben sie. Blut war von einer Wange und aus dem Mundwinkel geflossen. Ana konnte sehen, dass sie geschnitten worden war.

Sullivan war ihr in die Zelle gefolgt. »Sie sollten vielleicht Ihren indischen Arzt holen«, sagte er.

Ana hatte plötzlich das Gefühl, Sullivan wisse genau, dass Pandre kein Arzt war. Aber in diesem Moment war es ihr egal, sollte er doch glauben oder wissen, was er wollte.

»Er ist abgereist«, sagte sie nur. »Warum holt die Festung keinen Arzt?«

»Er ist unterwegs«, sagte Sullivan. »Aber er muss sich zuerst um eine Entbindung kümmern. Das Leben kommt immer vor dem Tod.«

»Nicht immer«, sagte Ana. »Ich denke, Leben und Tod kommen und gehen gleichzeitig. Isabel kann sterben, wenn sie nicht behandelt wird.«

Der Arzt, der schließlich eintraf, war ein stocktauber Portugiese, der über fünfzig Jahre in diesem Land verbracht hatte. Er überraschte Ana, indem er mit geschickten Fingern die große Wunde nähte und mit Watte bedeckte.

»Wird sie überleben?«, fragte Ana.

»Natürlich wird sie überleben«, sagte der Arzt. »Sie wird eine Narbe behalten. Aber nichts weiter.«

»Wollte derjenige, der sie mit dem Messer angegriffen hat, sie töten oder nur verwunden?«

Damit er sie hörte, musste sie ihm ihre Frage ins Ohr schreien.

»Beides ist möglich«, antwortete er. »Aber das Wahrscheinliche ist, dass er sie nicht töten wollte. Sonst hätte er weiter unten geschnitten, am Hals, und tiefer. Ein scharfes Messer, das eine Kehle öffnet, tötet binnen weniger als einer Minute.«

Ana blieb bei Isabel sitzen. Ob sie Schmerzen hatte, konnte sie nicht erkennen. Schweigend horchte sie auf ihre Atemzüge. Ana betrachtete abwesend ein Insekt, das langsam über eine Wand der Zelle kroch.

Schließlich stand sie auf und verließ die Zelle. Sullivan saß auf einem Schaukelstuhl neben der Steinmauer und rauchte Pfeife.

»Wie konnte jemand zu ihr gelangen?«, fragte Ana.

»Ich bin ganz ehrlich, wenn ich sage, dass ich das nicht weiß. Aber ich kann auch versprechen, dass wir den Vorfall untersuchen werden. Ich will nicht, dass eine Gefangene stirbt, für die ich die Verantwortung trage.«

»Ist das wahr?«

»Ja«, sagte Sullivan. »Sie ist mir gleichgültig. Ich bin der Ansicht, sie sollte gehenkt oder erschossen werden. Aber niemand soll sich in eine meiner Zellen schleichen und sie töten können.«

Abends, als Ana zum Steinhaus zurückgekehrt war, bemerkte sie wieder den schwarzen Mann im Overall draußen auf der Straße.

Etwas später löschte sie das Licht und schaute vorsichtig durch einen Spalt zwischen den Vorhängen.

Der Mann stand noch da.

Er wartet auf mich, dachte sie. Er will etwas von mir.

Sie ging mit einer Laterne in der Hand die Treppe hinunter, öffnete die Haustür und passierte die Wachen. Etwas wie Hass auf diese Männer, die schliefen, statt sie zu bewachen, machte ihr plötzlich Lust, sie in die Feuer zu stoßen. Aber stattdessen öffnete sie das Gittertor zur Straße. Der Mann stand noch da. Sie überquerte die Straße und ging zu ihm hin.

»Ich bin Moses«, sagte er. »Der Bruder von Isabel. Ich bin aus den Minen gekommen, um sie zu befreien und mitzunehmen.«

Seine Augen waren ganz ruhig. Irgendwie erinnerte er sie an ihren Vater.

66

Es brannten schon zwei Feuer, an denen die Wachen zusammengerollt lagen und schliefen. Aber Moses zündete an der Rückseite des Hauses ein drittes Feuer an. Hier hatte Ana einen kleinen Gemüsegarten anlegen und Bäume mit Apfelsinen und Zitronen anpflanzen lassen. Zum ersten Mal seit ihrer Ankunft in der Stadt traf sie auf einen Afrikaner, der sie wie eine Ebenbürtige behandelte. Das, woran sie gewöhnt war, die falsche und erzwungene Untertänigkeit der Schwarzen, fehlte ihm. Moses sprach zu ihr und sah ihr dabei in die Augen. Es war auch das erste Mal, dass ein schwarzer Mann sich in ihrer Gesellschaft auf einen Stuhl setzte. Normalerweise saß sie, während der schwarze Mann, mit dem sie sprach, stehenblieb. Schon Ana Dolores hatte ihr erklärt, es müsse so sein.

Sie fragte ihn direkt. Warum war er so anders?

»Warum sollte ich dir nicht in die Augen sehen?«, antwortete Moses. »Du kannst die Schwarzen nicht hassen oder verachten, da du meiner Schwester zu helfen versuchst. Du bist auch keine Missionarin. Darum bist du für mich ein ungewöhnlicher Mensch.«

»Was machst du in den Minen im Inland? Gräbst du nach Kohle?«

»Nach Diamanten. Aber natürlich ist das auch Kohle. Da es derselbe Grundstoff ist.«

Ana kannte den Unterschied zwischen Diamanten und Kohle nicht und verstand auch seine Antwort nicht. »Mit Kohle heizt man. Diamanten trägt man an den Fingern. Wie kann es dasselbe sein?«

»Richtig alte Kohle verwandelt sich in Diamanten«, sagte Moses. »Eines Tages werde ich dir erklären, was wir bei Rand aus der Erde holen.«

Ana wusste, woher er kam. Aber wie konnte er wissen, wer sie war? Hatte Isabel es ihm erzählt?

»Ich weiß, was ich weiß«, erwiderte er auf ihre Frage.

Eine weitere Erklärung gab er ihr nicht. Stattdessen begann er, vom Leben in den Minen zu erzählen, ohne dass sie danach gefragt hätte.

»Die Weißen, die an unseren Küsten an Land gegangen sind, haben immer in erster Linie nach dem gesucht, was sich in der Erde verbirgt«, sagte Moses. »Deshalb fällt es uns Afrikanern schwer, euch zu verstehen. Wie kann man so weit reisen und bereit sein, an Fiebern oder Schlangenbissen zu sterben, nur um nach etwas zu suchen, was so schwer zu finden ist? Natürlich kommen auch viele, um zu jagen. Andere suchen Schutz vor Verfolgung, die sie in ihren Heimatländern erlebt haben. Wir verstehen nicht, warum sie sich dann entscheiden, ein Leben zu leben, in dem sie ihrerseits unsere Verfolger werden. Weiße Menschen sind unbegreiflich, aber gerade deshalb leicht zu verstehen, da wir wissen, worauf sie aus sind. Aber nicht einmal das Graben wollen sie selbst machen, das müssen wir tun. Die Weißen haben uns in Diener der Unterwelt verwandelt. Eines Tages wird das zu Ende gehen, genau wie die Quellen des Goldes und der Diamanten versiegen werden.«

»Was wirst du tun, wenn deine Schwester wieder frei ist?«, fragte Ana.

»Ich werde diese Minenschächte, die ich so gut kenne, dazu benutzen, um meine Schwester und ihre Kinder zu schützen. Dorthin werde ich sie nach der Flucht bringen. Dass wir uns in ein anderes Land begeben, dass wir eine Grenze überschreiten, die die Weißen gezeichnet haben, bedeutet nichts. Alle eure Grenzen sind wie Striche in der roten Erde, die Kinder mit Stöckchen gezogen haben.«

Er verstummte und sah das Feuer verglimmen. Ana dachte, er habe ein Feuer gemacht, das so lange brennen sollte, wie er ihr etwas zu sagen hatte. Als die Glut erloschen war, stand er auf und ging. Seine letzten Worte waren, dass sie sich am folgenden Tag an der Festung treffen sollten.

Ana kehrte ins Schlafzimmer zurück. Carlos erwachte, als sie sich ins Bett legte. Er streckte die Arme nach ihr aus. Aber im Moment wollte sie keinen Affen neben sich im Bett haben. Nicht, nachdem sie den Mann, der Moses hieß, getroffen und mit ihm geredet hatte. Sie schubste Carlos weg, nicht fest, aber stark genug, damit er verstand, dass sein Schlafplatz die Deckenlampe war. Mit einem Seufzer und einem ärgerlichen Fauchen kletterte Carlos hinauf und legte sich hin, einen Arm über den Rand der schalenförmigen Lampe hängend.

Sie stand früh auf, saß lange vor dem Spiegel, betrachtete ihr Gesicht und dachte, sie könne es kaum erwarten, Moses wiederzusehen. Zu ihrem Erstaunen kam ihr vor dem Spiegel ein Gedanke, der für sie unerhört war: Moses war ein Mann, von dem sie sich vorstellen konnte, ihm nahe zu sein. Sie hielt sich die Hand vor den Mund, als hätte sie einen Schrei des Entsetzens ausgestoßen.

Es ist ein anderer Mann, den ich sehe, dachte sie. Oder ich bin eine andere Frau geworden, ohne es zu wissen.

Ein paar Stunden später, als sie Herrn Ebers Abrechnungen durchging, um die Behauptung von sinkenden Einkünften zu prüfen, meldete Julietta, Pater Leopoldo sei gekommen. Sofort packte Ana die Angst, Isabel sei wieder etwas zugestoßen. Sie lief die Treppen hinunter, um ihn zu empfangen. Aber Pater Leopoldo konnte sie beruhigen. Der alte Arzt habe mit guten Stichen genäht, und die Baumwolle, welche die Haut bedeckte, verhindere, dass Schmutz eindrang.

»Ich bin nur gekommen, um zu sagen, dass ich mit meinen Versuchen fortfahre, mit ihr zu sprechen«, sagte Pater Leopoldo, als sie sich auf der Veranda in den Schatten gesetzt hatten und Julietta Tee serviert hatte.

»Aber sie ist immer noch stumm?«

»Sie sagt nichts. Aber sie hört zu.«

»Kann man dessen sicher sein?«

»Ich sehe, dass sie zuhört.«

»Ich weiß, dass das nicht meine Sache ist. Aber worüber versuchen Sie, mit ihr zu sprechen?«

»Dass sie ihre schwere Sünde erkennt und ihre Seele Gott übergibt. Er wird über sie urteilen, aber sein Urteil wird milde sein, wenn sie bekennt und sich seinem Willen unterwirft.«

Ana sah Pater Leopoldo verwundert an. Er glaubt wirklich an das, was er sagt, dachte sie. Gott ist für ihn strafend. Derselbe Gott, über den meine Großmutter in Funäsdalen gesprochen hat. Er glaubt an dieselbe Hölle, wie sie es tat. Er ist nicht wie ich. Ich glaube nicht an eine Hölle, aber ich habe trotzdem Angst vor ihr. Gibt es eine Hölle, dann gibt es sie hier auf Erden.

Gott ist weiß, dachte Ana. Das habe ich mir wohl immer schon vorgestellt. Aber nie so deutlich wie jetzt.

Sie wollte das Gespräch beenden. »Sie besuchen mich zum ersten Mal«, sagte sie. »Ich glaube nicht, dass Sie nur gekommen sind, um zu berichten, dass Isabel noch immer schweigt. Das weiß ich, da ich sie ja jeden Tag besuche.«

»Ich komme auch, um zu berichten, dass der Verputz und der Mörtel an einer Ecke der Kathedrale abbröckeln und ausgebessert werden müssen.«

»Ich bin kein Maurer.«

»Wir brauchen freiwillige Beiträge, um die Schäden möglichst schnell zu beseitigen, ehe sie schlimmer werden. Wir können nicht abwarten, bis die Oberhoheit unserer Kirche in Lissabon den Entschluss fasst, uns zu helfen.«

Ana nickte. Sie versprach einen Beitrag, obwohl es sie kränkte, dass dies der eigentliche Grund von Pater Leopoldos Besuch gewesen war. Sie sah ihn nicht mehr als Priester, sondern als einen Bettler, der sich ihr aufdrängte.

Er stand auf, als hätte er es auf einmal eilig zu gehen. Ana klingelte mit ihrer Glocke und bat Julietta, ihn hinauszubegleiten. Sie dachte an die Worte ihres Vaters, der gesagt hatte, man sollte die Priester mit nackten Füßen in den Schnee hinausstoßen. Er hätte Pater Leopoldo nicht gemocht, dachte sie. Aber ich wäre weiterhin für ihn ein schmutziger kleiner Engel gewesen.

Ana besuchte das Bordell an diesem Tag nicht. Sie schickte Julietta mit der Nachricht zu O'Neill, er müsse heute die Verantwortung übernehmen. Aber am Ende des kurzen Briefes deutete sie an, dass sie vielleicht doch einen unerwarteten Besuch machen würde. Es war Senhor Vaz, der sie gelehrt hatte, alle im Bordell in ständiger Ungewissheit zu lassen. Kontrollen könnten jederzeit bei Tag und Nacht erfolgen.

Nach dem Treffen mit Pater Leopoldo entließ Ana einen der verschlafenen Nachtwächter. Er flehte vergebens darum, seine Arbeit zu behalten. Er sei krank gewesen, er habe Fieber gehabt, seiner Mutter sei ein Unglück zugestoßen, mehrere seiner Kinder befänden sich in Schwierigkeiten; deshalb sei er eingeschlafen.

Ana wusste, dass nichts von dem, was er sagte, wahr war, es war ein rituelles Spiel, das von Beginn an entschieden war. Aber Ana ließ ihn seinen Bruder holen, der nun die Arbeit als Nachtwächter übernehmen durfte. Sie würde jede Nacht kontrollieren, ob er wach blieb, sagte sie abschließend.

Nach der Mittagsruhe fuhr sie hinunter zur Festung. Carlos hockte auf dem Schornstein, als sie das Steinhaus verließ. Irgendwie war er dabei, sich zu verändern, das war eindeutig, wenn sie es auch noch nicht benennen konnte. Vielleicht sehe ich mich selbst in Carlos, dachte sie. Irgendetwas ist im Begriff zu geschehen, etwas wird mein Leben entscheidend beeinflussen. Und damit auch Carlos' Zukunft.

67

Moses wartete im Schatten neben der Mauer, die die Festung umgab. Ana stieg aus dem Auto und ging zu ihm. Moses hatte einen Platz gewählt, an dem sie nicht gesehen werden konnten. Er überreichte ihr einen kleinen Lederbeutel.

»Was ist das?«

»Zerstoßene Schalen einer besonderen Schnecke, die nahe bei der Küste von Inhambane lebt. Außerdem getrocknete Blüten eines Baums, der nur jedes neunzehnte Jahr an einem einzigen Tag blüht.«

»Solche Bäume gibt es doch nicht.«

Er sah für einen Augenblick traurig aus. Es tat ihr sofort leid.

»Was soll ich damit machen?«

»Gib es Isabel. Sag, dass es von mir ist. Sie soll es essen.«

»Warum soll sie Schalen und Blüten essen?«

»Es wird ihr Flügel verleihen, wie die eines Schmetterlings. Damit kann sie aus dem Gefängnis wegfliegen. Ich erwarte sie und nehme sie und ihre Kinder mit in die Minenschächte. In ihrer Zelle wird nur der Lederbeutel zurückbleiben. Er wird sacht mit einem Flüstern vermodern.«

»Flüstert der Lederbeutel?«

»Er wird dem, der es hören will, von Isabel und ihrem neuen Leben erzählen.«

»Das klingt wie ein Märchen, das man kleinen Kindern erzählt!«

»Aber es ist wahr, was ich sage.«

Ana sah, dass Moses es wirklich ernst meinte. Es war kein Kind, das vor ihr stand und träumte. Was er sagte, war für ihn eine Wahrheit, sonst nichts. Er war Isabel sehr ähnlich, die gleiche hohe Stirn, die ausdrucksvollen Augen.

»Ich werde es ihr geben«, sagte Ana und schob den Lederbeutel in den Korb unter das Essen. »Aber weiß sie, wie sie es einnehmen soll?«

»Sie weiß es.«

»Und ihr werden Flügel wachsen?«

Moses trat einen Schritt zurück, als wollte er ihr nicht mehr zu nahe sein. Dann drehte er sich um, ohne zu antworten, und ging davon. Ana blieb stehen, zögernd. Sie stellte den Korb ab, holte den Lederbeutel hervor und öffnete ihn. Er war zur Hälfte mit einem bläulichen Pulver gefüllt, das glänzte, als ein Sonnenstrahl darauf fiel.

Ich wirke in einem seltsamen Spiel mit, dachte sie. Wie sollen einem Menschen Flügel wachsen? Hätte mein Vater mir diese gemahlenen Schnecken und Blüten gegeben, hätte er mich dann über den Fluss fliegen und zum Fjäll hinüber verschwinden sehen?

Sie knotete den Beutel zu. Es gibt vieles, was ich nicht verstehe, dachte sie. Die Flügel sind eine Wahrheit für Moses und Isabel. Für mich sind sie zugleich lächerlich und tiefernst.

Sie trat durch die Tore der Festung ein. Sullivan stand wie üblich da und erwartete sie. Gerade an diesem Tag trug er eine weiße Paradeuniform. Er hielt die erloschene Pfeife in der Hand. Sie fragte, ob er habe klären können, wer den Überfall auf Isabel begangen habe.

»Nein«, antwortete er. »Aber es scheint mir unwahrscheinlich, dass wir es nicht herausbekommen sollten.«

»Einer von den Soldaten?«

»Wer sollte dieses Risiko eingehen? Ich würde den Schuldigen in eine Strafkompanie nach Portugal schicken. Und jeder gemeine Soldat fürchtet diese Strafe.«

»Wer kann sich an den Wächtern vorbeischleichen?«

»Genau das untersuchen wir zur Zeit. Die Stadt ist klein. Die

Wahrheit darüber, was geschehen ist, wird sich kaum verstecken können.«

Ich werde niemals eine Antwort bekommen, dachte sie. Es kann jeder gewesen sein, auch der Mann, mit dem ich gerade rede.

Sie verließ den Kommandanten und stieg hinunter zu den Zellen. Sie setzte sich neben Isabel. Der Korb vom Vortag war nicht ganz leer, sie hatte gegessen, auch wenn es nur wenig war.

»Ich bringe dir diesen Beutel von Moses«, sagte Ana. »Er möchte, dass du den Inhalt einnimmst, damit du frei werden kannst.«

Zum ersten Mal ergriff Isabel Anas Hand. Sie presste den Lederbeutel an sich und lehnte für einen kurzen Moment ihren Kopf an Anas Schulter. »Geh jetzt«, sagte sie mit einer Stimme, die nach all dem Schweigen heiser geworden war. »Ich habe nicht mehr viel Zeit.«

Als Ana aus der Dunkelheit in das scharfe Sonnenlicht hinaustrat, waren ein paar schwarze Männer dabei, eine Reiterstatue zu polieren. Sie war mit einem Schiff aus Lissabon gekommen und sollte auf einem der Plätze der Stadt aufgestellt werden. Die Ziegen standen regungslos in einer schattigen Ecke des von Mauern umgebenen Hofs.

Ana fuhr nach Hause. Sie hatte gehofft, Moses würde außerhalb der Festung auf sie warten. Aber er war nicht da.

Am nächsten Tag, als sie in der Morgendämmerung davon erwachte, dass Carlos ihr die Decke wegriss, stand Moses auf der Straße und spähte zu ihrem Fenster hinauf. Sie eilte die Treppe hinunter, an den Nachtwächtern vorbei, die ihre Feuer gelöscht hatten und sich an einer Pumpe an der Rückseite des Hauses wuschen.

Moses hielt einen Spaten in der Hand. »Es hat nicht gewirkt«, sagte er. »Sie ist immer noch gefangen.«

»Woher weißt du das?«

»Ich weiß es. Sie weiß es. Es sind zu viele weiße Menschen in ihrer Nähe, die die Geister verschrecken. Deshalb werde ich heute anfangen, mich unter der Mauer durchzugraben. Es dauert länger, als wenn sie selbst hinausgeflogen wäre. Aber wir müssen Geduld haben.«

»Von wo aus willst du graben? Glaubst du wirklich, das ist möglich?«

»Es muss möglich sein!«

»Kannst du das wirklich allein schaffen? Auch wenn du es von den Minenschächten her gewöhnt bist?«

Moses antwortete nicht. Er drehte sich nur um und ging mit eiligen Schritten den Hang hinunter auf den Platz zu, auf dem die Festung lag.

Ana blieb stehen, obwohl sie nur ihren Morgenmantel anhatte. Erst als die Nachtwächter auf den Hof kamen, um nach Hause zu gehen, verließ sie die Straße und trat wieder ins Haus. Was immer Moses und Isabel über Schmetterlingsflügel am Rücken der Menschen dachten – sie war die einzige Person, die Isabel helfen konnte. Sie legte sich wieder ins Bett und grübelte, bis sie einen Entschluss gefasst hatte. Sie zog sich an und packte den größten Teil des Geldes aus Senhor Vaz' Schubladen und aus dem Tresor in einen großen Wäschekorb. Julietta half ihr, den Korb zum Auto zu tragen, als es Zeit wurde für den Besuch bei Isabel.

»Soll sie das alles essen?«, fragte Julietta neugierig.

»Du stellst zu viele Fragen«, sagte Ana streng. »Ich kann nicht auf alle antworten. Du musst lernen, den Mund zu halten. Außerdem ist es ein Wäschekorb. Nichts, worin man Essen transportiert.«

Der Chauffeur half ihr, den Korb in die Festung zu tragen. Sullivan, diesmal in seiner gewöhnlichen Uniform, erwartete sie.

»Ich möchte mit Ihnen unter vier Augen sprechen«, sagte Ana. »Und ich kann diesen Korb nicht allein tragen.«

Sullivan betrachtete sie verwundert. Dann rief er zwei Soldaten, die den Korb in sein Zimmer trugen. Ana kam nach und schloss die Tür hinter ihnen. Der Korb war mit einem orientalischen Läufer bedeckt, den Senhor Vaz von einem zahlungsunfähigen Kunden bekommen hatte.

Sullivan setzte sich hinter seinen dunkelbraunen Schreibtisch und zeigte auf einen Besucherstuhl. »Sie wollten mit mir sprechen?«

»Ich will es so sagen, wie es ist. Isabel wird hier nicht überleben. Deshalb bin ich bereit, Ihnen dieses Geld zu geben, damit sie eine Möglichkeit zur Flucht bekommt.«

Sie stand auf und deckte das Geld auf, das gebündelt war und den ganzen Korb füllte. »Das ist alles, was ich habe«, sagte Ana. »Ich verspreche natürlich, keinem Menschen von diesem Geld zu erzählen. Ich verlange nur eines, und das ist, dass Isabel freikommt.«

Sullivan setzte sich wieder hinter den Tisch, nachdem er das Geld abgeschätzt hatte. Sein Gesicht war ausdruckslos. »Warum bedeutet sie Ihnen so viel?«

»Ich habe gesehen, was geschehen ist. Ich weiß, warum sie es getan hat. Ich hätte dasselbe tun können. Aber ich wäre nie in einen unterirdischen Kerker gesperrt worden. Weil ich weiß bin.«

Sullivan nickte, ohne etwas zu sagen. Vom Hof her hörte man das Meckern der Ziegen. Ana wartete.

Es dauerte, bis er etwas sagte. Schließlich wandte er sich ihr zu. »Das klingt nach einer ausgezeichneten Idee«, sagte er. »Es ist nicht unmöglich, mit mir einig zu werden. Aber es ist nicht genug.«

»Ich habe nicht mehr.«

»Es ist nicht Geld, was ich verlange.«

Ana dachte, Sullivan hätte vielleicht denselben Wunsch wie Pandre. »Sie sind natürlich jederzeit in meinem Etablissement willkommen«, sagte sie. »Und Sie müssen nicht zahlen.«

»Sie verstehen immer noch nicht, was ich meine«, sagte Sullivan. »Es ist ganz richtig, dass ich mir einen Besuch bei Ihnen und all den schönen und verlockenden Frauen vorstelle. Aber ich erwarte, dass Sie es sind, die mir in ein Zimmer folgen und dort die Nacht mit mir verbringen wird. Keine andere. Ich will die Frau haben, die kein anderer Kunde bekommen konnte.«

Ana bezweifelte nicht, dass es ihm ernst war. Er würde sich auch nicht überreden lassen, eine der anderen Frauen zu akzeptieren. Er hatte sich entschlossen.

»Das Geld kann hierbleiben, bis Sie Ihren Entschluss gefasst haben«, sagte er. »Ich garantiere Ihnen, dass ich nichts stehlen werde. Ich gebe Ihnen bis morgen Zeit für Ihre Entscheidung.«

Er stand auf, verbeugte sich und hielt ihr die Tür auf. Als er an ihr vorbeiging, strich er rasch mit der behandschuhten Hand über ihre Wange. Sie schauderte.

Anas Besuch bei Isabel war an diesem Tag sehr kurz. Spätabends, als Carlos schon schlief, fasste sie ihren Entschluss. Einmal im Leben würde sie sich verkaufen.

Wenn es vorüber war, würde sie endlich aufbrechen können und die irdische Hölle verlassen, über die ihre Großmutter sie nie aufgeklärt hatte. Sie würde aus dieser Stadt verschwinden, wo sie an Land gegangen war, ohne zu wissen, worauf sie sich einließ.

68

Um schlafen zu können, nahm sie eine kräftige Dosis des chloralhaltigen Schlafmittels, das Senhor Vaz hinterlassen hatte. Sie schlief unruhig, aber sie schlief.

Als sie erwachte, sah sie direkt in O'Neills unrasiertes und glänzendes Gesicht. Seine Augen waren aufgerissen und blutunterlaufen.

Es war bei Anbruch der Morgendämmerung. Das Licht stahl sich zwischen den halbgeöffneten Vorhängen herein. O'Neill hatte ein Messer in der Hand, und das war blutig. Sie glaubte zuerst, sie selbst sei das Opfer, aber sie fühlte keinen Schmerz. Verwirrende und erschreckende Gedanken flogen ihr durch den

Kopf. Wo war Carlos? Warum hatte er sie nicht beschützt? Dann sah sie ihn neben dem Bett auf dem Boden liegen, das Gesicht blutig. Ob Carlos tot oder schwer verletzt war, konnte sie nicht erkennen. Vielleicht erinnerte sie sich auch vage, dass sie Carlos im Schlaf hatte schreien hören und dass es dieser Laut war, der sie aus der Tiefe des Schlafs geholt hatte?

Als sie begriff, dass sie selbst nicht verletzt war, entdeckte sie, dass O'Neill Angst hatte. Gegen wen hatte er seine Waffe gerichtet? Gegen die schlafenden Wächter? Gegen Julietta? Sie zwang sich, möglichst ruhig zu bleiben, und richtete sich langsam auf. O'Neill schob die Vorhänge zur Seite, so dass die letzten Schatten verschwanden. Er schien es eilig zu haben. Das vermehrte ihre Unruhe, konnte es doch nur bedeuten, dass er etwas getan hatte, wovor er fliehen musste, so schnell er nur konnte.

»Was willst du?«, fragte sie.

»Ich bin gekommen, um Geld zu holen«, antwortete er.

Er zitterte.

»Was hast du getan?«

Hatte er einen Übergriff an einer der Frauen im Bordell begangen? Oder vielleicht an mehreren, vielleicht an allen? War es Felicias Blut und das der anderen Frauen, das an der Messerschneide klebte?

»Ich muss es wissen«, sagte sie. »Was ist geschehen? Wen hast du mit dem Messer attackiert?«

O'Neill antwortete nicht. Es kam nur ein ungeduldiges Knurren aus seiner Kehle. Er zog ihr mit einem Ruck die Decke weg und zischte sie an, ihm alles Geld zu geben, was sie im Haus verwahrte. Sie stand auf, schlüpfte in den Morgenmantel und dachte, wie sonderbar es war, dass sich der größte Teil ihres Geldes seit dem Vortag im Büro des Kommandanten befand, bewacht von der portugiesischen Garnison der Stadt.

»Was ist geschehen?«, fragte sie erneut.

O'Neill stand immer noch mit dem Messer in Bereitschaft, als fürchtete er, sie würde sich auf ihn stürzen. Carlos lag bewusstlos da, aber Ana konnte an seinem Brustkorb, der sich hob und senkte, erkennen, dass er lebte. Was O'Neill auch getan hatte, sie würde ihm nie verzeihen, dass er auf einen unschuldigen Affen losgegangen war und ihn fast getötet hatte.

O'Neill beantwortete plötzlich ihre Frage. Es war, als schleuderte er die Worte heraus. »Ich bin in ihre Zelle gegangen und habe das vollbracht, was mir vorher misslungen ist. Diesmal ist sie wirklich tot.«

Ana fröstelte und stöhnte auf.

O'Neill trat einen Schritt weiter auf sie zu. »Ich konnte nicht mit ansehen, dass die Einkünfte der Frauen an eine schwarze Frau vergeudet werden sollten, die ihren Mann ermordet hat. Jetzt bin ich auf der Flucht. Und ich werde dein Geld mitnehmen. Nicht einmal den Sarg für ihr Begräbnis wirst du bezahlen können.«

Ana setzte sich vorsichtig auf den Bettrand. Es war, als hätte O'Neills Messer etwas in ihr zerfetzt. In diesem Augenblick hatte sie nur ein Bedürfnis, und das war, Isabels Tod zu betrauern. Aber O'Neill stand ihr im Weg. Er würde nicht gehen, ehe er Geld bekommen hätte, und er würde ihr auch nicht glauben, wenn sie erzählte, dass der größte Teil ihrer Mittel sich im Büro des Kommandanten befand. Vielleicht war dies das Ende der merkwürdigen Reise, die mit einer Schlittenfahrt begonnen hatte? Sie würde in diesem Zimmer sterben, erstochen von einem Mann, den sie selbst für eine Probezeit angestellt hatte, ohne zu wissen, dass sie damit einen Mörder an sich herangelassen hatte. Sie würde in ihrem Schlafzimmer sterben, in dem sie ihre Zeit als Witwe verbracht hatte, und sie würde zusammen mit dem sonderbaren Affen sterben, der weißgekleidet als Kellner in einem Bordell herumgegangen war.

Aber konnte das, was O'Neill erzählte, wirklich wahr sein? Sie sah ihn an und dachte plötzlich, sie sei in eine Falle getappt. Sie hatte den Abgrund nicht bemerkt, der sie zu verschlingen drohte.

»Warum hast du sie getötet? Und warum sollte ich dir glauben?«

»Weil niemand außer mir das zu tun vermochte, was richtig war, nämlich ihr das Leben zu nehmen.«

»Wie konntest du in ihre Zelle kommen? Zweimal sogar?«

»Natürlich hat mir jemand Zutritt verschafft. Türen offen gelassen. Aber wer, das werde ich nicht verraten.«

»War es der Kommandant? Sullivan?«

O'Neill machte plötzlich einen Ausfall mit dem Messer. Als er sich bewegte, trat er auf Carlos, der aufwimmerte.

»Es war nicht Sullivan. Aber alle anderen Fragen werden unbeantwortet bleiben.«

Er nahm einen grauen Jutesack, der neben ihm auf dem Boden lag. »Fülle ihn mit deinem Geld!«

»Das kann ich nicht.«

Etwas an ihrer Stimme ließ ihn zögern, so dass er sein Anliegen nicht sofort mit verstärkter Bedrohlichkeit wiederholte. »Warum nicht?«

»Weil mein Geld sich im Büro des Kommandanten befindet, drinnen in der Festung.«

Sie sah, dass er nervös zwischen Unsicherheit und Wut zu pendeln begann. Der Sack hing in seiner Hand.

»Warum hat er das Geld? Niemand wusste, dass ich heute Nacht hierherkommen wollte.«

»Ich habe ihm das Geld als Bestechung überlassen«, antwortete Ana. »Damit er mich Isabel holen und dafür sorgen lassen würde, dass sie aus der Stadt flieht. Heute Morgen sollte ich mit dem letzten Teil kommen.«

»Es gibt also mehr hier im Haus?«

»Kein Geld mehr. Die weitere Bezahlung sollte auf andere Weise erfolgen.«

»Wie? Womit?«

»Mit mir selbst.«

O'Neill rührte sich nicht. Sie sah seine Verwirrung. Er verstand nicht, was sie meinte. Seine Unsicherheit gab ihr trotz seines Messers die Oberhand.

»Ich habe versprochen, seine Hure zu sein. Wer würde einer liederlichen Bordellwirtin glauben, wenn sie hinterher versuchen würde zu erklären, was wirklich geschehen ist?«

Endlich verstand O'Neill, was Ana meinte. Es konnte keine Lüge sein, die sie sich nur ausgedacht hatte. Er riss sie vom Bett hoch, legte ihr die Hand um die Kehle und schüttelte heftig den Sack. »Alles, was du hast«, sagte er. »Wirklich alles. Und du wirst niemandem je erzählen, dass ich es war, der hergekommen ist.«

»Die Leute werden es trotzdem wissen.«

»Nicht, wenn du nichts sagst.«

Er stieß sie von sich, und sie fiel auf den Steinboden, das Gesicht nah an Carlos, der immer noch mit gequälten Atemzügen nach Luft schnappte.

Gerade als sie aufstehen wollte, öffnete Carlos ein Auge und sah sie an.

Ana stand auf und begann, das restliche Geld einzusammeln, das sie noch im Haus hatte. Zwei hohe Porzellanurnen, mit orientalischen Nymphen dekoriert, hatte sie mit Geld gefüllt, das dafür bestimmt war, den Verdienstausfall der Frauen auszugleichen. Sie stopfte alles in den Sack, während O'Neill sie drängte, sich zu beeilen. Auf dem Boden der Kleiderkammer hatte sie zwei Lederkoffer von Senhor Vaz mit Geld, das für ihre Reise gedacht war, wohin auch immer sie sich begeben würde. Das Geld, das sie erhalten würde, wenn sie ihr Haus und das Bordell verkaufte, würde sie denen geben, die dort arbeiteten. Sie selbst würde nichts davon behalten.

Als sie den letzten Koffer geleert hatte, war der Sack nicht mehr als halbvoll. Zusammen mit dem Geld im Büro des Kommandanten hätte es zwei, vielleicht drei Säcke gebraucht.

»Das ist alles«, sagte sie. »Wenn du mehr willst, musst du dich an Sullivan wenden.«

Er schlug sie hart vor Enttäuschung. Tief drinnen in dem Schmerz, den der Schlag verursacht hatte, regte sich die Frage, wie ihr O'Neills Brutalität hatte entgehen können. Wie hatte sie einen

Mann als Wächter anstellen wollen, der schlimmer war als ihre schlimmsten Kunden?

»Es muss mehr geben«, drohte er, das Gesicht so nah an der schmerzenden Wange, dass sie die Bartstoppeln auf der Haut spürte.

»Wenn du willst, kann ich auf eine Bibel oder bei meiner Ehre schwören. Es gibt nicht mehr.«

Ob er ihr glaubte oder nicht, konnte sie nicht erkennen. Aber er riss ihr die Ringe ab, die sie an den Fingern trug, und warf sie in den Sack. Dann schlug er sie erneut, bis ihr schwarz vor Augen wurde.

69

Als sie zu sich kam, saß Carlos da und schaute sie an. Er schaukelte vor und zurück, wie er es immer machte, wenn er Angst hatte oder sich verlassen fühlte. O'Neill war weg. Ana hatte das Gefühl, nicht besonders lange bewusstlos gewesen zu sein. Das offene Fenster zur oberen Veranda zeigte den Weg, auf dem O'Neill verschwunden war, vielleicht auch, wie er hereingekommen war. Sie ging hinaus und sah, dass die beiden Wächter gähnend und schlaftrunken an ihren erloschenen Feuern saßen. Hätte sie eine Waffe gehabt, hätte sie sie erschossen, dachte sie. Zumindest wäre die Versuchung groß gewesen. Aber schließlich hätte sie doch die Pistole in den Nachthimmel gerichtet. Sie würde niemanden töten. Sie war ein schmutziger Engel, aber keine Mörderin.

Sie setzte sich aufs Bett und befeuchtete Carlos' Wunden. Niemand würde mir glauben, wenn ich davon erzählte, dachte sie. Davon, dass ich auf dem Bett sitze, nach einem Überfall, die blutende Schläfe eines Affen befeuchtend. Aber ich werde nichts erzählen, niemandem.

Früh am Morgen verließ sie das Haus und fuhr hinunter zur Festung. Julietta und Anaka hatten mit Entsetzen die Unordnung im Schlafzimmer gesehen, die zerrissenen Laken, die Blutflecken, den zersplitterten Spiegel. Aber Ana hatte nur erklärt, Carlos habe Albträume gehabt und sich selbst Schaden zugefügt. Dass sie selbst eine Schwellung an der einen Wange hatte, mochte sie nicht kommentieren.

Da sie früh an der Festung eintraf, war Sullivan noch nicht mit seiner Pfeife in der Hand auf die Treppe getreten. Vielleicht hielt er sich noch in seiner Wohnung auf, über die er in den oberen Teilen der Stadt verfügte, wo die Garnison ihr Quartier hatte. Ana tat einen tiefen Atemzug und begab sich zum Eingang der Kerker. Der Wächter am Tor wollte sie zuerst nicht einlassen. Er war unruhig, da er entdeckt hatte, dass das Schloss des Gitters in der Nacht geöffnet worden war, als er und ein anderer Soldat Wache hielten. Aber Ana befahl ihm, zur Seite zu gehen, und stieß ihn aus dem Weg.

Isabel lag tot auf dem Steinboden neben der Pritsche. Ana hatte das Gefühl, sie hätte mit ihren letzten Kräften versucht, sich aufzurichten, da sie nicht liegend sterben wollte. Aber sie hatte es nicht geschafft. O'Neill hatte ihren Körper in eine blutige Masse von Haut, Gedanken und Erinnerungen verwandelt, von Narben nach der Geburt ihrer Kinder, der Liebe zu Pedro; alles, was sie zu dem Menschen gemacht hatte, der sie war. O'Neill hatte sie nicht nur mit dem scharfen Messer erstochen, er hatte sie auch zerfetzt und bis zur Unkenntlichkeit entstellt. In ihrer Verzweiflung dachte Ana, O'Neill müsse grenzenlos sein in seinem Hass auf die schwarzen Menschen, die sich nicht einmal im Gefängnis unterwarfen.

Mühsam hob Ana Isabel hoch und legte sie auf die Pritsche. Sie breitete die Decke über ihr aus, die sie nie benutzt hatte, auch nicht in den kältesten Nächten. Jedes Mal, wenn sie den Körper berührte, wurde sie an die Kälte erinnert, die sie als Kind umgeben hatte. Die tote Isabel verwandelte den unterirdischen Raum in eine Landschaft, in der sie gelebt hatte, frierend, sich nach Wärme vom Feuer oder von der Sonne sehnend, die so selten die Wolken durchdrang. Sie sah Isabel an und erinnerte sich an all das, was vor kurzem so weit weg gewesen, jetzt aber zurückgekehrt war. Welche Frau ist es eigentlich, von der ich mich verabschiede?, dachte sie. Ist es Isabel, oder bin ich es selbst? Oder sind es wir beide?

Ein Soldat kam in die Zelle und meldete, der Kommandant erwarte sie. Er stand an seinem Schreibtisch, als sie hereinkam. Als er fragte, warum sie ihren Besuch so zeitig mache, merkte Ana, dass er nicht wusste, was in der Nacht geschehen war.

Das gab ihr unerwartet die Oberhand, und sie zögerte nicht, ihre Chance zu nutzen. »Kommen Sie mit«, sagte sie. »Ich habe Ihnen etwas zu zeigen.«

»Vielleicht können wir erst den letzten Teil unserer Übereinkunft bestätigen?«

»Es gibt keine mehr.«

Ana drehte sich um und verließ das Zimmer. Sullivan eilte ihr nach und holte sie auf dem Hof ein. Ana spürte, dass sich das Gerücht bereits unter den Soldaten verbreitet hatte. Sullivan betrat die Zelle. Ana schlug die Decke über Isabels gemartertem Körper zurück. Er schaute mit Entsetzen und Unglauben auf die Tote.

»Ich weiß, wer sie getötet hat«, sagte Ana. »Ich werde Ihnen den Namen nennen. Aber der Mörder ist bestimmt schon auf der Flucht ins Inland, und er kennt alle Wege. Vielleicht hat er ein Pferd, auf dem er reitet. Ich kann nichts anderes tun, als Ihnen den Namen zu geben. Dann müssen Sie bestimmen, ob Sie Ihre Soldaten ausschicken wollen, um nach ihm zu suchen.«

Sie berichtete von O'Neill, dem Überfall in ihrem Haus und dem Geständnis des Mordes an Isabel. Sullivan hörte mit wachsendem Zorn zu. Ob er daher rührte, dass er gedemütigt worden war, dass er das Geld in dem Wäschekorb verlieren würde oder dass er nicht mehr erwarten konnte, mit ihr zu schlafen, war nicht auszumachen. Sie wusste nur, dass sie im Moment die Stärkere war.

»Isabels Bruder wird den Leichnam abholen«, sagte sie. »Aber das Geld nehme ich mit. Wir werden uns nie wieder sehen. Und ich verlange, dass zwei Soldaten sie weiterhin bewachen, auch wenn sie jetzt tot ist.«

Sie kehrten auf den Hof zurück. Zwei Soldaten trugen den Wäschekorb zum Auto und schoben ihn in den Kofferraum.

»Wir werden ihn fassen«, sagte Sullivan, der ihr durch das Tor gefolgt war.

»Nein«, sagte Ana. »Er ist ein weißer Mann, den ihr entkommen lassen werdet. Ihre Worte bedeuten nichts. Ich hatte vor, Ihrem Begehren zu entsprechen. Jetzt empfinde ich große Erleichterung darüber, dass ich Ihnen nie nahekommen muss.«

Ehe der Kommandant antworten konnte, hatte Ana sich umgedreht und in das wartende Auto gesetzt. Als sie davonfuhr, sah sie, wie die große Reiterstatue von schwarzen Männern mit Seilen auf die Straße geschleppt wurde. Sie empfand Reue darüber, dass sie nicht sofort darauf eingegangen war, Sullivan seinen Willen zu lassen. Vielleicht hätte sie Isabel dann retten können? Während dieser Nacht, die Isabels letzte geworden war, hätte sie schon mit Moses zur Freiheit in den fernen Minenschächten unterwegs sein können.

An die folgenden Stunden erinnerte sie sich nicht. Nur ein grelles weißes Licht und ein anschwellendes Rauschen in den Ohren. Nichts weiter.

Moses tauchte in der Abenddämmerung vor ihrem Haus auf. Ana hatte am Fenster gestanden und ihn erwartet. Er wusste bereits, dass Isabel tot war. Ana machte sich nicht die Mühe, ihn zu fragen, wie er erfahren hatte, was geschehen war. Er stand da, staubig und erschöpft nach dem Graben, mit dem er begonnen hatte.

Er hat einen Tunnel graben wollen, dachte sie. Eine Öffnung, durch die ein Mensch in die Freiheit fliehen sollte. Stattdessen wird das, was er jetzt aushebt, zu einem Grab.

»Du kannst ihren Leichnam morgen abholen«, sagte sie. »Wenn du meine Hilfe brauchst, bekommst du sie. Niemand in der Festung wird dich schlecht behandeln. Isabel wird von Soldaten bewacht.«

»Ich hole sie allein«, sagte Moses. »Die letzte Reise will ich mit ihr allein machen.«

»Was geschieht jetzt mit ihren Kindern?«

Moses antwortete nicht. Er schüttelte nur den Kopf, murmelte etwas Unverständliches und ging davon.

In diesem Augenblick war sie nahe daran, ihm nachzulaufen, ihm zu folgen, wohin er auch ging, zurück zu den Minen von Rand oder Kimberley oder sonst wohin in der Welt, die sich ausbreitete, unendlich, jenseits der Berge und der weitgestreckten Hügelketten.

Aber sie blieb stehen. Ana Branca und Hanna Lundmark wussten nicht, zu welcher Welt sie gehörten.

Als sie ins Haus zurückkehren wollte, sah sie, dass Carlos seinen Platz auf dem Schornstein wieder eingenommen hatte. Im letzten Licht der untergehenden Sonne zeichnete sich nur seine Silhouette ab. Carlos sieht aus wie ein alter Mann, dachte sie. Ein Affe oder ein alter Mann, der ein bleiernes Gewicht trägt, von dem er sich nicht zu befreien vermag.

An diesem Abend machte sie eine Notiz in ihrem Buch. Sie schrieb: »Isabel, ihre Flügel, ein blauer Schmetterling, flatternd in einer Welt, in der ich sie nicht erreichen kann. Moses ist gegangen. Ihn liebe ich. Unmöglich, vergeblich, verzweifelt.«

Dann klappte sie das Buch zu, band eine rote Schleife um die Deckel und legte es in die Schreibtischschublade.

Den Wäschekorb mit dem Geld rührte sie an diesem Abend nicht an.

Sie stand auf der Veranda, als die Sonne sich aus dem Meer erhob. Aber Moses war nicht da. Enttäuscht kehrte sie ins Haus zurück und leerte den Wäschekorb, packte die Geldbündel in den Tresor, in Schränke und Schubladen, wo sie nur unter Schwierigkeiten Platz fanden. Danach wusch sie sich gründlich die Hände. Trotzdem blieb ein aufdringlicher Geruch zurück.

Nachdem Julietta ihr das Frühstückstablett gebracht hatte, schickte Ana sie zur Festung, um sich nach Isabels Begräbnis zu erkundigen. Zu Anas Erstaunen reagierte Julietta nicht auf die Nachricht, dass Isabel tot war. Sie wusste also schon Bescheid. Es muss einen geheimen Weg für schwarze Menschen geben, dachte sie, einander unsichtbare Boten mit wichtigen Neuigkeiten zu schicken.

»Beeile dich«, sagte Ana. »Du sollst dich nicht aufhalten und in Schaufenster sehen, nicht mit Jungen oder Mädchen schwatzen. Wenn du so bald zurückkommst, dass du mich überraschst, erhältst du eine Belohnung.«

Julietta verließ rasch das Zimmer. Ana hörte ihre hüpfenden Schritte auf der Treppe.

Nach weniger als einer Stunde war Julietta zurück, keuchend von der Anstrengung, die steilen Hänge hinaufzusteigen. Ana musste ihr sagen, dass sie sich setzen und zu Atem kommen müsse, weil sie zuerst nicht verstand, was Julietta zu sagen versuchte.

»Der Leichnam ist schon weg«, sagte Julietta schließlich.

Ana starrte sie an. »Was meinst du damit, dass der Leichnam weg ist?«

»Er hat ihn schon geholt, bevor die Sonne aufging.«

»Wer hat ihn geholt?«

»Ein schwarzer Mann, der sie allein hinausgetragen hat.«

»Den jungen Kommandanten hast du nicht gesehen?«

»Einer der Soldaten sagte, er sei noch zu Hause und schlafe. Er sei gestern Abend auf einer Einladung gewesen.«

»Von wem? Hatte er getrunken? Muss ich dir alles aus der Nase ziehen?«

»Das war es, was sie gesagt haben. Dann versuchten sie, mich in die Dunkelheit des Kerkers hinunterzulocken, in dem Isabel gestorben ist. Da bin ich weggelaufen.«

»Das hast du ganz richtig gemacht.«

Ana hatte die Belohnung für Julietta vorbereitet. Sie bekam eine schöne Halskette und eine Bluse aus schimmernder Seide. Julietta knickste.

»Geh jetzt«, sagte Ana. »Sag dem Chauffeur, dass ich bald fahren möchte.«

Julietta blieb stehen. Ana verstand sofort, was sie wollte.

»Nein«, sagte sie. »Du wirst niemals mit den anderen Frauen im Bordell arbeiten. Geh jetzt, bevor ich zurücknehme, was du bekommen hast!«

Julietta verschwand. Ana zog die schwarzen Kleider an, die sie auch zu Senhor Vaz' Beerdigung getragen hatte. Jetzt würde sie wieder einem Menschen zum Grab folgen, dessen Tod ganz unerwartet gekommen war. Diesmal würde sie wohl die einzige Weiße im Trauerzug sein. Und die Weißen, die sie sahen, würden in ihrer Feindseligkeit bestärkt werden, die in vielen Fällen schon in Hass umgeschlagen war. Sie kümmerte sich nicht nur um die lebenden Schwarzen, sie folgte auch noch einer Mörderin zum Grab.

Sie kannte sich mit den Beerdigungsritualen der Schwarzen nicht aus. Aber sie pflückte ein paar rote Blumen im Garten und setzte sich ins Auto. Der Chauffeur erschrak, als er hörte, dass er sie zum Friedhof fahren sollte. Er weiß es, dachte sie. Er weiß, dass die Zeit für Isabel gekommen ist, in die Erde gesenkt zu werden.

Eine Mauer wurde neben dem Eingang zum Friedhof hochgezogen. Als Ana aus dem Auto stieg, hielten die schwarzen Arbeiter inne und betrachteten sie, mit Ziegelsteinen und Maurerkellen in den Händen. Sie stellte sich in den Schatten eines Baumes und bat den Chauffeur, sich zu erkundigen, wann Moses und die anderen Familienmitglieder mit Isabels Leichnam kommen würden. Sie sah, wie er einen der Maurer ansprach und wie die Antwort ihn überraschte. Er eilte zurück.

»Sie sind schon gekommen«, sagte er. »Sie warten drinnen auf dem Friedhof.«

»Warten auf wen?«

»Sie warten auf die Senhora.«

Moses, dachte sie, während sie in den Friedhof eilte, die roten Blumen in der Hand. Er wusste, dass ich Isabel würde begleiten wollen.

Der Chauffeur zeigte auf einen Teil des Friedhofs, abgeschieden von den Gräbern der Weißen, wo eine Gruppe von schwarzen Menschen wartete. Als sie zwischen verwitternden Gräbern entlanglief, nahm sie einen süßlichen Leichengeruch wahr, der aus der Erde stieg. Sie hielt die Hand vor den Mund und fürchtete, ihr werde so übel werden, dass sie sich übergeben müsse.

Der Sarg war braun, aus dicken Brettern gezimmert. Man hatte ihn schon ins Grab hinabgelassen. Ringsherum standen Moses in seinem Overall, Isabels Kinder und einige schwarze Frauen, die Ana noch nie gesehen hatte. Sie nahm an, es seien Isabels Schwestern, die sich jetzt der verlassenen Kinder annahmen. Kein Priester von der Kathedrale war anwesend. Als sie ans Ziel gekommen war, stimmte Moses einen Choral an, und alle sangen mit. Danach murmelte Moses ein paar Worte, die Ana nicht verstand, und sah sie dann lange an.

»Willst du etwas sagen?«

»Nein.«

Moses nickte und begann, Erde auf den Sarg zu schaufeln. Alle anderen halfen ihm. Sie gruben mit den Händen oder mit Stöcken und flachen Steinen. Ana überkam das Gefühl großer Eile. Der Sarg sollte so schnell wie möglich bedeckt werden. Ana erinnerte sich an etwas, was sie Senhor Vaz hatte erzählen hören: Schwarze Menschen hatten es immer eilig, von Begräbnissen wegzukommen, da sie Angst hatten, böse Geister könnten den Sarg verlassen und sie verfolgen. Vielleicht war Isabel trotz allem auch für ihre Schwestern eine bösartige, eifersüchtige Mörderin? Ana legte ihre roten Blumen auf den zusammengeschaufelten Erdhügel. Dann sah sie, dass sie recht gehabt hatte. Alle außer Moses verließen fluchtartig das Grab. Einige von ihnen hüpften auf den Wegen hin und her, wie um die bösen Geister zu verwirren. Es sah so komisch aus, dass sie bei aller Trauer fast zu lachen begonnen hätte.

Schließlich waren nur noch Moses und sie zurückgeblieben.

»Was wirst du jetzt tun?«, fragte sie.

»Ich kehre zu den Minen zurück.«

»Aber du könntest doch hierbleiben? Da ist noch das Geld, das ich nun nicht für eine Erpressung gebraucht habe.«

Moses sah sie an.

»Ich meine es ernst«, sagte sie. »Du kannst ein Haus bauen, dich um Isabels Kinder kümmern. Du musst nicht mehr in den Minen schuften.«

Vielleicht glaubte er ihr? Das konnte sie nicht erkennen. Aber er lehnte trotzdem ab. »Ich kann dein Geld nicht annehmen.«

»Warum nicht?«

»Isabel hätte es nicht gewollt. Ihre Kinder haben es gut, so wie es ist.«

»Du hast viele Jahre lang in dem Staub und Rauch der Minen gearbeitet. Es ist nicht gut, dort zu lange zu arbeiten.«

»Es ist trotzdem so, dass ich in die Minen gehöre.«

Aber es schwang doch ein Zweifel mit, das spürte sie.

»Ich werde über das nachdenken, was du vorgeschlagen hast«, sagte er. »Ich werde morgen in dein Haus kommen, wenn ich fertig gedacht habe.«

Er drehte sich um und eilte zwischen all den namenlosen Gräbern davon. Sie sah ihm nach, bis er bei den weißen Mausoleen angekommen war und aus dem Sichtfeld verschwand.

Sie fuhr zurück in die Stadt und bat den Chauffeur, am Bordell zu halten. Aber dann überlegte sie es sich anders und wies ihn an, sie nach Hause zu fahren. Noch wusste sie nicht, was sie sagen sollte. Isabels Tod und die Begegnung mit Moses hatten ihr Gefühl verstärkt, ganz und gar auf sich selbst und ihre eigenen Entschlüsse angewiesen zu sein.

Sie nahm ein Bad und legte sich dann aufs Bett. Wieder und wieder ging sie die lange Reise durch, die sie in dieses Zimmer geführt hatte. Doch die Bilder in ihrem Kopf waren in seltsamer Unordnung zusammengefügt. Jetzt war es plötzlich Senhor Vaz, den sie in Alger geheiratet hatte und Lundmark war ihr im Bordell begegnet. Moses war ihr Rausschmeißer, und O'Neill, wie Pater Leopoldo gekleidet, ging in der schattigen Kathedrale umher.

Sie verbrachte den Rest des Tages und den Abend im Grenzland zwischen Traum und Wachen. Sie zog den Morgenmantel an, als Julietta das Essen für sie hereintrug, rührte aber kaum etwas an. Dann und wann schlug sie ihr Tagebuch auf, las hier und da ein paar Sätze und griff nach dem Federhalter, um etwas hinzuzufügen, schrieb aber schließlich nichts. Sie zeichnete nur eine Karte von dem Fluss, der sich in ihr schlängelte, dem Fjäll, das weiß gekleidet war, und dem Haus, in dem ihr Vater immer die durchlässigen Spalten abgedichtet hatte, um die Familie auf die Kälte eines weiteren Winters vorzubereiten.

Während der Nacht schlief sie, nachdem sie eine ungewöhnlich hohe Dosis des Chlorals genommen hatte. Immer wieder träumte sie, sie wäre wach. Jedenfalls glaubte sie das, als sie aufwachte.

71

Als die Morgendämmerung kam, stand sie schon auf der Veranda. In ihr regte sich eine Erwartung, die sie vergeblich zu bekämpfen suchte. Das hatte sie nie so stark empfunden, wenn sie Lundmark erwartete, und noch weniger bei Senhor Vaz. Aber jetzt fühlte sie so.

Moses kam nicht. Nachdem sie den ganzen Morgen vergeblich

gewartet hatte, war sie sicher, dass er schon wieder zu den Minen aufgebrochen war. Er hatte nicht gemeint, was er gesagt hatte, als er davon sprach, in ihr Haus zu kommen. Aber er hatte sie auch nicht betrogen. Er war sicher gewesen, dass sie seinen Entschluss verstehen würde. Er wollte ihr Geld nicht. Er war in den Minen zu Hause.

Doch um die Mittagszeit kam ein kleiner Junge zur Tür des Steinhauses und gab ein zugeklebtes Kuvert mit ihrem Namen darauf ab. Julietta brachte es hinauf in ihr Zimmer. Ana schickte sie weg, ehe sie den Brief öffnete. Sie kannte die Handschrift nicht. Er war, wie erhofft, von Moses. Er bat sie, nach Beira zu fahren, seine und Isabels Eltern zu suchen und ihnen zu berichten, dass sie tot war. Er wollte ihr dieses Vertrauen schenken, und er schrieb, er sei sicher, Isabel hätte seine Meinung geteilt.

Sie legte den Brief in die Schreibtischschublade und schloss ab. Den Schlüssel hängte sie sich wie gewöhnlich um den Hals.

Aber der Brief hatte sie ebenso empört wie enttäuscht. Warum entschied sich Moses dafür, ihr einen Auftrag zu erteilen, den er selbst hätte übernehmen sollen? Hatte sie sich in ihm geirrt, auf ähnliche Art wie bei O'Neill? Fehlte Moses der Mut, der seine Schwester auszeichnete? Sie spürte einen wachsenden Missmut, blieb aber zugleich unsicher, ob sie das Motiv verstanden hatte, sie um diese Reise zu bitten. Sie wusste nicht, mit wem sie sprechen sollte, um es zu verstehen. Konnte Felicia ihr wieder behilflich sein? Sie zögerte und entschied sich schließlich dafür, mit Pater Leopoldo zu sprechen, der immerhin Isabel getroffen hatte und vielleicht Moses' Verhalten erklären könnte.

Sie fand ihn in der Kathedrale, wo er dem Kinderchor bei der Probe zuhörte. Ana erinnerte sich an ihren ersten Besuch, und ihre Augen füllten sich mit Tränen. Ob es der Gesang der Kinder war oder die Erinnerung an das erste Mal, als sie die Kathedrale betrat, konnte sie nicht beurteilen.

Pater Leopoldo entdeckte sie und nahm sie mit in einen Raum, in dem die Priester ihre Messgewänder aufbewahrten. Der Gesang des Kinderchors drang leise durch die dicken Wände. Sie erzählte von Isabels Begräbnis und Moses' Brief.

»Warum bittet er mich, seine Eltern aufzusuchen?«

»Er will ihnen vielleicht den größten Respekt erweisen, den er sich vorstellen kann. Eine weiße Frau mit einer Botschaft vom Tod zu schicken. Wann hat eine weiße Frau oder ein weißer Mann so etwas je für einen einfachen schwarzen Minenarbeiter getan?«

»Aber er war doch ihr Bruder.«

»Ich glaube, er wollte ihr Gedächtnis ehren, indem er die Senhora bat.«

»Warum hat er das nicht gesagt? Warum hat er versprochen, mich aufzusuchen, um mir dann nur einen Brief zu schreiben?«

»In gewisser Weise hat er sie aufgesucht. Er hat seine Bitte an Sie niedergeschrieben.«

Sie fuhr fort zu zweifeln, obwohl es in Pater Leopoldos Stimme etwas Überzeugendes gab. Sie dachte, er habe Moses wohl besser verstanden als sie.

Dann fragte Pater Leopoldo vorsichtig, wie sie Isabels Tod verkrafte. Sie sagte, wie es war, dass die Trauer sie noch nicht mit voller Wucht getroffen habe. Sie fürchte sich vor dem Augenblick, in dem es geschehen werde.

»Wie geht es jetzt weiter?«, fragte er. »Die Senhora hat mehrmals davon gesprochen wegzugehen.«

»Ich weiß es nicht. Ich weiß nur, dass ich mich bald entscheiden muss.«

Das Gespräch wurde unterbrochen, als Pater Leopoldo zur Beichte gerufen wurde. Ana ging durch die leere Kirche. Der Kinderchor war verschwunden. Aber dann entdeckte sie einen Mann im Dunkel neben dem großen Tor. Es war Senhor Nunez. Er wartete auf sie. Ich werde die ganze Zeit beobachtet, dachte sie. Es sind so viele, die mich sehen, ohne dass ich sie sehen kann. Nunez verbeugte sich.

Sie hob die Hand. »Bitte geben Sie mir einen Moment zum Nachdenken!«

Nunez nickte und setzte sich. Ana sank auf einen Stuhl, nachdem sie Nunez den Rücken zugekehrt hatte. Sie entschloss sich fast sofort. Sie zögerte nicht länger. Jetzt wusste sie, was sie wollte.

Sie drehte den Stuhl zu Nunez hin. »Ich verkaufe mein Unternehmen«, sagte sie. »Ich möchte in englischen Pfund bezahlt werden, und zwar in einer Summe. Sie müssen versprechen, den Bestimmungen zu folgen, die heute gelten. Wie Sie später die Frauen entschädigen, ist mir gleich. An das Kinderheim, von dem Sie gesprochen haben, glaube ich nicht.«

»Ich werde Ihre Wünsche natürlich respektieren. Aber ich denke immer noch an das Kinderheim.«

Ana stand auf. »Mir müssen Sie nichts vormachen. Kommen Sie morgen Nachmittag zu mir nach Hause. Bringen Sie das Geld mit.«

»Aber wir haben uns noch nicht über den Preis geeinigt.«

»Ich nenne keinen Preis. Aber ich sage Bescheid, wenn Sie zu wenig Geld bringen. Dann verkaufe ich an einen anderen Interessenten. Ein Anwalt wird einen Vertrag aufgesetzt haben. Ich möchte das Geschäft sofort abschließen.«

Sie wartete die Antwort nicht ab, stand auf und verließ die Kathedrale. Jetzt bin ich es, die die Unterwelt verlässt, dachte sie. Aber im Gegensatz zu Isabel bin ich noch am Leben.

Tags darauf setzte Andrade zwei Verträge auf. Der eine betraf den Verkauf ihres Hauses, für das er viertausend englische Pfund einsetzte, einschließlich aller Möbel. Er versprach, die Dienstboten mindestens ein Jahr lang zu beschäftigen und danach für Anakas und Juliettas Pension aufzukommen.

Der andere Vertrag galt der Übertragung des Bordellbetriebs auf Senhor Nunez. Zu seinem Erstaunen bat Ana, eine Zeile leer zu lassen, in die die Verkaufssumme eingetragen werden sollte. Sie ließ auch nichts davon erwähnen, dass das Bordell in ein Kinderheim umgewandelt werden sollte.

Um drei Uhr nachmittags kam Nunez. Er bot ihr viertausend Pfund für das Unternehmen. Ana sagte, sie erwarte fünftausend, da sie überzeugt war, diese Summe habe er in seiner dicken Ledermappe bei sich. Nunez lächelte und stimmte der Übereinkunft zu. In weniger als einer Stunde waren sowohl die Übertragungsurkunde als auch der Verkauf abgeschlossen.

»In vier Tagen können Sie alles übernehmen. Bis dahin haben Sie keinen Zutritt zu dem Etablissement. Außerdem herrscht Schweigepflicht über dieses Geschäft, bis ich mit den Frauen gesprochen habe, die dort arbeiten. Woher haben Sie so viel Geld?«

Nunez schüttelte lächelnd den Kopf. »Es gehört nicht zu unserer Abmachung, dass ich den Ursprung meiner Einkünfte offenlege.«

»Elefantenzähne? Löwenfelle? Heimliche Diamantenminen, die keiner kennt?«

»Ich werde diese Fragen nicht beantworten.«

»Solange Sie kein Sklavenhändler sind.«

»Was geschieht mit dem Affen?«, fragte Nunez und zeigte auf Carlos, der auf dem hohen Schrank saß. »Gehört er als nicht spezifizierter Teil zu unserer Abmachung?«

»Er wird mich begleiten«, sagte Ana. »Für seine Zukunft trage ich die Verantwortung. Ich hoffe, Sie haben auch bemerkt, dass ich nicht verlangt habe, das Bordell in ein Kinderheim zu verwandeln. Warum sollte ich etwas verlangen, was Sie nicht beabsichtigen? Jetzt bitte ich Sie zu gehen. Wir haben unser Geschäft abgeschlossen und brauchen nicht mehr miteinander zu reden.«

Nunez betrachtete sie. Er wirkte plötzlich traurig. »Ich verstehe nicht, warum Sie mir misstrauen. Genau wie Sie bin ich empört über die Art, wie wir die Schwarzen behandeln. Ich bin vielleicht nicht durch und durch gut, aber ich verabscheue die Verachtung, die wir diesen Menschen gegenüber zeigen. Zu glauben, dies könne immer so weitergehen, ist Wahnsinn, Einbildung und Dummheit.«

Nunez stand auf. »Sie sind vielleicht nicht so einsam, wie Sie glauben«, sagte er. »Ich teile Ihren Abscheu.«

Er verbeugte sich und verabschiedete sich. Sie dachte über das nach, was er gesagt hatte. Vielleicht hatte sie sich getäuscht, was ihn betraf.

Als sie allein zurückgeblieben war, schaute sie auf die Vertragsurkunden und die Bündel von Geldscheinen. Einst war sie mit nichts nach Afrika gekommen. Jetzt war sie sehr reich.

Über ihre Zukunft wusste sie nur, dass sie nach Beira fahren würde, um Isabels Eltern zu suchen. Was danach geschehen würde, war für sie etwas Unbekanntes, vielleicht auch etwas, was sie fürchtete. Aber bevor sie abreiste, musste sie ein letztes Gespräch mit den Frauen im Bordell führen und außerdem für Carlos' Zukunft sorgen.

Zusammen saßen sie und Carlos an diesem Abend, zum zweiten Mal in ihrem gemeinsamen Leben, und zählten das Geld, das sich in gewaltigen Bündeln auf Tischen und Stühlen gehäuft hatte.

72

Am Morgen nahm Ana behutsam die Fotografie ihrer Trauung in Alger zur Hand. Es waren nur achtzehn Monate vergangen, aber es war wie ein Bild aus einer anderen Welt und einer anderen Zeit, in der alles noch einen Zusammenhang hatte und sie dem kommenden Tag erwartungsvoll entgegensah. Jetzt dachte sie an all die Dunkelheit, die sich um sie her verdichtete. Sie hatte einen langen Weg zu gehen, und sie wusste nicht, wohin er sie führen würde. Sie war auf sich allein gestellt. Das, was sie empfunden hatte, als sie das Haus am Fluss in Forsmans Schlitten verließ, war nicht das Ende einer großen Gemeinschaft gewesen. Da hatte sie Forsmans breiten Rücken vor sich gehabt. Im Gegensatz zu der absoluten Einsamkeit, die sie jetzt verspürte. Aber der schmutzige Engel hatte immer noch seine Flügel. Sie verabscheute all das Düstere, das sich ihr aufdrängte, all die Freudlosigkeit, die sich nicht abschütteln ließ. Und doch bin ich ein lächelnder Engel, dachte sie. Das Leben, das ich jetzt führe, wird mir immer fremd sein.

Als sie die Fotografie aus dem Atelier in Alger anschaute, kam ihr ein Gedanke, den sie sofort guthieß. Sie würde heute, während der ruhigen Stunden des Nachmittags, ihr letztes Gespräch im Bordell führen. So hätte sie Zeit, dem Fotografen Picard erneut einen Besuch abzustatten.

Aber sie beschloss auch, etwas zu tun, was bisher nur ein rasch vorbeiziehender Gedanke gewesen war. Jetzt war der Augenblick gekommen. Sie hatte nichts zu verlieren, wenn sie die Frauen auf eine Art überraschte, die keine von ihnen sich hätte träumen lassen.

Die Weißen, die in der Stadt wohnten, ließen sich von Picard fotografieren, wenn sie heirateten, Jubiläen feierten oder auf dem Totenbett lagen, um begraben oder in einer Zinkkiste zurück nach Portugal verschifft zu werden. Er fotografierte keine schwarzen Menschen. Aber Ana wusste, dass ihn das Entgelt, das sie ihm anbieten wollte, zu einer Ausnahme bewegen würde. Picard war ein geschickter Fotograf. Aber er war auch gierig.

Er fotografierte ein Neugeborenes, als Ana sein Atelier betrat. Das Kind schrie, und Picard, der höchst ungern widerspenstige Kinder aufnahm, hatte sich Watte in die Ohren gestopft. Deshalb hörte er nicht, wie sie ins Atelier kam und sich still auf einen Stuhl setzte. Die Mutter, die das Kind hielt, war sehr jung. Ana dachte, es hätte Berta sein können, mit Forsmans Kind auf dem Schoß. Die Mutter betrachtete das Baby ohne Freude. Wahrscheinlich war die junge weiße Frau ihrem Mann nicht ganz freiwillig auf den afrikanischen Kontinent gefolgt. Und jetzt hatte sie das Leben in diesem Reich der Angst bis zur Verzweiflung erschreckt.

Picard verschwand unter seinem schwarzen Tuch und fotografierte das schreiende Kind. Erst als er danach die Frau mit wenig freundlichen Worten bat, das Atelier zu verlassen, bemerkte er Ana.

Er nahm die Watte aus den Ohren und verbeugte sich. »Haben wir einen Termin?«, fragte er bekümmert. »In dem Fall hat mein Sekretär seine Aufgabe nicht erfüllt.«

»Wir haben keinen Termin«, antwortete Ana. »Vielmehr bin ich gekommen, um Sie zu bitten, einen Auftrag auszuführen. Sehr kurzfristig.«

»Wann?«

»In ein paar Stunden.«

»Hier?«

»Im Bordell.«

Picard stutzte.

»Ich werde mehr bezahlen, als Sie je für eine Aufnahme bekommen haben«, fuhr sie fort. »Für ein Gruppenbild. Mit mir und allen Prostituierten. Jedoch wird keine nackt sein. Dann möchte ich für jede Frau auf dem Foto eine Kopie kaufen, und die Kopien sollen morgen vor zehn Uhr bei mir abgegeben werden. Am liebsten schon heute Abend, selbstverständlich gegen einen Aufpreis.«

Ehe Picard antworten oder irgendwelche Einwände erheben konnte, hatte Ana eine Anzahl englischer Pfundnoten aus ihrer Handtasche genommen und vor ihn auf den Tisch gelegt.

»Ich möchte, dass das Bild um vier Uhr heute Nachmittag gemacht wird«, sagte Ana. »Bis dahin sind es drei Stunden.«

»Ich verspreche Ihnen, pünktlich zu sein.«

»Das weiß ich«, sagte Ana. »Das brauchen Sie mir nicht zu sagen.«

Nach dem Besuch bei dem Fotografen bat Ana den Chauffeur, sie hinunter zur Strandpromenade zu fahren. Sie verließ das Auto und schlenderte eine Weile im Schatten unter den hohen Palmen entlang und schaute aufs Meer hinaus. Die kleinen Fischerboote mit ihren dreieckigen Segeln, die sie inzwischen so sehr liebte, waren auf dem Heimweg. Sie dachte, das sei eine der Erinnerungen, die sie immer mit sich tragen würde. Die Fischerboote, die über die Wellen flitzten oder bei Windstille träge in der Dünung schaukelten. Ebenso würde sie sich an die kleinen schwarzen Figuren erinnern, die am Ruder saßen oder die Netze einholten und ihren Fang säuberten.

Ich lebe in einer Welt, in der die Weißen ihre Kräfte dabei vergeuden, sich selbst und die Schwarzen zu betrügen, dachte sie. Sie glauben, die schwarzen Menschen hier würden ohne ihre Anwesenheit nicht zurechtkommen und ihr Leben sei weniger wert, weil sie glauben, dass Steine und Bäume Geister beherbergen. Aber die Schwarzen ihrerseits verstehen nicht, wie man einen Sohn Gottes so schlecht behandeln kann, dass man ihn an ein Kreuz nagelt. Sie wundern sich über die Weißen, die hierherkommen und es so eilig haben, dass sie bald der Herzschlag trifft, weil sie die Jagd auf Reichtum und Macht nicht verkraften. Die Weißen lieben das Leben nicht. Sie lieben die Zeit, von der sie immer zu wenig haben.

Vor allem sind es die Unwahrheiten, die uns töten, dachte Ana. Ich will keine zweite Ana Dolores werden, die davon überzeugt ist, dass schwarze Menschen bedingungslos zu gehorchen haben. Ich will nicht, dass auf meinem Grabstein steht, ich hätte nie den Wert der Schwarzen anerkannt.

Sie setzte sich auf eine Steinbank. Das Meer glitzerte, und bei dem leichten Wind war die Wärme angenehm. Sie überlegte sich, was sie sagen würde, ehe sie aufstand und zum Auto zurückkehrte.

Sie fuhr nach Hause und holte Carlos. Selbstverständlich würde er auf der Fotografie dabei sein.

Als sie hinunter zum Bordell kam, ließ sie Carlos bei Judas, in dessen Gesellschaft der Affe sich sicher fühlte. Da Ana früh dran war, lag der Raum mit den roten Sofas verlassen da. Sie ging leise die Treppe hinauf in ihr altes Zimmer. In den großen Schränken gab es inzwischen ein Lager mit Kleidern und Kostümen, die verwendet werden konnten, wenn ein Kunde besondere Wünsche bezüglich der Ausstaffierung hatte oder wenn es aus irgendeinem Grund an Kleidern für eine der Frauen fehlte.

Sie schloss die Tür, zog sich rasch aus und öffnete dann die Schränke. Mehrmals während der letzten Monate, wenn sie sich in diesem Zimmer aufgehalten hatte, war sie in Versuchung gewesen, sich in Seide zu kleiden und sich mit Diademen, Ringen und Armbändern aus den Regalen zu schmücken. Sie hatte es nie getan.

Nicht bis zum heutigen Tag. Sie ließ die Hand über die lange Reihe von Seidenröcken, Kleidern und Trachten gleiten. Bei einer orientalischen Tracht in Grün und Rot, mit Einsätzen von Goldstickerei, hielt sie inne. Sie zog sich vor dem Spiegel an. Die Bluse war tief ausgeschnitten und konnte ganz geöffnet werden, wenn man ein Band unter der Brust löste. Dazu wählte sie ein rundes Diadem, das sie ins Haar steckte. Über den linken Arm streifte sie einen breiten Reif, der zu dem Diadem passte.

Im Fach mit den Ringen fand sie auch Pinsel, Puder und Lippenstift. Sie schminkte sich Augen und Lippen, schlüpfte in ein Paar Seidenpantoffeln, und dann war sie fertig.

Sie schaute in den Spiegel und dachte, die Verwandlung sei viel größer, als sie erwartet hatte. Jetzt war sie kaum noch Ana, sondern eine Frau orientalischen Ursprungs. Von Hanna Renström war nichts geblieben. Wer sie auch war, sie hatte sich in eine Frau verwandelt, die viele Kunden bekommen würde, wenn sie sich auf einem der roten Sofas niederließe und auf ein Angebot wartete.

Sie setzte sich aufs Bett. Noch würde es dauern, bis die Frauen versammelt waren.

Schließlich war die Zeit gekommen. Sie ging die Treppe hinunter und blieb an einer halb zur Seite genommenen Draperie stehen, die nachts vor der Öffnung zum Innenhof hing.

Die Frauen saßen da und schwatzten wie üblich, als sie hinter der Draperie auftauchte. Es wurde sofort still. Ana konnte sehen, dass mehrere von ihnen sie zuerst nicht erkannten. Aber sie war es, die da stand, und das, was sie erwartet hatte, bewahrheitete sich. Keine der Frauen kommentierte ihre Verwandlung. Keine lachte oder lobte ihre schönen Kleider. Sie wagen es nicht, dachte Ana. Auch wenn ich ganz verändert bin, bleibe ich die weiße Frau, nichts sonst.

Zé saß am Klavier und stimmte eine Saite tief unten im Bass. Die Wächter hatten ihre Aufgabe erfüllt, keine neuen Kunden einzulassen. Ein paar mürrische und halbbetrunkene Seeleute von einem norwegischen Walfänger schwankten zu einer Querstraße hinüber, wo ein anderes Etablissement lag.

»Sind noch Kunden da?«, fragte sie Felicia.

»Zwei, die schlafen. Sie wachen nicht auf.«

»Du hast ihnen vielleicht etwas von deiner magischen Medizin gegeben?«

Felicia lächelte, antwortete aber nicht.

Picard war eingetroffen. Er hatte seine große Kamera aufgestellt, das schwarze Tuch darübergehängt und die Möbel zurechtgerückt, damit alle Platz fanden.

Ana entschloss sich, mit dem Gruppenbild anzufangen. Vielleicht würde es eine Stimmung im Raum schaffen, die es ihr leichter machte, alles zu sagen, was nötig war.

»Wir werden eine Fotografie machen«, sagte sie und klatschte in die Hände. »Alle sollen dabei sein, auch Zé und die Wächter. Und natürlich Carlos.«

Sogleich brach eine übermütige Aufregung aus, als alle sich an die Plätze stellten, die Picard ihnen zuwies. Die Frauen kicherten und gicksten, tauschten Kämme und kleine Spiegel aus, richteten einander die Kleider, die ohnehin nicht viel von ihren Körpern bedeckten. Schließlich hatten sich alle aufgestellt, mit Ana in der Mitte, auf einem Sessel sitzend. Carlos hockte auf einem Piedestal, wo gewöhnlich eine Topfpflanze stand.

»Ich möchte ein ernstes Bild«, sagte Ana. »Niemand soll lachen oder auch nur lächeln. Ernster Blick, direkt in die Kamera.«

Picard legte Hand an die letzten Details, rückte eine Frau näher, eine andere weiter weg. Dann bereitete er den Blitz vor, indem er Magnesiumpulver auf ein Metalltablett schüttete. Mit einem brennenden Streichholz verschwand er unter dem Tuch. Das Magnesium flammte auf, das Bild wurde aufgenommen.

»Zur Sicherheit noch eins«, rief er ihnen zu, als er wieder auftauchte.

Er bereitete einen neuen Blitz vor, verschwand hinter der Kamera und nahm das zweite Bild auf.

Als er den Raum verlassen hatte und zum Atelier zurückgeeilt war, um die Bilder zu entwickeln und das bessere auszuwählen, das er in vierzehn Exemplaren kopieren würde, versammelte Ana die Frauen unter dem Palisanderbaum um sich. Zé war zum Klavier zurückgekehrt, wo er die Tasten betrachtete, ehe er sie zu putzen begann. Carlos saß auf einem der roten Sofas, aß eine Apfelsine und schmatzte zufrieden.

Ana dachte, alles, was sie in diesem Augenblick umgab, gleiche einer gefälschten Idylle.

Ein trügerisches Paradies.

73

Als Ana zu reden anfangen wollte, hob Zé die Hände und spielte. Zum ersten Mal stimmte er nicht die Saiten. Es dauerte einen Augenblick, bis Ana verstand, was geschah. Verdutzt betrachtete sie Zés Hände und lauschte der Musik, die er darbot. Es war wie ein himmlischer Einschlag im Bordell. Nach all der Zeit, in der Zé sein Klavier gestimmt hatte, schien er jetzt zufrieden und konnte dem Instrument perfekte Harmonien entlocken. Alle lauschten schweigend. Anas Augen füllten sich mit Tränen. Zé wusste genau, wie die Finger über die Tasten laufen sollten, und seine Handgelenke bewegten sich anmutig unter dem zerfransten Hemd.

Als er fertig gespielt hatte, legte er die Hände in den Schoß und saß still da. Niemand sagte etwas, niemand applaudierte.

Ana ging schließlich zu ihm hin und legte ihm die Hand auf

die Schulter. »Das war sehr schön«, sagte sie. »Ich wusste nicht, dass du spielen kannst.«

»Das Klavier ist alt«, sagte Zé. »Es ist schwer zu stimmen.«

»Wie lange hast du es gestimmt?«, fragte sie.

»Sechs Jahre lang. Und jetzt muss ich wieder von vorn anfangen.«

»Ich werde dir ein neues Klavier kaufen«, sagte Ana. »Ein gutes Klavier. Du wirst nicht mehr so lange stimmen müssen, um spielen zu können.«

Zé schüttelte den Kopf. »Dies ist das einzige Klavier, auf dem ich spielen kann«, sagte er still. »Ich habe keine Freude an einem neuen Instrument.«

Ana nickte. Sie glaubte, ihn zu verstehen. Auch wenn sie gerade etwas erlebt hatte, was vielleicht ein Wunder war.

»Was hast du gespielt?«, fragte sie.

»Ein Pole hat das komponiert, was ich gespielt habe. Er heißt Frédéric.«

»Es war schön«, wiederholte Ana. Dann wandte sie sich den Frauen zu und begann zu applaudieren. Zé stand unsicher auf und verbeugte sich, schlug den Deckel zu, schloss das Klavier ab, nahm seinen Hut und ging.

»Wohin geht er?«, fragte Ana.

»Das weiß niemand«, antwortete Felicia. »Aber er kommt zurück. Das letzte Mal hat er am Silvesterabend 1899 für uns gespielt. Als das Jahrhundert zu Ende ging.«

Ana sah all die Augen, die auf sie gerichtet waren. Sie sagte es so, wie es war: Sie würde sie verlassen. Der neue Besitzer Nunez habe versprochen, dass alles beim Alten bleiben werde, solange alle, die jetzt arbeiteten, noch da seien.

»Ich bin durch Zufall hierhergekommen«, endete sie. »Ich war krank, und ich glaubte in meiner Unschuld, dies sei ein Hotel. Hier wurde ich versorgt. Vielleicht wäre ich tot, wenn ich nicht die Pflege bekommen hätte, die ihr mir gegeben habt. Jetzt ist für mich die Zeit gekommen, wieder aufzubrechen. Ich werde von hier nach Beira fahren, um nach Isabels Eltern zu suchen und ihnen zu sagen, dass Isabel tot ist. Was danach geschieht, weiß ich nicht. Aber hierher werde ich nicht zurückkehren.«

Dann nahm Ana Geldscheinbündel aus ihrer Handtasche. Jede Frau bekam eine Summe, die mehr als fünf Jahreseinkünften entsprach. Aber zu ihrem großen Erstaunen gab keine der Frauen ihrer Freude Ausdruck, obwohl es mehr Geld war, als sie je gesehen hatten.

»Ihr müsst nicht hierbleiben«, sagte sie. »Abend für Abend, Nacht für Nacht. Ihr könnt wieder mit euren Familien leben.«

Ana hatte während ihrer kleinen Rede gestanden. Jetzt setzte sie sich auf den Stuhl aus dunkelrotem Plüsch, den sie unter den Baum gestellt hatten. Niemand sagte etwas. Ana war an diese Stille gewöhnt und wusste, dass sie sie selbst durchbrechen müsste. Diesmal aber ergriff Felicia wieder das Wort. Sie hatte sich vorbereitet, als hätten alle schon gewusst, was Ana sagen würde.

»Wir folgen der Senhora«, sagte Felicia. »Wo auch immer die Senhora sich entschließt, ein Bordell zu eröffnen, folgen wir nach.«

»Aber ich werde nie wieder in meinem Leben ein Bordell besitzen oder betreiben! Ich gebe euch Geld, damit ihr ein anderes Leben führen könnt. Und was würde aus euren Familien werden, wenn ihr mir folgt?«

»Wir nehmen sie mit. Wir folgen der Senhora, wohin auch immer. Wenn es nur kein Land ist, in dem es keine Männer gibt.«

»Das ist unmöglich! Versteht ihr nicht, was ich euch sage?«

Niemand antwortete. Ana begriff, dass das, was Felicia vorgebracht hatte, für alle galt, die um den Baum versammelt waren. Die Frauen glaubten wirklich, sie würde irgendwo ein neues Bordell eröffnen. Und sie wollten ihr folgen. Sie wusste nicht, ob sie gerührt oder böse über das sein sollte, was ihr als unbegreifliche Einfalt erschien.

Sie dachte: Ich werde einen Lemmingzug des Elends zu einem unbekannten Ziel führen. Für diese Frauen bin ich das, was Forsman für Elin war: eine Garantie dafür, dass ein besseres Leben möglich ist.

A Magrinha war plötzlich aufgestanden und hatte den Garten verlassen. Jetzt kam sie zurück, eine große Echse tragend. Ana wusste, dass es eine *Halakavuma* war.

»Diese Echse besitzt viel Weisheit«, sagte Felicia. »Wenn Menschen einer Echse wie dieser begegnen, fangen sie sie und bringen sie zu ihrem Stammeshäuptling. Eine *Halakavuma* kann dem Häuptling kluge Ratschläge geben. Und jetzt hat die Senhora Ana lange genug auf den Ratschlag von falschen Menschen gehört. Deshalb haben wir nach dieser Echse gesucht, die der Senhora Ana erzählen kann, was am besten ist. Die Echse ist wie eine kluge weise Frau.«

Ana bekam die krokodilartige Echse auf den Schoß gelegt. Aus ihrem Maul tropfte Schleim, die kalte Haut war nass, die Augen starrten, die Zunge spielte. Carlos war auf das Klavier gehüpft und betrachtete die Echse mit Abscheu.

Ich lebe in einer wahnsinnigen Welt, dachte Ana. Soll ich auf eine Echse hören, um herauszufinden, was ich mit meinem Leben anfangen soll?

Sie ließ die Echse auf den Boden gleiten. Langsam verschwand sie hinter dem Baum.

»Ich werde zuhören«, sagte sie. »Aber nicht jetzt. Lieber höre ich eure Stimmen, als dass ich einer Echse lausche.«

Sie stand wieder auf, unsicher, was sie noch sagen sollte. Sie war von enttäuschten und erstaunten Frauen umgeben. Das Geld hatte längst nicht die Bedeutung gehabt, die sie erwartet hatte. Felicias Worte, dass sie ihr folgen wollten, waren entscheidend.

Ich verstehe es nicht, dachte Ana. Ich werde es auch nie verstehen. Aber in dieser Stadt war ich immer nur von weißen Menschen umgeben, die behauptet haben, die Schwarzen seien unbegreiflich. Ich sehe nicht mehr, was ich sehe. Mein Auge ist von weißem Dunst verschleiert.

Sie verließ den Garten und kam an den leeren Sofas vorbei. Ein

Mann befand sich im Raum und versuchte, eine halbgerauchte Zigarre anzuzünden. Seine Anwesenheit machte sie plötzlich rasend. Sie griff nach einem Kissen und schlug ihn ins Gesicht, so dass der Zigarrenstummel davonflog.

Sie sah den Mann an, ohne etwas zu sagen, rief Carlos und ging hinaus. Draußen auf der Straße schrie sie auf, als hätte sie sich für einen kurzen Moment in einen in Not geratenen Pfau verwandelt. Ein Straßenkehrer blieb stehen und sah sie an. Sie setzte sich ins Auto, aber auch der Chauffeur drückte weder Erstaunen noch Verwunderung aus, als er sah, wie sie gekleidet war. Der Straßenkehrer fuhr mit seiner Arbeit fort, als wäre nichts geschehen.

Als Julietta die Tür öffnete und sie anstarrte, konnte Ana nicht umhin, sie zu fragen, was ihr durch den Kopf gehe.

»Ich würde gern selbst diese Kleider tragen«, sagte Julietta.

»Dazu wird es nie kommen«, antwortete Ana.

Sie ging weiter hinauf in ihr Schlafzimmer. Die Tracht, die sie getragen hatte, warf sie in einen Wäschekorb. Die Maskerade war vorbei.

Noch am selben Abend kam Picard und überreichte Ana die kopierten Aufnahmen. Lange saß sie nach seinem kurzen Besuch an ihrer Petroleumlampe und betrachtete das Bild, das er gewählt hatte.

Alle sahen ernst direkt in die Kamera. Aber Carlos lachte, als wäre er ein Mensch.

Nur eine Frau auf dem Bild wirkte verängstigt.

Das war sie selbst.

74

Am nächsten Tag, nachdem sie mit der großen Echse auf dem Schoß im Hof gesessen hatte, fuhr Ana hinaus zu Pedro Pimentas Farm, zu ihrem letzten Besuch, wie sie beschlossen hatte. Unterwegs dachte sie, dort draußen sei es gewesen, bei den Zwingern mit den weißen Schäferhunden und den Teichanlagen mit den Krokodilen, wo ihre Reise ihr verhängnisvolles Ende genommen hatte. Bis hierher war sie gekommen, jetzt blieb nur noch der Weg hinaus. Als Isabel vom Betrug ihres Mannes erfahren hatte, war Ana ein größerer Verrat bewusst geworden, der dieses Land prägte. Hier schien es nichts anderes zu geben als Heuchelei und eine unerhörte Verachtung für die Menschen, die seit jeher in dem Land zu Hause waren. Es war, als hätten die Gäste sich satt gegessen, ohne auch nur zur Mahlzeit geladen worden zu sein. Wir sind die ungebetenen Gäste, dachte sie. Daran kann ich jedenfalls nicht länger zweifeln.

Sie hatte Carlos mitgenommen. Mit dem Gedanken an ihn war sie zu Pedros Farm zurückgekehrt. Dort würde Carlos in Freiheit leben können. Da gab es Bäume und freie Flächen, und er wäre umgeben von weißen und schwarzen Menschen, wie er es gewohnt war. Jenseits der Krokodilteiche lag auch die weitgestreckte Landschaft, aus der er gekommen war, die unendliche buschbewachsene Ödnis, in die er zurückkehren könnte, wenn er wollte.

Ana hatte verstanden, dass Carlos genauso weit von zu Hause entfernt war wie sie selbst. Vielleicht strömte ein Fluss mit kaltem braunem Wasser auch durch die Wälder, in denen er geboren worden war? Wenn uns sonst nichts verbindet, dann doch ein Heimweh, das wir mit aller Macht verleugnet haben. Ich auf meine Weise, er auf seine, ohne dass ich es je verstehen werde.

Als sie an der Farm angelangt waren, schauderte Ana bei der Erinnerung daran, was sich dort abgespielt hatte. Carlos kletterte aufs Autodach und sah sich neugierig um, als ahnte er, dass sich etwas Wichtiges anbahnte.

Ana Dolores trat auf die Treppe hinaus. Es war das erste Mal, dass Ana sie ohne die weiße Schwesterntracht und die steife Haube auf dem Kopf sah. Zugleich überraschte es sie. War Ana Dolores nicht hergekommen, um die kranke Teresa zu pflegen?

Die Wahrheit über die großen Veränderungen, die eingetreten waren, offenbarte sich sogleich. Ana Dolores grüßte sie gemessen, warf einen verwunderten Blick auf Carlos und lud Ana ein, sich auf die Veranda zu setzen und Tee zu trinken. Als ein Dienstmädchen das Tablett brachte, war klar, wer im Haus bestimmte. Ana Dolores war nicht nur eine gute Krankenschwester, sie war auch die eigentliche Herrscherin des Hauses. Die schwarze Frau fiel vor Ana Dolores auf die Knie, nachdem sie den Tee serviert hatte.

Wir tragen denselben Namen, dachte Ana. Sie ist Ana Dolores, und ich bin Ana Branca. Aber bald werde ich zu dem zurückkehren, was ich einmal war. Dann wird auch mein Name wieder Hanna sein. Aber vielleicht habe ich mich auch in anderer Weise verändert? Eine Veränderung, die ich nur erahnen kann? Ich weiß, dass das, was nach Isabels Tod mit mir geschehen ist, entscheidend für mein Leben sein wird. Auch wenn ich noch nicht weiß, in welcher Form.

Sie fragte Ana Dolores nach Teresa.

»Sie wird vermutlich nie wieder gesund«, sagte Ana Dolores. »Aber die Gefahr, dass sie sich in einen der Krokodilteiche wirft, ist nicht mehr so groß. Ihr krankes Hirn hat den restlichen Lebenswillen nicht vollständig besiegt.«

»Was sagt sie?«

»Nicht viel. Sie murmelt meistens etwas von Ereignissen aus der Zeit, als sie klein war. Von dem Leben, bevor Pedro Pimenta ihren Weg kreuzte.«

»Und ihre und Pedros Kinder? Was geschieht mit ihnen?«

»Sie befinden sich auf einem Schiff nach Portugal. Beide werden nicht hierher zurückkehren. Der Junge bekam eine Krokodilhaut mit auf den Weg, das Mädchen ein Stück Stoff von der Art, in die die Frauen sich hier hüllen. Ich kann nur hoffen, dass ihre bösen Erinnerungen an Afrika verblassen und schließlich ganz verschwinden werden.«

»Und du, Ana Dolores?«

»Ich wohne hier.«

»Um eine Frau zu pflegen, die nicht gesund werden wird?«

»Ich kümmere mich auch um die Anlagen. Ich verkaufe Hunde und Krokodilhäute. Ich habe es satt, nur Menschen zu pflegen.«

Ana wartete schweigend darauf, dass Ana Dolores Fragen nach Isabels Tod stellen würde. Vielleicht würde sie auch Interesse dafür zeigen, dass Ana sich so beharrlich um Isabels Rettung bemüht hatte?

Aber Ana Dolores sagte nichts. Sie saß mit einem Lächeln im Gesicht da und schaute auf die Farm hinaus, über die sie jetzt herrschte. Ana dachte, es sei tatsächlich das erste Mal, dass sie Ana Dolores lächeln sah.

Ein Auto näherte sich in einer Staubwolke und bremste vor dem Haus.

»Ich muss dich bitten, mich zu entschuldigen«, sagte Ana Dolores und stand auf. »Ich habe Besuch von einem Mann aus Kimberley, der einen meiner Hunde kaufen will. Es dauert nicht lange. Warte hier auf mich. Klingle mit der Glocke, wenn du mehr Tee haben möchtest.«

Der Mann, der aus dem Auto stieg, trug einen Tropenhelm und schien es eilig zu haben. Ana dachte, er gehöre zu den weißen Männern, die nach Afrika gekommen waren, um bald einen Herzinfarkt zu erleiden. Er würde sterben, als wäre er eine Beute, von sich selbst gejagt.

Zusammen mit Carlos ging sie hinunter und schaute die Krokodile an. Carlos hielt respektvollen Abstand zu den Teichen, in denen die fast vier Meter langen Krokodile lebten. In meinem Fluss gibt es keine Krokodile, dachte sie. Aber Carlos hat vielleicht an einem Fluss gelebt, in dem Krokodile sich direkt unter der Oberfläche verbargen. Er weiß, wovor er sich in Acht nehmen muss.

Als sie die Krokodile betrachtete, bemerkte sie plötzlich, dass sich seit ihrem letzten Besuch etwas verändert hatte. Zunächst hätte sie nicht klar ausdrücken können, worin der Unterschied bestand. Dann erkannte sie, dass es der zunehmende Verfall war, ein deutlicher Niedergang seit Pedros Tod. Sie sah die Risse in den Zementwänden der Bassins, Unkraut, das sich durch das Kopfsteinpflaster zwischen den Teichen drängte, die Futterkannen, die angefangen hatten zu rosten, marode Geräte, Kehricht, der nicht zusammengefegt und weggebracht worden war, um verbrannt zu werden. Wohin sie sich auch wendete – der Verfall war unübersehbar. Sie war umgeben von einem Geruch nach gärendem Tod.

Es war in sehr kurzer Zeit geschehen.

Als sie zum Haus zurückkehrte, sah sie überall weitere Anzeichen des Verfalls. Die weißen Schäferhunde in ihren Zwingern waren nicht so gepflegt wie früher. Pedro Pimentas Farm war im Begriff unterzugehen. Als er und Isabel gestorben waren, begann das, was sie gemeinsam aufgebaut hatten, sofort zu verwittern.

Ana Dolores war mit ihrem Kunden im Haus verschwunden. Ana setzte sich auf die Veranda, während Carlos zu einem verlassenen Taubenschlag hinaufkletterte. Plötzlich hatte Ana das Gefühl, nicht allein zu sein. Als sie sich umdrehte, entdeckte sie Teresa, die genau dort stand, wo die Veranda zur anderen Seite des Hauses abbog. Sie war sehr bleich und bis zur Unkenntlichkeit abgemagert. Unsicher, was sie tun sollte, stand Ana auf und begrüßte sie. Teresa antwortete nicht. Aber sie stellte sich dicht neben Ana. Sie duftete stark nach einem öligen Parfum. Ana sah, dass ihre Kopfhaut von Schmutz und Fett verklebt war.

»Warst du auch mit meinem Mann verheiratet?«, fragte Teresa.

»Nein.«

»Du warst bestimmt mit meinem Mann verheiratet. Einmal hattest du rote Haare, bevor du sie gefärbt hast.«

»Ich habe nie rote Haare gehabt. Und ich war nicht mit Pedro verheiratet.«

Teresa gab Ana plötzlich eine schallende Ohrfeige. Es kam so unerwartet, dass der Schmerz und die Überraschung, geschlagen zu werden, ihr die Sprache raubten.

»Da du weißt, wie mein Mann heißt, musst du auch mit ihm verheiratet gewesen sein.«

Teresa dreht sich um und eilte davon. Plötzlich kehrte sie wieder zurück. Ana machte sich auf einen weiteren Schlag gefasst. Aber Teresa kehrte um und verschwand hinter der Ecke des Hauses. Dort schrie sie auf.

Ana Dolores kam auf die Veranda gestürzt. »Wo ist sie?«

Ana zeigte auf die Ecke des Hauses. Ana Dolores rannte die Veranda entlang. Als sie zurückkam, hielt sie Teresa an einem Arm fest. Es war, als schleppte sie eine Stoffpuppe. Ana Dolores führte Teresa ins Haus.

Der Mann mit dem Tropenhelm machte sich mit seinem soeben gekauften weißen Schäferhund davon. Er schien Teresas Anwesenheit auf der Farm überhaupt nicht bemerkt zu haben. Ana Dolores kehrte zurück. Ana hätte gern gewusst, wie sie es geschafft hatte, Teresa zu beruhigen. Aber sie fragte nicht.

»Eigentlich bin ich gekommen, weil ich ein Anliegen habe«, sagte Ana.

Sie zeigte auf Carlos, der in dem verlassenen Taubenschlag saß und sich zerstreut das Fell kratzte. Auch er hatte nicht auf Teresas Ausbruch reagiert, was Ana erstaunte. Carlos versuchte stets, sie zu schützen, indem er schrie und tobte. Aber diesmal nicht.

»Ich werde die Stadt verlassen«, fuhr sie fort. »Und ich kann ihn nicht mitnehmen. Ich wollte fragen, ob er hierbleiben darf. Wenn er nur genug zu essen bekommt und die Erlaubnis hat, zu tun, was er selbst will, ist er friedlich und meist ganz ruhig. Eines Tages wird Carlos sich vielleicht entschließen, in die Wälder zurückzukehren. Hier hätte er die Freiheit dazu.«

»Du meinst also, er soll die Freiheit haben, zu gehen und zu sitzen, wo er will. Genau wie jetzt?«

»Du kannst Carlos bestimmte Regeln geben. Er lernt schnell.«

»Du willst also nicht, dass ich einen Käfig für ihn baue?«

»Das am allerwenigsten. Und ihm auch keine Kette um den Hals legen. Natürlich bin ich bereit, dich für deine Dienste gut zu bezahlen.«

Ana Dolores sah sie an. Lächelnd. »Als du in die Stadt kamst, warst du ein jämmerlicher Anblick«, sagte sie. »Aber es ist dir gut ergangen.«

»Ich kann jedenfalls dafür bezahlen, dass Carlos das Leben so führen darf, wie es ihm gefällt, wenn ich nicht mehr hier bin.«

Ana Dolores stand auf. »Lass mich nachdenken«, sagte sie. »Wenn ich die Verantwortung für einen Affen übernehme, muss ich sicher sein, dass ich es wirklich kann.«

Sie stellte sich unter den Taubenschlag und schaute zu Carlos hinauf, der immer noch seine Haut nach Zecken absuchte. Ana betrachte sie von ihrem Platz auf der Veranda aus. Ana Dolores verließ den Taubenschlag und ging weiter zu der Reihe mit den Zwingern, wo die abgerichteten Schäferhunde eifrig an den Gittern hochsprangen. Sie blieb vor einem der Zwinger stehen und schien den Hund durch das Gitter zu streicheln. Dann kehrte sie zur Veranda zurück.

»Ruf den Affen«, sagte sie. »Bring ihn jedenfalls dazu, vom Taubenschlag herunterzuklettern, damit ich ihn begrüßen kann.«

»Carlos darf also hierbleiben?«

»Wenn er nicht bissig ist.«

Ana rief Carlos, der langsam vom Taubenschlag herunterkletterte. Später sollte Ana denken, es habe ausgesehen, als zögerte er.

75

Was dann eintraf, geschah so schnell, dass Ana hinterher nicht sicher war, in welcher Reihenfolge sich alles abspielte. Der Schäferhund, den Ana Dolores gerade gestreichelt hatte, sprengte das Gitter des Zwingers und stürmte auf Carlos zu, der auf dem Boden angekommen war. Ana rief ihm zu, um ihn zu warnen. Aber es war zu spät. Der rasende Hund schlug die Zähne in Carlos' Kehle, ehe der Affe die Gefahr bemerkt hatte und fliehen konnte. Ana lief die Treppe hinunter und begann, den Hund mit einem Kehrbesen zu schlagen, der am Geländer der Veranda gelehnt hatte. Doch der Hund lockerte seine Kiefer nicht. Ana schrie und schlug. Ana Dolores rührte sich nicht. Erst als alles vorbei war, half sie mit, den Hund loszureißen und zurück in seinen Zwinger zu bringen.

Carlos lag regungslos auf dem Boden. Sein Kopf war fast vom Körper abgerissen. Die Augen standen offen. Carlos fuhr fort, Ana anzusehen, obwohl er tot war.

Ana Dolores kam zurück, nachdem sie den rasenden Schäferhund eingesperrt hatte.

»Ich verstehe nicht, wie das passieren konnte«, sagte sie.

Als Ana diese Worte hörte, wurde ihr schlagartig bewusst, was geschehen war. Sie weigerte sich zunächst zu glauben, was sie dachte. Aber es gab keine andere Erklärung.

Es war kein Unfall gewesen.

Ana stand auf und schüttelte langsam den Staub von ihrem Kleid. »Ich weiß nicht, wie du es gemacht hast«, sagte sie. »Dass du das Gitter geöffnet hast, ist mir klar. Wie du dann dem Hund das Kommando zum Angriff geben konntest, ist mir unverständlich. Vielleicht ist der Hund darauf trainiert, nicht nur auf Stimmen zu reagieren, sondern auch auf einen erhobenen Arm oder eine kräftige Kopfbewegung.«

Ana Dolores machte einen Ansatz, sie zu unterbrechen.

»Lass mich zu Ende reden!«, schrie Ana. »Wenn du mich unterbrichst, schlage ich dich tot. Du hast dem Hund ein Zeichen gegeben, Carlos anzufallen. Du wolltest, dass der Affe stirbt. Aber warum? Vielleicht bist du so voller Hass auf alle Menschen, die nicht auf die Schwarzen herabsehen? Vielleicht verabscheust du sogar den Affen, der mein Freund geworden ist? Musste er deshalb sterben? Ich bin noch nie einem Menschen begegnet, der so voller Hass und Bitterkeit ist wie du, Ana Dolores. Eines Tages werden die Menschen in diesem Land von solchen wie dir genug haben.«

Noch einmal versuchte Ana Dolores, etwas zu sagen. Aber Ana, die so erregt war, dass sie zitterte, hob nur die Hand.

»Sag nie mehr ein Wort zu mir. Gib mir nur einen Sack, damit ich ihn mitnehmen kann.«

Ana Dolores drehte sich um und verschwand im Haus. Sie kehrte nicht zurück. Stattdessen kam ein Dienstmädchen mit einem leeren Sack. Sie überreichte ihn, ohne auch nur einen Blick auf den toten Affen zu werfen. Ana hob Carlos hinein und wusste, dass Ana Dolores an einem der Fenster stand und sie beobachtete.

Der Chauffeur, der im Auto gewartet hatte, kam zur Terrasse, um ihr zu helfen. Aber Ana schüttelte den Kopf. Sie wollte Carlos allein tragen.

Auf dem Weg zurück zur Stadt bat sie den Chauffeur, an der Brücke über den Fluss zu halten. Sie stieg aus dem Auto und stellte sich an das Geländer. Ein Stück weit entfernt standen ein paar Frauen und wuschen Kleider. Sie hatten die Stoffbahnen, die sie um die Taille trugen, über den Schenkeln hochgeschlagen. Sie schwatzten, und Ana konnte eifriges Gelächter hören, während sie die Wäscheberge schlugen und kneteten. Am liebsten wäre sie zu den Frauen hinuntergegangen, hätte ihr Kleid hochgeschlagen, um beim Waschen zu helfen. Unter diesen schwarzen Frauen konnte sie eine Spur von Elin und vielleicht von sich selbst ahnen.

Schließlich verließ sie das Brückengeländer. Sie hatte entschieden, wo Carlos begraben werden sollte.

Als sie wieder zu Hause war, konnte sie ihren toten Affen nicht beweinen. Aber sie empfand eine grenzenlose Sehnsucht nach Lundmark, der die Trauer um Carlos mit ihr geteilt hätte. Er hätte nicht viel zu sagen gehabt, da er ein wortkarger Mann gewesen war. Aber er hätte sie trösten und ihr versichern können, dass sie nicht allein sei. Sie dachte, auf diesem für sie so verwirrenden und widersprüchlichen Kontinent sei es schließlich einzig ein Affe gewesen, auf den sie sich hatte verlassen können.

Den Sack mit dem toten Carlos legte sie in den Eiskasten. Sie verbot Julietta und den anderen Dienstboten, ihm auch nur nahe zu kommen. Sie wusste, dass ihre Neugier groß war. Deshalb ließ sie einen Stein aus dem Garten holen, legte ihn auf den Deckel des Eiskastens und sagte, auch weiße Menschen hätten Zauberkraft, und ihre sei jetzt in dem Stein verborgen. Wer den Stein berührte, dessen Finger würden zu Splittern aus Granit verwandelt, und nichts, weder schwarze noch weiße Medizin, würde sie wiederherstellen können. Sie sah, dass sie ihr glaubten, und sie konnte nichts dagegen tun, dass es ihr in all dem Elend eine bittere Freude bereitete. Besonders darüber, dass Julietta blass wurde und sich zurückzog.

Auch in dieser Nacht schlief sie mit Hilfe einer kräftigen Dosis des Schlafmittels. Früh im Morgengrauen war sie wieder auf den Beinen. Da der Chauffeur über eine frühe Abfahrt informiert worden war, hatte er zusammengerollt im Auto geschlafen. Er half ihr, den Sack mit Carlos aus dem Eiskasten zu tragen, und lud eine Hacke und einen Spaten ein, die Ana am Vorabend aus dem Geräteschuppen geholt hatte.

In der stillen Morgenstunde trugen sie den Sack ins Bordell, vorbei an den schlafenden Wächtern, durch das Sofazimmer, wo nur ein paar schnarchende Männer ausgestreckt lagen.

Der Chauffeur legte den Sack an die Stelle, die Ana ihm zeigte, neben dem Palisanderbaum. Dann kehrte er zum Auto zurück.

Dort unter dem Baum wollte sie Carlos begraben. Der Affe sollte unter einer Wolke von blauen Blüten ruhen.

Es gab keinen anderen Platz, der seiner würdig gewesen wäre.

76

Ana hob die Hacke. Mit dieser Bewegung verwandelte sie sich wieder in Hanna Renström. So hatte sie die Hacke gehoben, als sie und Elin die Erde für das Setzen der Saatkartoffeln im Frühjahr vorbereiteten. Und Monate später, um sie zu ernten, ehe der erste Herbstfrost kam und den langen Winter ankündigte.

An der Oberfläche war der Boden hart, aber darunter weicher und leichter aufzureißen. Sie vertauschte die Hacke mit dem Spaten und begann zu graben. Auch wenn sie es eilig hatte, brachte sie es nicht über sich, die Arbeit zu beschleunigen.

Ein Grab auszuheben musste die Zeit haben, die es brauchte. Das Grab wurde nicht nur in die Erde gegraben. Es war genauso ein Loch, das sie in ihrem Herzen aushob.

Als sie ein Kind war, hatte sie einmal einen toten Seetaucher begraben, der am Flussufer angeschwemmt worden war. Es war das einzige Grab, das sie in ihrem bisherigen Leben gegraben hatte. Jetzt würde sie einem Affen die letzte Ruhestätte bereiten und dann ihn und den Baum verlassen, um nie wiederzukehren.

Sie krempelte die Ärmel ihrer Bluse hoch und knöpfte sie am Hals auf, da es schon sehr warm war. Es duftete von einem kleinen Zitronenbaum, den Senhor Vaz im Garten gepflanzt hatte.

Der Spaten stieß auf etwas, was sie zunächst für einen Stein hielt. Aber als sie sich hinunterbeugte und den Gegenstand aufhob, sah sie, dass es ein Knochen war. Ein Hühnerknochen, dachte sie. Jemand hat hier gesessen und daran genagt und ihn dann weggeworfen. Sie fuhr mit dem Graben fort. Neue Knochen tauchten in der Erde auf, die sie wegschaufelte.

Der Spaten schlug gegen einen größeren Stein, der merkwürdig hohl klang. Als sie ihn hochhob, sah sie, dass es ein Schädel war. Ein sehr kleiner Schädel. Sie hielt inne und dachte, es müsse ein Affenschädel sein.

Dann erkannte sie, dass es der Schädel eines Kindes war. So klein, dass er vielleicht einem Neugeborenen gehört hatte.

Ein heftiges Unbehagen befiel sie. Aber sie grub weiter. Überall stieß sie jetzt auf Knochen und Teile von Schädeln. Es waren keine Hühnerknochen, wie sie erkannte, es waren Teile von menschlichen Skeletten. Ihr wurde übel, aber sie hörte nicht auf zu graben. Sie wollte Carlos an diesem Morgen beerdigen, und sie wollte fertig sein, ehe das Bordell zum Leben erwachte.

Sie verstand schließlich, dass das, was sie im Begriff war aufzudecken, ein Massengrab von Ungeborenen und Neugeborenen war. Ein Friedhof der ungewollten Kinder, die erstickt oder auf andere Weise getötet worden waren. Hier beerdigt, um von den Prostituierten und den unbekannten Erzeugern schnell vergessen zu werden. Und alle waren eine Mischung aus Schwarz und Weiß gewesen.

Schließlich stieß sie den Spaten in die Erde und setzte sich auf die Bank. Sie litt. Vor ihr war der Boden mit Kinderknochen übersät. Es war, als hätte sie erst an diesem Morgen in vollem Umfang aufgedeckt, in was für einer Welt sie gelebt hatte. Die Übelkeit hatte sich jetzt in ein Gefühl des Entsetzens und des Grauens verwandelt.

Von Ana unbemerkt, hatte Felicia den Hof betreten. Sie trug einen ihrer schönen Morgenmäntel aus Seide und sah mit ausdruckslosem Gesicht auf die ausgehobene Erde und die Knochen.

»Warum gräbst du das aus?«, fragte sie.

Anstelle einer Antwort riss Ana den Sack hoch und zeigte ihr Carlos' verschrumpelten Körper.

»Hast du gewusst, dass dies ein Friedhof ist?«, fragte Felicia erstaunt.

»Nein. Ich wusste nichts. Ich wollte nur Carlos unter dem Baum einen schönen Ruheplatz geben.«

»Warum hast du Carlos erschlagen?«

Ana wunderte sich nicht über Felicias Frage. Etwas hatte sie in ihrer Zeit in der Stadt gelernt. Weißen Menschen traute man einfach alles zu, selbst die unerklärlichsten oder grausamsten Handlungen.

»Ich habe ihn nicht getötet.«

Sie erzählte, was draußen auf Pedro Pimentas Farm geschehen war. Als Ana den Namen von Ana Dolores aussprach, merkte sie, dass Felicia ihr glaubte.

»Ana Dolores ist ein gefährlicher Mensch«, sagte Felicia. »Sie ist umgeben von bösen Geistern, die töten können. Ich habe niemals verstanden, wie sie ein Leben als Krankenschwester leben konnte.«

Ana hatte das Gefühl, Felicia sei von den Knochen, die ausgegraben vor ihr lagen, überhaupt nicht unangenehm berührt. Das verstärkte ihr Unbehagen.

»Begrab ihn hier«, sagte Felicia. »Hier wird er es gut haben.«

Felicia drehte sich um und wollte gehen. Aber Ana streckte die Hand aus und griff nach ihrem Morgenmantel. »Eine Frage musst du mir beantworten«, sagte sie. »Dass all diese abgetriebenen Föten und getöteten Kinder ein Ergebnis dessen sind, was hier im Bordell geschieht, begreife ich. Aber ich will etwas anderes wissen. Und ich will, dass du mir ehrlich antwortest.«

»Ich bin immer ehrlich«, sagte Felicia.

Ana schüttelte den Kopf. »Nein«, sagte sie. »Das bist du nicht. Das bin ich auch nicht. Ich habe in dieser Stadt keinen einzigen Menschen getroffen, der immer die Wahrheit sagt. Aber jetzt will ich, dass du sagst, wie es ist. Liegt mein toter Fötus auch hier begraben?«

»Ja. Laurinda hat ihn hier begraben. Sie machte ein Loch und leerte den Eimer hinein.«

Ana nickte stumm. Gerade in diesem Augenblick war es, als würde sie alles von ihrer Zeit in der Stadt umfassen und verstehen, von dem Moment an, als sie die Gangway hinunterging, bis jetzt, wo sie vor all diesen Kinderknochen saß.

Sie stand auf. »Das war alles«, sagte sie. »Jetzt werde ich meinen Affen zur Ruhe betten und den Boden wieder so zuschütten, wie er war. Ich verstehe, dass es ein Friedhof ist. Mitten im Bordell gibt es einen in Heimlichkeit angelegten Begräbnisplatz.«

»Auch er erzählt eine Wahrheit«, sagte Felicia.

»Ja«, sagte Ana. »Der Friedhof erzählt auch eine Wahrheit. Eine, die wir am liebsten nicht hören wollen.«

Felicia ging ins Haus. Aber Ana spürte plötzlich, dass sie Carlos nicht dort begraben konnte, nicht zwischen all diesen unseligen Föten und toten Kindern. Sie steckte Carlos zurück in den Sack und schaufelte dann den Boden wieder zu, bis keine Knochen mehr zu sehen waren. Sie holte den Chauffeur, der den Sack hinaus zum Auto trug. Er stellte keine Fragen. Er ist ein alter Mann, der alles gesehen und alles gehört hat, dachte Ana. Gibt es eigentlich einen Unterschied zwischen all den Verrücktheiten, die andere weiße Menschen treiben, und der, dass ich mit einem toten Affen in einem Sack hin und her fahre?

Sie bat ihn, zu dem Teil des Hafens hinunterzufahren, wo die kleinen Fischerboote anlegten. Dort gab es hohe Holzgestelle, an denen die Fischer ihre Netze aufhängten. Hier wurden auch die Körbe gefüllt, in denen der Fang zu den Marktständen hinaufgetragen wurde.

Ana stieg aus dem Auto. Die meisten Fischerboote befanden sich schon draußen auf dem Meer und würden später am Tag mit ihrem Fang zurückkehren. Aber an einem der Landungsstege lagen noch einige Boote, die Segel aufgerollt.

Sie bat den Chauffeur, ihr zu folgen. »Ich muss ein Boot mieten«, sagte sie. »Ich will meinen Affen aufs Meer hinausbringen und ihn dort bestatten.«

»Ich werde fragen«, sagte der Chauffeur.

»Der Fischer, der mir sein Boot leiht, wird natürlich gut bezahlt.«

Zwei von den Fischern schüttelten den Kopf, als der Chauffeur seine Frage stellte. Aber ein dritter, ein älterer Mann, etwa im gleichen Alter wie der Chauffeur, erklärte sich bereit. Als Ana verstand, dass es einen Fischer gab, der mit ihr hinaussegeln würde, betrat sie den Landungssteg.

»Ich habe versichert, dass die Senhora nicht verrückt ist«, sagte der Chauffeur. »Er ist bereit, aufs Meer hinauszufahren, wenn es jetzt geschieht.«

»Dafür soll er gut bezahlt werden«, sagte Ana. »Ich brauche auch ein paar schwere Senker, um sie in den Sack zu legen, so dass er wirklich sinkt.«

Der Chauffeur übersetzte, bekam eine Antwort und nickte.

»Er hat einen alten Anker, den er als Senker opfern kann. Dafür will er natürlich auch bezahlt werden. Er hofft, dass die Senhora nicht fürchtet, ihr Kleid zu beschmutzen. Aber er hat noch eine andere Frage.«

»Was will er wissen?«

»Kann die Senhora schwimmen?«

Ana dachte an ihren Vater und seine hartnäckige Weigerung, sie im Fluss schwimmen lernen zu lassen. Sollte sie jetzt lügen oder sagen, wie es war? Sie spürte, dass sie keine weiteren Unwahrheiten ertrug.

»Nein«, sagte sie. »Ich kann nicht schwimmen.«

»Das ist gut«, sagte der Chauffeur. »Er will keine Menschen im Boot haben, die schwimmen können. Sie erweisen dem Meer nicht den nötigen Respekt.«

Sie holten den Sack mit Carlos. Ana fand, er werde mit jedem Mal schwerer.

»Ich habe deinen Namen vergessen«, sagte Ana. »Ich schäme mich dafür.«

»Warum soll man sich für das schämen, was man vergisst? Soll man sich dann auch für das schämen, woran man sich erinnert? Ich heiße Vanji.«

»Bitte warte hier, bis wir zurückkommen. Dann brauche ich dich und das Auto nur noch wenige Tage.«

Vanji war sofort niedergeschlagen, als er verstand, dass ihre Zeit zusammen dem Ende zuging. Ana gelang es nicht, ihn zu trösten.

»Wie heißt der Fischer mit dem Boot?«, fragte sie.

»Columbus«, sagte der Chauffeur. »Er fährt nie an Dienstagen hinaus. Er ist davon überzeugt, dass er dann keinen Fang machen würde. Die Senhora hat Glück, dass heute Dienstag ist. Kaum jemand anders als Columbus würde mit einem toten Affen im Boot und außerdem mit einer weißen Frau als Passagierin hinaussegeln.«

77

Ana setzte sich in dem kleinen Boot dicht an den Mast. Der Sack und der rostige alte Anker lagen zu ihren Füßen. Das Boot roch stark nach Fisch. Columbus hisste mit seinen sehnigen Armen das Segel und setzte sich ans Ruder. Als sie aus der Hafeneinmündung herauskamen, blähte sich das Segel. Ana zeigte aufs Meer, weit hinaus zu der noch unsichtbaren Insel, die Inhaca hieß.

»So weit, dass wir fast kein Land mehr sehen«, versuchte sie zu erklären, unsicher, ob der Fischer Portugiesisch sprach oder nicht.

Er lächelte zur Antwort. Das Lächeln machte Ana ganz ruhig. Die albtraumhafte Entdeckung des Kinderfriedhofs hatte sie wie in einem Würgegriff gehalten. Jetzt legte sich das Gefühl. Sie ließ eine Hand über die Bordwand ins Wasser hängen. Es war zugleich warm und kühlend. Ein paar Seevögel kreisten über ihrem Kopf. Sie waren wie Funken aus der Sonne, die kamen und gingen. Weiße Funken, die schließlich einen Heiligenschein über dem Boot bildeten, das blau, rot und grün gestrichen war. Columbus hatte eine Pfeife angezündet und hielt den Blick auf den Horizont gerichtet. Ana packte den Anker in den Sack, ließ Carlos das rostige Eisen umarmen und schnürte den Sack dann so zusammen, wie es ihr von Lundmarks Bestattung in Erinnerung war. Vielleicht treffen sie sich, dachte sie. Konnte es irgendwo in der Tiefe eine Begräbnisstätte geben, wo sich alle schließlich versammelten? Der Gedanke war kindisch, das wusste sie. Aber niemand kümmerte es in diesem Moment, was sie dachte, am allerwenigsten Columbus mit der Pfeife im Mundwinkel.

Ein Schwarm spielerischer Delphine folgte dem Boot. Carlos würde nicht in Einsamkeit begraben werden, dachte Ana. Die

Delphine tauchten, schwammen dicht neben dem Boot und verschwanden dann wieder in der Tiefe. Sie fühlte eine fast unbezwingbare Lust, Berta von diesen Delphinen und dem merkwürdigen Bestattungszug zu erzählen. Wenn sie Isabels Eltern gefunden hätte, würde sie endlich eine Richtung vor sich sehen, der sie folgen konnte: Ich möchte Berta unbedingt von einem toten Affen erzählen, von schwimmenden Delphinen und von mir selbst in dem Moment, in dem ich mich meinem zweiten großen Aufbruch im Leben nähere.

Sie fuhren weiter auf den Horizont zu. Die Stadt verlor sich im Dunst. Ana dachte, jetzt hätten sie den Punkt gefunden, nach dem sie suchte.

»Lass uns das Segel einholen«, sagte sie. »Hier ist es gut.« Columbus steckte die Pfeife unter sein zerschlissenes Hemd, reffte das Segel und band es am Mast fest. Das Boot schaukelte sacht auf den Wellen. Delphine umkreisten es im Abstand. Seevögel über ihren Köpfen kreischten wie verstimmte Instrumente. Columbus half ihr, den Sack über die Bordwand zu heben und ihn mit einem leisen Platschen ins Wasser fallen zu lassen. Sie sah den Sack langsam durch das Wasser sinken. Einer der Delphine streifte ihn, zog sich dann aber wieder zurück, nachdem er seinen letzten Gruß vorgebracht hatte.

Als Ana den Sack nicht mehr sehen konnte, fühlte sie sich einsamer als je zuvor. Aber es erschreckte sie nicht. Jetzt war sie dabei, aus einer Welt auszubrechen, in der sie keine Freunde haben konnte. Mit den Weißen, die in der Stadt lebten, empfand sie keine Gemeinschaft, die Schwarzen sahen sie nur als eine Obrigkeit, der sie gehorchen mussten, und vertrauten ihr nicht.

Senhor Vaz hatte ihr ein Halsband geschenkt, als sie heirateten. Jetzt riss sie es sich plötzlich vom Hals und warf es ins Wasser. Ein Seevogel tauchte rasch, aber nicht schnell genug, um die Kette zu erwischen.

Sie kehrten zur Stadt zurück und legten am Kai an. Ana bezahlte Columbus und drückte seine Hand. Sie fragte sich, wie viele Jahre er für so viel Geld fischen müsste. Aber Columbus schien unberührt von dem Geldscheinbündel. Er bot ihr weiterhin nur sein stilles Lächeln, sah ihr aber nicht nach, als sie mit Vanji zum Auto zurückkehrte.

Ana hielt am Hafenkontor, um sich zu erkundigen, wann der nächste Küstendampfer nach Beira die Stadt verlassen würde. Sie hatte Glück. Ein Schiff würde in zwei Tagen ablegen, um sechs Uhr morgens. Sie buchte, bezahlte für die größte Kabine an Bord und dachte, alles sei plötzlich sehr leicht. Sie musste jetzt nur noch dafür sorgen, dass die Fotografien ins Bordell kamen, sich von den Frauen und den Dienstboten verabschieden und all ihre Schlüssel abgeben. Genau das, sich von den Schlüsseln zu befreien, die sie ständig mit sich herumtrug, war etwas, wonach sie sich sehnte.

Die letzten Tage verwendete sie darauf, zwei leichte Taschen zu packen. Mit Andrade vereinbarte sie, dass ihre eigenen und Senhor Vaz' Kleider an Bedürftige verteilt wurden. Sie behielt nur ihre Fotografien, Lundmarks Logbuch und ihr Tagebuch. Alles andere gab sie weg.

Am Nachmittag vor der Abreise versammelte Ana ihre Dienstboten um sich, um Abschied zu nehmen. Da Andrade in das Haus einziehen würde, das er ihr abgekauft hatte, musste niemand von ihnen um die Zukunft bangen.

Sie hatte für jede Dienstbotin ein Kuvert vorbereitet, so dass keine wusste, welche Summe die anderen bekamen. Sie war sicher, dass zumindest Julietta versuchen würde herauszufinden, wie sie im Vergleich zu Anaka bewertet worden war.

Ana rief sie alle in ihrem Arbeitszimmer zusammen. Sie erinnerte sich, dass Jonathan Forsman es so gemacht hatte, wenn er mit seinen Dienstboten sprach. Sie sagte, wie es war, dass sie abreisen würde, zunächst nach Beira und danach zu einem unbekannten Ziel. Sie bedankte sich für ihre Arbeit und wünschte ihnen allen viel Glück bei ihrem neuen Hausherrn Andrade.

Ihre Worte stießen wie üblich auf absolutes Schweigen. Niemand dankte ihr, niemand sagte etwas. Ana ließ sie sofort zu ihren Pflichten zurückkehren. Aber sie behielt Julietta da.

»Du wirst es bei Andrade gut haben«, sagte sie. »Wenn du dich nur gut benimmst.«

»Ich benehme mich immer gut«, sagte Julietta.

»Jetzt bitte ich dich, etwas für mich zu erledigen«, sagte sie. »Bevor es dunkel wird, gehst du zu Felicia und den anderen Frauen hinunter und gibst diesen Umschlag ab. Er enthält Fotografien.«

Julietta nahm das Kuvert und ging. Ana hörte, wie die Haustür zuschlug.

Als sie wieder allein war, machte sie eine Notiz in ihr Tagebuch: »Ich kann nicht in einer Welt leben, in der alle mehr wissen als ich.« Dann legte sie das Tagebuch in eine der Taschen, noch immer unsicher, warum sie es eigentlich behielt.

Tags darauf, als Ana sehr früh aufstand, um sich für die Fahrt zum Hafen zurechtzumachen, war Julietta noch nicht zurückgekommen.

Sofort machte sie sich Sorgen. Was konnte geschehen sein? Sie rief Anaka und fragte sie. Anaka antwortete nicht, zeigte aber keine Besorgnis.

Da verstand Ana. Julietta war im Bordell geblieben. War zu Nunez gegangen, der das Etablissement übernommen hatte, und hatte ihm gesagt, dass sie dort anfangen wollte zu arbeiten. Und er hatte sie selbstverständlich angestellt. All das Gerede von einem Kinderheim war ohne Bedeutung gewesen. Vielleicht hatte er sie auch mit in eins der Zimmer genommen, um auszuprobieren, wie tüchtig sie darin war, einen Mann zu befriedigen?

Ana empfand eine stumme Verzweiflung, als sie begriff, dass dies die Erklärung dafür war, dass Julietta nicht zurückkam.

Aber sie verscheuchte die Gedanken. Sie wollte dieses Haus nicht mit einer Last von Trauer und Enttäuschung verlassen. Zum ersten Mal sprach sie mit Anaka, die ihr zur Haustür folgte.

»Jetzt reise ich ab«, sagte sie. »Es wird ein warmer Tag. Aber auf dem Meer wird es Kühlung geben.«

Sie dachte, sie sollte noch etwas sagen. Aber was?

Die Worte waren ihr ausgegangen. Sie strich rasch mit der Hand über Anakas Wange und verließ sie zum letzten Mal.

78

Als Ana auf die Straße hinaustrat, stand nicht nur das Auto da und wartete. Auch Moses war zurückgekehrt. Er war also nicht zu den Minen von Rand aufgebrochen, er hatte sich die ganze Zeit in der Stadt aufgehalten. Vielleicht hat er mich bewacht, ohne dass ich ihn sehen konnte, dachte Ana. Genau wie der Leopard, der immer sieht, aber nie gesehen wird.

Moses trug seinen üblichen Overall und abgetragene Sandalen. Seine Hände, die an den Seiten herabhingen, wirkten plötzlich ganz hilflos.

»Du hier«, sagte sie.

»Ja«, antwortete Moses. »Ich wollte Abschied nehmen.«

»Woher hast du gewusst, dass ich heute abreise?«

Sie dachte sofort, dass sie auf diese Frage nie eine Antwort bekommen würde. Was sollte er denn sagen? Dass er ihre Abreise wie ein Muster in den Steinen des Gehsteigs entdeckt habe? Aber er stand da, genau jetzt, als sie zum letzten Mal in das Auto steigen wollte, das Vanji später am Tag zurückgeben würde.

Moses sah sie an und lächelte. Aber er antwortete nicht.

Es ist nicht wichtig, dachte Ana. Sie war nur froh, dass er zurückgekommen war.

Plötzlich spürte sie, dass sie nicht abreisen wollte. Sie wollte in seiner Nähe bleiben, so lange wie möglich. Aber sie hatte kein Haus mehr. Sie hatte alle Schlüssel abgegeben. Ihr blieb nur eine Kajüte an Bord des Küstendampfers, der sie nach Beira bringen sollte.

Was sie empfand, erfüllte sie mit Angst und zugleich mit großer Freude. Sie liebte diesen Mann, der vor ihr stand. Aber eine

Liebe zwischen ihnen war unmöglich, sie widersprach allen denkbaren Voraussetzungen, die in dieser verdammten Stadt herrschten.

»Begleite mich zum Hafen«, war alles, was sie sagen konnte.

»Ja«, sagte Moses. »Ich komme mit.«

Aber als sie die Autotür aufhielt, schüttelte er nur den Kopf und lief mit leichten, federnden Schritten den Hang zum Hafen hinunter.

Ana bat Vanji, einen anderen Weg zu nehmen. Sie wollte nicht an dem laufenden Moses vorbeifahren.

Sie gab Vanji auch zwei Kuverts, eins als Entgelt für die Zeit, in der sie das Auto genutzt hatte, das andere mit einer Zahlung für ihn.

Es waren die letzten beiden Kuverts, die sie überreichte. Jetzt waren alle bezahlt worden. Sie hatte sich schuldenfrei gemacht und sich auf eine Art verhalten, die andere weiße Bürger der Stadt verurteilt hätten. Sie hätten gesagt, sie zerstöre die Schwarzen, mache sie obstinat und faul und verringere ihren Respekt vor der weißen Obrigkeit.

Ich stehe mit einem Bein in jedem Lager, und ich gehöre nirgendwohin, dachte Ana. Bis jetzt. Da Moses zurückgekehrt ist. Aber auch das ist keine Zugehörigkeit, die möglich ist.

Er stand unten am Kai und wartete, als sie ankam. Trotz des langen Laufs schien er in keiner Weise angestrengt zu sein. Ana dachte, es sei wie mit Lundmark. Sie sah nur das, was sie sehen wollte. Hätte sie Moses gründlich gemustert, hätte sie bemerkt, wie schmutzig sein Overall und seine Hände waren, und vielleicht auch, dass der Lauf ihn angestrengt hatte, da seine Lungen nach all den Jahren in den Minen sicherlich geschädigt waren.

Sie verabschiedete sich von Vanji, der sich ungeschickt vor ihr verbeugte.

»Jetzt sehen wird uns nie wieder«, sagte sie.

»Jedenfalls nicht in diesem Leben«, erwiderte Vanji.

Als sie sich umdrehte, hatte Moses schon ihre Taschen genommen. Er folgte ihr an Bord. Der weiße Steuermann an der Gangway grüßte und ließ sie durch. Ein Steward in weißer Jacke zeigte ihnen den Weg zur Kabine. Ana konnte nicht umhin, an ihre erste Begegnung mit Carlos zu denken, und lächelte wehmütig.

Niemand wird das verstehen, dachte sie. Ich trauere um einen Mann, mit dem ich nur ein paar Wochen verheiratet war. Ein anderer Mann, mit dem ich auch verheiratet war, starb, ohne dass ich Trauer empfunden hätte. Aber es gibt eine schwarze Frau und einen Affen, die immer in meinen Gedanken bleiben werden, solange ich lebe. Und jetzt, ein schwarzer Mann namens Moses, dem ich nahe sein will.

Der Steward öffnete die Tür der Kabine. Er blieb stehen, um Moses zurück zur Gangway zu begleiten. Aber Ana schloss die Tür, nachdem sie erklärt hatte, Moses würde ihre Taschen auspacken und dann erst gehen.

Zum ersten Mal waren sie allein in einem Raum. Ana setzte sich auf den Bettrand. Moses blieb stehen.

»Ich dachte, du wärst zu den Minen zurückgekehrt«, sagte sie. »Ich war ärgerlich, weil du nichts gesagt hast.«

Moses antwortete nicht. Seine ruhige Sicherheit schien plötzlich ganz verschwunden.

Ich muss es wagen, dachte sie. Ich habe nichts zu verlieren. Wenn ich etwas gelernt habe seit dem Tag, an dem ich zum ersten Mal ein Schiff betreten habe, und dem heutigen Tag, an dem ich abreise, dann ist es, ein Wagnis einzugehen. Ich werde mich nicht von dem beeinflussen lassen, was andere Leute für eine weiße Frau wie mich für erlaubt halten.

Zum ersten Mal sah sie unvoreingenommen auf die verwirrende Zeit zurück, die sie in der Stadt an der Lagune verbracht hatte. Das Treffen mit Isabel hatte sie eine Zuneigung zu einer schwarzen Frau fühlen lassen, deren Schicksal sie hart getroffen hatte. Aber Isabel war tot. Auch Lars Johan Jakob Antonius Lundmark, ihr erster Ehemann, war tot. Und Senhor Vaz, der sie reich gemacht hatte, ebenso.

Dann hatte Moses ihren Weg gekreuzt. Ihre Zuneigung für Isabel hatte sich in Liebe zu ihrem Bruder verwandelt. Und er war lebendig, er hatte sie nicht verlassen.

Ana stand auf und ging zu Moses hin. Sie lehnte ihr Gesicht an seine Brust und empfand Dankbarkeit und Erleichterung, als sie seine Hände um ihre Taille fühlte.

Sie liebten sich in großer Eile, halb angezogen, unruhig, aber hingebungsvoll, während über ihren Köpfen und in dem engen Gang vor der Kabine Schritte zu hören waren. In ihr waren ein Gedanke und ein Wille, dass diese Liebe nie zu Ende gehen sollte, dass sie anhalten würde, bis das Schiff sich mit Wasser füllte und versank. Sie spürte Moses' Wollust, seine Zärtlichkeit, und als er plötzlich aufschluchzte, waren Isabel und ihre Kinder mit ihnen in dieser Kabine.

Danach war alles sehr still. Sie lagen nebeneinander auf der schmalen Pritsche mit den hohen Sturmkanten aus abgegriffenem Holz. Ana legte ihre Hand auf Moses' Herz und fühlte, wie sein Atem langsam von aufgeregter Freude in eine große Ruhe zurückkehrte.

Vielleicht dachte sie in diesem Moment an Lundmark, das hätte sie später nicht sagen können. Aber sie kehrte in Gedanken wieder und wieder zu der merkwürdigen Tatsache zurück, dass sich so vieles in ihrem Leben wiederholte. Liebe in engen Kabinen, Gangways, Seebestattungen. Niemand hatte sie auf dieses Leben vorbereiten können, weder ihr Vater noch Elin. Am Fluss hatte sie gelernt, die Hacke zu handhaben, Kinder zu hüten, durch tiefen Schnee und eisige Kälte zu waten, ohne zu erschrecken, und einen strafenden Gott zu fürchten, der sich in den ängstlichen Überzeugungen ihrer Großmutter fand. Jetzt hatte sie mutige Handlungen vollbracht, ohne darauf vorbereitet zu sein und ohne dass sie jemand gezwungen hätte.

Die Zeit drängte. Bald würde das Schiff ablegen.

»Komm mit«, sagte sie. »Ich möchte, dass du mitkommst.«

»Ich kann nicht.«

»Warum nicht?«

»Das weiß die Senhora.«

»Nenn mich nicht Senhora. Nenn mich auch nicht Ana. Nenn mich Hanna. Das ist mein richtiger Name.«

»Ich werde auf die gleiche Art getötet werden wie Isabel.«

»Das wird nicht geschehen, solange es mich gibt.«

»Du konntest auch Isabel nicht schützen.«

»Klagst du mich an?«

»Nein. Ich sage nur, wie es ist.«

Moses erhob sich, stand auf und zog seinen Overall wieder an. Ana blieb auf der Pritsche liegen, die Kleider in Unordnung, das Haar aufgelöst.

Im selben Moment donnerten Schritte vor der Tür der Kabine. Ein kräftiges Klopfen ertönte, und dann wurde die Tür geöffnet. Da stand der Steuermann, der sie an der Gangway empfangen hatte, und neben ihm hatte sich ein weiterer Mann aufgebaut, wahrscheinlich der zweite oder dritte Steuermann.

79

Ana durchzuckte der Gedanke, die beiden Männer sähen aus wie wilde Tiere.

»Hat er Sie überfallen?«, schrie der Steuermann und schlug Moses mit der Faust ins Gesicht.

»Er hat mich nicht angerührt«, schrie Ana und versuchte dazwischenzugehen.

Doch der Steuermann hatte Moses schon zu Boden gestoßen und setzte sich auf ihn, beide Hände um seine Kehle.

»Ich werde diesen Teufel töten«, rief er. »Ein Träger, der einen meiner Passagiere in der Kajüte überfällt.«

»Er hat mich nicht überfallen«, schrie Ana verzweifelt und versuchte, die Hände des Steuermanns von Moses' Hals zu zerren. »Lassen Sie ihn los!«

Der erregte Steuermann stand auf und gab Moses frei, der blutig im Gesicht war.

»Was hat er getan?«, sagte der Mann an der Tür, der bisher stumm gewesen war.

»Er hat nichts anderes getan als das, worum ich ihn gebeten habe«, antwortete Ana. »Und ich verfluche die Art, wie Sie ihn behandeln.«

»Auf dem Schiff bestimmen wir über die Neger, die an Bord kommen«, sagte der Steuermann.

Wie um dem, was er gesagt hatte, Nachdruck zu verleihen, schlug der Steuermann Moses noch einmal zusammen. Diesmal traf er seine Nase, die zu bluten anfing. Ana schrie auf. Sie war nur leicht bekleidet und sah ein, dass alles darauf hindeuten könnte, es sei etwas Unerhörtes geschehen. Aber in diesem Moment war es ihr gleich. In einem der glücklichsten Augenblicke ihres Lebens war sie tiefer gekränkt worden als je zuvor.

»Er soll gehen«, sagte sie. »Und ihr werdet ihn nicht anrühren.«

»Nein«, sagte der Steuermann. »Man wird ihn verhaften. Die Festung wird sich um ihn kümmern.«

Ana verschlug es die Sprache bei dem Gedanken, dass Moses vielleicht im selben Kerker landen würde, in dem seine Schwester Isabel gestorben war.

»Dann müsst ihr mich auch mitnehmen«, sagte sie.

Etwas in ihrer Stimme klang so überzeugend, dass die beiden Steuermänner aus dem Konzept gerieten. Ana nahm ein Handtuch und wischte Moses das Gesicht ab. Das Blut an dem Handtuch machte sie plötzlich auf etwas Klebriges an der Innenseite ihrer Schenkel aufmerksam. Sie wusste, was es war, und dachte, es sei in diesem Moment das größte und wichtigste Geheimnis ihres Lebens.

Nachdem sie die Kabine verlassen hatten, beobachteten Passagiere und Besatzungsmänner neugierig die Prozession. Allen an Bord war bewusst, dass etwas in der größten Kabine des Schiffs vorgefallen war.

Moses ging die Gangway hinunter, ohne dass sie sich richtig verabschieden konnten. Ana sah ihn am Kai verschwinden, aber er drehte sich nicht um. Sie folgte ihm mit dem Blick, bis sie ihn nicht mehr sah. Dann kehrte sie in ihre Kabine zurück und legte sich auf die Pritsche, völlig erschöpft, aber auch wütend über das, was sich ereignet hatte. Dort blieb sie liegen, bis sie verschiedene Kommandorufe hörte und die Erschütterung spürte, als der Druck in den Dampfkesseln zunahm, und schließlich das Rasseln der Ketten, als das Schiff ablegte.

Warum hatte sie das Schiff nicht verlassen, um Moses zu folgen? Warum hatte sie nicht den Mut dazu?

Für einen kurzen Augenblick habe ich alles klar gesehen, dachte sie. Dann habe ich nicht gewagt, die Konsequenzen zu tragen.

Nach vielen Stunden ging sie hinaus an Deck. Sie hatte sich sorgfältig frisiert und ein anderes Kleid angezogen. Sie stellte sich an die Reling. Die weißen Passagiere an Bord machten ihr Platz. Nicht aus Höflichkeit, das spürte sie, sondern als Ausdruck ihrer Ablehnung.

In ihren Augen habe ich mich in eine Hure verwandelt, dachte sie. Ich habe einen schwarzen Mann in meine Kabine mitgenommen und das Schändlichste begangen, was diese Menschen sich vorstellen können.

Sie schaute auf die weiße Stadt, die dort drüben an den Hängen hochkletterte und sich im zunehmenden Sonnendunst aufzulösen schien. Der Kurs war jetzt nördlich, die Sonne stand hoch am Himmel, und sie wurde zu der ersten Mahlzeit gerufen, die serviert wurde. Aber sie lehnte dankend ab, sie wollte den Abschied von der Stadt, die sie nie mehr wiedersehen würde, nicht unterbrechen.

Plötzlich stand ein Mann an ihrer Seite. Sie hatte das vage Gefühl, ihn zu kennen, ohne ihn einordnen zu können. Er grüßte und reichte ihr dann die Hand. »Kapitän Fortuna«, sagte er. »Willkommen an Bord.«

Er roch stark nach Bier, und sein Atem war wie eine ferne Erinnerung an Senhor Vaz. Er war in den Vierzigern, braungebrannt und sehnig.

»Danke«, sagte sie. »Wie wird das Wetter während der Reise?«

»Still und ruhig. Dünung, nichts weiter.«

»Eisberge?«

Kapitän Fortuna sah sie fragend an. Dann brach er in Lachen aus, da er glaubte, sie wolle mit ihm scherzen.

»Keine anderen Eisberge als die, die wir in den Eiskästen haben«, antwortete er. »Hier gibt es keine Unterwasserriffe, nichts, was einem Schiff gefährlich werden könnte, wenn man sich weit genug vom Land fernhält. Ich steuere dieses Schiff seit bald zehn Jahren. Das größte Drama verursachte ein Zuchtbulle, den wir an Bord hatten und der verrückt wurde und über die Reling sprang. Er war leider nicht zu retten. Er nahm schwimmend Kurs auf Indien. Da es in der Nacht geschah, konnten wir ihn nicht lokalisieren.«

»Ich bin nie in Beira gewesen«, sagte Ana. »Ich weiß nichts von dieser Stadt. Können Sie mir ein Hotel empfehlen?«

»Africa Hotel«, sagte Kapitän Fortuna. »Ganz neu erbaut. Ein einzigartiges Hotel. Dort sollte die Senhora wohnen.«

»Ist die Stadt groß?«

»Nicht so groß wie Lourenço Marques. Der Weg zu dem Hotel ist sehr kurz.«

Kapitän Fortuna grüßte erneut und begab sich zu dem Fallreep, das zur Kommandobrücke hinaufführte.

Plötzlich wusste Ana, wo sie ihn gesehen hatte. Einmal oder mehrere Male hatte Kapitän Fortuna das Bordell besucht. Er war nicht in Uniform gekommen. Deshalb hatte sie ihn zuerst nicht erkannt.

Ich bin von meinen alten Kunden umgeben, dachte sie. Und er weiß, dass ich seine Wirtin war.

Sie kehrte zu ihrer Kabine zurück und legte sich wieder auf die Pritsche. Sie tastete mit der Hand über ihren Unterleib und dachte, wenn sie ein Kind bekäme, würde sie es leben lassen. Wohin sie auch reiste, nachdem sie ihren Auftrag in Beira erfüllt hätte, nie wieder wollte sie in die Nähe eines Friedhofs für Fehlgeburten, Föten und unerwünschte Neugeborene kommen.

Ein Versprechen, dachte sie. Ich lege einen Eid ab, den nur ich kenne. Was für einen Wert hat er?

Sie ließ sich das Essen in die Kabine bringen, da sie nicht in der Gesellschaft neugieriger und klatschsüchtiger Menschen speisen wollte.

Als die Dunkelheit hereingebrochen war, ging sie wieder an Deck und atmete die erfrischende Luft ein. Der Sternenhimmel war klar. Sie konnte Moses' Gegenwart dicht neben sich spüren. Aber auch die von Lundmark und vielleicht sogar die von Senhor Vaz. Eine Seilwinde zu ihren Füßen könnte der zusammengerollte schlafende Carlos sein.

In der Ferne: Laternen, Sternschnuppen, ein Leuchtturm mit Blinkfeuer am Horizont.

Kapitän Fortuna tauchte plötzlich aus den Schatten auf. Er roch nicht mehr nach Bier, jetzt roch er nach Wein.

»Ich mische mich nicht ein in das Leben anderer Menschen«, sagte er. »Aber lassen Sie mich meine Bewunderung dafür ausdrücken, dass Sie versucht haben, die schwarze Frau in der Festung zu retten. Pedro Pimenta war ein netter Mann, aber er war ein Schurke. Er hat alle Frauen betrogen, denen er wichtig war.«

»Ich habe nicht genug getan«, antwortete Ana. »Isabel ist gestorben.«

»Menschen aus unserem Teil der Erde verwandeln sich in unerträgliche Geschöpfe, wenn sie nach Afrika übersiedeln«, sagte Kapitän Fortuna traurig. »Hier auf dem Schiff komme ich dem Elend an Land nicht zu nahe. Aber dass wir die Schwarzen auf eine Art behandeln, die sich rächen wird, daran besteht kein Zweifel.«

Vielleicht erwartete er eine Antwort. Aber sie schwieg lange, bis sie anfing, von etwas ganz anderem zu reden.

»Lassen Sie uns ehrlich sein«, sagte sie. »Ich weiß, dass Sie das Bordell besucht haben, dessen Besitzerin ich nach dem Tod meines Mannes wurde. Sie haben bezahlt und die Frauen gut behandelt. Aber eine Frage habe ich. Welche von den Frauen war es, die Sie besuchten?«

»Belinda Bonita. Nie eine andere. Wäre es mir möglich gewesen, hätte ich sie geheiratet.«

»Der schwarze Träger, der mich an Bord begleitet hat«, sagte Ana. »Ich liebe ihn. Ich hoffe, dass ich sein Kind in mir trage.«

Kapitän Fortuna sah sie in dem flackernden Licht der Laterne an, die er in der Hand hielt.

Er lächelte. Ein freundliches Lächeln.

»Ich verstehe«, sagte er. »Ich verstehe genau, was Sie meinen.«

In dieser Nacht schlief Ana einen langen, tiefen Schlaf. Sie dachte, das Meer sei wie ein Schaukelstuhl, in dem sie sacht vor und zurück schaukelte, während die Nacht verging und ein anderes Leben sich langsam abzeichnete.

EPILOG

Africa Hotel, Beira
1906

Zum zweiten Mal in ihrem Leben trat Hanna Lundmark einen Landgang an und verließ ein Schiff, um nie wieder an Bord zurückzukehren. Während der Fahrt hatte sie ihre anderen Namen abgelegt, Ana Branca und Hanna Vaz. Sie hatte auch erwogen, Lundmarks Namen aufzugeben und die zu werden, die sie von Geburt an war, Hanna Renström. Sie hatte an der Reling des kleinen Küstendampfers gestanden, hin und wieder Delphine im Kielwasser beobachtet und sogar einmal, nahe bei Xai-Xai, Walfontänen gesehen.

Einen Namen nach dem anderen hatte sie über die Reling verschwinden lassen.

Sie hatte das Heck gewählt, weil sich dort die Kombüse befand, ähnlich wie auf der *Lovisa*. In der engen, dunstigen Küche arbeitete eine ungeheuer dicke schwarze Frau mit zwei Männern, die man vielleicht angestellt hatte, weil sie so mager waren. Sonst hätten sie niemals zusammen an dem Holzofen Platz gehabt, zwischen Töpfen und abgestoßenem Geschirr.

Es waren wenige Passagiere an Bord. Hanna hatte die beste Kabine. Aber jeden Abend musste sie Kakerlaken jagen und mit einem Schuh zerquetschen. Über ihrem Kopf hörte sie das Husten von Deckpassagieren, die sich zum Schlafen in ihre Decken einrollten.

Hin und wieder hatte sie sich mit Kapitän Fortuna unterhalten. Hanna hatte verstanden, dass er seine Wurzeln offenbar überall in der Welt hatte. Am zweiten Tag an Bord hatte er sie gefragt, woher sie komme.

»Aus Schweden«, hatte sie geantwortet. »Ein Land weit oben im Norden. Wo das Nordlicht am Nachthimmel leuchtet.«

Sie war nicht ganz sicher, ob er wusste, wo ihr Heimatland lag. Aber sie hatte höflich gefragt, woher er selbst stamme.

»Meine Mutter war Griechin«, antwortete er. »Der Vater meiner Mutter kam aus Persien, aber sein Ursprung war eigentlich eine Mischung aus dem Jüdischen und dem Marokkanischen, mit einem Tropfen Blut aus dem fernen Japan. Ich selbst betrachte mich als einen arabischen Marokkaner oder einen afrikanischen Araber. Das Meer gehört allen.«

Hanna aß in ihrer Kabine, bedient von einem der mageren Männer aus der Kombüse. Sie aß sehr wenig, ruhte meist in ihrer Koje oder stand am Heck und ahnte die Umrisse des schwarzen Kontinents im gleißenden Sonnendunst.

Nach vierzehn Stunden fiel die Dampfmaschine aus. Sie blieben fast vierundzwanzig Stunden lang liegen, ehe es dem Maschinisten gelang, den Fehler zu beheben, und sie die Reise nach Beira fortsetzen konnten.

In der Abenddämmerung ging sie die Gangway in die fremde Stadt hinunter, im Gefolge zwei Matrosen, die Kapitän Fortuna ihr zugeteilt hatte, um sie zum Africa Hotel zu begleiten. Dort wollte sie wohnen, solange sie nach Isabels Eltern suchte.

Als sie durch die erleuchteten Türen eintrat, die von uniformierten Wächtern aufgehalten wurden, staunte sie über all die Pracht. Sie hatte gedacht, das schlossähnliche Hotel, in dem Pandre wohnte, sei an Luxus kaum zu überbieten. Aber das Africa Hotel übertraf alles, was sie sich hätte erträumen können. Sie bezog die zweitgrößte Suite des Hotels, da die Hochzeitssuite schon gebucht war. Am ersten Abend ließ sie sich ein Menü in ihrem Zimmer servieren und trank Champagner, den sie erst ein einziges Mal zuvor gekostet hatte: an jenem Abend ihrer Hochzeit mit Senhor Vaz. Am nächsten Tag begann sie mit der Suche nach Isabels Eltern. Das Hotel hatte zwei afrikanische Männer für sie engagiert, um ihr den Weg zu den Slumgebieten zu zeigen, wo sie Isabels Eltern vermutete. Mehr als eine Woche lang durchkämmte sie mit den beiden Männern alle Randgebiete der Stadt. Da sie in Lourenço Marques nie ein afrikanisches Wohngebiet besucht hatte, war es ein Schock für sie, als sie erkennen musste, in welchen

Verhältnissen die schwarzen Menschen lebten. Sie sah ein Elend, das sie sich nie hätte vorstellen können. Jeden Abend saß sie wie gelähmt in ihrer Suite. In den Tagen der Suche konnte sie fast nichts mehr essen. Wenn sie schlief, hatte sie ständig Albträume, die sie fast immer zurück zum Fluss und dem Fjäll führten, ohne dass sie das Haus ihrer Kindheit gesehen hätte.

Aber nach ein paar Tagen bemerkte sie bei ihren Besuchen in den schwarzen Stadtteilen eine ungeahnte Lebensfreude. Der geringste Anlass zum Feiern wurde wahrgenommen. Die Menschen unterstützten einander, obwohl sie kaum etwas zum Teilen hatten.

Eines Abends notierte sie in ihrem Tagebuch eine Art Erklärung für das, was sie glaubte entdeckt zu haben, nachdem sie unter die Oberfläche des Elends und der Armut geblickt hatte.

Sie schrieb: »Mitten in der unbegreiflichen Armut sehe ich Inseln von Reichtum. Wie kommt es, dass es diese Freude gibt? Diese Wärme, die längst erkaltet sein müsste? Wenn ich es umkehre, sehe ich bei den Weißen, die hier leben, viel größere Armut mitten in ihrem Wohlstand.«

Sie las durch, was sie geschrieben hatte. War es ihr gelungen, klar auszudrücken, was sie empfand? Sie hatte das Gefühl, als sähe sie die schwarzen Menschen und ihr Leben endlich aus der richtigen Perspektive.

Vielleicht hatte sie, die selbst von den Ärmsten in Schweden kam, mehr mit den Schwarzen gemeinsam, als ihr bisher bewusst gewesen war?

Am nächsten Tag setzte sie ihre Suche nach Isabels Eltern fort. Jeder Schritt, den sie machte, jeder Mensch, der ihrem Blick begegnete, überzeugte sie davon, dass sie mit dem, was sie am Vorabend geschrieben hatte, recht hatte.

Zum ersten Mal kam ihr ein überraschender Gedanke: Vielleicht könnte ich trotz allem hier zu Hause sein? Sie begriff jetzt, dass sie nicht nur nach Isabels Eltern suchte. Sie suchte auch auf eine ganz neue Weise nach sich selbst.

Währenddessen wurde im Hotel eine große Hochzeit vorbereitet. Ein portugiesischer Prinz sollte eine englische Herzogin heiraten. Auf Reede lagen Luxusjachten, die die lange Reise von Europa gewagt hatten. Hanna war die Einzige im Hotel, die nicht zu den Hochzeitsgästen gehörte. Natürlich bekam sie trotzdem eine Einladung. Sie nahm dankend an und registrierte widerstrebend, wie wohl sie sich unter erwartungsvollen weißen Menschen fühlte, nach all dem Elend, das ihr bei der Suche nach Isabels Eltern begegnet war.

Schließlich war sie bereit aufzugeben. Sie würde sie niemals finden können, um ihnen von Isabels Tod zu erzählen. Sie bezahlte die beiden Männer und sah, wie verwundert, fast furchtsam sie die vielen Geldscheine betrachteten, die sie ihnen gab.

Am selben Abend sollte die Hochzeitsfeier stattfinden. Hanna verbrachte den Nachmittag im schattigen Teil des Hotelgartens, um die Vorbereitungen nicht zu stören.

Plötzlich stand ein älterer weißer Mann im dunklen Anzug vor ihr. Er war etwa sechzig Jahre alt, und Hanna fand ihn zunächst aufdringlich. Aber sie spürte schnell, dass seine Freundlichkeit echt war und er nur das Gespräch suchte.

Sie betrachteten die bunten Vögel mit den langen Schnäbeln, die zwischen den Büschen und Blumen herumschwirrten.

»Ich bin unterwegs«, sagte der Mann unvermittelt.

»Sind wir das nicht alle?«, erwiderte sie.

»Ich heiße Harold ffendon« sagte der Mann. »Früher hatte ich einen anderen Namen. Ich weiß nicht mehr, welchen. Aber mein Vater hieß Wilson, John Wilson, und wurde immer nur Jack genannt. Jetzt bin ich unterwegs zu dem, was zu seiner Zeit Van-Diemen's-Land hieß.«

»Was ist das?«

»Heute heißt es Tasmanien. Aber damals, als mein Vater dort lebte, war es eine gefürchtete Strafkolonie, in die England viele seiner schlimmsten Verbrecher schickte. Sie sollten dort sterben oder einfach in ihrem Heimatland von den Straßen verschwinden. Mein Vater hatte in der Stadt Bristol ein Paar Schuhe gestohlen. Dafür wurde er für fünfzehn Jahre des Landes verwiesen. Als seine Strafe abgelaufen war, entschied er sich zu bleiben. Er wurde Schaffarmer und lernte die Kunst, Orgeln zu bauen. Jetzt ist er tot. Aber ich werde hinfahren, um in seiner Nähe zu leben.«

»Wie sind Sie hier gelandet?«

»Der Weg von Australien ist lang.«

Ja, dachte Hanna. Der Weg ist sehr lang. Ich bin nie in Australien angekommen. Auch ich bin hiergeblieben.

»Auf dem Weg dorthin kann man Eisberge sehen«, sagte sie.

»Ich weiß«, sagte ffendon. »Viele Schiffe, die Verbrecher nach Australien und Van-Diemen's-Land brachten, sind nie dort angekommen. Einige sind sicher von den Eisbergen versenkt worden.«

Das Gespräch verebbte, genauso plötzlich, wie es begonnen hatte.

ffendon stand auf, verbeugte sich und reichte ihr seine Hand. »Ich brauche Hilfe für diese Reise«, sagte er. »Ich schäme mich, aber ich bitte Sie trotzdem.«

Sie ging hinauf in ihr Zimmer, holte fünfzig englische Pfund und kehrte in den Garten zurück. »Woher wussten Sie, dass ich Geld habe?«, fragte sie.

»Sie erwecken den Anschein, sich vor nichts zu fürchten. Ein solcher Mensch glaubt entweder an Gott, oder er besitzt viel Geld. Sie kamen mir nicht wie eine Gläubige vor. Also blieb mir nur die andere Möglichkeit.«

»Viel Glück für Ihre Reise«, sagte sie und reichte ihm das Geld.

Sie sah ihm nach. Ob er nach Tasmanien reisen oder das Geld verspielen würde, wusste sie nicht. Es war ihr gleich.

Hanna nahm an der Hochzeitszeremonie teil, sah das schöne junge Paar und dachte an die einfachen Umstände zurück, unter denen sie und Lundmark in Alger geheiratet hatten. Aber vor dem Abendessen kehrte sie in ihr Zimmer zurück, um einen Entschluss zu fassen, wohin sie gehen sollte. Wo lag das Tasmanien, zu dem sie sich begeben könnte? Was für eine Wahl hatte sie?

Hatte sie überhaupt eine Wahl? Oder konnte sie genauso gut im Africa Hotel bleiben, bis ihr das Geld ausging?

Spätnachts beschloss sie, nach Phalaborwa zu fahren, das Halvorsen erwähnt hatte, als die Missionare an Bord gekommen waren. Sie könnte die Missionsstation aufsuchen und dort vielleicht entscheiden, was sie mit ihrem Leben anfangen sollte. In der Station würde sie die letzten Spuren der Frau abschütteln können, die sie während der Zeit in Afrika geworden war.

Sie schlief ein paar Stunden, ehe sie in der Morgendämmerung aufstand. Das Hochzeitsfest war noch im Gang. Am Fenster zuckte sie zusammen. Unter einem Baum im Park stand Moses. Er schaute zu ihrem Fenster hinauf. Sie stieß einen Ruf aus, da sie wusste, dass sie sich nicht geirrt hatte. Außer sich vor Freude schlüpfte sie in ihre Kleider und eilte in den Garten hinunter. Moses stand nicht mehr an dem Baum. Aber sie wusste, was er dachte. Es wäre unpassend, wenn sich ein schwarzer Mann im Garten des Hotels mit einer weißen Frau träfe. Deshalb hatte er sich zurückgezogen. Sie sah sich um und bemerkte dichtes Gebüsch an der Steinmauer, die das Hotel umgab.

Da stand er und wartete auf sie. Er trug nicht seinen üblichen Overall, sondern einen verschlissenen schwarzen Anzug. Trotzdem war sie erstaunt, dass man ihn eingelassen hatte. Die Schwarzen, die im Hotel oder im umliegenden parkartigen Garten arbeiteten, waren alle uniformiert.

»Ich bin über die Mauer geklettert«, sagte er. »Hier wäre ich niemals willkommen. In den Minen lernt man, sich an herabgestürzten Steinmassen hochzuziehen. Es gibt keine Mauern, die ein Minenarbeiter nicht überwinden kann.«

Sie hörte kaum auf das, was er sagte. Sie stellte sich dicht neben ihn und spürte, wie er seine Arme um sie legte.

»Wie bist du hergekommen?«, fragte sie.

»Mit einem anderen Schiff.«

»Wann bist du angekommen?«

»Gestern.«

»Aber du weißt bestimmt, dass ich deine Eltern nicht gefunden habe?«

»Ich weiß.«

Sie sah ihn an. »Warum bist du gekommen?«

Er trat einen Schritt zurück und zog einen kleinen Beutel aus der Tasche. Hanna erkannte ihn sofort. Einst hatte sie Isabel einen solchen Beutel gegeben.

»Den wollte ich dir schenken.«

»Ist es der gleiche, den du mir für Isabel gegeben hast?«

»Ja.«

»Damals hast du gesagt, dass der Zauber bei ihr nicht wirken konnte, weil sie von zu vielen weißen Menschen umgeben war, die ihr alle Kräfte raubten. Warum gibst du ihn mir?«

»Weil du nicht bist wie alle anderen Menschen. Ich weiß, dass man dich Ana Branca nennt. Aber das ist falsch. Für mich bist du Ana Negra.«

›Die schwarze Ana‹, dachte sie. Ist das wirklich mein Name?

»Deine letzte Aufgabe im Leben als weiße Frau, als die du geboren bist, ist, meine Eltern ausfindig zu machen«, sagte Moses. »Danach bist du eine von uns, Ana Negra.«

»Was geschieht, wenn mir Flügel wachsen?«

»Dann kommst du dahin, wo ich bin.«

Ohne ein weiteres Wort gab er ihr den Beutel, kletterte über die Mauer und verschwand auf der anderen Seite. Es ging so schnell, dass sie nicht reagieren konnte.

Sie setzte ihre Suche fort, fand aber die Eltern nicht. Niemand schien ihren Namen zu kennen. Jeden Abend kehrte sie ins Hotel zurück und sah den Lederbeutel auf dem Tisch liegen. Jeden Morgen stand sie am Fenster, aber Moses zeigte sich nicht mehr.

Schließlich gab sie auf. Isabels und Moses' Eltern waren von dem schwarzen Menschengewimmel verschluckt. Sie würde sie nie finden. Was sie sich am allermeisten wünschte, Moses wieder im Garten stehen zu sehen und dann mit ihm über die hohe Steinmauer zu verschwinden, würde niemals Wirklichkeit werden.

An diesem Abend packte sie ihre Habseligkeiten. Der Beutel lag da, unangerührt. Ihren Entschluss, sich zur Missionsstation zu begeben, hatte sie nicht geändert.

Schließlich blieb nur noch das Tagebuch. Dieses Notizbuch, das sie mit einer roten Schleife zugebunden hatte, wollte sie auch loswerden. Sie dachte daran, es zu verbrennen, überlegte es sich aber anders, ohne richtig zu wissen, warum.

Zufällig entdeckte sie, dass das Parkett in ihrem Zimmer, obwohl das Hotel fast neu erbaut war, bereits Ritzen aufwies. Als sie mit dem Finger eine dieser Ritzen abtastete, löste sich ein Stück des Parketts. Sie schob das Tagebuch möglichst weit unter das Holz und legte das lose Parkettstück zurück.

Dann ließ sie einen der schwarzen Hausmeister kommen, der den Spalt versiegelte.

Sie blieb noch einen weiteren Tag und eine Nacht im Africa Hotel. Die Hochzeitsgäste waren abgereist. Die weißen Luxusjachten auf Reede waren verschwunden. Das Hotel wirkte plötzlich verlassen.

Am letzten Abend saß sie am offenen Fenster, wo der Vorhang sich in der Abendbrise vom Meer her bewegte. Sie schüttete den Inhalt des Lederbeutels in ihre Hand und schluckte das Pulver mit einem Glas Wasser.

Niemand sah sie gehen, und niemand konnte später bezeugen, dass sie einen Wagen gemietet oder die Stadt auf einem Schiff oder auf einem Pferderücken verlassen habe.

Als das Dienstmädchen am folgenden Tag das Zimmer betrat, lag das Entgelt in einem Kuvert auf dem Tisch.

Ihre Taschen waren verschwunden.

Niemand hat sie je wieder gesehen.

Nachwort

Im Grunde beruht alles, was ich schreibe, auf einer Wahrheit. Es kann eine große oder eine kleine Wahrheit sein, sie kann glasklar oder äußerst fragmentarisch sein. Aber trotzdem ist da immer etwas, was auf wirklichen Ereignissen beruht, und in meinem Buch führt es dann zur Fiktion.

Wie hier und jetzt: Es war Tor Sällström, Schriftsteller und Afrikafreund, der bei einem Gespräch, fast wie in einem Nebensatz, von bemerkenswerten Dokumenten erzählte, auf die er in dem alten kolonialen Archiv in Maputo, der Hauptstadt von Moçambique, gestoßen war. Er hatte ihnen entnehmen können, dass eine Schwedin Ende des 19. Jahrhunderts, vielleicht auch noch Anfang des 20. Jahrhunderts, Besitzerin eines der größten Bordelle der Stadt war, die damals Lourenço Marques hieß. Sie wurde erwähnt, weil sie eine bedeutende Steuerzahlerin war.

Nach einigen Jahren verliert sich ihre Existenz in den Dokumenten. Sie kommt aus dem Nichts und verschwindet so unmerklich, wie sie gekommen ist.

Wer war sie? Woher kam sie? Ich habe weitergesucht, aber ihre Herkunft blieb tatsächlich ungeklärt, ebenso ihr Verschwinden. Alle Schlussfolgerungen mussten Theorien bleiben.

Aber dass schwedische Schiffe im Hafen von Lourenço Marques anlegten, wissen wir. Meist waren sie, mit Holz beladen, auf dem Weg nach Australien. Und sicher zählten hier und da Frauen an Bord zur Besatzung, vor allem als Köchinnen.

Alles Übrige musste mit anderen Worten Vermutung bleiben. Bis auf die bürokratischen Spuren in einem alten Kassenbuch. Die kolonialen Beamten schrieben das, was wahr war, im Hinblick auf die Steuereinnahmen. Jedes Jahr musste die Regierung in Lissabon davon überzeugt werden, dass die Kolonie wirklich ein lohnendes Geschäft war.

Es hat sie also einst dort gegeben, denn die Archive lügen nicht. Sie zahlte eine imposante Summe an Steuern.

Meine Geschichte gründet sich also auf das wenige, was wir wissen, und all das, was wir nicht wissen.

Henning Mankell
Göteborg im Juni 2011

Glossar

Tontonto	Scherzwort für selbstgebrannten Schnaps mit hohem Alkoholgehalt
O Paraiso	Paradies
Shangana	Sprache, die in den südlichen Teilen von Moçambique gesprochen wird
Capulana	Stoffstück aus Batik, das den Frauen in Moçambique als Lendenschurz dient
Pau preto	Sehr harte schwarze afrikanische Holzart
A Magrinha	Die Magere
Feticheiro/a	Männlicher oder weiblicher Hexendoktor
Xhipamanhine	Eines der ältesten Wohngebiete in Maputo, Moçambique. Maputo hieß früher Lourenço Marques
Machambor	Kleines Feld
Bombeiros	Feuerwehrmänner
Ana Branca	Weiße Ana
Ana Negra	Schwarze Ana
Belinda Bonita	Die schöne Belinda
Halakawuma	Name einer großen Echse auf Shangana, die eine magische Weisheit besitzen soll
Fortuna	Der vom Glück Begünstigte

Inhalt